rororo

# FRANKA BLOOM

# *Mitte 40, fertig, los*

ROMAN

Rowohlt Taschenbuch Verlag

Originalausgabe
Veröffentlicht im Rowohlt Taschenbuch Verlag,
Reinbek bei Hamburg, April 2018
Copyright © 2018 by Rowohlt Verlag GmbH,
Reinbek bei Hamburg
Redaktion Katharina Rottenbacher
Umschlaggestaltung und Motive
bürosüd, München
Satz Dante MT PostScript, InDesign, bei
Pinkuin Satz und Datentechnik, Berlin
Druck und Bindung CPI books GmbH,
Leck, Germany
ISBN 978 3 499 27437 4

Für meine
phantastische Familie

# 1
## *Heute*

ES GEHT NICHT. Ich schaffe es einfach nicht.

Die vergangenen 36 Stunden waren die schlimmste Achterbahnfahrt meines Lebens. Und jetzt, nachdem es vorbei ist, stehe ich hier und bin unfähig, mich zu regen. Seit fast einer Stunde starre ich diese Tür an, absolut nicht in der Lage zu klingeln. Als hielte mich eine geheimnisvolle Kraft davon ab, den Klingelknopf zu drücken. Also setze ich mich erst mal auf einen meiner großen Schalenkoffer, die irgendwann mehr gekostet haben, als mein jetziger Kontostand anzeigt, und denke darüber nach, wie es so weit kommen konnte.

Gestern ging es noch, da konnte ich klingeln. Da war noch alles anders. Da konnte ich herkommen und klingeln, ohne dass sich mir der Brustkorb zuschnürte und vor allem, ohne Erklärungen abgeben zu müssen. Denn da konnte ich jederzeit auch wieder gehen, zurück in meine Komfortzone, zurück nach Hause, fort von hier. Doch jetzt? Jetzt gibt es keine Komfortzone mehr, keine Perspektiven, keine Zukunft, keine Kontrolle, kein Zuhause, kein Zurück. Warum nur habe ich die Zeichen nicht erkannt? War ich naiv oder ignorant? Oder beides?

Dabei sollte in meinem Alter doch eigentlich alles anders sein. Da hat man seine Schäflein im Trockenen. Mit Mitte 40. Studium, Beruf, Ehe, Kinder, Eigentum, Lebensversicherung. Alles in Sack und Tüten. Das war der Plan. Ein guter Plan, der ja auch funktionierte – bis vor kurzem. Bis vor drei Monaten, als mein Leben mich kalt erwischt hat und völlig unvorbereitet eine 180-Grad-Wende machte, weil ich mich dummerweise auf den Plan verlassen hatte. Zugegeben – das war nicht nur ignorant, sondern in höchstem Maße dämlich von mir.

Clemens, mein Mann, war gerade auf Geschäftsreise, als unser Nachbar Henning von schräg gegenüber überraschend vor der Tür stand. Völlig fertig und mit rot verheulten Karnickelaugen, was etwas seltsam aussah, weil Henning ein großer, breiter Typ ist, mit sehr muskulösen, tätowierten Armen, Glatze und gepiercten Augenbrauen, der seine Freizeit im Fitnessstudio und beim Holzhacken im Garten verbringt. Neben ihm standen ein großer Seesack und ein Zitronenbäumchen. Er war gekommen, um sich von mir zu verabschieden und mir sein geliebtes Zitronenbäumchen anzuvertrauen. Und um mir zu sagen, dass seine Frau seit Wochen mit meinem Mann vögelt. Dann fing Henning an zu weinen, drückte mich zum Abschied so fest, dass ich kaum Luft bekam, schnappte seinen Seesack, stieg in sein Wohnmobil und fuhr auf Nimmerwiedersehen davon.

Und ich stand da, völlig geschockt, und konnte das alles gar nicht glauben. Schließlich war ich seit zwanzig Jahren glücklich verheiratet – das dachte ich jedenfalls. Aber Glück ist offensichtlich relativ. Ich hatte drei Tage Zeit, um herauszufinden, was an der Geschichte dran war, bevor Clemens von seiner Reise zurückkam. Und in diesen drei Tagen, in denen ich zu Hause und in seiner Firma sämtliche Schränke und Schubladen nach Ordnern, Briefen, Kontoauszügen, Handy- und Kreditkartenabrechnungen durchsuchte, wurde mir klar, dass der Mann an meiner Seite seit Monaten tagtäglich eine Oscar-reife Darbietung zu Hause ablieferte. Denn ich fand nicht nur heraus, dass er tatsächlich seit Wochen ein Verhältnis mit Hennings Frau Veronica hatte, sondern auch, dass wir pleite waren. Seine Sanitärfirma stand kurz vor der Insolvenz,

Konten und Kreditkarten waren maßlos überzogen, ausstehende Rechnungen konnten nicht bezahlt werden, weshalb sich in einem Karton die Mahnungen häuften. Statt sich um die Geschäfte zu kümmern, hatte er sich seit Wochen intensiv um Veronica gekümmert. Und ich hatte nichts mitbekommen. Das Ganze fing offenbar an, als Veronica sich von Clemens ein neues Klo einbauen ließ, während Henning irgendwo auf einer Bohrinsel in der Nordsee hockte. In dieser Zeit musste es gefunkt haben. Mit ihren 34 Jahren war sie noch mal zehn Jahre jünger als ich und 26 Jahre jünger als Clemens. Für seine kostspieligen Geschäftsreisen mit ihr plünderte er nicht nur das Firmenkonto, sondern auch unsere privaten Reserven. Alles weg. Ein absoluter Wahnsinn!

Zuerst war ich sauer auf Henning, der ja die Affäre zwischen seiner Frau und meinem Mann auch für sich hätte behalten können. Im Grunde war *er* dafür verantwortlich, wenn es jetzt zwischen Clemens und mir auseinanderging. Jedenfalls versuchte ich mir das völlig irrational einzureden, aber es half nicht. Als Clemens nach drei Tagen nach Hause kam und das Chaos sah, wirkte er geradezu erleichtert, bestätigte alles, packte seine Sachen und verließ mich ohne ein Wort der Entschuldigung. Ich war einfach nur sprachlos. Der Schock saß tief. Dann kam der Schmerz. Es hatte mich völlig unvermittelt getroffen. Nie hätte ich gedacht, dass mir das passieren würde. Jeder, nur nicht mein Mann! Ich war nicht nur tief enttäuscht von Clemens, sondern vor allem verletzt. Dieser Vertrauensbruch tat so weh, dass ich es zuerst nicht wahrhaben wollte. Und dann kam die Wut. Hätte ich damals eine Waffe gehabt – ich wäre jetzt Witwe und unser Sohn Florian Halbwaise.

Das war der Anfang vom Ende meines bisherigen Lebens, denke ich, während ich so dasitze vor dem Haus, in dem ich aufgewachsen bin – und nass werde. Denn natürlich fängt es ausgerechnet jetzt an zu regnen, und bestimmt gibt es gleich auch noch Sturm und Hagel, Schnee, Tsunami und Erdbeben, oder eine Invasion

Außerirdischer landet, um mich auf den Mars zu beamen oder mein Gehirn anzuzapfen. Ich rechne jedenfalls mit allem, während ich immer nasser werde und mich fühle und aussehe wie ein begossener Straßenköter.

Ich muss endlich klingeln, denke ich, bevor ich mich komplett auflöse. Als Kind musste ich mich auf die Zehenspitzen stellen, um an den Klingelknopf zu kommen. Jetzt fahre ich mit den Fingerspitzen über den in Messing eingelassenen blanken Drücker unter dem dazu passenden Messingschild mit der geschwungenen Schrift *Herrlich*. Ein schöner Nachname, den ich einfach so, ohne mit der Wimper zu zucken, abgelegt habe. Das war Clemens' großer Triumph meinem Vater gegenüber, der nicht begeistert war, dass ich von *Herrlich* zu *Klein* wurde.

«Herrlich ist man, klein macht man sich» – war ein Standardspruch meines Vaters, der auch sonst nicht von Clemens begeistert war.

Ich spüre die Feuchtigkeit durch meine Kleidung kriechen, gebe mir einen Ruck und drücke endlich auf die Klingel. Der mir wohlbekannte Dreiklang ertönt, und spätestens jetzt stehen Schmidts von nebenan am Fenster ihrer Küche, um zu sehen, wer da spätnachmittags am Nachbarhaus klingelt. Ich kann ihre neugierigen Blicke wie spitze Pfeile in meinem Rücken spüren, drehe mich aber nicht um. Ich habe schon vor Jahren beschlossen, sie weitestgehend zu ignorieren. Denn sie schienen unser Haus rund um die Uhr zu observieren und nötigten mir als Teenager die umständlichsten Methoden ab, mich unbemerkt davonzuschleichen. Am Anfang meiner Sturm-und-Drang-Zeit habe ich mich noch gewundert, woher meine Eltern so gut informiert waren, bis ich dahinterkam, dass es die Nachbarn waren, die ständig alles beobachteten und ausplauderten, wann ich wie das Grundstück verlassen hatte und zurückkam.

Nichts rührt sich. Ich klingele erneut, aber im Haus bleibt alles still. Dann trete ich ein paar Meter zurück und schaue mir die Fassade an. Der Regen tropft mir ins Gesicht. Um besser sehen zu können, kneife ich die Augen etwas zu und beiße mir konzentriert auf die Zunge. Nirgendwo brennt Licht, und die Fensterläden im oberen Stock sind geschlossen. Dahinter sind die Zimmer meiner Eltern – Schlafzimmer, Badezimmer, Ankleidezimmer. Ach ja, und mein altes Zimmer, das meine Mutter gleich nach meinem Auszug zum Bügel- und Abstellraum degradiert hat.

Seltsam. Ist sie nicht zu Hause? Dann fällt mir ein, dass es vermutlich an dem Hörgerät liegt, das sie meistens abstellt oder gar nicht erst einsetzt, wenn sie keinen Besuch erwartet.

Der Regen wird stärker, ich werde nasser und resigniere schließlich. Ich seufze und tue das Unvermeidliche – ich krame meinen Hausschlüssel aus der Tiefe eines der Koffer und verschaffe mir Zutritt zu meinem Elternhaus.

Natürlich wollte ich die Privatsphäre meiner Mutter wahren und habe deshalb geklingelt. Sie hätte sich zu Tode erschrecken können, wenn völlig unerwartet jemand im Haus wäre. Das hätte mir schließlich in meinem Haus auch nicht gefallen. Es sei denn, es wäre George Clooney. Aber ob meine Mutter auf Clooney abfährt, ist fraglich. Dann lieber der Papst. Der wäre ihr wahrscheinlich immer willkommen. Egal, ob sie gerade auf dem Klo sitzt oder nackt und betrunken im Wohnzimmer einen Sonnentanz aufführt.

Ich schließe auf und betrete zögernd den Ort meiner Kindheit. Im Eingangsbereich stelle ich erst mal meine Sachen ab und schaue mich verwundert um, obwohl ich doch erst gestern hier war. Wie schnell sich die Dinge ändern. Heute nehme ich mein Elternhaus völlig anders wahr als gestern, denn da konnte ich es wieder verlassen. Da war ich zu Besuch. Heute muss ich bleiben.

Ich muss an Schmiddi von nebenan denken, der mit den neugierigen Eltern, der immer noch zu Hause wohnt. Und an die *Ge-*

*neration Bumerang* oder die *Hotel-Mama-Kinder*, über die ich mich gestern noch lustig gemacht habe. Heute gehöre ich selbst dazu.

Alles, was ich in den letzten Jahren ausgeblendet habe, wenn ich zu Besuch kam, ist plötzlich wieder da. Der Geruch nach den alten Holzmöbeln, das Knarzen des Parketts unter den dicken Teppichen und das dumpfe Geräusch der Schritte darauf. Es ist unmöglich, sich unbemerkt im Haus zu bewegen, weil das Parkett unberechenbar ist. Je nach Jahreszeit und Wärmegrad knarzt es unterschiedlich.

Das Haus wurde 1887 erbaut und entgegen allen heutigen Vorstellungen nach Norden hin ausgerichtet. Licht und Wärme wurden ausgesperrt – Sonne war etwas für arme Leute. Und weil es seit Ewigkeiten unter Denkmalschutz steht, war ausgeschlossen, jemals große Fenster oder Südbalkone nachträglich anbauen zu lassen. Zum Glück ist der Garten so groß, dass es keine Rolle spielt, in welche Himmelsrichtung er ausgerichtet ist, obwohl er natürlich die Nordseite des Grundstücks abschließt. Es gibt zwei Etagen – das Erdgeschoss und die Beletage plus Dachboden und Souterrain. Unterm Dach steht Gerümpel, das Souterrain dagegen wurde ausgebaut. Dort war Papas Reich – eine wohltemperierte kleine Weinstube mit entsprechenden Lagerräumen für die Flaschen und ein Lese- und Raucherzimmer mit kleiner Bibliothek. Frauen und Kinder waren dort unliebsame Gäste und wurden allenfalls zum Saubermachen geduldet. Der zweite Lieblingsort meines Vaters war das Gartenhaus, wo er seinen geliebten Rosen etwas näher war.

Ich schaue mich um und lausche.

«Mama?»

Hier unten höre ich nichts außer dem Regen von draußen. Allerdings kommen leise Stimmen aus dem ersten Stock. Sie muss oben sein. Und jetzt bin ich mir sicher, dass sie ihr Hörgerät mal wieder nicht nutzt, obwohl sie es braucht. Sie hält das Gerät für sinnlos, weil sie angeblich ein ausgezeichnetes Gehör hat, was mich wahnsinnig macht, denn so ist es fast unmöglich, mich vernünftig mit ihr zu unterhalten – sie hört nur, was sie hören will.

Ich mache Licht, ziehe den nassen Mantel aus und werfe ihn schwungvoll über das Treppengeländer. Auch wenn das bis vor kurzem noch zu den absoluten Totaltabus in diesem Haus zählte, weil mein Vater jede Art von Unordnung missbilligte. Schuhe, Jacken, Schultaschen – alles musste sofort nach Betreten des Hauses an seinen dafür vorgesehenen Platz verschwinden.

So geräuschvoll wie möglich stapfe ich die Treppe hinauf. Die Stimmen werden lauter. Ich lausche an der Zimmertür meiner Mutter und stutze: Was macht Jörg Pilawa in ihrem Schlafzimmer?

Ich öffne und sehe – wenig, denn die Fensterläden sind geschlossen. Schnell gewöhnen sich meine Augen an das Flimmerlicht des kleinen, alten Röhrenfernsehers, der neuerdings hier oben einen Platz gefunden hat. Ich erinnere mich, dass das alte Ding früher unten im Raucherzimmer stand. Die Luft im Raum ist stickig. Meine Mutter liegt reglos im Bett, die Augen geschlossen, der Mund halb geöffnet. Ihr rechter Arm hängt leblos herab, darunter am Boden liegt ihre Lesebrille, die herabgefallen sein muss. Mama schläft, denke ich, aber bei genauem Hinsehen deutet nichts auf Atmung hin. Das beunruhigt mich etwas.

«Mama? Alles in Ordnung?», frage ich leise und unsicher.

Sie antwortet nicht.

«Mama?» Ich habe ein ganz ungutes Gefühl. Langsam gehe ich zu ihr ans Bett. Etwas in mir sträubt sich. Ich ahne, dass das hier kein guter Moment wird. Mein Herz klopft schneller, und Jörg Pilawa stellt ein neues Quiz vor. Dann trete ich gegen eine leere Flasche Holunderbeerschnaps am Boden, die sofort gegen eine zweite knallt. Hat Mama die etwa komplett –?

Vorsichtig berühre ich ihre Hand. Sie ist ganz kalt, die Haut wie Pergament und blaustichig. Ich halte den Atem an und beuge mich vorsichtig über den schmalen Körper meiner Mutter, die jetzt ganz klein und zart wirkt, mit ihren dünnen weißen Haaren, die artig gescheitelt und gekämmt sind. Panik kriecht empor, mein Herz schlägt noch schneller.

«Mama?», flüstere ich und ahne bereits, dass ich keine Antwort mehr erhalten werde. Mir schnürt sich der Hals zu.

Doch plötzlich reißt sie wie ein Zombie die Augen auf, schnellt hoch und verpasst mir mit dem Kopf einen schmerzhaften Kinnhaken. Ich taumele zurück, stolpere und falle mit dem Steißbein auf die Kante eines Tritthockers vor dem Kleiderschrank. Der stechende Schmerz schießt wie ein Blitz durch meine Wirbelsäule, in den Kopf, wo er brutal an die Schädeldecke stößt und meinen Körper so bald nicht mehr verlässt. Zum Glück ist wenigstens Jörg Pilawa verstummt.

«Ulrike!»

«Mama!» Ich weiß nicht, ob ich mir das Kinn, den Steiß oder den Kopf halten soll. Alles tut gleichzeitig weh.

«Was soll das?!» Meine Mutter starrt mich erschrocken an.

Ich befühle vorsichtig meine anschwellende Lippe, auf die ich mir von innen gebissen habe, und schaue anschließend auf das Blut in meiner Hand. Auch das noch. Vorsichtig versuche ich aufzustehen. Es tut so verdammt weh. Alles.

«Ich ... wollte ... Also, ich dachte, du seist ... Mama!» Ich raffe mich unter größten Schmerzen auf und umarme meine Mutter ganz fest, die nicht weiß, wie ihr geschieht. Ich bin so erleichtert, dass ich sie gar nicht mehr loslassen mag. Ich heule los, um alle inneren und äußeren Schmerzen rauszulassen. Das tut gut.

«Was machst du hier, Ulrike?», fragt sie, nachdem ich mich beruhigt habe und ihre Hand haltend auf ihrer Bettkante sitze.

«Ich ... bin wieder da ... Also, vorübergehend. Weil ... na ja, weil unser Haus ... renoviert wird. Ganz überraschend.»

Jetzt ist es raus. Meine Mutter will gerade nachfragen, aber ich komme ihr zuvor. «Das Dach ... Zum Glück hatten die Handwerker so kurzfristig Zeit. Ich erzähl's dir später», sage ich und winke ab.

Den ganzen Weg hierher habe ich mir überlegt, wie ich meinen überraschenden Einzug erkläre, ohne dabei dumm dazustehen. Wie oft hatte ich vorher behauptet, dass ich garantiert nie wieder zurückkehren werde. Weder der Tod meines Vaters noch meine gescheiterte Ehe waren Gründe für mich zurückzukommen. Solange ich ein Dach über dem Kopf hatte und unser Haus als Sicherheit, war alles okay. Aber wie soll ich meiner Mutter erklären, was ich selbst noch nicht begriffen habe. Nämlich, dass ich seit heute Morgen obdachlos bin. Erst mein Mann, dann mein Sohn, mein Vater und jetzt mein Haus. Alles weg. Ganz großes Kino! Und das in einem Alter, wo die meisten Menschen ihr Leben fest im Griff haben sollten und langsam sogar schon wieder einen Gang runterschalten, weil die Kinder groß werden und endlich Zeit für unerfüllte Träume ist, Zeit für Quality-Time. Und eigentlich sollte ich nachmittags im Beautysalon sitzen, mir die Nägel machen lassen und Zeitschriften wie *Happynez* oder *Wohlfühlen* oder *Landlust* lesen. Aber diesen Zug habe ich wohl verpasst.

«Was machst du so früh im Bett?», frage ich meine Mutter streng, nicht zuletzt, um von mir abzulenken. Sie geht sonst nie vor der Tagesschau schlafen.

«Ich wollte mich ausruhen. Ist das verboten?»

Sie lässt meine Hand los und schiebt mich unwirsch zur Seite. Das ist normal – wenn sie unsicher wird oder nicht weiterweiß, wird sie zickig. Das kenne ich bei mir auch. Aber ich lasse mich nicht abwimmeln.

«Mama ... zwei Flaschen Holunderbeerschnaps?! Was soll ich denn davon halten?» Fehlt nur noch, dass ich den Zeigefinger hebe.

Sieht sie genauso.

«Die waren beide schon fast leer. Aber wie redest du eigentlich mit mir?! Glaubst du etwa, ich bin gaga geworden?» Sie wendet sich von mir ab, doch ich kann hören, dass sie weint. Ihre Stimme klingt brüchig und dünn.

«Ach Mama, wir können doch über alles reden. Warum hast du denn nicht angerufen?»

Sie zieht die Nase hoch. «Hab ich. Aber du bist ja nicht rangegangen.»

Typisch, jetzt geht sie in die Offensive. Angriff ist die beste Verteidigung. Das kenne ich. Jetzt macht sie mir ein schlechtes Gewissen. Aber nicht mit mir! Das heißt ... ja, mein Telefon hat heute ein paar Mal ihren Namen auf dem Display angezeigt, aber bei mir lief es auch nicht gerade rund.

Sie steht wider Erwarten auf und schließt sich ohne ein weiteres Wort in ihrem Badezimmer ein.

Oje, dann ist es wirklich ernst, denn so ein defensives Verhalten zeigt sie nur, wenn es ihr wirklich nicht gutgeht. Ich verstehe das. Der Tod meines Vaters war nicht leicht für sie, nach 45 Ehejahren. Aber es kam für uns nicht überraschend, denn nach einem ersten Schlaganfall vor einem Jahr kümmerte sich Mama um ihn und war eigentlich vorbereitet.

Es wird wohl noch einige Zeit dauern, bis sie darüber hinweg ist, denke ich und starre die geschlossene Tür an.

«Alles okay? Mama?!»

Ich setze mich vor die Tür, und mit einem Mal kommt mir die Szene bekannt vor. So eine Art Déjà-vu, bloß umgekehrt.

Ich hatte mich, wie meine Mutter gerade, hier im Bad eingeschlossen, und sie saß, wie ich jetzt, auf der anderen Seite der Tür. Ich war elf und schämte mich, weil ich Torben aus meiner Klasse beim Flaschendrehen zehn Sekunden küssen sollte und dabei so heftig niesen musste, dass mein Rotz in seinem Gesicht landete. Ich wäre am liebsten im Boden versunken, ausgewandert, unsichtbar geworden oder gleich tot umgefallen. Meine Mutter reagierte verständnisvoll, war geduldig und redete stundenlang beruhigend durch die Tür auf mich ein – bis ich öffnete und ihr heulend in die Arme fiel.

«Mama, bitte mach die Tür auf», versuche ich es in einem sanften Ton. «Rede mit mir, bitte!»

Jetzt komme ich mir wirklich wie meine eigene Mutter vor. Nur, dass sie nicht öffnet und mir auch nicht um den Hals fällt. Schade. Aus Erfahrung mit meinem Sohn Flo weiß ich, dass ich jetzt besser den Rückzug antrete und ihr Raum gebe.

«Tja, dann ... Also, ich bringe mal meine Sachen in mein Zimmer. Ja?» Ich warte einen Moment, dann füge ich unnötigerweise hinzu: «Du weißt ja, wo du mich findest.»

Ich gehe über den Flur zu meinem Zimmer, lege die Hand auf die Klinke und öffne mit einem vertrauten Quietschen die Tür zu meiner Vergangenheit. Wie habe ich diesen Raum früher geliebt! Mein Refugium. Hellblaue Wände und weiße Holzmöbel. In einer Ecke ein großes weißes Himmelbett, auf dem sogar noch meine Kuscheltiere und ein rotes Plüschherz vom Rummel liegen. Dieses Zimmer war das einzige im ganzen Haus, das in den achtziger Jahren renoviert und mit zeitgemäßen Möbeln ausgestattet wurde, weil meiner Mutter irgendwann auffiel, dass ich nie Freundinnen einlud. Kein Wunder, ich schämte mich für mein altes, braunes Kinderzimmer. Erst recht hätte ich niemals einen Jungen dorthin mitgenommen. Das neue Zimmer dagegen war mein ganzer Stolz. Trotzdem hatte ich nur selten Besuch. Denn der Rest des Hauses war ja nach wie vor peinlich altmodisch. Vor allem die Badezimmer: Das Gästebad im Erdgeschoss war mit hellbraunen Fliesen und dunkelbrauner Keramik ausgestattet, nicht zu vergessen die braune Vorlegegarnitur plus passendem Klodeckelbezug aus Frottee. Das sogenannte Masterbad im ersten Stock bestach durch ein modriges Allover-Moosgrün mit passenden Bad-Accessoires in freundlichem Matsch-Khaki und Blumendekor auf den Fliesen.

Wie oft habe ich meinen Eltern später ans Herz gelegt, sich von Clemens neue Bäder machen zu lassen. Aber eher hätte mein Vater die Badezimmer zugemauert, als Clemens den Auftrag zu geben.

Aber sosehr ich mein neues Zimmer auch liebte, ich konnte nach dem Abi gar nicht schnell genug hier wegkommen. Und kaum war ich ausgezogen, stellte meine Mutter dieses Monster in mein Zimmer: einen Heißmangel-Bügelautomaten, der jetzt mitten im Raum steht und angeblich bis heute gute Dienste tut. Tatsächlich – ein Blick in meinen Kleiderschrank, der nach frischer Wäsche duftet, verrät, dass Mama offenbar immer noch gerne ihre komplette Tisch- und Bettwäsche mangelt. Der Schrank ist so voll damit, dass der Verdacht aufkommt, sie mangele für die ganze Nachbarschaft. Ich glaube, dass meine Mutter die einzige Person im Ort ist, ach was, auf der ganzen nördlichen Halbkugel, die zu Hause noch eine Heißmangel benutzt. Wozu gibt es schließlich Reinigungen? Abgesehen davon halte ich das Bügeln von Bettwäsche für reine Zeitverschwendung.

«Aber es fühlt sich so gut an und duftet so herrlich, wenn alles frisch gemangelt ist», hält meine Mutter seit Jahrzehnten dagegen. Ich sehe das nicht so: Meine eigene Bettwäsche duftet auch gut und fühlt sich auch gut an – ungebügelt, nicht gemangelt und an der Luft getrocknet. Frisch und sauber reicht mir völlig aus. Das ist vermutlich ein Glaubenskrieg.

Ich versuche, die Mangel vorerst zu ignorieren, und nehme mir vor, später zu überlegen, was ich mit dem Ungetüm anstelle. Ich bin überrascht, dass mein Bett frisch bezogen ist. Wusste sie etwa, dass ich komme? Aber dann fällt mir ein, dass meine Mutter auch die Gästebetten früher alle zwei Wochen frisch bezogen hat, weil man nie wissen konnte, wer überraschend über Nacht zu Besuch kam. Überhaupt ist meine Mutter stets gut auf alles vorbereitet. Das Haus war und ist immer für den Ausnahmezustand gerüstet. Schließlich könnte überraschend der Bundespräsident vorbeischauen. Dann ist das Haus tipptopp und picobello aufgeräumt und so sauber, dass man vom Boden essen kann, wobei das *gute Geschirr* selbstverständlich jederzeit einsatzbereit und das Silber poliert ist.

Niemals würde meine Mutter sich nachsagen lassen, eine schlampige Hausfrau zu sein. Abgesehen davon hätte mein Vater das auch gar nicht zugelassen. Sie überlässt nichts dem Zufall. Wenn überraschend Filmarbeiten im, am oder um das Haus herum stattfinden sollten – sie ist vorbereitet. Oder viel schlimmer: Es könnte ja sein, dass morgen die Schmidts von nebenan einem Doppelmord zum Opfer fallen und kurz darauf die Reporter vor der Tür stehen, um sich nach dem Privatleben der Opfer zu erkundigen. Dann soll es nicht heißen, die Gegend sei schmuddelig, nur weil meine Mutter nicht aufgeräumt hat oder der Garten nachlässig geharkt ist. Am Ende könnte sie deshalb noch verdächtigt werden. Niemals!

Nun bin ich also zurück, und was soll ich sagen? Alles ist vorbereitet: frische Bezüge, entstaubte Regale, flusenfreier Boden, und offenbar wird täglich gelüftet. Sogar die Fenster sind geputzt. Und hätte ich früher offiziell einen Jungen mit nach Hause bringen dürfen, würden jetzt wahrscheinlich Kondome im Nachttisch liegen. Für alle Fälle. Bei so was ist meine Mutter ganz genau. Für meinen Vater wäre das absolut undenkbar gewesen.

Seitdem ich ausgezogen bin, habe ich tatsächlich nicht mehr hier übernachtet, obwohl ich ab und zu meine Eltern besuchte. Dann kam ich Sonntagmittag zum Essen und verließ Meppelstedt wieder nach der Tagesschau, in der Tasche selbstgemachte Marmelade, Reste vom Braten und Zeitungsartikel, von denen meine Mutter dachte, sie könnten mich interessieren.

Kopfschüttelnd sehe ich mich im Zimmer um. Im Regal stehen noch die Bücher, die ich zuletzt gelesen habe. *Der Herr der Ringe, Der Fänger im Roggen, 1984* und *Effi Briest*. Krude Mischung, diese Schullektüre. *Effi Briest* hat mir damals zu meiner eigenen Überraschung gefallen. Wie sie sich gegen alle Konventionen und für die Liebe entscheidet. Eine leidenschaftliche und bewundernswerte Heldin. Gut, sie hat's nicht überlebt, aber sie hat alles gegeben.

In diesem Zimmer habe ich mich verkrochen, wenn ich Liebeskummer hatte, hier habe ich für mein Abi gepaukt, zusammen mit Mona von der Welt geträumt und wilde Make-ups ausprobiert, Simple Minds, Eurythmics und Duran Duran gehört, später dann Guns N' Roses und Nirvana. Hier habe ich feine Haarsprayschichten in mein Haar toupiert und, zum Ärger meiner Mutter, auf den Möbeln verteilt und stundenlang telefoniert, nachdem wir endlich ein Telefon mit extralanger Schnur hatten.

Und dann entdecke ich auf dem Schreibtisch, halb verdeckt von einer alten *Bravo*, einen dottergelben Briefumschlag. Ungewöhnlich, denke ich, denn niemand, der über zwölf Jahre alt ist, bekommt heutzutage noch farbige Briefe, weil doch generell kaum noch Briefe geschrieben werden und die Zeit der Kindergeburtstags-Einladungen vorbei ist. Neugierig ziehe ich den Umschlag hervor und bin noch überraschter, denn der Poststempel ist von letztem Monat, und der Brief wurde handschriftlich adressiert. Ein handbeschrifteter, gelber Umschlag macht heutzutage wirklich misstrauisch. Dieser hier besonders, denn er ist an mich adressiert und nicht an meine Mutter. Schließlich wohne ich schon seit fast dreißig Jahren nicht mehr unter dieser Adresse. Zudem ist er an die unverheiratete Ulrike Herrlich adressiert und nicht an die verheiratete Ulrike Klein. Ich starre auf diesen Umschlag, als sei er mit einer lebensgefährlichen Substanz wie Anthrax gefüllt.

Da dieser Brief ohne Absender super gut zugeklebt wurde und selbst mein kleiner Finger zu dick ist und meine Nägel zu kurz sind, muss ich ewig fummeln, bis das Ding aufgerissen ist. Ich komme mir dabei vor wie eine Zehnjährige beim Öffnen der Weihnachtspost. Und dann der Schock! Es ist die Einladung zum 100. Schuljubiläum meines ehemaligen Gymnasiums. Na prima!

Das hat mir gerade noch gefehlt, denke ich und zerreiße die Einladungskarte im Affekt. Dann erst sehe ich das Klassenfoto der 7c im Umschlag. Zuerst will ich das auch zerreißen, aber im letzten Moment halte ich inne und schaue es mir genauer an. Ich stehe in der ersten Reihe, klein und pummelig, und sehe aus wie ein pinkfarbenes Bonbon mit fettigen Haaren und Pickeln, ganz abgesehen von der schrecklichen Brille. Alles ganz, ganz schlimm.

Nachdenklich betrachte ich das Foto. Damals hatte ich meine Zukunft noch in der Hand, und ich muss zugeben, dass ich rückblickend heute vieles anders entscheiden würde. Natürlich ist das meinem jüngeren Ich gegenüber nicht fair, aber ganz ehrlich: Pink stand mir noch nie. Nach dem Abitur war ich jung und mutig und traf aus innerster Überzeugung diese *eine* wirklich wichtige Entscheidung in meinem Leben – ich ging von hier fort. Mit Abstand gesehen waren es wohl eher maßlose Selbstüberschätzung und Übermut, die mich antrieben. Ich verließ Meppelstedt, um definitiv nie wieder zurückkommen, weil mich der Kleinstadtmief und mein Elternhaus zu ersticken drohten. Ich wollte etwas von der Welt sehen, statt hier zu versauern ... und bin gescheitert, denn weiter als bis zur nächsten Großstadt bin ich gar nicht gekommen, und mit dem ersten Mann katapultierte ich mich, ohne es zu merken, zurück in die Fremdbestimmung und dank ihm jetzt zurück hierher in meine Vergangenheit. Welcome back!

Vielleicht hätte ich mich nicht so viel beeinflussen lassen sollen nach dieser ersten, damals sehr mutigen Entscheidung. Vielleicht wäre dann das eine oder andere anders gelaufen. Besser. Aber was nützen *hätte, sollte, könnte, wäre* – es ist, wie's ist, und bei mir ist es eben nicht so optimal gelaufen. Keine Ahnung, wie es den anderen auf dem Foto erging, denn außer mit meiner damaligen Busenfreundin Mona hatte ich nach dem Abi mit keinem mehr Kontakt. Und diese Freundschaft ist schon im ersten Semester an der Uni unschön in die Brüche gegangen.

Ich werde also ganz bestimmt nicht zu diesem dämlichen Schuljubiläum gehen, denn niemand gesteht sich gerne Niederlagen ein, ich schon gar nicht.

Ich bin 44 Jahre alt, habe Übergewicht, alterstypische Hauterschlaffungserscheinungen, ernähre mich trotz guter Vorsätze ungesund, habe Mitesser an Dekolleté und Rücken, in meiner Körpermitte zu viel Fett und sonst überall zu wenig Muskeln, bin unsportlich und nicht gerade das, was man eine Sexbombe nennt. Mein Mann ist ein egoistischer Fremdgeher, zudem pleite und optisch eigentlich schon länger indiskutabel. Ich habe weder Geld noch Job und kaum Reserven, mein pubertärer Sohn wohnt lieber bei seinem Vater als bei mir, und ausgerechnet in diesem Chaos ist vor zehn Tagen mein Vater gestorben, weshalb mich meine Mutter mit Anrufen überhäuft hat und ich mit großen Schritten auf eine Depression zuschlittere. Alles in allem läuft mein Leben gerade nicht so blendend, um damit beim Schuljubiläum strahlend wie eine Ballkönigin zu brillieren. Ich bin mit wehenden Fahnen und lautem Protestgebrüll hier weggegangen, um die Welt zu erobern, und habe am Ende absolut alles vergeigt. Ich würde mich bei der Veranstaltung also nur aus Frust volllaufen lassen und ein erbärmliches Bild des Scheiterns abgeben. Nein danke! Das möchte niemand – und ich schon gar nicht. Um dem vorzubeugen und aus Scham und reinem Selbstschutz wird diese Party der Ehemaligen ohne mich stattfinden müssen. Basta!

Bevor ich meine Sachen von unten hole, gehe ich erst mal in die Küche. Vielleicht kann ich meine Mutter ja zum Abendessen herunterlocken. Und zum Reden. Es würde uns beiden ganz guttun. Außerdem fällt mir jetzt erst auf, dass ich bei all der Aufregung an diesem schwarzen Tag noch nichts gegessen habe.

Während ich meinen Blick durch die Vorratsschränke gleiten lasse, wundere ich mich über eine weitere Marotte meiner Mutter: ihre exzessive Vorratshaltung. Ein Blick in Speisekammer und

Kühlschrank verrät, dass hier eine mittelschwere Naturkatastrophe bevorstehen muss, nicht weniger als ein Hurrikan oder ein Tsunami. Meine Mutter hat selbstverständlich auch alle Empfehlungen der Bundesregierung vorbildlich umgesetzt, sich mit Vorräten an Kerzen, Wasser, Saft, Konserven und Trockenobst einzudecken. Ganz gleich, welches Unglück dieses Haus von der Außenwelt trennt – verhungern oder verdursten wird bei Herrlichs in Meppelstedt niemand.

Nach Sondierung der Möglichkeiten, was ich Mama und mir kochen soll, entscheide ich mich zur Feier meines Einzugs für Risotto mit Salat. Zu meiner Überraschung finde ich sogar ein großes Stück Parmesan im Käsefach.

Also mache ich mich frisch ans Werk in der Küche meiner Kindheit, in der mir jedes Mal, wenn ich sie betrete, das Herz aufgeht. Ein großer quadratischer Raum mit schwarzweißen Marmorfliesen, auf dem unweigerlich alles entzweispringt, was herunterfällt. Außer Gummibärchen vielleicht. Wenn ich Pech hatte, war es eins der schönen, bunten, mundgeblasenen Muranogläser meiner Mutter, die sie sich auf der Hochzeitsreise in Venedig gekauft hatte und die ich als kleines Mädchen heimlich aus dem Schrank nahm, um wie eine Prinzessin Limo daraus zu trinken, denn diese Gläser glitzerten so wunderschön. Nur waren sie für mich leider absolut tabu. Aber das machte diese bunten Glaswunder, in denen sich das Licht so zauberhaft brach, ja umso interessanter. Das Unglück war natürlich vorprogrammiert. Nachdem mir eines der teuren Gläser runtergefallen war, redete meine Mutter eine ganze Woche nicht mit mir, so sehr war sie von mir enttäuscht und traurig über den Verlust. Das war die schlimmste Strafe – Mamas Schweigen.

Der Küchenboden war und ist immer kalt, auch im Sommer, wegen der Nordlage. Im Winter sowieso. Daher gibt es einen gusseisernen Küchenofen, auf dem man auch Tee- und Kaffeewasser kochen kann. In der Mitte steht ein großer Holztisch für mindestens acht Personen, an dem aber meistens nur Papa, Mama und ich saßen, denn wenn Gäste zu Besuch waren, wurde natürlich im Esszimmer aufgetischt. Wenn meine Mutter die Mahlzeiten vorbereitete, liebte ich es, am Küchentisch in ihrer Gegenwart Hausaufgaben zu machen, mich mit ihr zu unterhalten und zwischendurch das Essen abzuschmecken.

Das Allerbeste an der Küche aber ist das eigentliche Prunkstück – eine unglaubliche Einbauküche. In meiner Pubertät habe ich sie gehasst und für das Geschmackloseste und Uncoolste gehalten, was ich kannte. Heute liebe ich sie und denke genau das Gegenteil. Vor mir steht eine formvollendete original SieMatic 6006 mit integrierten Griffleisten und sonnengelben Kunststofffronten. Meine Mutter hat Ende der sechziger Jahre meinem Vater so sehr mit einer modernen Küche in den Ohren gelegen, dass er ihr den Wunsch schließlich erfüllte. Ein Traum! Vielfach kopiert, gilt ihr Design heute als *der* Retro-Klassiker modernen Küchendesigns. Mamas Küche ist noch top in Schuss, mit allen Raffinessen wie ausziehbaren Arbeitsplatten und Sitzflächen zum entspannten Schnibbeln, gegen Rücken- und Haltungsschäden. Einmal habe ich es gewagt, eine orangefarbene Prilblume prominent auf einen Oberschrank zu kleben – meine Mutter ist ausgeflippt! Am liebsten hätte sie mir Küchenverbot erteilt, was natürlich Unsinn gewesen wäre. Mit Nagellackentferner und einem feinen Spachtel entfernte meine Mutter den Aufkleber spurlos. Nur ich weiß noch, dass es ihn gegeben hat.

Ich hole mir eine Flasche Weißwein aus Papas Weinkeller und gieße mir erst mal ein Glas ein. Dann schneide ich Schalotten und Frühlingszwiebeln, schmore alles in Butter an, Reis drauf und großzügig mit Wein und Brühe aufgießen. Dann nur noch rühren, rühren, rühren. Es hat etwas Meditatives, und ich merke, wie ich das erste Mal an diesem Tag zur Ruhe komme.

Irgendwann dringen aus dem ersten Stock Geräusche herunter.

Gut so. Ich rühre, wasche Salat, rühre, decke den Tisch, rühre, reibe Parmesan in den Reis, rühre, trinke, rühre, trinke, rühre.

Endlich kommt meine Mutter im Bademantel meines Vaters die Treppe herunter und schaut mich verwundert an.

«Was machst du denn da?»

*Sieht man doch.*

«Ich koche.»

«Abends gibt's aber nur Schnittchen.»

*Ja, und draußen nur Kännchen ... Ich seufze.*

Aber meine Mutter lässt nicht locker. «Seit wann kannst du denn kochen?»

«Äh ... Seit ich ... ausgezogen bin?»

Ich ärgere mich darüber, dass ich diese blöde Frage überhaupt beantworte. Ja! Ich koche! Ich kann nämlich kochen!

«Und was *kochst* du?»

Meine Güte, warum ist sie nur so misstrauisch? Hat sie Angst, ich vergifte sie? «Risotto.»

«Kenne ich nicht. Haben wir nie gegessen. Dein Vater –» Aber ihre Aufmerksamkeit gilt jetzt dem schon gedeckten Tisch.

«Hast du etwa das gute Geschirr genommen?»

Keine Frage, sondern ein eindeutiger Vorwurf.

«Na ja ... Also, ich dachte, es ist ein besonderer Anlass, weil ... ich da bin.»

Jetzt lächelt meine Mutter müde und streicht mir über die Wange. «Natürlich, Kleines! Aber das gute Geschirr ist doch nur für besondere Gäste.»

«Ach, und ich bin kein besonderer Gast?»

Sie ignoriert meine Frage und räumt stattdessen unbeirrt das gute Geschirr zurück ins Esszimmerbuffet. Anschließend holt sie das Alltagsgeschirr aus der SieMatic 6006 und legt drei Gedecke auf. Eins für meinen Vater. Es ist ihre Art zu zeigen, dass er ihr fehlt.

«Mama! Lass doch!» Weil sie nicht reagiert oder nicht reagieren will, gehe ich zu ihr und tippe ihr auf die Schulter.

Sie schaut sich überrascht um. «Hast du was gesagt?» Ihr Blick ist vorwurfsvoll.

Ich schüttele schnell den Kopf. «Nein, alles gut. Wir können dann gleich essen. In zwei Minuten –» Verdammt! Es riecht streng. Ich habe zu lange mit dem Rühren aufgehört, aber den Topf auf der Herdplatte gelassen. Um das Aroma von angebranntem Reis zu überdecken, streue ich ein paar Kräuter drüber. Dann essen wir. Und das tut gut. Wenn wir essen, müssen wir nicht reden.

«Es ist angebrannt», sagt meine Mutter so leidenschaftslos, als hätte sie nichts anderes erwartet und stochert dabei im Reis herum.

Tief ein- und ausatmen, denke ich. Ein und aus. Ein und aus. Gaaaanz ruhig!

«Ich find's okay», sage ich und finde mein Essen tatsächlich okay. Dann gieße ich uns je ein Glas Weißwein ein, aber auch das ist falsch.

«Die Flasche ist ja schon fast leer! Hast du etwa den guten Südtiroler Chardonnay zum Kochen benutzt?!»

«An ein gutes Risotto muss ein guter Wein.»

«Dann darf man es nicht anbrennen lassen! So eine Verschwendung! Wenn das dein Vater wüsste. Aus seinem Weinkeller!»

Langsam verliere ich die Geduld. «Aber es würde ihn sicher freuen, wenn … Ich meine … « Schließlich höre ich mich kraftlos sagen: «Er ist tot.»

Meine Mutter verharrt in ihrer Bewegung und starrt mich schockiert an, als realisiere sie erst jetzt, dass Papa nicht zurückkommt. Nie mehr. Dann fasst sie sich und legt demonstrativ die Gabel weg.

«Du musst nicht für mich kochen. Ich bin ja nicht krank.»

«Aber ich hatte Lust dazu.»

«Ich mag sowieso keinen Reis.» Dann seufzt sie und schaut sich in der Küche um. «Außerdem habe ich keine Lust, das alles hier zu putzen.»

Ich muss mich zwingen, ruhig zu bleiben.

«Musst du doch auch nicht.»

«Muss ich nicht? Und wer macht das Chaos hier weg?»

«Mama, erstens ist es kein Chaos, und zweitens mache ich das alles wieder sauber. Ist doch klar!»

Sucht sie Streit? Was soll das? Wir schweigen beide. Dann schließt meine Mutter die Augen, seufzt und sackt in sich zusammen. So, als verwandele sie sich in diesem Moment vom Mecker-Monster zurück in meine Mama.

«Ach, Ulrike ... Gut, dass du da bist.» Sie greift meine Hand und drückt sie ganz fest, und ich nehme meine Mutter in den Arm und drücke sie ganz fest und spüre, wie zart und verloren sie ist.

Genauso verloren wie ich.

«Morgen mache ich dir etwas Richtiges. Leberwurst-Schnittchen und Heringssalat mit Gürkchen und Perlzwiebeln.» Sie richtet sich auf und wirkt schon wieder ganz munter. «Den magst du doch so gerne. Und dann back ich dir einen schönen Apfelkuchen, wie früher. Weißt du noch, da hast du immer von genascht, bevor ich's erlaubt hab. Und am Sonntag mach ich uns eine große Pfanne Spätzle mit Speck und Käse und viel brauner Butter – wie du's am liebsten magst.»

Wirklich? Ich kann mich nicht erinnern, wann das gewesen sein soll. Vor meiner Geburt? Vielleicht in einem anderen Leben? Mir wird jetzt schon übel. Ich sollte ihr vielleicht einfach erklären, dass sich meine Essgewohnheiten geändert haben – schon vor Jahrzehnten. Aber was würde das bringen, außer dass sie sich schlecht fühlt. Das ist das Letzte, was ich will. Sie freut sich doch so, dass ich wieder da bin. Und sie vermisst Papa ganz schön, der ihr Essen liebte. Ich vermisse ihn auch. Schon komisch ohne ihn, aber man vermisst ja jemanden meistens erst, wenn er nicht mehr da ist. Obwohl wir ein schwieriges Verhältnis hatten, fehlt er mir, denn er gehörte hierher – zu uns, zu Mama, in unser Leben, in dieses Haus, in dem sie nun so einsam ist.

Aber ich kann diese Lücke nicht füllen. Deshalb brauche ich einen Plan. Einen verdammt guten Plan. Denn ich kann unmöglich dauerhaft hierher zurückziehen – in meine Kindheit! Ich muss hier wieder weg, so schnell wie möglich, sonst bekomme ich Depressionen und nehme täglich ein Kilo zu. Und um das zu vermeiden, braucht meine Mutter dringend einen besseren Lebensinhalt als den, mich zu mästen.

Nach dem Essen schiebe ich die Heißmangel mühsam zur Seite und falle völlig fertig in mein frisch bezogenes, gemangeltes und duftendes Bett. Endlich schlafen ... endlich alles ausblenden ... endlich für ein paar Stunden alles vergessen ...

## 2
## *24 Stunden zuvor*

IN DEN DREI MONATEN, seit Clemens mich verlassen hat, habe ich miserabel geschlafen. Denn die Sache mit ihm und Veronica war erst der Anfang einer Kette von unglücklichen Umständen, die mein Leben in – sagen wir mal – eine noch unglücklichere Schieflage brachten. Denn es hatte mich ja nicht nur mein Mann verlassen, sondern alles, was mit ihm zusammenhing: das Geld, das Auto, die Sicherheit. Aber was am allerschlimmsten für mich war – Florian.

Gut, niemand ist unglücklich darüber, wenn ein 16-jähriger unsozialer, unkommunikativer, unfreundlicher, ungepflegter Pubertist freiwillig auszieht. Niemand außer mir, denn ich hänge sehr an meinem einzigen Sohn. Auch wenn ich schon länger keinen Zugang mehr zu ihm hatte, weil er sowohl sich als auch sein Zimmer vor mir verschlossen hielt. Ich durfte nicht mal seine Wäsche waschen, und das war echt hart. Aber ich blieb zuversichtlich, denn andere Eltern versicherten mir, dass so eine Metamorphose vorübergehe. Meistens jedenfalls.

Florian war die Trennung seiner Eltern relativ schnuppe. Zumindest schien ihn das Ganze nicht sonderlich zu interessieren, wie das so ist bei 16-Jährigen, die ihren Mund nur zum Essen, Knutschen, Trinken, Rauchen und Zahnspangetragen benutzen. Als sein Vater ihm allerdings mitteilte, dass er in die Innenstadt gezogen sei und Flo dort ein eigenes Zimmer haben könne, ergriff der Junge diese einmalige Chance, um den ständigen Streitereien mit mir über schmutzige Wäsche, den Sinn und Unsinn von Wasser und Seife, Hausaufgaben und sein muffig-verkeimtes Zimmer aus dem Weg zu gehen. Seine offiziellen Gründe, mich zu verlassen, waren die Nähe zur Schule, durch die er morgens eine halbe Stunde mehr Schlaf gewann, sowie die besseren Möglichkeiten, sich bei seinem verständnisvollen Vater artgerechter entfalten zu können. Zitat: *Papa versteht mich.* Das war mir zwar neu, aber ich ließ ihn ziehen in der Hoffnung, Flo würde bald merken, dass er bei seinem geliebten Papa entweder verhungern oder zu einem Tiefkühlpizza-Junkie mutieren würde. Ich fühlte mich verraten, und es brach mir viel mehr das Herz, dass mein Sohn mich verlassen hatte, als mein Mann.

Seither verarbeite ich die Trennung von Clemens still und leise für mich. Ich musste allerdings feststellen, dass unser Freundeskreis fast nur aus Freunden von Clemens und deren Frauen bestand. Frauen, deren Leben sich nur um die drei Ks zu drehen schien: Kinder, Klamotten, Küchenmaschine. Aber ich darf nicht meckern, ich gehörte jahrelang dazu. Im Nachhinein wurde mir immer bewusster, dass ich mich in meiner Ehe verloren hatte und nur noch auf Haus, Mann und Sohn fixiert war. Und noch etwas anderes wurde mir klar, nämlich dass ich mein eigenes Leben leben und dafür mein eigenes Geld verdienen musste, denn nicht nur meine Ehe war am Ende, sondern auch meine finanziellen Reserven und Ersparnisse für ein eigenes Auto gingen zur Neige.

Also erinnerte ich mich daran, dass ich mal Innenarchitektur studiert hatte, und schrieb Bewerbungen – im Irrglauben, dass da irgendwo in einer Traumfirma jemand auf mich wartete. Weit gefehlt. Die meisten meiner über zwanzig Bewerbungen wurden nicht mal beantwortet. Und wenn, dann gab es kurze, knappe Standardabsagen. Nur ein einziger Personalchef hatte es sich nicht nehmen lassen, etwas ausführlicher zu werden: *Leider passen Sie nicht in unser junges, engagiertes Team, das den Trends sich ständig verändernder Wohn- und Lebenswelten durch Flexibilität, Young Spirit und offensives Denken immer einen Schritt voraus ist.* Zu viele Worte, um mir zu sagen, dass ich zu alt war. Diese Firma war übrigens auf den Ausbau von Seniorenresidenzen spezialisiert ... Immerhin wünschten mir alle Absager viel Glück für meine Zukunft. Und bewiesen damit Humor.

Aber dann kam sie doch, die erste und einzige Einladung eines renommierten Architekturbüros zu einem Bewerbungsgespräch, das ausgerechnet am Tag der Beerdigung meines Vaters stattfinden sollte. Wenn das keine Ironie des Schicksals war. Vielleicht hatte Papa das für mich in die Wege geleitet? Vielleicht wollte er mir Mut machen und sagen: *Geh deinen Weg, Rike!* Ein Gedanke, der zwar in jeder Hinsicht irrational war, mich aber versöhnlich stimmte.

Gestern Morgen hatte ich also vor dem gläsernen Bürogebäude mit bodentiefen Fenstern gestanden, tief durchgeatmet und war mutig durch die Drehtür gegangen. Ich hatte nichts zu verlieren, denn ich war ja schon ganz unten. Im Foyer nahm ich hoffnungsvoll den Aufzug in den vierten Stock. Ein kontrollierender Blick in den Fahrstuhl-Spiegel zeigte mir ein molliges, kleines, trotzig schauendes Mädchen mit wilden Haaren, Piratenoutfit und einem Plastiksäbel drohend, das bereit war, in die nächste Schlacht zu ziehen. Ich schloss kurz die Augen und sah dann eine gut gekleidete Mittvierzigerin mit schulterlangen braunen Haaren, dezentem Make-up und freundlichem Lächeln. Ich sah vielleicht etwas aufgeräumter aus als die kleine Rike, aber meine Haltung war die gleiche und mindestens so trotzig wie vor vierzig Jahren. Ja! Ich war bereit! Bereit für ...

Ausgerechnet in diesem Moment klingelte mein Handy. Ich hatte vergessen, es stumm zu schalten. Wie peinlich, wenn das mitten im Bewerbungsgespräch passiert wäre. Der Blick auf mein Display löste einen tiefen Seufzer aus. Mama. Ausgerechnet jetzt!

«Hallo, Mama. Du, ich habe jetzt einen sehr, sehr wichtigen Termin.»

Meine Mutter weinte. Auch das noch.

«Was ist los?»

Sie schluchzte ins Telefon. «Wo bleibst du denn, Ulrike?!»

«Mama, ich hab' doch gesagt, ich komme etwas später. Ich habe zu tun und ...»

«Was hast du denn so Wichtiges zu tun? Ausgerechnet heute!»

Am liebsten wäre meiner Mutter gewesen, wenn ich gleich nach Papas Tod wieder bei ihr eingezogen wäre. Dass ich ein eigenes Leben hatte, war für sie dabei nicht von Bedeutung. Sie hatte in ihrem ganzen Leben nie allein gelebt und brauchte jemanden, um den sie sich kümmern konnte. Aber dafür war ich definitiv die Falsche. Außerdem gäbe es Mord und Totschlag. Zum 60. Geburtstag hatte ich ihr ein Mutter-Tochter-Wellness-Wochenende geschenkt – naiv, wie ich war. Am Ende waren wir beide alles, nur nicht erholt, und froh, als es vorbei war. Immerhin haben wir's überlebt.

«Immer ist alles andere wichtiger als deine Mutter!» Ihr Schluchzen nahm zu. Sie versuchte, mich unter Druck zu setzen. Und das war nicht mal böse gemeint. Sie machte das völlig unbewusst. So war sie eben – eine Meisterin der Manipulation, von der man viel lernen konnte. Aber dann setzte sie noch eins drauf. «Bald bin ich auch tot – dann musst du gar nicht mehr kommen.»

«Schon gut. Ich verspreche, ich melde mich, sobald das hier erledigt ist.»

«Tu das! Und vergiss die Blumen nicht und ...»

Die Aufzugtür öffnete sich, und ich sah die Glastür des Architekturbüros, wo eine junge Frau hinter einem Empfangstresen saß.

«Ja, ja, bis später, Mama ...» Ich würgte sie ab und schaltete mein Handy lautlos, bevor ich das Architekturbüro betrat. *Ich schaff das! Ich kann das! Ich will das!*, sagte ich mir und stellte mich hochmotiviert der Herausforderung.

«Guten Morgen, Ulrike Klein. Ich habe hier um neun Uhr ein Vorstellungsgespräch.»

Die junge Frau mit den perfekt manikürten Fingernägeln und dem strohblonden Dutt, in dem ein Bleistift steckte, legte den Kopf schief und blickte mich auf eine seltsame Art fragend an, womit sie mir eindeutig den Wind aus den Segeln nahm.

«Frau ... Klein. Haben Sie denn unsere E-Mail nicht erhalten?»

«Äh, nein, welche E-Mail?»

«Wegen des Termins heute.»

«Oh, wenn er verschoben wurde, kommt mir das gerade recht, weil ich heute ...»

Aber die Blondine unterbrach mich. «Nein, nein, Ihr Termin wurde abgesagt.»

«Wie jetzt, abgesagt? Ganz ... abgesagt? Aber ...»

Die Blondine blickte mich mit ihren großen braunen, kajalumrandeten Kulleraugen so traurig an, als hätte sie gerade versehentlich mein Katzenbaby überfahren.

«Es ... war ein Missverständnis. Tut uns sehr leid.»

«Ein Missverständnis? Was denn für ein Missverständnis?»

«Die Stelle wurde schon besetzt.»

Ich war sprachlos. Die Kette der Demütigungen riss einfach nicht ab.

Also ging es wieder abwärts. Im Aufzug atmete ich erneut tief durch, diesmal, um nicht vor Wut und Enttäuschung zu platzen. Im Spiegel stand nun die kleine, traurige Rike, mit blutigen Knien, zerzausten Haaren und zerrissenem Piratenhemd und weinte. Am liebsten hätte ich sie umarmt und getröstet und gesagt *Das wird schon wieder*, aber ich war mir da gar nicht mehr so sicher.

Vor dem Bürogebäude sah ich auf meinem Telefondisplay, dass meine Mutter in der kurzen Zeit weitere achtmal angerufen hatte.

«Mama? Was ist los?! Ist was passiert?»

«Noch nichts!», jammerte sie. Sie war sauer. Es spielte dabei gar keine Rolle, was sie sagte, allein ihr Ton war ein einziger Vorwurf. «Ich hätte sterben können in der Zwischenzeit, und mein einziges Kind wäre nicht erreichbar gewesen. Du kannst wirklich stolz auf dich sein. Und das ausgerechnet heute!» Und dann wurde ihre Stimme wieder weinerlich. «Bin ich dir denn wirklich so egal?! Wir haben doch nur noch uns.» Ja, ganz richtig, Mama, die ungekrönte Königin des Schlechtes-Gewissen-Machens.

«Nein, Mama, natürlich bist du mir nicht egal, aber ich ...»

Erklärungen waren völlig sinnlos, denn meine Mutter redete einfach über mich hinweg.

«Wie kannst du mich an so einem Tag alleinlassen! Du weißt doch hoffentlich, was heute für ein Tag ist, Ulrike?»

«Ja, natürlich weiß ich das.»

«Dann beeil dich bitte! Und vergiss nicht, die Blumen abzuholen!»

Dann legte sie einfach auf. Es war der Tag der Beisetzung meines Vaters. Natürlich hatte ich das nicht vergessen. Und auch ich hätte heulen können, weil ich so unglücklich war, weil sich so viel aufgestaut hatte, weil so viel schieflief und weil ich meinen Vater beerdigen musste, was ich bislang erfolgreich verdrängt hatte. Dieser Tag lief eindeutig beschissen!

Weil ich seit Clemens' Insolvenz seinen Firmenwagen nicht mehr nutzen konnte, war ich nur noch mit dem Fahrrad und den öffentlichen Verkehrsmitteln unterwegs. Gut so, denn dadurch konnte ich meine miserable Ehebilanz wenigstens durch eine bessere Öko- und Fitnessbilanz ausgleichen. Immerhin – endlich Sport.

Also trat ich nun in die Pedale. Unterwegs holte ich die Blumen und den Kranz in einer kleinen Blumenhandlung bei mir um die Ecke ab, was mit dem Fahrrad gar nicht so einfach war, aber es musste irgendwie gehen. Meine Mutter hatte mich darum gebeten, weil die Blumenläden in Meppelstedt angeblich phantasielos seien.

«Die können nur Standards», hatte Mama gesagt. «Und dein Vater hasste Gewöhnliches.»

Ich sollte also zwei hübsche Blumengebinde besorgen, die Optimismus ausstrahlten. Dabei war mein Vater alles andere als ein Optimist gewesen. Den Kranz hatte ich zusätzlich bestellt. Von mir persönlich. Kleiner als üblich und nur mit einem cremefarbenen Band verziert, auf dem mein Name stand. Ein schlichter Kranz, der trotzdem Liebe, Respekt und Dankbarkeit ausdrücken sollte. Weil er nicht so üppig war, konnte ich den Kranz vorsichtig ans Lenkrad hängen, und die Blumen verteilte ich vorne und hinten in die Fahrradkörbe. Nur fahren konnte ich so nicht mehr und schob das Rad deshalb die letzten paar hundert Meter nach Hause. Ich musste an Papa denken.

Sicher hätte er den Grund für dieses Bewerbungsdesaster heute bei mir gesehen, auch wenn mich offensichtlich gar keine Schuld traf. Er hatte leider ständig etwas an mir auszusetzen. Ich konnte mich als Kind noch so sehr bemühen, ihm zu gefallen – es schien ihn nicht zu interessieren. Kein fehlerfreies Klavierspiel, kein Weihnachtsgedicht, kein selbstgemaltes Bild brachte ihn dazu, mich zu loben. Zugegeben – sehr musikalisch war ich nicht gerade und von Talent Lichtjahre entfernt, aber ich war so bemüht. Je mehr er mich ignorierte, desto mehr buhlte ich um seine Aufmerksamkeit, doch da war immer eine unüberbrückbare Distanz zwischen Papa und mir. Meine Mutter versuchte zwar ständig, dieses Defizit in meinem Leben durch überbordende Liebe und Fürsorge auszugleichen, aber es war für mich nicht das Gleiche wie ein Vater, der stolz auf mich gewesen wäre.

Als ich Clemens heiratete, hielt mein Vater das für einen echten Griff ins Klo, wie er nie müde wurde zu betonen. Was er damit eigentlich sagen wollte, war, dass ihm Clemens nicht gut genug für mich war, denn Papa liebte mich vermutlich, er konnte es mir nur nicht zeigen. Um das zu erkennen, brauchte ich Abstand.

In Gedanken vertieft, schob ich also den bepackten Drahtesel über eine rote Ampel und wurde prompt von einem bremsenden Auto angehupt, das gerade abbiegen wollte. Ich erschrak, geriet ins Straucheln und verlor das Gleichgewicht. Zuerst versuchte ich noch, die Kontrolle zu behalten, aber weil ich das Lenkrad nicht losließ, um die Blumen zu retten, kippte ich langsam mit dem Fahrrad zur Seite und konnte den Sturz nicht abfangen. Ich sah mich selbst, wie ich in Zeitlupe zusammen mit dem Hollandrad, dem Friedhofskranz und den Blumen auf die Straße kippte und dabei aussah wie Dick und Doof in einer Person. Ich spürte die Blicke der mich belustigt beobachtenden Menschen an der Kreuzung und in den Autos. Vermutlich hingen die Leute sogar schon an den Büro- und Schaufenstern ringsum, filmten mich mit ihren Handys, damit sich weltweit bald jeder über mich lustig machen konnte. Ja, ja, lacht nur, dachte ich, mittlerweile rot vor Scham und Wut. Und natürlich half mir niemand auf die Beine oder hob das Fahrrad auf.

Zum Glück fiel ich auf den Kranz, was schlimmere Verletzungen verhinderte. Der Fahrer des Wagens, der mich angehupt hatte, hielt direkt neben mir, weshalb hinter ihm die Autos hupten, was den Grad der Peinlichkeit auf die Spitze trieb. Klar, warum auch nicht noch mehr Aufmerksamkeit?! Wo ich Aufsehen in der Öffentlichkeit so sehr liebte! Der Fahrer stieg aus und ging um sein Auto herum. Wahrscheinlich wollte er sehen, ob ich ihm mit dem Fahrrad eine Macke in die Karre gerammt hatte, um mich dann auf offener Straße wutbürgermäßig zu beschimpfen und anschließend zu verklagen.

Ich versuchte, mich irgendwie aufzurichten, um mir meine Würde zurückzuholen.

«Tut mir leid ...», stotterte er. «Ich ... wollte Sie nicht erschrecken, aber Sie hatten Rot und – Rike?»

Ich schaute auf und hätte schreien können. Dieses Brillengesicht kannte ich doch! Von allen verpeilten Typen auf diesem Planeten musste mich ausgerechnet Michael Schmidt, den wir in der Schule früher nur Schmiddi nannten, hier und jetzt über den Haufen fahren. Was für ein Tag!

«Schmiddi! Du hier?»

Umständlich versuchte Schmiddi mir beim Aufstehen zu helfen. Dabei stammelte er was von einem Termin, den er in der Stadt hatte. Die nachfolgenden Autos umfuhren unser kleines Spektakel, und die Fußgänger machten einen Bogen um uns. Einer von ihnen, ein Rentner mit Schiebermütze und Weste, sprach Schmiddi aufdringlich von der Seite an.

«Soll ich die Polizei rufen? Ich hab' alles gesehen. Die Frau hatte Rot. Sie können mich als Zeugen benennen!»

Schmiddi sah den Mann irritiert an und winkte ab. «Nein, nein, nicht nötig. Danke. Ist ja nichts passiert. Oder ... Rike?» Er wandte sich wieder zu mir. «Brauchst du einen Arzt?»

Der wichtigtuerische Rentner blieb noch einen Moment neben uns stehen, um aus nächster Nähe das Geschehen zu verfolgen, weil ich vermutlich sein Aufreger der Woche war.

«Nein, alles okay», antwortete ich.

Weil meine Hose sich irgendwie im Pedal verhedderte, hatte ich Mühe, mich aufzurappeln, was mir mit Schmiddis Hilfe aber schließlich gelang. Er stellte auch das Fahrrad wieder auf und sammelte die leicht derangierten Blumen und den etwas zerfledderten Kranz ein. Als hinter ihm erneut ein Auto hupte, geriet er unter Druck. Das stresste ihn, und er wurde nervös – typisch – wie früher.

«Warte! Lauf nicht weg ...», rief er mir hektisch zu. «Ich fahr rechts ran.»

Schmiddi hielt ein paar Meter hinter der Ampel. Dann stieg er wieder aus und öffnete den Kofferraum.

«Hör mal, Schmiddi, ich hab's wirklich eilig, weißt du, wegen meinem Vater.»

«Ja, mein Beileid. Das ... tut uns allen sehr leid. Meinen Eltern auch.» Schmiddi spielte betroffen mit seinem Autoschlüssel.

«Danke.» Unangenehmes Schweigen. Demonstrativ schaute ich auf meine Armbanduhr, wobei mir dummerweise auffiel, dass ich gar keine trug. «Ich muss weiter, sonst ...»

«Ja, klar. Ich dachte nur ... weil ich auf dem Heimweg bin ... und das Fahrrad so beladen ist, könnte ich die Blumen und den Kranz mitnehmen. Und dich natürlich auch, wenn du willst.»

Und dann fiel der Groschen! Ich Idiot! Ja klar, Schmiddi wohnte ja bei seinen Eltern, direkt neben meinen, in Meppelstedt. Er war ihr einziger Sohn, der mit mir in eine Klasse gegangen war und mit dem ich seit meiner frühesten Kindheit mal mehr, mal weniger befreundet gewesen war. Meistens eher weniger.

«Ja, gute Idee. Sehr gerne.»

Schmiddi lächelte unsicher, und ich hatte keine Ahnung, warum er sich so freute. Vielleicht wollte er einfach nur nett sein.

«Also dann», sagte er und öffnete die Beifahrertür.

«Nein, nein, nicht mich, nur die Blumen und den Kranz. Ich muss erst noch mal nach Hause.»

«Oh ja ... natürlich. Sicher.» Schmiddi nahm umständlich den Kranz vom Lenker und legte die Blumen in seinen Kofferraum.

«Super, danke. Schmiddi.»

«Schätze, wir sehen uns dann ... später.»

«Ja, und sag meiner Mutter, ich komme pünktlich.»

«Mach ich.»

Ich sah dem Auto hinterher und dachte kurz über Schmiddi nach, den ich schon ewig kannte, über den ich aber fast nichts wusste. Außer, dass er tatsächlich noch bei seinen Eltern wohnte. Aber mehr musste man vielleicht auch nicht über ihn wissen.

Eine Stunde später saß ich umgezogen in der S-Bahn auf dem Weg nach Meppelstedt zur Beerdigung meines Vaters. Allein. Ohne meinen Sohn Florian, der mir versprochen hatte, pünktlich zur Beerdigung zu erscheinen, weil er zuvor noch irgendwo irgendwas erledigen musste. Und ohne meinen Mann, den ich absolut nicht dabeihaben wollte, was ihm ganz recht gewesen war.

Ich trug ein schickes schwarzes Etuikleid mit passender Jacke. Das Outfit hatte ich mir letzten Herbst im Ausverkauf geschnappt, als ich Clemens zu einem wichtigen Investorenessen begleitete. Ein langweiliges Dinner mit langweiligen Investoren, die dann doch nicht investieren wollten, wie ich danach schmerzlich erfahren musste. Dass es nicht geklappt hat, kann jedenfalls nicht am Kleid gelegen haben. Ein Klassiker – zeitlos, unauffällig und zu jedem Anlass geeignet. Cocktailpartys, Dinner-Einladungen, Theaterabende, Beerdigungen. Die Investition hat sich gelohnt. Mein Vater hätte gesagt: *Ein neutrales Kleidungsstück, das sich durch multiple Einsetzbarkeit auszahlt.* Ein Kleid für einen einzigen Anlass hätte er niemals gutgeheißen. Daher war es auch nur in seinem Sinne, dass ich mir für seine Beerdigung kein neues anschaffte.

Als ich in meinem schwarzen Kleid aus der Bahn stieg, war es wie mit sechzehn, wenn ich in meinem New-Wave-Outfit, den toupierten Haaren und noch schwarz geschminkt nach einer durchtanzten Nacht in der Großstadt mit schlechtem Gewissen widerwillig in die Spießer-Provinz zurückkehrte. Wie oft ich diese Strecke in meiner Jugend gefahren war! Und auch damals oft in Schwarz, der Farbe der Außenseiter. Mein Vater hasste es, wenn ich so rumlief, so schwarz. Was er wohl zu seiner Beerdigung gesagt hätte?

Auf dem Friedhof war überall Schwarz. Vor mir, hinter mir, neben mir. Ich stand da und starrte in das schwarze Loch in der Erde und fühlte mich mit einem Mal total leer. Erschöpft. Am liebsten hätte ich geschlafen, denn das konnte ich schon seit Wochen nicht mehr so gut. Und Schwarz machte mich müde. Mir fielen die Augen zu.

Meine Sinne verschmolzen mit dem gemurmelten Wörterbrei des Pfarrers, dessen monotone Stimme schließlich im stillen Gebet verstummte.

Mein Vater war nicht gläubig gewesen, nicht in die Kirche gegangen und wunderte sich vermutlich über die Grabrede. Nur meiner Mutter zuliebe war er Gemeindemitglied geblieben, obwohl er die Kirchensteuer liebend gerne in Rosen oder teuren Wein investiert hätte. So war er. Clemens hatte ihn vor ein paar Monaten um eine Geldspritze angepumpt, als Investition getarnt. Damals konnte ich nicht ahnen, wie es tatsächlich um die Firma stand. Mein Vater nahm Clemens' Anfrage belustigt zur Kenntnis. Mehr nicht. Wahrscheinlich war es für ihn eine große Genugtuung, Clemens scheitern zu sehen, damit er mir beweisen konnte, wie recht er mit seiner Meinung über diesen Mann hatte. Denn für meinen Vater stand seit jeher fest, dass ich Clemens nur aus Trotz geheiratet hatte, was nur teilweise stimmte, schließlich war ich auch verliebt gewesen. Damals.

Auf der Beerdigung hatte ich das Gefühl, die einzige Anwesende zu sein, die nicht überzeugend trauerte. Es war nicht so, dass ich nicht wollte, aber ich konnte einfach nicht. Keine Tränen, keine verquollenen Augen, keine verrotzte Nase seit Papas Tod. Ich schämte mich dafür, weil ich mich wie ein Außenseiter fühlte. Mal wieder. Da stand ich also neben dem Sarg, in dem mein alter Herr lag, und fühlte mich schlecht.

Mein ganzes Leben lang hatte mein Vater es perfekt verstanden, mir unterschwellig zu verstehen zu geben, dass ich nicht perfekt war. Dass ich zu doof, zu dick, zu ungeduldig, zu langsam, zu was auch immer war. Denn was mein Vater am unperfektesten an mir fand, war, dass ich kein Sohn war. Es hat Jahre gedauert, bis ich das begriffen habe. Florian habe ich nie erzählt, dass er der Schlüssel zu meiner Erkenntnis war. Er mochte seinen grantigen Opa zwar nicht, aber sein Opa liebte ihn. Als Papa das Baby in den Armen hielt, sah ich tatsächlich Stolz in seinen Augen aufblitzen. Doch ich habe nie herausgefunden, ob er stolz war, Opa zu sein, oder stolz auf mich, weil ich ihn dazu gemacht hatte.

Dann begann es zu nieseln, und erste Schirme wurden aufgespannt. *Danke, Papa*, dachte ich, denn eine Beerdigung im Regen ist mindestens doppelt so deprimierend. Die vier Sargträger stellten sich auf, um den Sarg herabzulassen. Erst jetzt erkannte ich zwei von ihnen.

Der eine war Fluppe, der Sohn des Bestatters, und der andere war Lücke, sein bester Kumpel. Fluppe, einst groß und schlaksig, heute nur noch groß, aber dafür mit vernarbtem Aknegesicht und schon mit vierzehn Jahren Kettenraucher, wartete offenbar noch immer darauf, den Laden von seinem Vater zu übernehmen. Mama hatte mir erst neulich noch erzählt, dass der Senior immer noch scherzen würde: *Nur über meine Leiche, hahaha*. Sehr lustig. Und Lücke, immer noch klein, dick, aber jetzt auch kahlköpfig und vermutlich nach wie vor bereit, sich ständig und überall zu prügeln, weshalb sein Gebiss noch lückenhafter war als seine Vita. Beide hatten schon zu Schulzeiten als Sargträger für Fluppes Vater gejobbt und waren immer auf Abruf gewesen, falls *einer geholt* werden musste. So hieß das, wenn wir am Wochenende bei Fluppe in der Wohnung überm Bestattungsinstitut vorlöteten, bevor wir in irgendeine Großraumdisco aufbrachen, und Fluppes Vater hochkam, weil Fluppe und Lücke ihm helfen mussten, einen Toten irgendwo abzuholen. Mona und ich fanden das immer eklig. Aber die beiden verdienten damit ganz gut was nebenbei und hatten immer Kippen und Bier. So war das hier.

Langsam ließen Fluppe und Lücke und die anderen beiden Sargträger in Schwarz meinen Vater in das frisch ausgehobene schwarze Erdloch hinab. Egal wie man zu einem Verstorbenen steht, aber der Anblick eines Sarges, der langsam in der Erde verschwindet, ist starker Tobak. Und plötzlich wurde mir bewusst, dass ich meinem Vater niemals wieder begegnen würde. Nie wieder. Ein seltsames Gefühl. Krampfhaft suchte ich in meiner Erinnerung nach schönen Momenten, aber sosehr ich auch nachdachte, ich konnte mich an nichts erinnern. Als mir das klarwurde, überkam mich eine große Traurigkeit, und wie auf Kommando stimmte im gleichen Moment im Hintergrund der ortsansässige Männerchor, in dem mein Vater dreißig Jahre lang Mitglied gewesen war, Franz Schuberts *Heilig, heilig, heilig ist der Herr* an, was mich dann doch berührte. Mir stiegen die Tränen in die Augen, und ich spürte, wie meine kleine zierliche Mutter neben mir zusammensackte. Ich stützte sie, während Florian seine Oma von der anderen Seite unterhakte. Mein Sohn war auf den letzten Drücker zur Beerdigung seines Opas gekommen. Angeblich hatte er noch in der Schule zu tun gehabt, aber als ich seine farbverschmierten Hände sah, wusste ich, dass er log, wollte das aber nicht vertiefen. Falscher Ort, falsche Zeit. Darauf hatte er vermutlich spekuliert. Ich war nur froh, dass er da war.

Der Tod meines Vaters nach 45 Ehejahren setzte Mama sehr zu. Zwar verstand sie es seit Tagen glänzend, sich nichts anmerken zu lassen, aber jetzt und hier fehlte ihr die Kraft, die Fassade aufrecht zu halten. Arme Mama, dachte ich, während ich selbst mit den Tränen kämpfte.

Ich sah mich um und betrachtete die schwarze Masse. Nur ganz hinten, neben dem Männerchor, fiel mir ein Mann in beigefarbenem Mantel auf. Ich hatte diesen Herrn nie zuvor gesehen.

Direkt hinter Mama, Flo und mir standen die Schmidts in der zweiten Reihe. Klaus und Gisela Schmidt, beide so alt wie meine Mutter. Neben ihnen stand Schmiddi. Ich wusste nicht, wie er es geschafft hatte, aber die Blumen und der Kranz, die er für mich transportiert hatte, sahen tadellos neben dem Grab aus. Trotz des Regens. Schmiddi spannte nun auch einen Schirm auf, den er fürsorglich über meine Mutter, mich und Flo hielt, während seine Eltern im Regen standen, ihrem Sohn aber wohlwollend zunickten. Ein guter Junge, selbstlos und höflich – so war er erzogen worden.

Früher haben unsere Familien zusammen gegrillt und Feste gefeiert, aber je älter wir wurden, desto mehr zogen wir uns voneinander zurück. Ein normaler Prozess, wenn die Kinder erwachsen werden, ausziehen und selbst Kinder bekommen. Allerdings: Schmiddi hat immer nur bei seinen Eltern gewohnt. Keine Frau, keine Kinder. Ich glaube sogar, er hatte nie eine richtige Freundin oder längere Beziehung. Vielleicht war er sogar noch Jungfrau? So genau hatte ich mir darüber nie Gedanken gemacht. Schmiddi war halt Schmiddi. Ein unscheinbarer Latein-Leistungskurs-Typ mit streng gescheitelten Haaren. Uninteressant für mich oder meine Freundinnen, weit entfernt von einem Typen, mit dem man was anfing. Ein No-go-Typ. Schmiddi war nicht mal ein Nerd, denn das hätte ihn wenigstens irgendwie interessant gemacht. Er war als männliches Wesen einfach unsichtbar. Er war *Schmiddi von nebenan*. Manchmal schrieb ich meine Hausaufgaben von ihm ab oder ließ mir von ihm in Mathe und Latein helfen. Oder ich lieh mir von ihm Geld, wenn ich pleite war, aber trotzdem ins Kino wollte – natürlich ohne Schmiddi. Nicht mal im Traum wäre ich darauf gekommen, mit ihm ins Kino zu gehen. Schmiddi war Schmiddi.

Jetzt folgte er meinem Blick zu dem Fremden in der letzten Reihe, schien den Mann aber auch nicht zu kennen und zog unwissend die Schultern hoch. Ich wandte mich wieder meinem Vater zu, der jetzt in seinem Sarg am Boden des Grabes lag. Mit leisem *Tock-Tock* tropfte der Regen auf das Eichenholz.

Fluppe und Lücke standen am Rand des Erdlochs und warteten auf das Ende der Beerdigung, damit sie ihren Job machen konnten. Während der Boden aufweichte und matschig wurde, sprach der Pfarrer den letzten Segen, dann klappte er seine Bibel zu und kam zu meiner Mutter, um ihr als Erster sein Beileid auszusprechen. Dabei umschloss er mit seinen großen Händen beschützend Mamas kleine, schmale Hand. Der Anblick gefiel mir, weil diese Geste meiner Mutter tatsächlich Trost zu geben schien. Sie lächelte den Pfarrer dankbar an.

Jetzt war ich an der Reihe, auch ich reichte dem Kirchenmann eine Hand, die er ebenfalls mit beiden Händen umschloss. Es fühlte sich warm, weich und ehrlich an. Am liebsten hätte ich ihm gesagt, dass er nie wieder loslassen sollte. Ich wollte dieses beschützte, umsorgte Gefühl immer, ständig und überall spüren, so gut tat mir dieser Händedruck. Das wäre genau der richtige Moment gewesen, Nonne zu werden. Ja, ich fühlte mich in diesem Moment unendlich geborgen.

Nun kamen die Leute, um Mama und mir zu kondolieren, wobei ich den Großteil von ihnen nicht kannte. Es dauerte eine Ewigkeit, bis der letzte Chorbruder meiner Mutter die Hand geschüttelt hatte. Schließlich ließ der Regen nach.

Die Trauergesellschaft löste sich auf, und Flo und ich ließen meine Mutter noch einen Augenblick allein an Papas Grab, um sich zu verabschieden. Ich hakte mich bei meinem Sohn unter, der mich mit seinen sechzehn Jahren schon um einen Kopf überragte, und wir entfernten uns langsam von meinem Vater, seinem Großvater.

Besorgt beobachtete Flo seine Oma am Grab. «Sie wird doch drüber hinwegkommen, oder?»

Ich nickte. «Ich hoffe es.»

Keine Ahnung, ob es das war, was er hören wollte, aber ich hatte keine bessere Antwort, denn ich wusste tatsächlich nicht, wie meine Mutter den Tod meines Vaters verkraften würde. Ich drehte mich noch einmal nach ihr um, sah sie am offenen Grab stehen, auf den Sarg hinabblicken und still Zwiesprache halten. Sie nahm Abschied, um vielleicht endlich auszusprechen, was zwischen Papa und ihr unausgesprochen geblieben war. Aber das war eher unwahrscheinlich, denn dann hätte sie noch Stunden so dagestanden.

Schließlich warf sie ihm seine geliebten gelben Rosen aus dem eigenen Garten auf den Sarg, knöpfte gefasst den obersten Knopf ihres Mantels zu und kam zügigen Schrittes zu uns.

Was sie nicht sah, aber Flo und ich, war der unbekannte Mann im hellen Trenchcoat mit Hut. Er hatte meiner Mutter und mir zwar nicht kondoliert, trat aber als Letzter an den Rand des frischen Grabes, schaufelte etwas Erde hinein und blickte mit vor dem Körper verschränkten Händen andächtig hinab. Dann nahm er den Hut ab und senkte erneut den Kopf. Ich glaubte sogar zu sehen, dass er die Augen dabei geschlossen hielt.

Wir nahmen Mama in unsere Mitte, und ich signalisierte Flo mit einem kurzen Kopfschütteln, kein Wort über den Mann am Grab zu verlieren. Aber dann drehte sich meine Mutter doch noch einmal um, als hätte es ihr eine Stimme zugeflüstert. Sie sah diesen Mann, zögerte kurz, verlor aber kein Wort und verließ mit uns den Friedhof. Wir beließen es dabei, obwohl wir uns natürlich fragten, wer der Fremde gewesen sein mochte und ob sie ihn kannte.

Im Haus war schon alles vorbereitet. Der Caterer hatte zwei Kellnerinnen zum Servieren mitgeschickt. Mir fiel auf, dass erstaunlich viel Bier und Schnaps getrunken wurde. Fast die ganze Trauergemeinde, etwa dreißig Gäste, war in Wohnzimmer, Wintergarten und auf der Terrasse versammelt. Verwandte, Freunde, Bekannte, Nachbarn.

Die Trauerfeier schien eine logische Fortführung der Familienzusammenkünfte zu sein, die es vor allem an Geburtstagen gab. *Man muss die Feste feiern, wie sie fallen*, hatte mein Vater immer gesagt. Man aß und trank gemeinsam, redete, tauschte Neuigkeiten aus und ging wieder auseinander. Weil viel über meinen Vater geredet wurde, fiel fast gar nicht auf, dass er selbst nicht anwesend war.

Wie auf jeder guten Party standen die Raucher draußen. Ich hatte mit dem Rauchen aufgehört, als ich Clemens heiratete – das lag fast zwanzig Jahre zurück –, aber ausgerechnet jetzt hatte ich plötzlich Lust, mir wieder eine anzustecken. Doch bevor ich den Gedanken weiterführen konnte, stieß mir jemand in den Rücken. Ich drehte mich um und sah ...

«Mona!»

Da stand sie, meine einstige beste Freundin mit einem riesigen Tablett, voll mit Bienenstich und Butterkuchen, und sah mich mit ihren großen grünen Augen an. Die lange braune Cindy-Crawford-Mähne, um die ich sie immer beneidet hatte, war nur noch schulterlang und überhaupt nicht mehr wild, sondern brav hinters Ohr geklemmt, wodurch Monas Gesicht etwas voller wirkte als früher. Wie alle hier trug sie Schwarz, und das stand ihr ziemlich gut.

«Meine Mutter bittet mich, euch persönlich ihr Beileid auszusprechen. Als ich gehört habe, dass dein Vater gestorben ist, wollte ich den Kuchen unbedingt selbst rüberbringen.»

Ich war verblüfft. Wir hatten uns ewig nicht gesehen. Dennoch war eine Umarmung mit Mona ausgeschlossen. Nicht nur, weil da ein Kuchenberg zwischen uns war. Die Situation war leider etwas verzwickter, schließlich waren wir ja gar nicht mehr befreundet. Unsere Freundschaft war zerbrochen, weil ich ihr im ersten Semester Clemens ausgespannt hatte. Seitdem hatten wir keinen Kontakt mehr. Und mal ehrlich – Mona hasste mich deswegen bestimmt immer noch. Sollte ich sie jetzt also total unschuldig bei einem Stück Butterkuchen fragen, wie es ihr ging?

Aber irgendwas musste ich sagen.

«Was machst du denn hier?», fragte ich erstaunt. «Bist du nicht im Ausland? London oder so?»

«Offenbar nicht», sagte sie und grinste abwartend. Aber worauf wartete sie eigentlich? Mir stieg der Butterkuchenduft in die Nase.

«Hm ... es riecht wie früher bei euch in der Backstube.»

«Ja, greif zu, dann wird es wenigstens leichter!»

«Oh ... warte!» Ich nahm ihr das Tablett ab, um es auf das Buffet zu stellen. Sofort griffen irgendwelche Hände nach dem Kuchen.

Ich nahm zur Sicherheit auch ein Stück, um eventuellen Redepausen vorzubeugen. Ich beherrsche Smalltalk einfach nicht.

«Und sonst so?» Erwartungsvoll sah ich sie an.

«Ja, ich hab' gerade beruflich hier zu tun. Und wie läuft's bei dir?»

«Ach ... du ... alles tippitoppi.»

Tippitoppi?! Im Ernst? Ich litt offensichtlich an einer schlimmen Form von Wortfindungsstörung. Verzweifelt suchte ich nach einem Gesprächsthema, da fiel mein Blick auf ihren sehr präsenten Bauch. «Hey ... wow ... du bist schwanger. Toll. Und mutig, in unserem Alter! Wann ist es denn so weit?»

Sie starrte mich irritiert an, nahezu schockiert. «Wieso?»

Scheiße! Ich drohte im größten Fettnapf diesseits des Urals zu ertrinken und biss schnell vom Kuchen ab, um nicht noch mehr Peinlichkeiten rauszuhauen.

Schweigen.

Dann grinste sie mich breit an. «Nicht schwanger, nur fett.» Ihr Blick fiel auf meine Mitte. «Und du?»

Ich zögerte und schluckte. «Ich auch.»

Wir mussten beide grinsen.

«Und sonst?», fragte Mona.

Ich zuckte mit den Schultern. «Ich hab' gerade meinen Vater beerdigt.»

Jetzt suchte sie nach Worten. «Ja, natürlich, sorry, tut mir so leid. Dein Vater war ... er war so ... er war ein ...» Ich war gespannt, was jetzt wohl kommen würde. Und sie offenbar auch. «Ein wirklich ... Also, dein Vater war ...» Sie gab schließlich auf. «Also gut, ich hab' keine Ahnung, wie dein Vater drauf war. Ich kannte ihn so gut wie gar nicht.»

Das Eis war gebrochen. Ich musste laut lachen, weil Mona so unbeholfen und ehrlich war. Andere Gäste guckten zu uns rüber und mussten mich für pietätlos halten, aber das war mir egal.

«Wenn's dich tröstet, ich habe auch keine Ahnung, wie er eigentlich war.» Dann holte ich uns zwei Schnäpse, und wir stießen an.

«Auf deinen Vater!»

«Und alles, was ich nicht über ihn weiß. Ex und hopp!»

Das tat gut. Um das Brennen im Mund zu löschen, biss ich in ein weiteres Stück Butterkuchen.

«Und? Wie läuft's bei dir und Clemens so?», fragte Mona unschuldig.

Ich hatte Mühe, den trockenen Bissen runterzubekommen, was mir etwas Zeit zum Nachdenken verschaffte.

«Och, gut – alles wie immer!», log ich, ohne sie anzuschauen. «Der Kuchen ist mal wieder erste Sahne. Sag das bitte deiner Mutter! Geht's ihr gut?»

Achtung, Smalltalk!

«Wem, Mama? Ja, sie hat Hüfte, aber sonst ...»

«Ja, ja, meine Mutter hat auch schon eine Seite machen lassen.» Immer schön lächeln! Ich musste aus dieser Nummer irgendwie rauskommen.

«Und Clemens? Ist der gar nicht hier?»

Was hatte sie nur immer mit Clemens?

«Geschäftsreise», winkte ich ab.

Plötzlich wandte sich Mona zu mir, seufzte und wollte gerade etwas anscheinend sehr Staatstragendes sagen, was mir aber zum Glück erspart blieb, denn sie entdeckte meine Mutter und Flo im Garten.

«Ist das da drüben etwa dein Sohn?»

Ich nickte stolz.

«Hübscher Bengel», sagte sie, setzte ihre Brille auf und begutachtete Florian wie einen Heiratskandidaten.

«Er steht nicht auf Milfs.» Zugegeben, das klang bissig, aber Mona konnte das ab. Sie wusste doch wohl, was die Abkürzung bedeutete? *Mother I'd like to fuck.*

«Oh, da kann ich dich beruhigen: Ich habe keine Kinder», konterte Mona, ohne ihren Blick von Flo abzuwenden. «Hab genug andere Sorgen.»

Wir mussten wieder lachen. Das Eis schmolz immer mehr.

«Verdammt, wir sind echt alt geworden», sagte Mona, während sie ihre Brille wieder wegsteckte und sich an den Bauch fasste. «Und fett.» Dabei zwinkerte sie mir zu. Dann deutete sie in den Garten. «Ich geh' mal kondolieren. Bis später.»

«Mach mal», sagte ich und beobachtete sie, Flo und Mama noch eine Weile. Schon schön, dass Mona da war, aber irgendwie auch schwierig nach allem, was zwischen uns vorgefallen war. Zu Schulzeiten beste Freundinnen, danach Konkurrentinnen. Nach der Sache mit Clemens hatte ich nie den Mut gehabt, Mona wieder unter die Augen zu treten. Sie war damals mit ihm zusammen gewesen und hatte uns einander sogar auf einer Uni-Party vorgestellt. Clemens hatte mich nach meiner Nummer gefragt, wir trafen uns heimlich, und eins kam zum anderen. Irgendwie verliebten wir uns dann ineinander.

Ja, so was passiert, sollte aber möglichst nicht unter Freundinnen passieren. Genau genommen hätte ich da schon hellhörig werden müssen, weil für Clemens dieser Partnertausch weniger ein Problem war als für mich. Ich hatte große Schuldgefühle und fühlte mich Mona gegenüber elend, allerdings begegneten wir uns danach kaum noch, weil sie einige Wochen später zum Studieren nach England ging. In den folgenden Jahren hatte ich es tatsächlich geschafft, diese Sache ungeklärt unter den Teppich zu kehren. Und nun tauchte Mona einfach so aus dem Nichts auf der Beerdigung meines Vaters auf, als sei nichts gewesen. Das musste ich erst mal sacken lassen.

Meine Mutter sah mitgenommen aus. Erschöpft von den ganzen Beerdigungsvorbereitungen. Sie hatte Begräbnis, Trauerfeier und was nach einem Todesfall so alles gemacht werden muss, allein mit dem Bestatter organisiert, Fluppes Vater, der jahrzehntelang jeden Freitagabend mit meinem Vater zusammen im Meppelstedter Männerchor gesungen hatte. Immer, wenn Mama ihr Karten-Kränzchen zu Besuch hatte. Sie wollte unbedingt alles allein organisieren, obwohl ich ihr zigmal meine Hilfe angeboten hatte. Vielleicht, um damit ihrem Mann die letzte Ehre zu erweisen. Vielleicht wollte sie aber auch nur beweisen, dass sie als Witwe gut alleine zurechtkam. Aber sie hatte nach 45 Ehejahren ihren Mann verloren. Das steckt niemand so einfach weg.

Mir wurde klar, dass ich mich künftig mehr um meine Mutter kümmern musste. Vielleicht ließe sich für sie ein passender Verein finden – Gymnastik, Lesekreis, Wandergruppe. Vielleicht singen? Oder lieber ein Hund? Ich musste das alles demnächst mal mit ihr besprechen, denn die Kartenrunde mit ihren Freundinnen war sicher nicht auslastend. Meine Mutter durfte auf keinen Fall Altersdepressionen bekommen. Sie musste unter Leute.

Vielleicht ein Tanzkurs, dachte ich und stellte mir meine Mutter beim Rentner-Schwof vor. Ein absurder Gedanke, den ich sofort durch eine Tango-Vision ersetzte, was mir schon besser gefiel. Irgendwann würde sie dort vielleicht einen rüstigen Tanzpartner kennenlernen – wer weiß. Und während ich so meinen Gedanken nachhing und dabei in den Garten starrte und andere beim Rauchen beobachtete, wurde meine Lust auf eine Zigarette immer größer.

«Hier, du siehst aus, als könntest du einen gebrauchen.» Ich drehte mich um, und vor mir stand Schmiddi, groß, bebrillt und unscheinbarer denn je, im uniformen Schwarz, mit zwei Schnapspinnchen.

«Schmiddi, du kommst wie gerufen.» Erleichtert griff ich eins der Gläser, um es in einem Zug zu leeren. Er wollte es mir gerade mit dem zweiten gleichtun, aber ich war schneller und leerte auch diesen Schnaps auf ex. «Danke, das hab ich gebraucht.»

Schmiddi stand etwas unbeholfen da mit den kleinen, leeren Gläschen in seinen großen Händen und stammelte: «Hör mal, Rike, ich wollte dir noch sagen ... also ... es tut mir wirklich sehr leid. Mit deinem Vater ... und so.»
*Und so? Herrje, werd' endlich erwachsen!*
Ich nickte nur. «Danke. Hast du 'ne Zigarette, Schmiddi?»
Der Blick, den er jetzt aufsetzte, war eine Mischung aus Überraschung, Empörung und Vorwurf. Zu Recht. Blöde Frage – nicht, weil rauchen tötet, sondern weil der Adressat der falsche war.
«Aber ... seit wann rauchst du wieder? Nein, tut mir leid. Aber warte!»
Schon war er wieder weg. Klar.
Echt dämlich von mir, ausgerechnet Schmiddi zu fragen, der noch nie irgendwas Falsches gemacht hatte. Schon gar nichts Verbotenes. Deshalb war er ja immer so langweilig. Der brave Schmiddi hatte natürlich nie geraucht.
Ich schlenderte durch Wohnzimmer und Wintergarten, beobachtete die Trauergemeinde beim Leichenschmaus und schnappte hier und da Gesprächsfetzen auf.
Am Kuchenbuffet standen die Damen aus Mamas wöchentlichem Kartenkränzchen – Gitti, Karin und Lisbeth, die von allen nur Lizzy genannt wurde. Früher hatten sie noch Rommé gespielt, aber das wurde ihnen zu langweilig, nachdem sie einen Onlinekurs in der örtlichen Volkshochschule belegt und anschließend im Internet Pokerkurse belegt hatten – jede für sich heimlich. Als die Erste ihr Geheimnis lüftete und sich dazu bekannte, Online-Poker zu spielen, konnten auch die anderen aufatmen und endlich über ihre neue Leidenschaft reden. Sie gehörten schließlich zu einer Generation, für die Poker noch anrüchig und nicht gesellschaftsfähig war, sondern in ominöse Hinterzimmer verbannt wurde. Daher fühlten sie sich in ihrer Outing-Phase wie eine Gruppe *Anonymer Zocker*, die sich gegenseitig von ihrem Laster erzählen. «Hallo, ich

bin Wilma, und ich spiele Poker.» Das schlechte Gewissen verflog jedoch schnell, und die Damen begannen ihre Pokerabende zu kultivieren, die immer länger wurden und bei denen irgendwann ordentlich Scheine die Besitzerinnen wechselten. Ihre trockenen Kehlen benetzen sie seither immer freitags mit selbstgebranntem Holunderbeerschnaps von Lizzy und italienischem Limoncello vom Gardasee, weil Gitti jedes Jahr nach dem Italien-Urlaub den Schrank voller Limoncello hat, für den Fall, dass es zu einer weltweiten Limoncello-Krise kommt. Sie könnte einen Großhandel betreiben. Dazu gibt es Häppchen, Käse und Salzgebäck.

Seit jeher steht im Wohnzimmer ein Kartenspieltisch aus Mahagoni, an dem ich Mau-Mau und Schwarzer Peter gelernt und später dann mit meiner Mutter Rommé gespielt habe – ein Familienerbstück aus der Gründerzeit, quadratisch mit grüner Filzbespannung und zur Hälfte aufklappbar mit einem Fach unter der Platte, in dem Spielfiguren und -bretter, Würfel und Karten Platz fanden. Seit meiner Kindheit hat sich das nicht geändert. Genauso wie der Duft des alten Holzes, der nach Kindheit und Vergangenheit riecht. Auch Flo hat mit seiner Oma an diesem Tisch Rommé spielen gelernt. Später dann hat er ihr beim Poker auf die Sprünge geholfen, damit sie den anderen gegenüber etwas mehr im Vorteil war. Natürlich beteiligte sie Florian anschließend großzügig an ihren Gewinnen.

«Was jetzt wohl mit dem großen Haus passiert?» Das war eindeutig Lisbeths quietschig-schräge Stimme. Die kleine weißhaarige Frau, mit 74 Jahren die Älteste in der Runde, stand hinter Karin und griff beherzt zum Butterkuchen.

«Wieso? Nix! Was soll damit passieren?», fragte Karin mit tiefer Stimme auf ihre schnoddrige Art. Karin, groß und kräftig, sah mit Mitte sechzig locker zehn Jahre jünger aus, trotz ihres körperlich anstrengenden Jobs als Tankstellenpächterin. Und das seit über dreißig Jahren. Früher noch mit ihrem Mann Horst zusammen, der aber von einer Thailandreise nicht zurückgekehrt war, weshalb sie die Tanke seitdem alleine schmiss.

Gitti wandte sich ihnen zu, auf dem Teller ein Erdbeertörtchen. «Wilma kann unmöglich alleine hier wohnen – da vereinsamt sie uns noch!» Gitti war um die siebzig, eine korpulente Diva mit wallendem Haar und noch wallenderen Gewändern, unter denen sie ihr Übergewicht zu verstecken versuchte. Ein Style, den sie seit den achtziger Jahren kultivierte. Viermal verheiratet und dreifach verwitwet. Der letzte Mann war ihr lieber davongelaufen, bevor er das Zeitliche segnete. Er hing offenbar mehr an seinem Leben als an Gitti, obwohl sie gar nicht schuld am Tod ihrer drei Ehemänner war. Gitti sei bloß fordernd, hatte meine Mutter mir einmal zu erklären versucht. Gitti liebte ihre Männer so sehr – körperlich wie geistig –, dass es die Herren gesundheitlich überforderte.

«Und was ist mit Ulrike?», fragte Lisbeth.

Ich wurde hellhörig und legte mir in Hörweite möglichst unauffällig ein paar Stücke Bienenstich auf einen viel zu kleinen Teller. Ich war gespannt, was Mamas Freundinnen mit mir vorhatten.

Lisbeth stopfte sich umständlich ein großes Stück Kuchen in ihren kleinen Mund, dessen Lippenstiftfarbe exakt auf den Nagellack abgestimmt war – Altrosa. Sie hatte gerade Goldene Hochzeit mit ihrem Mann Julius gefeiert und führte tatsächlich seit fünfzig Jahren eine glückliche Ehe.

Beeindruckend, dachte ich und fragte mich, was wohl ihr Geheimnis war. Toleranz oder Ignoranz?

Lisbeth hob die Kuchengabel. «Könnte Ulrike nicht vorübergehend zu ihr ziehen? Das Haus ist groß genug. Und Flo und Clemens kommen sicher eine Zeitlang ohne sie aus.»

«Bloß nicht!» Karin sprach meine Gedanken laut aus. «Jetzt können wir endlich mal richtige Partys feiern, wo der alte Griesgram – Gott hab' ihn selig – weg ist.»

«Karin! Karl wurde gerade erst beerdigt! Wilma muss das doch erst mal verarbeiten. Die Arme hing doch so an ihm. Das ist nicht so einfach. Wo steckt sie eigentlich?» Gitti stand zwischen ihren Freundinnen und hielt Ausschau nach meiner Mutter, als sie mich entdeckte. «Oh, Ulrike, Liebes!»

Die Damen schauten sich gegenseitig unsicher an und ahnten offenbar, dass sie belauscht worden waren.

«Wo ist denn deine Mutter?», fragte Karin.

Ich gab mich völlig unschuldig. «Im Garten, glaube ich. Sie braucht noch einen Moment.»

Gitti kam zu mir und umarmte mich mütterlich, wobei sie mich an ihren großen, ausladenden Busen drückte. Ich hatte Mühe zu atmen. «Och, mein Rikchen, wie geht's dir denn heute überhaupt? Ist für dich ja auch nicht leicht alles. Hm?» Sie nahm mich bei den Schultern und strich mir mit ihren fleischigen Fingern über die Wangen, wie einer Fünfjährigen, während ich versuchte, den Bienenstich herunterzuwürgen. Für Mamas Karten-Kränzchen würde ich immer ein Kind bleiben – so viel stand fest.

«Geht schon.» Ich wusste, dass sie mich gleich nach meinem Privatleben ausfragen würden, und biss vorsichtshalber schnell noch mal in den klebrigen Kuchen.

Gitti erfüllte meine Befürchtungen prompt. «Wie läuft's denn bei dir so, meine Kleine? Und wo ist eigentlich dein Mann?»

«Jetzt lass sie doch mal in Ruhe essen, Gitti!», mischte sich Karin zum Glück ein, legte mir noch ein Erdbeertörtchen auf den Teller und rubbelte fürsorglich meinen Arm. «Du hast doch nicht etwa vor, hier einzuziehen, oder?»

Ich schüttelte vehement den Kopf.

«Seht ihr!», fühlte sich Karin bestätigt. «Besser ist es – für euch beide.» Da hatte sie eindeutig recht.

Lisbeth fuchtelte gefährlich mit ihrer Kuchengabel dazwischen. «Ist doch schnuppe – wichtig ist, dass wir uns jetzt alle um Wilma kümmern müssen. Oder, Rike-Schatz?»

Ich nickte wortlos, weil ich gerade das Erdbeertörtchen probierte. Eine echte Herausforderung, denn das Obst war mit unendlich viel Gelatine überzogen, die mir schon als Kind zuwider gewesen war. Dennoch war der Kuchen ein Hit in Meppelstedt. Ich spülte das Törtchen mit einem großen Schluck Kaffee herunter und hatte ernsthaft Zweifel, ob meine Strategie *mehr essen, weniger reden* wirklich so gut war. Am Ende würde ich vielleicht niemandem mein Leben erklären müssen, dafür aber eine Tonne wiegen. Keine wirklich gute Idee.

«Meint ihr denn, sie hält es hier alleine aus?»

Gittis Frage war berechtigt. Ich wusste, dass meine Mutter sich in ihrer neuen Situation noch nicht so gut zurechtfand.

Lisbeth erschrak. «Nein, aber sollen wir etwa alle hier einziehen, bis es Wilma bessergeht? Das lässt mein Julius niemals zu. Er glaubt sowieso seit Jahren, dass euer Einfluss auf mich schlecht ist.»

«Kluger Mann, dein Julius. Aber die Idee ist gar nicht schlecht! Vielleicht sollten wir die Befürchtungen deines Mannes wahrmachen. Gründen wir hier eine neue Kommune 1 – freie Liebe für freie Menschen! Das Haus bietet sich geradezu an dafür.» Gitti war begeistert von ihrer Idee und strahlte uns der Reihe nach an.

Oh Mann – damit war ich jetzt echt überfordert. «Also, ich weiß nicht ...»

Karins Gesicht hellte sich auf. «Keine schlechte Idee. Wir könnten endlich mal wieder Sex haben!»

«Und mit wem? Wenn ich fragen darf?», nahm Lisbeth ihren Freundinnen den Wind aus den Segeln. «Wir sind ein paar alte Schachteln, die keinen halbwegs akzeptablen Mann hinterm Busch hervorlocken.»

Ein nicht ganz von der Hand zu weisender Einwand. Gittis und Karins Gesichter verdunkelten sich wieder.

«Oh, danke, liebste Lizzy, dass du uns daran erinnerst. Was würden wir nur ohne dich machen?» Karin klang echt sauer.

Gitti verdrehte die Augen und streckte ihren korpulenten Körper. «Och, ich für meinen Teil sehe das anders. Ich weiß, dass ich noch Chancen habe. Dazu brauche ich gar keine Kommune. Ich wollte euch nur einen Gefallen tun, damit ihr auch mal wieder zum Zug kommt.» Du meine Güte, das wurde mir langsam alles zu viel. Aber Gitti setzte noch eins drauf und erwischte mich kalt: «Wie steht's eigentlich um dein Liebesleben, Rike? Dein Mann hat wohl keine Zeit?»

Ich musste hier weg!

«Mein ... ach ... läuft so», lächelte ich beiläufig, während ich den Rest von meinem glibberigen Erdbeertörtchen abstellte, als mich jemand von hinten am Ärmel zog.

Schmiddi! Selten war ich so froh gewesen, ihn zu sehen.

Nervös beugte er sich zu mir. «Los, komm, ich hab' was für dich!», flüsterte er auffällig unauffällig, wie Schlemihl aus der Sesamstraße, der gerade ein unsichtbares Eis verkaufen wollte.

Das ließ ich mir nicht zweimal sagen. Mit einem kurzen «Bis später!» verabschiedete ich mich von Mamas Freundinnen und folgte Schmiddi zur Terrasse, ohne zu wissen, warum eigentlich. Draußen, in einer ruhigen Ecke, sah er sich in alle Richtungen um und zog dann ein frisches Päckchen Tabak und Blättchen aus der Jackentasche.

«Nimmst du auch Selbstgedrehte?»

«Machst du Witze? Klar, wo hast du denn den Tabak her?»

Schmiddi sah sich wieder verstohlen um, hielt sich den Zeigefinger vor den Mund und machte tatsächlich *schschsch*. Er war fast besser als Sesamstraßen-Schlemihl. «Aus unserer Garage.»

«Deine Eltern rauchen!?», fragte ich völlig verstört.

«Was?! Nein! Natürlich nicht! Ich ... ich meine, das ist meiner.»

«Was?! Dein Tabak?», rief ich überrascht, und sofort ermahnte er mich erneut mit einem nachdrücklichen *Schschsch!*

Ich nickte und flüsterte: «Dein Tabak? Seit wann rauchst du denn?» Ich verstand die Welt nicht mehr.

Schmiddi friemelte ungeschickt ein Blättchen hervor und versuchte dann eine Portion Tabak aus dem Päckchen herauszuziehen, was ihm Schwierigkeiten bereitete, denn seine Portion hätte für zehn Kippen gereicht.

«Ach ... noch nicht lange.»

«Das sieht man.» Vom Drehen hatte Schmiddi wirklich keine Ahnung, so, wie er den zu großen Tabakklumpen auf dem Blättchen zu verteilen versuchte.

«Wieso fängst du denn in deinem Alter noch mit dem Rauchen an? Gib mal her!» Ich nahm ihm Tabak und Blättchen aus den Händen und drehte selbst. Das ist wie Fahrradfahren – verlernt man nie, dachte ich zumindest. Aber es war schwieriger als erwartet.

«Nur so.»

Schmiddi beobachtete mich ganz genau, schaute abwechselnd auf meine Hände und in mein Gesicht. Das machte die Sache für mich nicht unbedingt leichter. Meine letzte Selbstgedrehte war schon eine Weile her, und entsprechend krumm wurde die Kippe. Egal, man konnte sie rauchen.

«Nur so?! Während die ganze Welt sich das Rauchen abgewöhnt? Versteh ich nicht.»

Schmiddi sah mich an. «Musst du nicht. Musste aber sein.»

Ich musterte ihn und begann langsam zu ahnen, was da geschah. Sollte Schmiddi endlich seine Pubertät nachholen und rebellieren? Mit Mitte vierzig?! Ich drehte gleich zwei – eine für Schmiddi, der sich die Kippe aber für später aufheben wollte. Er wollte vermutlich nicht riskieren, dass ihn seine Eltern beim Rauchen erwischten. Er gab mir Feuer, ich sog fest an der Zigarette, inhalierte tief und spürte sofort, wie mir das Nikotin in den Kopf stieg. Mir wurde schwindelig, aber ich versuchte, mir nichts anmerken zu lassen.

«Alles in Ordnung, Rike?»

Mist. «Äh ... Ja, ja.»

«Ich hol dir lieber mal ein Glas Wasser.»

«Weißwein, bitte. Ich ... vertrag kein Wasser.»

Schmiddi stutzte.

«Heute. Ich vertrag heute kein Wasser. Okay?», eierte ich herum.

Er verstand und marschierte los. Und ich ging in den Garten, wo ich meine Mutter und Flo beim Gartenhäuschen entdeckte. Dabei atmete ich tief ein und aus, um den Kopf wieder klar zu bekommen und nicht zu taumeln. Unauffällig ließ ich die Kippe in einen Blumenkübel fallen.

«Alles klar bei euch? Deine Mädels fragen nach dir, Mama.»

Sie sah mich an und schüttelte den Kopf. «Ich kann nicht. Ich ertrage das nicht, Ulrike. All diese Leute hier. Am liebsten wäre ich allein.»

«Aber, Oma, du bist doch keinem was schuldig. Oder?», warf Flo ein.

«Natürlich nicht. Außer Karl. Ihm bin ich etwas schuldig. Es sollte ein respektvoller Abschied sein!»

«Das ist es, Mama», tröstete ich meine Mutter und strich ihr über den Arm.

Sofort schnupperte sie an mir. «Hast du geraucht?»

«Ja, Mama. Ich meine, nein! Ich hab' doch längst aufgehört.»

Flo sah mich spöttisch an. «Opa hätte dir Hausarrest gegeben.»

Ich rollte mit den Augen.

«Was denn?! Er war immer voll mies drauf.»

«Florian!», ermahnte ich ihn.

Dabei war mein Vater nicht immer *mies drauf.* Er war sogar mal relativ umgänglich gewesen. Und er war vernarrt gewesen in seinen Enkel. Am meisten aber hatte er Wilma geliebt. Sehr sogar, und ich hatte als Kind oft genug gesehen, wie sie sich liebevoll ansahen, miteinander umgingen und sich umeinander sorgten. In den vergangenen Jahren wurde mein Vater allerdings immer grantiger. Als Außenstehende konnte ich beobachten, wie er sich tatsächlich zu einem unzufriedenen, eifersüchtigen Griesgram entwickelte. Vor allem nach dem ersten Schlaganfall vor einem Jahr, der ihn körperlich eingeschränkt und zu einem Pflegefall gemacht hatte. Außer Mamas Freundinnen vom Kartenkränzchen kam kaum noch jemand zu Besuch, der nicht zur Familie gehörte. Auszugehen wagte sie nicht, denn mein Vater war von dem Gedanken besessen, dass seine Frau einen Liebhaber haben könnte. Seine Eifersucht nahm lächerliche Ausmaße an. Abgesehen davon, dass meine Mutter gar keine Zeit für eine Affäre gehabt hätte, weil sie im Haus ja alles alleine machen musste, wäre es ihr überhaupt nicht in den Sinn gekommen. Zudem war Mamas Sorge, ihrem Mann könnte während ihrer Abwesenheit etwas zustoßen, sowieso für sie unüberwindbar geworden.

«Und was wird jetzt mit dir, Mama?», fragte ich sie.

Meine Mutter sah mich nachdenklich an. Ihre Augen füllten sich mit Tränen, ihr Blick blieb starr. Sie war völlig in sich gekehrt.

«Ich weiß nicht.» Sie senkte den Blick. «Ich weiß es einfach nicht.»

Ich nahm meine Mama in den Arm und tröstete sie. «Alles wird gut. Wir kriegen das zusammen schon hin.» In diesem Moment glaubte ich mir selbst sogar und hatte das Gefühl einer Mutter, die ihr Kind tröstet.

«Was will *der* denn?», fragte Flo, als er hinter mir jemanden sah – Schmiddi, der sich mit zwei Weingläsern näherte.

«*Der* bringt mir freundlicherweise ein Glas Wein.»

Meine Mutter schälte sich aus meiner Umarmung, bemüht, Haltung zu bewahren.

«Ihr solltet reingehen», erklärte ich. «Es wird kalt.»

«Ja, ja», nuschelte meine Mutter.

Ich signalisiere Flo, seine Oma nicht allein zu lassen.

«Aber ich muss gleich los», flüsterte er hinter ihrem Rücken.

Da musste ich mich wohl verhört haben. «Du weißt schon, dass das hier Opas Beerdigung ist? Du musst heute sicher nirgendwohin.»

«Komm schon, Mama! Dem ist doch egal, ob ich hier bin oder in Timbuktu.»

Da hatte Flo ausnahmsweise zwar recht, aber es war trotzdem respektlos. Ich musste das ja auch aushalten und konnte nicht einfach gehen. «Keine Diskussion! Und kümmere dich um Oma.»

Flo erkannte seine Chance und ergriff sie – mieser, kleiner Erpresser. «Okay, aber ... unter einer Bedingung.»

Ich warf ihm einen Blick zu, bei dem selbst die Hölle zugefroren wäre. Und um jede weitere Diskussion zu vermeiden, wandte ich mich Schmiddi zu, der mir ein Weinglas reichte.

Flo rannte meiner Mutter hinterher. «Komm, Oma, wir gehen noch 'ne Runde, wenn dir alle hier so auf den Sack gehen.»

«Florian!», rief ich mahnend, nickte ihm aber dankbar zu, als er seine Oma unterhakte, um sie abzulenken.

Ich dankte Schmiddi für den Wein und prostete ihm zu. Eine peinliche Stille entstand.

«Und, Schmiddi? Was macht der Job?», fragte ich, obwohl es mich nicht wirklich interessierte.

«Läuft ganz gut. Und bei dir?»

«Super», lächelte ich verzweifelt und leerte mein Glas zur Hälfte. Langsam verteilte sich der Alkohol im Blut, und das war gut so.

«Entschuldige, das war blöd. Ich Idiot», sagte Schmiddi.

*Ja*, dachte ich. «Nein, überhaupt nicht.»

«Immerhin ist dein Vater gerade beerdigt worden.»

«Stimmt.»

Wir schlenderten etwas gelangweilt durch den Garten, und weil es wirklich langsam kühler wurde, legte Schmiddi mir sein Jackett um. Der Gute. Er würde seine Frau bestimmt niemals betrügen oder mittellos zurücklassen – eine sichere Bank. Ich musterte ihn von der Seite. Doch als seine Mutter ihn zu sich rief, wurde mir wieder bewusst, dass sich niemand einen Partner wünscht, der mit Mitte vierzig noch bei Mutti wohnt.

Ich beobachtete Schmiddi und seine Mutter – und nicht weit von ihnen entfernt: Flo und seine Oma im Gespräch. Mein Sohn redete und meine Mutter hörte aufmerksam zu. Dann drückte sie ihm etwas in die Hand – vermutlich einen Geldschein – und Flo umarmte sie ganz fest. Mit Sicherheit ein Geldschein! Sie gab ihm einen Kuss, schob ihn schulterklopfend von sich, und mein Sohn machte sich aus dem Staub. Unfassbar! Dieser kleine Satan wollte mich tatsächlich austricksen. Aber nicht mit mir!

Ich fing ihn an der Haustür ab. Er warf sich gerade seine Jacke über. Hinter seinem Ohr klemmte eine Zigarette, die ich mir sofort schnappte. «Her damit!»

Er widersprach nicht, weil er merkte, wie sauer ich war.

«Komm mit, Freundchen, ich glaub', wir müssen uns mal unterhalten.» Dann riss ich ungeduldig die Tür auf, um draußen ungestört mit ihm zu reden, und erschrak.

Vor mir stand ein Mann. Er wirkte mindestens so überrascht wie ich, nahm den Hut ab und deutete eine Verbeugung an. Es war der Unbekannte vom Friedhof.

«Verzeihen Sie die Störung. Ich möchte bitte zu Wilma Herrlich. Sie wohnt doch hier?» Seine Stimme war tief, warm und weich.

Flo schaute mir neugierig über die Schulter. Wir wechselten einen kurzen Blick, und ehe ich reagieren konnte, nutzte mein hinterhältiger Sohn die Gunst des Augenblicks und schlängelte sich an mir und dem Fremden vorbei aus dem Haus.

«Flo!»

«Sorry, muss los! Sag Oma, ich komm sie bald besuchen.»

«Aber ...», rief ich und lief meinem Sohn sogar noch ein Stück hinterher, merkte jedoch, wie komplett unsinnig das war, und kehrte kopfschüttelnd um.

«Conti, Franz Eduard Conti», sagte der Mann auf der Treppe.
«Kleiner verdammter Mistkerl!»

Der Fremde sah mich entsetzt an und baute sich in voller Größe vor mir auf.

«Entschuldigung, junge Dame, ich bin ein Meter vierundachtzig groß und vielleicht hielt mich in der Vergangenheit so mancher für einen Mistkerl, aber *klein* hat mich bislang noch niemand geschimpft!»

«Oh ... das tut mir leid.»

«Wie bitte?»

«Ich meine, *das* tut mir natürlich nicht leid, ich meine ...»

Es hatte keinen Sinn. Aus meinem Mund kam nur ungeordneter Unsinn. Ich hielt also besser die Klappe.

Wir blickten einander schweigend an, der Fremde und ich, sammelten uns und begannen von vorn.

«Jugendlicher Hitzkopf, was? Ihr Sohn?» Er lächelte verständnisvoll.

Ich nickte. «Hm ... Die Pubertät.»

«Oh, verstehe. Ja dann. Sind Sie ... Wilmas Tochter?»

Neugierig legte ich den Kopf schief, wie ein horchender Hund. «Und Sie sind Herr ... 'tschuldigung, wie war Ihr Name?»

Ja, ich gebe zu, es ist eine meiner schlechtesten Eigenschaften, dass ich mir keine Namen merken kann. Schlimmer noch: Ich vergesse sie schon, während sich mir jemand vorstellt. Hinzu kommt ein ausgesprochen schlechtes Gesichtsgedächtnis. Das bedeutet, dass ich im ungünstigsten Fall immer wieder jemandem vorgestellt werde, der mir schon öfter begegnet ist, ich ihn oder sie aber nicht wiedererkenne. Oder ich ordne einem Gesicht den falschen Namen zu. Das kann sehr peinlich werden, muss es aber nicht. Es gibt nur eine Lösung für dieses Problem: die Offensive. Nur wenn ich das Kind beim Namen nenne und offen damit umgehe, zeigen meine Mitmenschen Verständnis für meine Schwäche. Und siehe da, ich bin nicht allein. Viele Menschen geben zu, dass es ihnen oft genauso geht. Vermutlich ist das alles sowieso aufs Alter zurückzuführen und darauf, dass unsere Festplatten einfach zu voll sind.

«Conti, Franz Eduard Conti.» Er wiederholte freundlicherweise seinen Namen. «Lassen Sie mich Ihnen mein tiefstes Beileid aussprechen. Und auch Ihrer Frau Mutter. Ich möchte ihr gerne meine Aufwartung machen, wenn Sie gestatten.»

«Danke.» Ich war beeindruckt von seiner Wortwahl. Er wollte Mama *seine Aufwartung* machen. Soso. Ich sah mir den Herrn genauer an. Er war mindestens siebzig und wirkte irgendwie aus der Zeit gefallen – wie er sprach, wie er sich bewegte. Gepflegte Erscheinung, groß, volles graumeliertes Haar, außer einem schmalen, grauen Schnäuzer frisch rasiert, freundlich warme braune Augen, von Lachfältchen umrahmt. Er wirkte wie die Hauptfigur in einem alten Hollywoodstreifen aus den vierziger Jahren. Interessant. Aber irgendwas störte mich an ihm. Irgendwas war seltsam ...

«Na dann ... Kommen Sie herein, Herr Conti!»

Er trat ein, ich nahm ihm Mantel und Hut ab und führte ihn ins Wohnzimmer. Er trug einen tadellosen schwarzen Anzug mit feinen Nadelstreifen, der ihm perfekt auf den etwas kräftigen Körper geschneidert worden war. Dazu ein schwarzes Hemd und schwarze Budapester. Sein Outfit hatte eine leichte Mafia-Note. Natürlich glotzten ihn alle an, insbesondere die Kränzchen-Runde, die schon bald wenig diskret ins Tuscheln geriet.

«Kennt ihr den?», fragte Tankstellen-Karin ihre Freundinnen.

«Noch nicht, aber das kann sich schnell ändern. Hmmmm ...» Ich konnte hören, wie Gitti mit der Zunge schnalzte, und sah ihren lüsternen Blick auf Herrn Contis Gesäß.

Lisbeth schüttelte den Kopf. «Nicht eure Kragenweite, Mädels. Und außerdem zu alt für euch. Eher was für mich.»

«Wieso das denn?», wunderte sich Karin.

«Weil er ein Mann von Welt ist und bestimmt weit über siebzig.»

Karin mochte es nicht, wenn die kleine Lisbeth sich so aufplusterte. «Aber du hast doch Julius! Was willst du denn von dem da?!»

«Ach, Lizzy», lächelte Gitti mitleidig. «Der da steht auf echte Weiber. Das glaub mal!»

Diese Steilvorlage ließ sich Lisbeth nicht nehmen. «Wenn du damit dicke Weiber meinst, überlasse ich ihn dir.»

Damit verstummte das Gespräch abrupt.

Ich führte Herrn Conti von den anderen Gästen weg und bot ihm einen Kaffee an, aber er lehnte höflich ab. Auch bei Likör, Bier, Schnaps und Wasser schüttelte er dankend den Kopf. Er wirkte angespannt und für mein Empfinden sogar etwas aufgeregt. Wir gingen auf die Terrasse. Wohlwollend sah er sich um und nickte anerkennend.

«Ein wunderbares Haus. Und dieser Garten – ein Paradies. Vor allem für Kinder.»

«Unbedingt», sagte ich voller Überzeugung und lächelte höflich.

Mein Vater hatte es gehasst, wenn ich als Kind zwischen seinen Rosen herumsprang, während ich mit meinen Freundinnen Verstecken spielte. Und ich hasste es auch, denn seine blöden Rosen zerkratzten mir dabei die Haut, zerzausten mein Haar, und ständig blieb ich mit meinen Klamotten an den Dornen hängen. Dennoch nahm ich die blutigen Kratzer in Kauf, nur um Papa zu ärgern.

«Und sicher haben Sie wunderbare Feste hier gefeiert.»

«Die schönsten!»

An meinem 16. Geburtstag stand abends ein Streifenwagen vor unserer Tür, weil Schmiddis Eltern wegen Ruhestörung die Polizei gerufen hatten. Ich weiß nicht, ob sie sich mehr durch die Musik oder die knutschenden Pärchen im Garten gestört fühlten. Vermutlich hätten sie sich nicht gestört gefühlt, wenn Schmiddi eingeladen gewesen wäre. Zugegeben – es war blöd und strategisch unklug, den Nachbarsjungen nicht einzuladen. Mit meinen Eltern hatte ich den unfassbar großzügigen Deal, dass sie mich in Ruhe ließen, wenn ich versprach, alle Spuren restlos und ausnahmslos zu beseitigen. Ich hätte alles versprochen. Leider hatten wir ein unterschiedliches Verständnis von *restlos*. Den Rosen ist der Abend jedenfalls nicht so gut bekommen. Das war dann auch die erste und einzige Party, die ich feiern durfte.

«Das müssen einzigartige Erinnerungen für Sie sein, Frau …»

Ich lächelte freundlich. «Absolut einzigartig. Verzeihung, ich habe mich nicht vorgestellt. Ich bin Ulrike. Ulrike Klein.»

«Enchanté», sagte er, nahm meine Hand und machte einen Diener, während er einen Handkuss andeutete.

Die anderen Gäste schauten nach wie vor interessiert, und mir war das etwas peinlich.

«Der Verlust Ihres Herrn Vaters muss äußerst schmerzlich für Sie sein.» Er hielt meine Hand fest.

Ich wusste gar nicht, wie ich darauf reagieren sollte, und lächelte, obwohl das wohl die falsche Reaktion war. «Es geht schon … Ich habe Sie bei der Beerdigung gesehen. Sie kannten meinen Vater?»

Nun sah er mich freundlich an, ließ meine Hand aber immer noch nicht los, sondern legte stattdessen seine andere Hand obendrauf.

«Ja, Ihr Vater und ich waren einmal sehr eng befreundet. Und Sie sehen ihm sogar ein wenig ähnlich, obwohl ich in Ihnen eindeutig Ihre Frau Mutter erkenne.»

Das war das Stichwort.

«Ja, wo ist eigentlich *meine Frau Mutter*?», sagte ich etwas übertrieben und hoffte gleichzeitig, dass mir Herr Conti diese Überbetonung nicht übelnahm. Ich zog meine Hand weg, denn endlich sah ich sie im Gespräch mit Schmiddi. Herr Conti folgte meinem Blick und sah sie nun auch. Einen Moment lang rührte er sich nicht und schaute sie einfach nur an, wie jemand, der beeindruckt ein Gemälde betrachtet. Dann trafen sich ihre Blicke. Sie sahen einander sehr intensiv an, und Herr Conti nickte ganz leicht. Den Blick meiner Mutter konnte ich nicht richtig deuten – eine Mischung aus Überraschung, Angst und Neugier. Sie nickte zurück. Ein Königreich für ihre Gedanken. Sie kannte ihn auf jeden Fall. So viel stand fest. Was lief da?

«Bitte entschuldigen Sie mich», sagte Herr Conti und ging zu meiner Mutter, während Schmiddi zu mir auf die Terrasse kam.

«Wer ist das?», fragte er neugierig.

«Keine Ahnung.»

Dann beobachteten wir die beiden zusammen mit einigen anderen Terrassenstehern und denen, die jetzt neugierig aus dem Wohnzimmer dazukamen. Es war wie Open-Air-Theater. Wie *Turandot* auf der Bregenzer Seebühne oder wie Public Viewing bei der Fußball-WM: Wir standen mit leckeren Drinks unter freiem Himmel mit Gleichgesinnten und verfolgten gespannt ein unterhaltsames Schauspiel.

Herr Conti begrüßte meine Mutter mit einem Handkuss und der dazugehörigen Verbeugung, bevor er sich ihr vermutlich erklärte. Die zwei schlenderten langsam durch den Garten.

«Schade, dass wir nicht mithören können», sagte ich.

«Ist vielleicht auch ganz gut so.»

«Wieso das denn?»

«Ich bin eben diskret», sagte Schmiddi.

Ich verdrehte die Augen und starrte in den Garten, wo die beiden soeben stehen geblieben waren. Herr Conti hatte seine kleine Rede beendet und nahm die Hände meiner Mutter in seine. Ganz offensichtlich wartete er auf eine Reaktion.

Meine Mutter verzog keine Miene. Kein noch so kleines Lächeln durchzuckte ihre Mundwinkel. Dann endlich, nach gefühlten zehn Minuten, löste sie ihre Hand aus seiner, holte aus und verpasste ihm eine schallende Ohrfeige, die perfekt saß und so laut knallte, dass alle Gäste den Atem anhielten.

Stille! Sogar die Vögel stellten das Zwitschern ein.

Was für eine Demütigung! Wer war die Fremde dort zwischen den Hortensiensträuchern? War das Wilma, meine Mutter? Ich erkannte sie nicht wieder! Diese durch und durch disziplinierte Frau. Nie hatte sie die Hand gegen mich erhoben. Nie die Stimme gegen meinen Vater. Und nun das!

Was um alles in der Welt hatte dieser Mann gesagt, was bei meiner rationalen Mutter eine solch leidenschaftliche Reaktion hervorrief?! Noch dazu in aller Öffentlichkeit, wo sie doch jede Art von Peinlichkeiten verabscheute. Ich versuchte, irgendeine Regung in ihrer Mimik zu erkennen, aber Mamas Gesicht blieb starr, genauso wie das von Herrn Conti. Er rührte sich nicht. Die zwei standen einen Moment lang da wie in Stein gemeißelt. Die Zeit schien stillzustehen, die Welt hörte auf, sich zu drehen.

Schließlich löste Mama das Spektakel auf, drehte sich auf dem Absatz um und ging ohne ein Wort quer durch den Garten zum Vordereingang, um im Haus zu verschwinden. Was für ein Schauspiel! Ein Drama! Das Publikum war sprachlos. Herr Conti war noch sprachloser. Meine Mutter hatte ihn einfach vorgeführt.

Ich sah mich gezwungen, den Mann aus seiner misslichen Lage zu befreien, und ging zu ihm, ganz gleich, was der Grund für Mamas Verhalten war.

«Es tut mir wirklich leid, was da gerade passiert ist. Aber meine Mutter steht momentan emotional wohl etwas neben sich. Das müssen Sie verstehen.»

«Ja, natürlich.»

«Kommen Sie, gehen wir in die Küche. Da gebe ich Ihnen eine Forelle.» Herr Conti sah mich irritiert an und fragte sich vermutlich gerade, ob ich, wie meine Mutter, einen Sprung in der Schüssel hatte. «Tiefgefroren. Damit Sie Ihre Wange kühlen können.»

«Ach so!», sagte er erleichtert und folgte mir über die Terrasse durch das Wohnzimmer in die Küche. Er trug die entwürdigenden Blicke der anderen Gäste mit Fassung.

In der Küche nahm ich eine Bachforelle aus dem Tiefkühler und wickelte sie in ein sauberes Küchentuch. Als Herr Conti sich das Päckchen auf die rotglühende linke Wange hielt, wagte ich mich vor.

«Was ist denn passiert?»

«Nicht der Rede wert. Meine Schuld.»

«Also, wer sind Sie, dass meine stets gefasste Mutter so ausrastet?»

Er wollte gerade antworten, als die Poker-Damen überraschend in der Tür standen.

«Ulrike! Liebes, willst du uns nicht den Herrn vorstellen, der unsere Wilma so erzürnt hat?!», hörte ich Gittis Stimme.

Die drei Damen blickten Herrn Conti erwartungsvoll an, bereit, den armen Mann sofort an Ort und Stelle zu vernaschen.

«Sie Armer, was auch immer Sie ausgefressen haben – wir verzeihen Ihnen!», fügte Lisbeth lächelnd hinzu.

Und Karin, mit ihrer tiefen Stimme, trieb es auf die Spitze: «Oder ist das Ihre Masche? Stehen Sie drauf – auf die dominante Art? Dann sollten wir uns unbedingt näher kennenlernen.»

*Oje*, dachte ich und ertappte mich beim Fremdschämen. Was für Schlangen!

Gitti schüttelte den Kopf, legte Karin ihre Hand auf die Schulter und schenkte Herrn Conti ihr lieblichstes Lächeln. «Ignorieren Sie sie einfach. Sie hat ihre Tabletten noch nicht genommen. Eigentlich ist sie ganz ungefährlich, was man ja von unserer Wilma nicht gerade sagen kann.»

Lisbeth drängte sich vor. «Verzeihen Sie. Wir sind Wilmas beste Freundinnen. Uns können Sie sich unbesorgt anvertrauen.» Sie klimperte mit den Wimpern.

«Ja, kommen Sie, erzählen Sie uns, wer Sie sind und was Sie hierherführt!», forderte Gitti Herrn Conti auf.

Die drei kamen mir plötzlich vor wie die Sirenen aus der Odyssee. Ich glaube, sie wollten Herrn Conti wirklich verführen – zu was auch immer.

Ganz egal, weshalb meine Mutter ihn so bloßgestellt hatte, jemand musste dem armen Mann helfen, erhobenen Hauptes dieses Haus wieder verlassen zu können. Ich wollte gerade für ihn Partei ergreifen, da kam mir Herr Conti zuvor und schenkte den Damen ein warmes, freundliches Lächeln.

«Enchanté, Mesdames.»

Er gab Gitti, Karin und Lisbeth nacheinander einen Handkuss, was allen dreien ausnahmslos die Röte ins Gesicht trieb, und stellte sich selbst vor. «Conti, Franz Eduard Conti. Leider muss ich Sie enttäuschen. Mir bleibt leider keine Zeit. Termine ...» Damit drückte er mir die Forelle in die Hand, machte einen Diener in die Runde und verabschiedete sich. «Richten Sie doch bitte Ihrer Frau Mutter meine aufrichtigsten Grüße aus», sagte er zu mir gewandt.

Er schien noch etwas hinzufügen zu wollen, zögerte jedoch und verließ ohne ein weiteres Wort das Haus.

Auch ich war sprachlos.

«Was war das denn?», fragte mich Mona, die überraschend hinter mir stand.

«Keine Ahnung», sagte ich völlig irritiert und ging ins Wohnzimmer, um mir einen großen Gin Tonic zu mixen.

Meine Mutter ließ sich nicht dazu bewegen, ihr Schlafzimmer zu verlassen. Als ich mit ihr sprechen wollte, verlangte sie nur, ich solle wie alle anderen Gäste nach Hause fahren. Nach dieser Nummer wollte sie niemandem mehr ins Gesicht sehen müssen, dermaßen peinlich sei ihr der Auftritt.

Ich konnte das sehr gut verstehen. Also versprach ich, sie allein zu lassen, wenn sie mir versprach, keinen Unsinn zu machen. Dabei war ihr Auftritt im Garten echt imposant gewesen. Schließlich hatte sie eine völlig neue Seite von sich offenbart. Da glaubte ich, sie ein Leben lang zu kennen, und dann so was.

Mona, Schmiddi und ich räumten noch unten auf und packten den restlichen Kuchen für Schmiddis Eltern ein. Später bot Mona mir an, mich in die Stadt mitzunehmen, weil sie in irgendeiner Bar noch Freunde treffen wollte. Mir war das sehr recht, denn ich hatte keine Lust auf eine Stunde S-Bahn-Fahrt. Ich war müde und erschöpft und wollte einfach nur nach Hause.

Wir winkten Schmiddi zum Abschied und verließen Meppelstedt. Mona fuhr einen teuren Mercedes und drückte ordentlich aufs Gas. Dazu drehte sie die Musik auf. Lenny Kravitz.

Mir war irgendwie nicht nach Rock 'n' Roll.

«Komm schon, Rike, mach dich locker! Es ist vorbei! Entspann dich!»

Sie ließ die Fenster runter, und frische Frühlingsluft strömte ins Auto. Ich atmete tief ein, schloss die Augen und gab mich der Musik und dem Rausch der Geschwindigkeit hin. Mein Gott, war das befreiend nach diesem entsetzlich langen Tag, der sich anfühlte wie eine ganze Woche. Allmählich fiel die Anspannung von mir ab. Ich hielt den Kopf in den Fahrtwind, und es war ein bisschen wie früher, wenn wir am Wochenende unterwegs waren. Frei, unbeschwert und das Leben in vollen Zügen genießend.

Mona erzählte mir auf der Fahrt von ihrer erfolgreichen Arbeit als Immobilienmaklerin in England, dass sie ihr Business in Deutschland ausbauen wollte und deshalb neuerdings mit einer großen deutschen Maklerfirma zusammenarbeitete.

Wie schön für sie, dachte ich, auch wenn mich ihre Karriere an meine eigene Misere erinnerte. Ich war von einer Hausfrau zum arbeitssuchenden Single geschrumpft.

Ein bisschen hätte sie mir vielleicht auch dankbar sein können. Denn hätte ich ihr damals nicht Clemens weggeschnappt, wäre ich die Erfolgreiche geworden, und sie hätte ins Klo gegriffen.

Vielleicht. Aber Mona war ganz anders als ich. Ich hatte sie schon immer um ihren Mut und ihre Neugier beneidet. Nach der Schule wollten wir beide raus aus Meppelstedt, aber Mona wollte die weite Welt sehen. Das war mir zu weit. Ich hab's gerade mal bis in die nächste Großstadt geschafft, wo ich zufällig auch einen Studienplatz bekam. Ich war bequem und einfach nicht mutig genug, um ins Ausland oder wenigstens nach Berlin zu gehen. Obwohl Meppelstedt nur eine S-Bahn-Stunde entfernt liegt, schien mir das schon weit genug von zu Hause. Wenn ich alle paar Wochen – später dann alle paar Monate – heimfuhr, besuchte ich meine Eltern und nicht Meppelstedt. Nicht mal zum Klassentreffen bin ich gefahren – weder zum zehnten noch zum 20. und schon gar nicht zum 25. Was hätte ich da auch groß erzählen können? *Hallo, ich bin Rike, Hausfrau und Mutter* – nicht so toll. Ich glaube, ich wollte mir vor allem die Erfolgsgeschichten anderer ersparen.

«Bist du eigentlich glücklich mit Clemens?», fragte mich Mona völlig unvermittelt, obwohl ich auf diese Frage schon den ganzen Tag gewartet hatte – zitternd wie ein Häschen vor der Schlange.

«Schon.» Ich hörte mich das sagen und wusste, wie wenig überzeugend es klang.

Mona warf mir einen Seitenblick zu, den ich nicht erwiderte, weil ich starr geradeaus blickte. Sie beließ es dabei.

Eine Dreiviertelstunde später hielten wir vor unserem Haus, und Mona war sichtlich überrascht.

«Hier wohnst du?»

«Ja.»

«Ach!»

Wieso sagte sie das so?

«Weißt du was? Ich komm noch auf 'n Absacker mit rein.»

Bevor ich protestieren konnte, war sie schon ausgestiegen und lief zum Eingang. «Na los, komm! Ich bin schon ganz neugierig! Clemens wird Augen machen.»

Ich hatte keine Chance. Was hätte ich auch sagen sollen? Also ließ ich sie ins Haus, in das sie regelrecht hineinstürmte.

«Juhu! Clemens! Rate, wer da ist!», rief sie.

«Ich hab' doch gesagt, dass er auf Geschäftsreise ist.»

«Schade.» Mona drehte sich aufgekratzt einmal um die eigene Achse. «Also, wo fangen wir an?»

«Womit?»

«Na, mit der Hausbesichtigung natürlich. Ich bin ja so neugierig!»

Ich seufzte «Du bist 'ne Nervensäge, Mona Hippel!»

Ihr Gesicht strahlte. «Schon immer gewesen.»

«Also schön.»

Ich zeigte ihr das Haus und führte sie stolz durch die Räume meines Reiches. Wie es in manchen Hotels der Fall ist, hatte ich jedes Zimmer thematisch anders eingerichtet. Das Wohnzimmer war in skandinavischem Design gehalten, das Schlafzimmer orientalisch, Florians Zimmer mediterran, die Bäder japanisch. Alles klar und hell und im Einklang mit der Sonneneinstrahlung.

Mona war sichtlich beeindruckt. In mir breitete sich ein warmes triumphales Gefühl aus, und das tat so gut!

Ja! Mein Haus, mein Style, mein Leben! Und bald ein neuer Job! Alles auf Anfang! Also gut, das Haus war jetzt kein architektonisches Meisterwerk, sondern eher ein moderner Betonklotz mit großen Fenstern, aber mit kluger Aufteilung, Kamin, Garten und schicker Hochglanz-Einbauküche in wirklich guter Lage. Vor dreizehn Jahren ein absolutes Schnäppchen. Als Innenarchitektin und gelernte Raumausstatterin hatte ich mich hier völlig ausleben können.

Am Ende der kleinen Führung saßen wir in der Küche, einer modernen Form der SieMatic 6006 mit weißen Hochglanzfronten, und tranken den offenen Chardonnay, der noch im Kühlschrank stand.

«Du bist eine Zauberin, weißt du das?», sagte Mona beeindruckt.

«Wieso?»

«Weil du aus diesem betongrauen 08/15-Schuhkarton ein absolutes Traumhaus gemacht hast. Es ist der Hammer! Mit viel Geschmack und Fingerspitzengefühl für das richtige Maß an Farbe und Material. Jeder Raum eine kleine Oase. Du hättest mein Haus einrichten sollen. Dann wäre es da jetzt vielleicht etwas gemütlicher.»

«Mona, du hast eindeutig zu viel getrunken.»

«Und wenn schon. Man lebt nur einmal!» Sie nahm einen großen Schluck Wein und beugte sich verschwörerisch zu mir rüber. «Mal im Ernst ... wenn Clemens immer so viel unterwegs ist, dann bist du hier oft alleine, aber doch sicher nicht einsam, oder?»

Sie zwinkerte mir tatsächlich zu. War das ihr Ernst? Wollte sie jetzt hören, dass ich fremdgehe, oder was?

«Wenn du's genau wissen willst: Du hast recht. Ich kann fremde Männer mit nach Hause bringen, und niemanden stört es.»

«Wow!» Sie stieß begeistert ihr Weinglas an meins. «Beneidenswert! Du kleines Biest! Aber ... machst du's denn auch?»

Ich lächelte breit und zog vielsagend eine Augenbraue hoch. Das sollte geheimnisvoll wirken. Und es funktionierte. Dabei hatte ich null Ahnung, wie und wo man überhaupt Männer aufriss. Ich war sicher kein Tinder-Girl, das sich wahllos nächtelang online und in irgendwelchen Bars auf die Jagd macht. Im Gegenteil, ich war völlig aus der Übung, und darüber hinaus hatte ich auch absolut kein Interesse an irgendeiner Art von Beziehung, schon gar nicht an schnellen Sex-Geschichten. Aber das musste ich Mona ja nicht gerade auf die Nase binden. Sollte sie ruhig glauben, dass ich eine männerfressende Nymphomanin war und Clemens nach Strich und Faden betrog. Der Gedanke gefiel mir sogar – und ich gefiel mir in dieser Rolle. Also setzte ich mein breitestes Grinsen auf und schwieg vielsagend.

«Das machst du genau richtig! Nimm dir, was du willst, bevor sie dich verarschen!»

Das klang jetzt irgendwie verbittert. Mona blickte tief in ihr Glas und nahm einen weiteren großen Schluck Wein, als wollte sie den Gedanken, der ihr gerade durch den Kopf ging, schnell runterspülen. Dann ließ sie demonstrativ ihren Blick schweifen.

«Sag mal, Rike, ist dir klar, was das heute wert ist?»

«Worauf willst du hinaus?»

«Jetzt mal im Ernst: Ich hätte sofort zehn Interessenten, die bereit wären, mindestens eine halbe Million für das Haus hier hinzublättern.»

«Was?!» Ich war schockiert. «Ich soll mein Haus, äh ... wir sollen unser Haus verkaufen? Wieso das denn?»

«Weil die Zeiten gut sind. Der Immobilienmarkt explodiert. Ihr könntet mit super Gewinn verkaufen.»

Wieso glaubte sie, dass wir das Haus verkaufen wollten? Langsam wurde mir mulmig. Irgendwie hatte ich das Gefühl, als ginge es hier gar nicht um mich, sondern um ein fettes Geschäft für Mona. Spekulierte sie auf eine üppige Provision? Hatte sie nur deshalb das Haus besichtigen wollen? Um zu sehen, ob es sich lohnte?

Ich sah, dass ihr Glas leer war, griff nach der Flasche und hielt sie demonstrativ kopfüber, bis der letzte Tropfen in Monas Glas fiel.

«Och, leer», sagte ich mit allergrößtem Bedauern und erhob mich.

«Aber du hast doch noch eine im Kühlschrank. Hab's gesehen.»

«Oh ... äh ... ach die ... gehört der Nachbarin. Ihr Kühlschrank ist kaputt.»

«Ach, und sie hat zufällig die gleiche Weinsorte wie du?»

«Ja, genau ... wir ... wir bestellen beim gleichen Händler. Spart Porto ...» Was für eine alberne Komödie, aber Mona war nicht blöd.

«Schon klar.» Sie erhob sich ebenfalls. «Wie auch immer. Denk drüber nach: eine halbe Million! Mindestens!»

«Und eine satte Provision für dich.»

Ich drückte Mona ihre Handtasche in die Arme und schob sie zur Haustür.

«Darum geht's doch gar nicht. Es geht um dich, Rike.»

Ja klar, dachte ich. Worum auch sonst? Immer nur um mich. Sicher. Und deshalb wollte *ich* jetzt ins Bett.

«Ich bin echt müde, Mona. Schön, dass wir uns getroffen haben. Und vielen Dank noch mal für deine Hilfe beim Aufräumen.»

Damit schob ich sie aus der Tür und konnte endlich ins Bett gehen. Was für ein beschissener Tag!

Ausgeschlafen und ohne Wecker wachte ich am nächsten Morgen überraschend entspannt auf und hörte die Vögel zwitschern. Traumhaft. Ich liebe den klaren Gesang einer Amsel am Morgen. Es war bereits gegen zehn Uhr. Ich öffnete die Augen und hatte sofort große Lust auf einen großen Kaffee.

Langsam schlappte ich in meinem Lucky-Luke-T-Shirt die Treppe hinunter zur Küche und startete den Kaffeevollautomaten. Als ich den ersten Schluck nahm, musste ich unwillkürlich an George Clooney denken, obwohl der für eine andere Marke wirbt. Und ich fragte mich, was mir diese Obsession für einen verheirateten Mann und Vater eigentlich sagen sollte. Gedankenverloren starrte ich durch die Terrassentür ins Grüne – wo gerade ein wildfremder Mann mit großen Schritten den Garten durchquerte. Und es war definitiv nicht George Clooney.

Was machte dieser Typ in meinem Garten? Ihm folgte ein Paar. Was – machten – die – da?

Irritiert ging ich zur großen Schiebetür und beobachtete die Gruppe, getarnt hinter einem Ficus benjamina. Der Mann mit schütterem Hinterkopf-Haar erklärte dem Pärchen um die vierzig etwas und deutete mit der Hand auf den hinteren Teil des Hauses. Ganz offensichtlich fühlten sie sich unbeobachtet. Das dachte ich zumindest. Bis der Kerl überraschend auf mich deutete und sich das Paar abrupt zu mir umsah. Hinter dem Ficus, der kaum noch Blätter hatte, und nur in Unterhose und Lucky-Luke-T-Shirt bekleidet, hielt ich mir reflexartig die Smiley-Tasse vors Gesicht.

Die drei starrten mich an. Ich starrte zurück. Ich durfte das. Ich war ja hier zu Hause.

Da mich diese Eindringlinge weiterhin schamlos beobachteten, griff ich mir die Tageszeitung vom Küchentresen, entfaltete sie und hielt sie mir vor den Körper, um mit Donald Trump auf der Brust zur gegenüberliegenden Wand zu wackeln, wo ich den Knopf für die Jalousien drücken konnte. Der Fremde im Garten eilte doch tatsächlich herbei und klopfte noch wild an der Terrassentür, bis er mehr und mehr hinter der Jalousie verschwand.

Ich musste nachdenken, mir Zeit verschaffen.

Sollte ich die Polizei rufen? Was wollten die hier am helllichten Tag? Wer waren die? Ich stellte die Tasse neben dem Kühlschrank ab und entdeckte Monas Visitenkarte hinter einem Magneten an der Kühlschranktür. Hatte sie die Leute geschickt? Hatte sie mir ohne Bescheid zu geben ihre Makler-Kollegen auf den Hals gehetzt? Nein, das konnte doch nicht sein! Oder doch? Dieses Miststück ließ nichts anbrennen. Die konnte was erleben!

Sofort nahm ich das Telefon und rief sie an.

Eine halbe Stunde später stand Mona vor der Tür. Ich war angezogen, keinesfalls wollte ich mich der Situation halbnackt stellen. Im Garten wartete die Dreiergruppe geduldig darauf, eingelassen zu werden, um das Haus zu besichtigen.

«Bis du völlig bescheuert, mir hier deine Immobilienfuzzis ins Haus zu schicken?!», fuhr ich sie an. «Ich sollte die Polizei rufen, wegen Hausfriedensbruch. Ich habe doch klar und deutlich gesagt, dass ich nicht verkaufen will. Was ist daran nicht zu verstehen, Mona?»

«Hör mal, Süße, erstens bin ich nicht bescheuert und zweitens habe ich niemanden geschickt. Was ist denn überhaupt hier los?»

«Das wüsste ich gerne von dir!»

Sie ging an mir vorbei ins Haus, um zu sehen, was los war. Hinterm Ficus stehend, versuchte sie durch einen schmalen Spalt in der Jalousie zu erkennen, wer da vor der Glastür stand.

«Ich kenn die nicht. Keinen von denen. Hast du mal gefragt?»

«Natürlich nicht! Ich lass doch nicht jeden in mein Haus.»

Sie stöhnte. «Dann solltest du vielleicht einfach mal nachfragen!»

Mona ließ ungefragt die Jalousie hoch und öffnete die Terrassentür. Sofort stürmt der Mann mit dem schütteren Haar ins Haus und wollte gerade etwas sagen, aber Mona war schneller.

«Darf ich fragen, was Sie in diesem Garten machen?»

«Ganz genau», fügte ich hinzu. «Was machen Sie hier?» Mit Mona an meiner Seite fühlte ich mich etwas sicherer.

«Darf ich fragen, was *Sie* in diesem Haus machen?», fragte mich der Kerl dreist zurück.

«Ich wohne hier.»

«Dann haben Sie ein Problem.»

«Wie bitte?! Ich rufe jetzt die Polizei», sagte ich und griff zum Telefon auf der Küchentheke.

«Wer sind Sie überhaupt?», fragte der dreiste Typ.

«Klein, Ulrike Klein. Und Sie sind?»

«Groß, Ulrich Groß.»

Mona musste lachen, dabei war die Situation wirklich nicht witzig. Im Gegenteil – der hatte sie wohl nicht alle!

«Machen Sie sich gerade über mich lustig?», fragte ich.

«Es ist nicht meine Art zu scherzen.» Er baute sich vor mir auf. «Aber wenn Sie Ulrike Klein sind, dann bin ich der Insolvenzverwalter Ihres Mannes.»

«Wie schön für Sie.» Was dachte er sich bloß dabei? «Das erklärt trotzdem nicht, wieso Sie hier einfach in mein Haus eindringen.»

«Sie irren, es ist nicht *Ihr* Haus.»

«Nein, *Sie* irren! Mein Mann hat es mir nach unserer Trennung überschrieben. Das habe ich sogar schriftlich.»

«Das ist faktisch nicht möglich, weil das Haus ihm schon lange nicht mehr gehört. Es ist Teil der Insolvenzmasse. Ihr Mann hat Ihnen etwas vorgemacht.»

Ich verstummte. Mona trat neben mich und sah mich fragend an. «Worum geht es hier eigentlich, Rike?»

«Und Sie sind?», fragte der Insolvenz-Fuzzi.

«Sie ist meine ...», ich zögerte und schaute Mona unsicher an, die spontan den Satz souverän für mich beendete.

«Ich bin die Beraterin von Frau Klein. Und ihre beste Freundin!»

Herr Groß und das Ehepaar, dessen Name ich nach der Vorstellung sofort wieder vergessen hatte, saßen in den nächsten dreißig Minuten in meiner modernen, schneeweißen, perfekt ausgestatteten SieMatic-6006, wo ich erfahren musste, dass Clemens mir das Haus tatsächlich gar nicht überlassen konnte, weil es gar nicht seins war, sondern seit dem ersten Spatenstich der Bank gehörte. Natürlich war mir klar, dass Clemens dafür einen Kredit aufgenommen hatte, aber ich wusste nicht, dass es nach Abzahlung des Kredits einen weiteren Kredit gab. Und eine Hypothek. Clemens hatte das alles hinter meinem Rücken gemacht. Kein Wunder, dass er sich hier so schnell aus dem Staub gemacht hatte – der Penner! Mit einem Mal fühlte ich mich so unendlich naiv, klein und doof.

«Frau Klein, wir haben Ihrem Mann das alles schriftlich mitgeteilt», erklärte Herr Groß zum wiederholten Mal. «An diese Adresse hier.»

«Aber mein Mann wohnt hier doch gar nicht mehr.» Ich war völlig durcheinander.

Zum Glück mischte sich jetzt Mona ein. «Ich glaube, wir haben genug gehört. War's das, Herr Groß?»

Aber er ignorierte sie einfach und redete weiter auf mich ein. «Haben Sie Ihrem Mann denn die Briefe nicht weitergeleitet?»

«Klar, sonst noch was? Soll ich ihm nach allem, was war, auch noch die Post hinterhertragen? Sein Problem.»

Ich zog eine Küchenschublade auf. Sie war voll mit Briefen an Clemens.

«Sie irren sich, Frau Klein. Das ist jetzt auch Ihr Problem. Denn ich muss Sie bitten, das Haus so schnell wie möglich zu räumen, damit es verkauft werden kann, um Ihre Schuldenmasse zu tilgen.»

«Die Schuldenmasse meines Mannes», korrigierte ich.

«Meinen Unterlagen nach haben Sie für Ihren Mann gebürgt.»

Das war der entscheidende Punkt. Ich begriff viel zu spät, dass Clemens mich nicht nur hintergangen, sondern auch mit in den Abgrund gerissen hatte. Gutgläubig hatte ich ihm während unserer Ehe blind vertraut, wenn es um meine Anteile an seiner Firma ging, um Unterschriften für vermeintliche Investitionskredite oder um das Haus. Immer hatte er mir erklärt, dass man als Unternehmer Schulden für Investitionen machen müsse, um Steuern zu sparen. Wir waren einmal ein Team gewesen, und ich hing mit drin. In guten wie in schlechten Tagen. Und dieser Tag war rabenschwarz, denn mir wurde klar, wie dumm ich war, und das fühlte sich grauenhaft an.

Ich sah das Paar ohne Namen an – und begriff.

«Und Sie sind dann also hier, weil Sie sich so ein Haus auf dem normalen Markt gar nicht leisten könnten», ging ich die beiden an. Ich verspürte plötzlich große Wut. «Sie wollen ein günstiges Schnäppchen schießen. Stimmt's? Das ist so schäbig.»

Ertappt. Das Ehepaar ohne Namen saß bedröppelt da und blickte unangenehm berührt zu Boden. Zu Recht, denn solche Leute nutzten Not und Elend anderer schamlos aus. Ich hätte mich auf der Stelle übergeben können.

Das wäre der Moment gewesen, auszuflippen, alles kurz und klein zu schlagen, rumzuschreien, diese Leute aus meinem Haus und zum Teufel zu jagen, mit einem Fleischermesser auf sie loszugehen und ihnen die Eingeweide auszureißen. Doch stattdessen schämte ich mich. Für meine unendliche Naivität, meine selten dämliche Dummheit, meine unfassbare Gutgläubigkeit, meine Hausfrauen-Ignoranz.

Der Insolvenzverwalter und dieses skrupellose Ehepaar verließen schließlich das Haus, damit ich meinen Auszug organisieren konnte. Gerade überlegte ich, ob ich einen Schreikrampf bekommen sollte, als mich Mona ohne ein Wort in den Arm nahm. Genau das, was ich jetzt brauchte.

Danach saßen wir stundenlang auf dem Flokati im Wohnzimmer, und ich erzählte Mona, wie es in meinem Leben tatsächlich aussah. Ich erzählte von Clemens, Flo, den Bewerbungen, Papas Tod ... Sie hörte einfach nur zu – und das tat gut.

«Und, was denkst du jetzt?», fragte ich sie, nachdem alles raus war.

Mona holte tief Luft. «Ganz ehrlich?»

Ich nickte. «Ganz ehrlich.»

Sie stieß erleichtert Luft aus. «Mein Gott, Rike, ich bin ja so froh, dass *du* Clemens geheiratet hast und nicht ich.»

Wir lachten.

«Na, danke auch! Dann schuldest du mir also was. Meine besten Jahre habe ich mit diesem ... diesem ... Idioten verbracht.»

«Das tut mir leid. Aber immerhin hast du Flo.»

«Ja, es war nicht alles schlecht.» Und das stimmte tatsächlich.

«Ja, das stimmt. Und er war ja auch ganz gut im Bett», sagte Mona völlig beiläufig.

*Was?!* Meinte sie das ernst? Ich wusste nicht, ob sie mich verletzen oder hochnehmen wollte. War das vielleicht die Retourkutsche für damals? In jedem Fall war es eine völlig absurde Feststellung in diesem Moment.

«Findest du nicht?», setzte sie nach.

Nein, fand ich nicht. Definitiv nicht.

«Na ja ...», sagte ich und fragte mich, ob wir vom gleichen Mann redeten. Oder sollte Mona so anspruchslos gewesen sein? Ich ließ das mal so stehen, obwohl ich echt Schwierigkeiten hatte, mir einen bissigen Kommentar zu verkneifen.

«Clemens ist so ein Arsch!», hörte ich Mona sagen, und damit kriegte sie zum Glück noch mal die Kurve, denn da konnte ich ihr voll und ganz zustimmen, allerdings fielen mir mittlerweile keine schlimmen Ausdrücke mehr für Clemens ein, denn ich hatte alle schon verpulvert.

«Du sagst es!»

Mona sah auf die Uhr und sprang auf.

«Mist, schon so spät. Tut mir leid, aber ich habe noch eine wichtige Telefonkonferenz mit London. Aber du kannst mich jederzeit anrufen, Süße.»

«Alles klar.»

Ich beneidete Mona. Für sie war Meppelstedt wahrscheinlich ein entspannter Ausgleich zu ihrem stressigen Leben in London. Ein bisschen Ablenkung zum Metropolen-Hype. Gute Landluft und Mamas Pflaumenkuchen tanken, um danach wieder international durchzustarten. Was für ein Luxus.

«Was hast du denn jetzt vor?», fragte sie an der Tür.

Ich zuckte mit den Schultern. «Erst mal raus hier.»

«Sehr gut. Kann ich verstehen. Wenn ich dir mit 'ner Wohnung oder so helfen kann, lass es mich wissen. Okay?»

«Mach' ich.»

Bevor sie ins Auto stieg, drehte sich Mona noch mal um, kam zurück und umarmte mich ganz fest.

«Schön, dass wir uns wiedergetroffen haben, Rike.»

«Ja, find' ich auch.»

Und das war mein absoluter Ernst.

Mona ging, und ich schleppte mich schwer wie Blei hoch in mein Schlafzimmer, wo ich mich bis zum Nachmittag unter der Decke verkroch und heulte. Als dieser Akt der Bereinigung beendet war und ich wieder einigermaßen klar denken konnte, packte ich meine Koffer und fuhr nach Meppelstedt, wo ich noch ein Kinderzimmer hatte.

Das war gestern.

# 3
## *Mahlzeit*

ICH WACHE VON Geschirrklappern und leisem Radiosound aus der Küche auf. Mit geschlossenen Augen erkenne ich den Geruch meines Kinderzimmers. Es riecht nach Wäsche und Holz, eine leichte Duftnote von frisch gebrühtem Kaffee und geröstetem Toast. Und ich kann jedes Geräusch sofort einordnen. Die gluckernde und stöhnende Kaffeemaschine, den Toaster. Ich weiß genau, welche Schublade Mama aufzieht und was drin ist, und welche Schranktür die ist, die immer quietscht. Meine Mutter macht Frühstück.

Alles wie früher, als ich noch klein war, denke ich und drehe mich noch mal um. Auch die Meppelstedter Kirchturmglocke in der Ferne höre ich durchs offene Fenster. Sie schlägt erst viermal für die volle Stunde, und ich bin gespannt, wie oft sie danach schlägt, und zähle mit, wie ich es immer gemacht habe, wenn ich nicht auf die Uhr schauen wollte. Nach sieben Schlägen verstummt die Glocke. Kein weiterer Schlag. Sieben Uhr! Viel zu früh. Ich mag noch nicht aufstehen. Möchte mich noch nicht der Realität meines neuen alten Lebens stellen. Also bleib ich einfach liegen, rolle mich zusammen und drücke mich ganz tief in meine dicke, warme Daunendecke, die meine Mutter Plümmo nennt, weil ihre Mutter nach der Flucht aus Ostpreußen im Rheinland gelebt hat, wo das Wort vom französischen Plumeau, für Federbett, abgeleitet wurde. Damit konnte ich einmal im Französischunterricht glänzen, als ich ein

Referat über eingedeutschte französische Begriffe halten musste. Meine Mitschüler hielten mich damals für eine Klugscheißerin.

Seltsam, wieso kann ich mir solche Begriffe merken, aber keine Namen?

Über die Frage muss ich bei leisem Geschirrgeklapper und Radiogemurmel wieder eingeschlafen sein. Denn plötzlich lässt mich lautes Klirren und Scheppern aufschrecken, begleitet vom Aufschrei meiner Mutter. Ich springe reflexartig auf und stürze im Affenzahn aus dem Bett, die Treppe hinunter und in die Küche, wo Mama vor einem Scherbenhaufen steht.

«Halt! Keinen Schritt weiter!», ruft sie. «Scherben! Überall Scherben!»

Ich verharre in der Bewegung und starre auf die kaputte Meißner Teekanne meiner Oma.

«Lass, Mama, ich mach das», sage ich.

«Du bist barfuß, Kind! Zieh dir Hausschuhe an! Nie trägst du Hausschuhe!», ermahnt mich meine Mutter.

Ich folge ihrem Befehl und kehre kurz darauf in die Küche zurück. Mit Hausschuhen.

Meine Mutter starrt mit Tränen in den Augen auf die zerbrochene Kanne. «Schau dir das an. So ein Unglück!»

Vorsichtig beginne ich mit dem Aufkehren der Scherben. «Mama, es ist doch nur Geschirr.» Ein geradezu dilettantischer Versuch, meine Mutter zu trösten, der sofort bestraft wird.

«Wie kannst du nur so etwas sagen?! Deine Großmutter hat das Geschirr auf der Flucht vor den Russen gerettet. Und jetzt das. Alles geht dahin.»

«Vielleicht könnte ich versuchen, eine Original-Ersatzkanne zu bekommen.»

Entsetzt schaut sie mich an, als sei ich der Teufel persönlich. «Das ist alles nur deine Schuld!»

«Was? Wieso das denn?»

«Hättest du mir geholfen, müsste ich nicht alles alleine machen.»

«Niemand hat gesagt, dass du Frühstück machen sollst!»

«Jetzt bist du auch noch undankbar! Statt mir zur Hand zu gehen, schläfst du bis in die Puppen.»

«Mama! Was soll das denn jetzt?»

Dieses Gespräch ist völlig absurd, aber ich kenne das. Wenn meine Mutter sauer ist, sind immer alle anderen schuld. In diesem Fall ich. Ich versuche, ruhig zu bleiben, und räume die Scherben weg. Dann mache ich mit dem Frühstück weiter. Ob Mama wegen des seltsamen Besuchers gestern so empfindlich ist? Ich will sie gerade auf den Herrn ansprechen, als sie wieder an mir herumkrittelt.

«Und zieh dir endlich was Richtiges an!» Sie deutet auf meine nackten Beine unter dem Schlafshirt. Dann geht sie kopfschüttelnd in den Garten.

Gut so!

Eine halbe Stunde später sitzen wir gemeinsam am Frühstückstisch. Mama hat sich beruhigt, ich trinke Filterkaffee, der nach Plörre und Kalk schmeckt, und beschließe, mir besser einen Tee zu machen. Leider hat meine Mutter nur Kamillentee im Haus, aber gegen Kamille bin ich allergisch. Also koche ich mir heiße Milch. Auch gut. Doch ehe ich mich's versehe, hat Mama zwei Löffel löslichen Kakao reingemischt und freut sich diebisch darüber.

«Den magst du doch so gerne.»

Verwundert schaue ich sie an. «Ja, vor vierzig Jahren vielleicht.»

Aber meine Mutter lässt keinen Einwand gelten. «So was ändert sich doch nie. Alle Kinder lieben Kakao.»

Einmal Kind, immer Kind, denke ich.

Unauffällig schaue ich auf das Verfallsdatum der Verpackung, und das süße Zeug bleibt mir fast im Hals stecken. Immerhin weiß ich jetzt, wann ich das letzte Mal ein Instant-Kakao-Getränk in diesem Haus getrunken habe: vor 1982.

Aber Widerspruch ist sinnlos. Mama freut sich, und das freut mich wiederum. Ein Himmelreich für einen vollmundigen, fair gehandelten, frisch gemahlenen Kaffee aus einem modernen Kaffeevollautomaten.

Während ich also an meinem Zucker-Overkill nippe, entschuldigt sich meine Mutter bei mir und versucht, sich zu erklären. «Ach Rike, tut mir leid. Aber die letzten Tage waren einfach zu viel für mich. Die vielen Leute, die Beerdigung und –» Sie verstummt und schaut aus dem Fenster.

«Und?», frage ich erwartungsvoll und hoffe, dass sie endlich über die Ohrfeige redet.

«Na ja, es ist … es war …» Die Spannung ist kaum zu ertragen.

«Wegen diesem Mann? Mit Hut? Den du geha-» Ich wage nicht, weiterzureden, denn Mama weint jetzt, will aber nicht, dass ich es sehe, und wendet sich von mir ab. Doch ich kann es an ihrer Stimme hören.

«Mir fehlt Karl. So viele Jahre haben wir Tag und Nacht Seite an Seite zusammen verbracht, und plötzlich ist er nicht mehr da. Verstehst du? Er wird nie wiederkommen, Rike. Nie wieder.»

Jetzt wischt sie sich die Tränen mit einem von Papas Stofftaschentüchern ab, die sie stets für ihn gewaschen und gebügelt hat.

«Schon gut, Mama.»

«Es ist alles so … anders. Und trotzdem denke ich immer, er kommt gleich rein und setzt sich zu uns. Ist doch total widersinnig, oder?»

«Das braucht Zeit.»

Sie schaut mich an, und ich kann ihren Schmerz sehen.

«Ich weiß gar nicht, was ich hier soll, so alleine in diesem Haus, in dem wir so viele Jahre zusammengelebt haben. Jetzt bin ich ganz alleine. Was wird denn nun?»

«Das wird sich alles fügen, Mama, wir kriegen das schon hin.

Du bist nicht allein», versuche ich sie zu beruhigen. Ich kann sie gut verstehen.

«Ja, und ich bin so froh, dass du zurück bist, Ulrike, denn ich weiß gar nicht ... Wer soll sich denn jetzt um das alles hier kümmern?»

«Mama, du hast dich hier schon immer um alles gekümmert. Du musst dich nur daran gewöhnen, dass du jetzt allein bist. Das braucht Zeit. Kein Grund zur Sorge. Jetzt bin ich ja erst mal da.» Mama nickt.

«Weißt du denn schon, wie lange die Renovierung deines Hauses dauern wird?»

«Nein, Mama, aber das ist doch jetzt auch erst mal egal, oder.»

Sie streicht mir liebevoll über die Wange, wie es nur eine Mutter macht, und schaut mich dankbar an.

«Hauptsache, du bist jetzt da.»

*Na super!* Der Einäugige hilft dem Blinden beim Sehen. Und wie ich so darüber nachdenke, spüre ich, wie sich tief in mir mein Magen zusammenzieht.

Den Vormittag verbringt meine Mutter damit, die Küche zu putzen und aufzuräumen, um sie dann sofort mit den Vorbereitungen für das Mittagessen wieder neu in Beschlag zu nehmen. Mehrmals biete ich ihr meine Hilfe an, obwohl ich die Antwort kenne. Also versuche ich, mich zu beschäftigen, um nicht in ihren Fokus zu geraten, denn meine Mutter hasst es, wenn ich, wie sie glaubt, einfach nur so rumsitze.

Also sitze ich draußen auf der Terrasse, ausgiebig Zeitung lesend. Zumindest versuche ich es, denn schon nach wenigen Minuten meldet sich meine Mutter.

«Rike? Was machst du gerade?»

«Ich lese.»

«Wenn du nichts zu tun hast, warum hilfst du mir dann nicht?»

«Das wollte ich ja, aber ... Aber du ...»

Und schon stellt sie mir eine Schale mit Kartoffeln auf die Zeitung und drückt mir einen Schäler in die Hand.

«Aber ich lese gerade die ...»

«Mach dich mal nützlich.»

Völlig sinnlos. Ständig kommt sie raus, um mir irgendwelche Aufgaben zu geben. Zuerst die Kartoffeln, dann die Terrasse fegen, die Blumen gießen, und – natürlich – mein Zimmer aufräumen, nachdem sie zwischendurch einen Blick hineingeworfen und gelüftet hat, während die Kartoffeln kochen.

Dabei habe ich bisher nur meine Koffer abgestellt, einen davon geöffnet, ein paar Klamotten im Raum verteilt und meine Schminksachen auf den Schreibtisch gelegt. Es liegt an ihrer blöden Heißmangel, die den Raum chaotisch wirken lässt. Das Ding nimmt einfach zu viel Platz weg, obwohl ich es schon zur Seite geschoben habe. Außerdem – Zimmer sind nur dann ordentlich, wenn sie nicht bewohnt werden. Ich wohne jetzt hier. Zwar nur vorübergehend, aber der Raum wird bewohnt. Und das Problem mit der Heißmangel löse ich auch noch, so viel steht fest. Schließlich gibt es noch genug andere Zimmer im Haus für das Ungetüm.

Dennoch räume ich erst mal brav mein Zimmer auf, stopfe die Sachen zurück in den Koffer und mache ordentlich das Bett.

«Du musst die Sachen aus den Koffern räumen. Das muss doch auslüften.» Seit wann steht sie da in der Tür und beobachtet mich? «Ach Rike, du hast es mit dem Aufräumen noch nie gehabt», seufzt sie. «Statt alles in die Koffer zu stopfen, solltest du mir die schmutzigen Sachen lieber für die Wäsche geben. Das mieft doch sonst alles. Na los!»

Zuerst will ich widersprechen, aber einiges davon muss tatsächlich in die Wäsche. Also öffne ich die Koffer wieder und trage brav die Schmutzwäsche zum Wäschekorb im Bad, wobei ich mich fühle, als hätte jemand die Uhr um dreißig Jahre zurückgedreht.

Dann verschwindet Mama wieder in die Küche, um die Zubereitung ihres üppigen Mittagsmenüs fortzusetzen. Ich decke den Tisch, und um nicht noch mal untätig rumzusitzen, gehe ich mit einer Kräuterschere bewaffnet in den Garten.

Gerade als ich nach draußen trete, rennt mir etwas Längliches, Flaches, über den Weg – eine Ratte, eine Katze, ein Marder? Ich erschrecke, stolpere und lande kopfüber im Currykraut. Ich hasse den Gestank von Liebstöckl! Und als wäre das nicht schon genug, kommt der Grund meines Sturzes zielsicher mit seiner langen, spitzen Schnauze auf mich zu und schlabbert mir seine Zunge durchs Gesicht.

Iiiiiiiiihhhhhhgitt!

«Eugen? Wo steckst du?»

Schmiddis Stimme kommt näher. Ausgerechnet!

«Eugen hierhin!»

Schnell versuche ich, aufzustehen, stütze mich dabei aber ungeschickt auf einem spitzen Steinchen ab, was sehr schmerzt. Währenddessen beginnt Schmiddis Hund, meinen Ellbogen zu rammeln.

Ein Albtraum!

«Hau ab!» Ich versuche die übergewichtige Rauhaardackelwurst von meinem Arm zu schütteln, aber Eugen hat sich offenbar in meinen Arm verliebt und lässt nicht locker. Im Kräuterbeet kniend, mit schmutzigen Händen, Dreck und Sabber im Gesicht und einem notgeilen Dackel am Arm, versuche ich, Haltung zu bewahren, als Schmiddi um die Ecke kommt.

«Eugen! Tabu! Komm sofort hierher, sonst –» Er stockt. «Rike?»

Endlich lässt der Dackel von mir ab.

Ich klopfe den Dreck ab. «Tja, offenbar wird das jetzt zur Gewohnheit, dass ich irgendwo im Dreck liege oder sitze, wenn wir uns begegnen.»

Das hat auch etwas Symbolisches, könnte man meinen.

Schmiddi geht gar nicht darauf ein. «Hat er dich gebissen?»

«Im Gegenteil. Er steht auf mich.»

«Oh! Wie unangenehm. Hier ...»

Allerdings. Ich nehme das Taschentuch, das er mir reicht, und wische mir den Dreck von Gesicht und Händen und den Sabber vom Arm – oder was es auch sein mag.

«Ulrike? Wo bleibst du denn?» Oje, Mama ruft! Das Essen!

«Ich komme!», rufe ich zum Fenster, greife mir die Schere und schneide eilig ein paar Zweige Thymian und Rosmarin ab.

«Warte, ich helf' dir ...» Schmiddi reicht mir seine Hand und zieht mich aus dem Beet.

«Danke.»

«Hab' schon gehört, dass du diesmal wohl länger bleibst.»

Ich klopfe mir den Dreck von der Hose. «Na, da scheint der Buschfunk ja noch zu funktionieren», sage ich schnippischer als beabsichtigt.

«Dann werden wir uns jetzt wahrscheinlich öfter über den Weg laufen.»

«Zwangsläufig, Schmiddi.» Keine Ahnung, warum ich so genervt bin. «Vorausgesetzt, du setzt nicht jedes Mal Eugen auf mich an, sondern bringst ihm Manieren bei.»

«Ich werd's versuchen.»

Mit einem großen Schritt steige ich über Eugen hinweg, der mich mit freudigem Schwanzwedeln verabschiedet. Absurd. Ich kann mir ein Schmunzeln über die beiden nicht verkneifen.

Wie ich von meiner Mutter weiß, gehört Eugen erst seit fünf oder sechs Jahren zu den Schmidts. Allerdings ist er nicht der erste Dackel der Familie. Alle zehn bis zwölf Jahre wird der alte Hund zwangsläufig durch einen neuen ersetzt. Aber sie kommen immer vom gleichen Teckel-Züchter und heißen alle Eugen, was die Umstellung deutlich erleichtert, nicht nur für die Familie, sondern auch für die Nachbarn, Postboten und andere Hundebesitzer.

Rauhaardackel in allen Ehren, aber dieser Eugen ist mir eindeutig zu aufdringlich. Daran muss ich mich wohl erst gewöhnen.

Pünktlich um zwölf Uhr wird zu Mittag gegessen. Es gibt Schnitzel mit Blumenkohl in Sauce hollandaise und dazu sahnigen Kartoffelstampf. Zum Nachtisch selbstgemachten Schokopudding mit Vanillesauce. Ich schaufele alles in mich hinein, nicht weil ich Hunger habe, sondern weil es einfach lecker ist. Futtern wie bei Muttern. Danach legt sich Mama hin, und ich räume die Küche auf – vollgefressen, wie ich bin. Ich weiß gar nicht, wann ich das letzte Mal um zwölf Uhr mittags so was Schweres gegessen habe. Viel zu fettig für diese Uhrzeit. Da muss man sich ja erst mal hinlegen. Ich esse sonst mittags immer leicht – Salat, Suppe, Fisch. Da fällt man hinterher wenigstens nicht um wie ein komatöser Sandsack. Und ein schlechtes Gewissen wegen Überfettung hab' ich da auch nicht.

Aber was soll ich machen? Mamas Hausmannskost schmeckt einfach super – eben weil sie so fettig und schwer ist. Ich könnte ja auch den kleinen Buttersee im Kartoffelstampf weglassen, aber so habe ich das schon immer gemacht: Kuhle in den Kartoffelbrei-Berg und braune geschmolzene Butter rein. Das ist so unglaublich lecker! Ja klar kommt da noch Sauce hollandaise zu, aber die ist ja für den Blumenkohl, der zudem am besten mit einer Schicht in Butter gerösteter Semmelbrösel schmeckt. Mütter wissen eben doch genau, was ihre Kinder gerne essen.

Nach dem Aufräumen lege ich mich also auch erst mal auf die Couch und schlafe tatsächlich ein. Geweckt werde ich von – Kuchenduft, na klar! Was sonst? Ich folge der Duftspur und schaue meiner Mutter über die Schulter, als sie gerade einen Apfelkuchen aus dem Ofen holt.

Ich habe über zwei Stunden geschlafen und hätte nicht übel Lust, in den heißen Kuchen zu beißen, so gut duftet er. Aber Mama haut mir auf die Finger, als ich ein paar Krümel naschen will. «Später!» Erst will sie zu Papa.

Sehr gut, endlich kommt Bewegung ins Spiel. Obwohl ... macht man den Verdauungsspaziergang nicht vor dem Mittagsschlaf? Egal.

Wir gehen also zum Friedhof, um nach Papas Grab zu sehen. Der Platz unter der Weide ist wirklich schön. Im Sommer spendet der Baum Schatten und rauscht beruhigend im Wind. Papas Chor-Kumpel, der Bestatter, hat den Platz mit meiner Mutter zusammen ausgesucht. Es würde Papa gefallen, schätze ich.

Wir stehen vor der frisch aufgehäuften Erde mit den vielen Blumen und Kränzen, und Mama bittet mich, ihr zu helfen, alles etwas schöner herzurichten, Laub wegzunehmen und verwelkte Blumen zu entsorgen. Dann stehen wir noch eine Weile dort und denken an Papa.

Ich mag Friedhöfe nicht. Niemand mag Friedhöfe, ausgenommen irgendwelche Freaks. Zu viel Tod. Zu viel Trauer. Ja, schon klar, Friedhof – Ort der Trauer und der Toten und so – gehört zu unserer Kultur und Religion. Aber viel lieber erinnere ich mich spontan an den Verstorbenen. Oder wenn ich mir ein Foto von demjenigen anschaue oder ein paar Zeilen lese, die jemand geschrieben hat. Persönliche Erinnerungen sind doch das Wertvollste, was von einem Menschen übrig bleibt. Und ich weiß, dass ich diese Erinnerungen in mir trage. Ich muss nur warten, bis sie in mein Bewusstsein durchdringen. In 44 Lebensjahren haben sich schließlich 'ne Menge Erinnerungen angesammelt. Das braucht Geduld – die mir nur leider nicht in die Wiege gelegt wurde.

Der Grabstein, den mein Vater bekommt, ist noch beim Steinmetz, weshalb momentan nur ein einfaches Holzkreuz am Kopf des Grabes steht.

«Ehrlich gesagt, finde ich das sehr hübsch so», sage ich und deute auf das schlichte Kreuz.

«Grauenhaft!» Meine Mutter schüttelt sich. «Karl verdient etwas Besonderes, und das bekommt er auch.»

«Wieso?»

Überrascht schaut mich meine Mutter an. «Weil er besonders war.»

Mmh. Ich lasse das so stehen. Sie muss es wissen, sie kannte ihn länger und besser.

Als wir uns auf den Rückweg machen, höre ich eine Amsel singen. Und plötzlich fällt mir ein, wie Papa mich getröstet hat, nachdem wir mal eine kleine Amsel, die aus dem Nest gefallen war, beerdigt hatten. Ich war vielleicht zehn Jahre alt und furchtbar traurig. Papa strich mir übers Haar und kniete sich zu mir. «Die kleine Amsel singt jetzt für alle, die auch schon gestorben sind, damit sie sich wie du über den schönen Gesang freuen», sagte er. Diese Vorstellung gefiel mir, sodass ich gar nicht mehr traurig war. Ich muss lächeln und bin der Amsel dankbar für diese Erinnerung.

Der Rückweg dauert etwas länger. Mama ist erschöpft, und ich mache mir ein wenig Sorgen, denn sie ist kurzatmig und alles andere als fit. Vor ein paar Jahren hatte sie eine Hüftoperation, allerdings hätte sie längst auch die andere Seite operieren lassen müssen, damit die Gelenke nicht langfristig nur einseitig belastet werden. Aber Mama wollte das partout nicht, weil sie meinen Vater nicht allein lassen wollte. Jetzt humpelt sie schon wieder so wie vor der ersten OP und ist entsprechend langsam unterwegs.

«Wann lässt du eigentlich die andere Hüfte machen?», frage ich so beiläufig wie möglich.

Keine Antwort.

«Mama, wann lässt du die zweite Hüft-OP machen?» Ich spreche lauter und drücke dabei ihren Arm, damit sie reagiert.

Sie schaut mich verwundert an. «Hast du was gesagt?»

«Die nächste Hüftoperation, Mama.»

«Was ist damit?»

«Wann ist die?»

«Wie, *wann*? Wieso?»

Ich werde wahnsinnig. Will sie mich nicht verstehen, oder kann sie nicht? Vermutlich beides. Ich bleibe stehen und schaue sie ernst an.

«Mama, du musst die zweite Hüfte machen lassen. Das wird sonst nicht besser.»

«Ach, alles halb so schlimm.»

«Aber ich seh' doch, dass du …»

Doch sie lässt mich nicht zu Wort kommen. «Meine Hüfte gehört mir.» Und das klingt ziemlich kämpferisch.

Sie wendet sich ab und geht einfach weiter, als wollte sie mir beweisen, dass sie nicht lahmt. Sie lässt mich einfach stehen wie ein kleines, doofes Kind, das keine Ahnung von irgendwas hat.

Ich beschließe, hartnäckig zu bleiben, und überlege mir, ob ich für meine Mutter einen Termin beim Orthopäden mache oder zuerst ihr Hörgerät überprüfen lasse. Wahrscheinlich beides.

Ich darf auf keinen Fall zulassen, dass sie sich jetzt, nach Papas Tod, gehenlässt, weil ihr möglicherweise der Lebensinhalt fehlt. Solange sie sich um ihn kümmern musste, musste sie fit bleiben. Wenn sie jetzt anfängt, sich nicht mehr um ihr eigenes Wohlergehen zu kümmern, bekommt nicht nur sie ein Problem, sondern auch ich. Ja, das mag durchaus egoistisch klingen, aber ich kann mir auch nicht vorstellen, dass meine Mutter möchte, dass ich mich rund um die Uhr um sie kümmere. Das kann sie unmöglich wollen – nicht nach unserem desaströsen Wellness-Wochenende. Außer, sie hat Todessehnsucht.

Nach Kaffee und Kuchen verbringe ich den Rest des Nachmittags damit, auf meinem Tablet Jobbörsen im Internet durchzusehen. Eine große Herausforderung, weil Mamas Internet nämlich eine echte Katastrophe ist. Soooooo unendlich laaaaangsam, dass Stunden vergehen, allein um mich auf sämtlichen Jobbörsen anzumelden und meine Daten einzugeben. Sogar im Internet wollen sie einen lückenlosen Lebenslauf. Ich fülle meine Lücken einfach mit *Kindererziehung* und *Hausbau* auf. Wieso auch nicht? Ist ja nicht mal gelogen. Bei beidem habe ich so viel gelernt über Organisation, Umgang mit Geld, Durchsetzungsvermögen, Kreativität, Improvisation, Personalführung – das muss doch auch mal anerkannt werden. Wer kann das schon alles vorweisen?!

Mama rödelt unterdessen schon wieder in der Küche rum. Ich bin satt bis in alle Ewigkeit und möchte nicht um 19 Uhr schon wieder abendessen. Aber sie lässt mir keine Chance, denn sie hat extra für mich heute den angekündigten roten Heringssalat gemacht. Weil ich den doch angeblich so gerne esse. Ich kann mich zwar nicht daran erinnern. Vielleicht verwechselt sie mich mit meinen nicht vorhandenen Geschwistern? Oder hat sie sich nach meinem Auszug Ersatzkinder ins Haus geholt, die roten Heringssalat liebten? Mietkinder? Straßenkinder? Bin ich so einfach zu ersetzen gewesen? Schlimme Gedanken gehen mir angesichts des roten Heringssalates durch den Kopf.

Ich bin verwirrt, als ich mich brav an den Tisch setze und die Schnittchen esse, die Mama für mich geschmiert und in kleine Quadrate geschnitten hat, wie bei einem dreijährigen Kind. Mit Fleischwurst und Heringssalat, Gürkchen und Perlzwiebeln. Sie freut sich so, dass ich wieder da bin, dass es fast schon beängstigend ist.

Irgendwas läuft hier falsch, denke ich, und mein Entschluss festigt sich: Ich muss hier weg.

# 4
## *Meppelstedt*

NACH DER TAGESSCHAU geht Mama zu Bett. Die Sendung ist wichtig und gehört zu den Ritualen, die ihren Tag strukturieren. Genauso wie die Tageszeitung, die jeden Morgen zur gleichen Zeit im Briefkasten liegt, oder die Kirchenzeitung, die jeden Donnerstag von einem vierzehnjährigen Schüler ausgetragen wird, der auf ein gutes Trinkgeld hofft, weil er von der Kirche schlecht bezahlt wird. Ohne Struktur im Tages- und Wochenablauf würde meine Mutter Antrieb und Orientierung verlieren, da bin ich mir absolut sicher, denn mir geht es genauso. Früher gab es noch die große Samstagabendshow, aber seit sogar Thomas Gottschalk im Ruhestand ist, findet meine Mutter das TV-Programm albern.

Nur der Tatort am Sonntagabend um Viertel nach acht ist neben der Tagesschau heilig, denn er beendet seit Jahrzehnten das Wochenende mit Mord und Totschlag und entlässt den braven Bürger mit dem Gefühl in die neue Woche, dass das Gute immer siegt. So einfach ist das: Versetze die Menschen in Angst und Schrecken, damit du sie anschließend retten kannst. Der Tatort war immer erfolgreich, beständig, verlässlich, wichtig für die Menschen. Das wäre ich auch gern. Vielleicht sollte ich bei der Polizei anheuern, um wie eine Heldin die Menschen vor dem Bösen zu bewahren. Ich glaube, die suchen ständig Personal. Und Kommissarinnen sind ja sowieso auf dem Vormarsch – mutig, gutaussehend, sportlich, stylish, klug und wortgewandt …

Okay, ich vergesse das mit der Polizei.

Dennoch brauche auch ich eine Aufgabe, um nicht an Mama, der Strukturlosigkeit meines Alltags oder der noch größeren Strukturlosigkeit meines Lebens zu verzweifeln. Außerdem muss ich endlich Geld verdienen. Ich brauche einen Job, und dafür brauche ich einen Plan. Und um einen Plan zu erstellen, brauche ich was zu schreiben, ein Glas Wein und höchste Konzentration. Also hole ich mein altes Etui aus dem Schreibtisch, gehe in die Küche und setze mich mit Wein, Block und Bleistift an den Küchentisch, um erst mal meine Situation zu analysieren. Ich schließe die Augen und atme tief durch die Nase ein und den Mund aus, um mich zu konzentrieren. Es duftet nach *Hausaufgaben machen* – das Holz des Küchentischs, eine leichte Butternote in der Luft, dazu Gebratenes und der unverwechselbare Duft eines frisch gespitzten Bleistiftes. Aber da ist noch was ... süßlich ... fruchtig ... beerig. Ich atme erneut ganz tief ein und muss plötzlich lächeln. Erdbeere. Jetzt weiß ich, woher ich diesen Erdbeerduft kenne. Ich wühle in meinem Schreibmäppchen und finde – ein Erdbeerradiergummi. Dieser Duft ist so unverwechselbar wie Chanel N° 5, nur viel besser.

Also gut – zurück zur Konzentration.

Ich versuche, meinen Aufenthalt hier positiv zu sehen, was schon sehr viel kreative Vorstellungskraft voraussetzt. Ich lösche alle negativen Gedanken: Ich bin hier, um meine Mutter zu unterstützen und sie in ihrer Trauer nicht allein zu lassen. Ich lasse meine Mutter nicht allein. Ich bin für sie da. Ich lasse sie nicht allein. Weil ... weil ich nicht weiß, wohin ich sonst gehen soll. Weil ich alles versemmelt habe. Na super. Toll positiv gedacht!

Noch mal: Konzentration und zurück zum Plan!

Ich muss Mama wieder stark machen, ihrem Leben einen Inhalt geben und dann so schnell wie möglich wieder abhauen, um ... um ... um mein eigenes Leben zu führen und mir einen Job zu suchen und eine neue Wohnung, um endlich wieder Sport zu machen, gesünder zu leben, um mich mehr um meinen Sohn zu kümmern, wieder mehr auszugehen und vielleicht sogar einen neuen Mann zu daten und ... Stopp! Einen Mann? Wo soll ich den denn herholen? Ich meine ... Nein, total absurder Gedanke. Ja, ich gebe zu, es wäre schön, mal wieder auszugehen, zu flirten, sich zu verlieben, vielleicht sogar Sex. Aber – das stresst ja auch. Ich meine, da hängt ja auch immer so viel dran – an so einem Mann. So einer in meinem Alter hat ja auch schon so einiges erlebt und ist auch schon ganz schön abgenutzt und voller Altlasten. Jetzt seelisch, meine ich. Nee, das ist mir momentan zu anstrengend. Also erst mal lieber keinen Mann. Außerdem habe ich ohne einen Kerl schon genug auf der Agenda stehen.

Zurück zum Thema. Also erst mal meine Mutter, dann ich, dann alles andere. So kann's gehen. So muss es gehen.

Zuerst sollte ich also herausfinden, was es hier im Ort so alles für Beschäftigungsmöglichkeiten für Frauen wie meine Mutter gibt. Am besten irgendwas mit Sport. Mama braucht eindeutig mehr Bewegung, Unterhaltung und Ablenkung. Ich beginne also zu googeln – suche nach Seniorentreffs, Kursen für Ü60, aber das ist wirklich mühsam, denn das Netz wird immer langsamer. Keine Ahnung, woran das liegt, aber es ist nervig.

Irgendwann reicht es mir, und ich packe die Sachen zusammen. Um nicht mal zehn Uhr abends mache ich mich in Meppelstedt auf die Suche nach einem Hotspot. Jedes noch so kleine Kaff hat doch heutzutage irgendwo ein schnelles öffentliches Netz. Das dachte ich zumindest bis jetzt, aber mir wird plötzlich wieder bewusst, wieso so viele junge Menschen hier wegziehen. Es muss am schwachen Handynetz liegen oder der schlechten Internetverbindung oder am fehlenden öffentlichen WLAN oder an allem zusammen.

Als ich vor Jahrzehnten hier wegging, gab es noch gar kein Internet. Also noch weniger Möglichkeiten, sich die Zeit zu vertreiben, und noch mehr Gründe, Meppelstedt zu verlassen. Es war einfach nichts los, sobald man die Grundschule beendet hatte und keine Lust mehr auf Turnverein, Kirchenfreizeit und Eisdiele hatte. Die S-Bahn in die Stadt fuhr damals wie heute nur jede Stunde, und der Bus in die Nachbarorte fuhr nur jede halbe Stunde, und ständig traf man überall die gleichen Leute – auch die, die man in seiner Freizeit eigentlich nicht treffen wollte, vor allem Lehrer. Am Wochenende war ich immer auf Freunde und Bekannte angewiesen, die schon einen Führerschein hatten und das Auto ihrer Eltern benutzen durften. Die fuhren dann meist in die nächste Großraumdisco, *die* Erfindung für Landeier, wo man wieder nur die gleichen Leute traf wie sonst auch überall. Es gab ja keine Auswahlmöglichkeiten, abgesehen vom *basement*, der einzigen Kneipe im Ort, in der keine Schlager gespielt wurden, hemmungslos geknutscht werden konnte und wo sich niemand beschwerte, wenn man sich drei Stunden lang an einer abgestandenen Cola festhielt. Neben Billardtisch und Kicker gab es sogar einen Flipper.

Ja, und dann waren da natürlich noch die privaten Feste in den Partykellern unserer Eltern, die entweder vollgestopft waren mit Sperrmüll oder voll ausgestattet mit Barmöbeln und Schnapsflaschen. Aber dort trafen sich auch immer nur die gleichen Leute und ab und zu auch deren Eltern.

Wir konnten es daher nicht abwarten, endlich achtzehn zu werden und den Führerschein zu machen. Mein Glück war Mona, die fast ein Jahr älter war als ich. Gleich am Tag ihrer bestandenen Führerscheinprüfung fuhren wir mit dem Polo ihrer Mutter in die Stadt zum Shoppen. Endlich unabhängig! Wir wollten lässig im Parkhaus parken, um das Auto sicher abzustellen, ahnten aber nicht, dass dies die erste große Herausforderung für Mona sein würde, denn die Kurven waren sehr eng und die Abfahrten zu den unteren Parkdecks so steil, dass Mona im Rausch der Geschwindigkeit Probleme hatte, gleichzeitig zu bremsen, zu lenken und darauf zu achten, dass wir keinen schwarzen Streifen an der Wand hinterließen. Wir schwitzten Blut und Wasser. Als der Wagen endlich in einer Parkbucht stand, flüchteten wir regelrecht und entspannten uns für ein paar Stunden in den Geschäften und Cafés der städtischen Fußgängerzone. Um halb sieben war Ladenschluss. Alle wollten jetzt aus dem Parkhaus raus und nach Hause, und der Psychostress ging von vorne los. Nur diesmal doppelt so heftig, denn jetzt waren alle genervt und hupten und blendeten auf, weil Mona seeeehr langsam die seeeehr eng bemessene Spiralauffahrt hochfuhr und im Stau am Berg Schwierigkeiten mit dem Anfahren hatte und deshalb die Karre mehrmals absaufen ließ, was für jeden Fahranfänger schweißtreibend und für alle versierten Autofahrer eine echte Geduldsprobe ist. Und natürlich stand der Wagen entweder zu weit weg vom Ticket-Einschub der Schranke, oder Monas Arme waren zu kurz, um das Parkticket lässig durchs Fenster einzuschieben. Also musste sie umständlich aussteigen, um die Schranke zu öffnen, was unseren Hintermann auf die Palme brachte und zu einem langen Dauerhupen animierte. Als wir endlich das Tageslicht wiedersahen, war das eine wahre Erlösung. Wir waren der Hölle entkommen, atmeten erst mal auf und schoben eine Kassette ins Tapedeck, die ein Verehrer von Mona für sie zusammengestellt hatte – Best of Prince, Michael Jackson und George Michael. Die Rückfahrt war ein großer Spaß – bis wir mitten auf der Landstraße unvermittelt liegenblieben. Natürlich hatte Mona nicht auf den Tank geachtet, und ich erst recht nicht. Wir hatten auch gar kein Geld mehr zum Tanken und mussten ganze fünfzehn Kilometer nach Hause laufen, um meine Mutter zu überreden, mit Monas Mutter und einem Ersatzkanister den Polo zu holen. Als wir an der Stelle ankamen, wo wir den Polo abgestellt hatten, war die Karre weg. Abgeschleppt! Monas Mutter flippte total aus, weil sie nicht wusste, wie sie das ihrem Mann erklären sollte, der sehr streng war. Mona und ich mussten die Abschleppkosten von 400 Mark in der Bäckerei abarbeiten, was kein Zuckerschlecken war, denn plötzlich kamen sämtliche Mitschüler und Lehrer in die Bäckerei, um sich von uns bedienen zu lassen. Am Ende machten Monas Eltern überraschend gute Umsätze durch uns und gewannen sogar einige neue Kunden dazu. Da war ihr Vater dann nicht mehr sauer, und Mona durfte den Polo wieder fahren.

Ich muss lachen, während ich mich daran erinnere. Nie wieder hatte ich eine so gute Freundin wie Mona.

Jetzt bin ich also unterwegs in dem Ort, der mir seltsam vertraut und gleichzeitig völlig fremd vorkommt. Komisches Gefühl.

Meppelstedt hat 19 978 Einwohner, wie mir Klaus Schmidt ungefragt auf der Beerdigung mitgeteilt hat, denn Schmiddis Vater hat sich letztes Jahr zur Bürgermeisterwahl aufstellen lassen – ohne Erfolg. Der Ort schafft es einfach nicht, die Einwohnerzahl einer Mittelstadt zu erreichen, was der größte Ansporn für jeden neuen Bürgermeister ist. Solange die Zwanzigtausend-Marke nicht gesprengt ist, muss sich Meppelstedt mit dem Stempel einer Kleinstadt zufriedengeben und damit leider auch mit den Fördergeldern einer Kleinstadt.

Ich gehe durch den kleinen Kurpark, vorbei am Schwanenteich und der dahinterliegenden Minigolfanlage, auf der Generationen von Kindern, Eltern und Großeltern ihre Nachmittage verbracht haben und beim Putten an einer Miniatur-Windmühle verzweifelt sind. Jahrelang verwahrloste die Anlage, aber jetzt sieht es so aus, als würde das Ding renoviert werden. Na, viel Spaß auch – wer spielt zu Zeiten von Virtual Reality noch reales Minigolf? Total Achtziger.

Gleich hinterm Park, in dem Mona und ich zum ersten Mal heimlich auf einer Bank geraucht haben, ist der alte Marktplatz, der schon im 16. Jahrhundert ringsum bebaut war und seither ständig erweitert und erneuert wurde. Mitten auf dem Platz steht der Brunnen, in dem im Sommer die Kinder spielen und danach ständig Ärger kriegen, weil sie klatschnass und viel zu spät nach Hause kommen. Abends sitzen dann die Jugendlichen mit ein paar Bierchen am Brunnen, quatschen, knutschen, saufen und randalieren. Wie das so ist in Kleinstädten. Dienstags und samstags ist hier Wochenmarkt, im Winter Weihnachtsmarkt, im Herbst Bauernmarkt, im Frühling Ostermarkt und im Sommer Schützenfest. Die Stände und ihre Betreiber sind immer die gleichen, nur sind die Hütten anders dekoriert. Das Schützenfest ist das Highlight des Jahres, weil man sich als junger Mensch mehrere Tage lang hemmungslos betrinken und danebenbenehmen kann, ohne dass die Eltern meckern, denn die sind im Zweifelsfall auch tagelang hacke. Mit sechzehn habe ich angefangen, regelmäßig auf dem Schützenfest zu arbeiten – am Bierstand. Das hatte einige Vorteile: Ich traf dort täglich meine Freunde, hatte Spaß und verdiente auch noch gutes Geld dabei, plus Trinkgeld. Dass meine Freunde ihr Bier bei mir nie bezahlten, musste ja keiner mitbekommen und machte mich beliebt. Wer in Meppelstedt was auf sich hält, ist im Schützenverein. Und wer im Schützenverein ist, ist meistens auch im Chor, im Fußballverein, bei der Freiwilligen Feuerwehr, beim Frauenwandern und im Verein für die Aufzucht elternloser Eichhörnchen. In einer Kleinstadt kann eigentlich niemand vereinsamen. Eher im Gegenteil. Wer die Einsamkeit sucht, ist hier eindeutig fehl am Platz. Da wird sich doch wohl was für meine Mutter finden lassen.

Ich stehe jetzt mitten auf dem Marktplatz und drehe mich um die eigene Achse, sehe die *Bäckerei & Konditorei Hippel* von Monas Eltern, die Apotheke, das Ärztehaus, den Blumenladen, die Drogerie – und ein neues italienisches Café namens *La Dolce Vita*. Na also! Der Name ist zwar nicht sehr einfallsreich, aber dort könnte es eine schnelle Internetverbindung geben, denke ich und betrete in Erwartung eines voll funktionsfähigen WLAN den Laden.

Doch schon am Eingang suche ich vergebens nach dem Hinweis auf kostenloses WLAN. Alles, was ich sehe, ist ein Banner mit dem

Aufdruck *Neueröffnung 1. Dezember.* Das war vor fast einem halben Jahr.

«Gibt's hier WLAN?», frage ich den dunkelhaarigen Mann, der gerade die Kaffeemaschine reinigt.

Er legt die Stirn in Falten, zieht die Schultern hoch und macht ein unglückliches Gesicht. «Mi scusi, leider nein. Aber einen sehr guten Kaffee, wenn Sie wollen.»

Will ich bestimmt irgendwann, nur nicht jetzt.

«Danke», sage ich und verlasse diesen Ort ohne Internet.

Meppelstedt hat wirklich ein Netzproblem, so viel steht fest. Ich hatte zwar schon davon gehört, dass es noch immer vereinzelt Gemeinden in Deutschland gibt, die nicht gut oder überhaupt nicht vernetzt sind, aber wirklich glauben konnte ich das nicht. Nicht heutzutage, wo doch alle schon vom *Internet der Dinge* reden, das alles und jeden miteinander vernetzt – Autos, Kliniken und so weiter.

Ziellos schlendere ich über den menschenleeren Marktplatz in eine kleine Gasse, in der ich schon ewig nicht mehr war.

Und plötzlich stehe ich vor einem Souterraineingang, der mir sehr bekannt vorkommt. Über der Tür entdecke ich die rote Neonschrift *basement*.

Das kann nicht sein, denke ich und schaue durch die Fenster in meine eigene Vergangenheit. War das hier? Krass! Ich erkenne einen Kicker, einen Billardtisch, eine Dartscheibe an der Wand und tatsächlich den Flipper von damals. Unglaublich! Ich fühle mich wie Marty McFly in *Zurück in die Zukunft*.

Im *basement* trafen wir uns vor dreißig Jahren, um unter uns zu sein. Kaum ein Mensch über 25 verirrte sich hierher. Hier konnten wir einfach nur rumhängen, ohne von unseren Eltern genervt zu werden. An Weihnachten kamen wir nach Heiligabend zur inoffiziellen Geschenketauschbörse hierher. Hier starteten wir die Sommerferien und beendeten sie sechs Wochen später. Hier ließen wir unser Taschengeld und schmierten die Toilette mit Edding-

Sprüchen voll. Das *basement* war der einzige Ort, an dem wir uns mühelos und ohne lange Wege auch in der Woche treffen konnten. Es gab allerdings auch keine Alternative, denn die Kneipen und Restaurants, wo unsere Eltern sich trafen, waren natürlich völlig tabu. Das *basement* war unsere Schülerkneipe. Und ausgerechnet diesen Laden gibt es heute immer noch.

Ich gehe die drei Stufen hinab, öffne die noch immer quietschende Tür und staune. Es hat sich wirklich kaum etwas verändert, nur dass heute alles noch etwas abgeranzter wirkt. Kicker, Billard und Flipper stehen an ihren alten Plätzen, und ich komme mir vor wie eine alte Frau im Museum. Der Laden ist nicht sehr gut besucht, aber ich bin mit Abstand die Älteste. Mir egal. Da stehe ich drüber. Am Billardtisch stehen ein paar Teenager, die kurz aufschauen, aber sonst kaum Notiz von mir nehmen. Was sollten sie auch machen? Ich war schließlich zuerst hier – vor dreißig Jahren.

Oh Mann! Darüber darf ich gar nicht nachdenken!

Ich schaue mich nach einem Platz um und setze mich schließlich an die Theke. Ich sitze gerne an der Theke, weil man da einen guten Überblick hat und alleine besser aufgehoben ist als an einem Tisch, wo eine einzelne Frau immer wie bestellt und nicht abgeholt wirkt. Bemitleidenswert irgendwie. Da ist die Theke souveräner. Ich steige also auf einen Hocker und warte darauf, dass mir der Mann hinter der Theke seine Aufmerksamkeit schenkt. Am anderen Ende der Theke sitzt – oder besser hängt – ein übergewichtiger Typ mit schlechter Körperhaltung, fettigen Haaren und speckiger Lederjacke, der möglicherweise sogar älter ist als ich. Bin ich also doch nicht die einzige Greisin hier.

Ein Blick auf die Getränketafel an der Wand verrät mir, dass sich auch die Drinks seit damals nicht verändert haben. Es gibt Cola, Fanta, Wasser und KiBa, Bier, Schnaps, und genau drei Cocktails: Blauer Engel, Lumumba und Piña Colada. Mona und ich haben immer Piña Colada getrunken, weil die nach Sonne und Fernweh schmeckte. Das war so in der Phase zwischen Asti Spumante und Wein und kostete in der Happy Hour nur drei Mark. Ein echtes Schnäppchen.

Endlich bemerkt mich der Barmann und schaut mich auffordernd an.

«Was darf's denn sein, Fremde?»

Witzig, denke ich, weil ich das Zitat aus *Zurück in die Zukunft III* erkenne.

«Ich ... also, ich nehme ...» Ich schaue ihn an und bin plötzlich total verunsichert. «Benno?»

«Sorry, aber ich stehe heute nicht auf der Karte. Wie wär's mit 'nem Bier?»

«Gerne. Becks bitte», sage ich und versuche krampfhaft, mich an seinen Nachnamen zu erinnern, während ich ihn anstarre. Jetzt hab ich's!

«Benno Mühltaler!», sage ich triumphierend und freue mich über mein Namensgedächtnis, das offenbar doch noch funktioniert.

Völlig unbeeindruckt nimmt Benno ein Flaschenbier aus dem Kühlschrank, öffnet es und stellt es mir hin. Dann stützt er sich mit beiden Händen auf den Tresen und blickt mir nachdenklich ins Gesicht, um herauszufinden, wer ich bin. Ich will es ihm sagen und hole Luft, aber er hebt mahnend eine Hand, um mich zu stoppen. Er will selbst dahinterkommen. Dann holt er Luft und ... Aber der Typ am anderen Ende der Theke ist schneller.

«Rike», sagt er ohne jede Betonung.

Benno haut mit der Faust auf die Theke, sodass ich erschrecke. «Jaaaa, Alter, stimmt! Rike Herrlich! Mir lag's auf der Zunge! Die kleine, dicke Rike.»

«Na, danke auch», sage ich und nehme einen Schluck Bier. «Prost! Ihr seht auch super aus.»

Benno holt seine Cola hinterm Tresen hervor und stößt mit mir an. Früher hat er nur Rum-Cola getrunken, das weiß ich noch.

«Was machst du denn hier, kleine Rike?»

Ich will gerade antworten, da meldet sich wieder die Stimme vom anderen Ende des Tresens.

«Ihr alter Herr ist gestorben.»

«Und wer ist der Spaßvogel, der für mich antwortet?», frage ich in Richtung des Typs, der aussieht wie Homer Simpsons Kneipen-Buddy Barney, der sich immer reglos an seinem Bierglas festhält.

«Komm schon, Rike, das weißt du!», motiviert mich Benno.

Ich schaue wieder zu dem Typen rüber. Er trinkt Gezapftes, das allerdings so abgestanden aussieht, als säße er schon seit Wochen so reglos da. Langsam wie eine Schildkröte beugt er sich vor und zeigt mir sein Gesicht.

«Das ist ... das ist ... Boah, keine Ahnung.» Ich geb's auf. «Aber du kommst mir bekannt vor.»

«Torben!», freut sich Benno. «Mensch, das ist Torben Krause!»

Und jetzt erkenne ich Torben Krause tatsächlich – der schüchterne Junge, den ich in der fünften Klasse anhimmelte und der beim Flaschendrehen meinen Rotz ins Gesicht bekam, weil ich beim Versuch, meinen Mund zehn Sekunden auf seinen zu pressen, niesen musste. Allein die Erinnerung macht mich fertig. Aber damals sah er auch noch eindeutig besser aus. Gesünder. Frischer. Jünger. Attraktiver.

«Torben, Mensch, gar nicht erkannt. Prost!», sage ich und hebe meine Flasche.

Torben grinst, prostet mir zu und trinkt sein Glas leer. Sofort stellt ihm Benno ein neues hin, das er schon vorgezapft hat. Dann lehnt er sich wieder zu mir über den Tresen und grinst.

«Erzähl! Was machst du hier?»

«Das sollte ich dich wohl eher fragen. Du wolltest doch Musikkarriere in Amerika machen. So stand's jedenfalls in der Abizeitung. Und jetzt hier?»

«So sieht's aus. Hatte Heimweh. Amerika war 'ne super Zeit,

aber irgendwann gingen die mir da alle auf 'n Sack mit ihrer dämlichen Oberflächlichkeit. Da bin ich dann nach Berlin.»

«Ist ja fast dasselbe», sage ich amüsiert, dabei war ich noch nie in New York. Aber das darf man heutzutage ja nicht mehr laut sagen, weil anscheinend jeder schon dort war und New York so normal geworden ist wie Mallorca.

«Und wieso zapfst du jetzt hier und nicht in Berlin?»

Benno verzieht das Gesicht und schenkt sich Cola nach. «Ach, komm, kleine Rike! Berlin ist doch auch total überschätzt. Die finden sich da alle so toll, dass sie gar nicht merken, wie provinziell sie sind. Berlin ist echt fucked. Die mit ihrem ganzen Hipster-Getue. Braucht kein Mensch!»

Ich schaue ihn fragend an und warte auf die Wendung der Geschichte. «Ja klar, und?»

«Was, und? Jetzt muss ich hier 'n bisschen was klären, und dann bin ich wieder weg. Hab 'ne Anfrage aus Dublin. Ein Kumpel von Bono sucht Studiomusiker für ein neues Album.»

«Wow, du bist immer noch 'n Rock'n' Roller! Wie cool ist das denn! So im Dunstkreis von Bono und U2 und so.»

Ich bin ehrlich beeindruckt, weil Benno ein super Gitarrist war und schon immer mit coolen Bands abhing. Eigentlich hat er sich auch überhaupt nicht verändert, abgesehen von den paar Falten mehr im Gesicht. Ja gut, und die Haare sind grau geworden, weshalb ich ihn nicht sofort erkannt hab. Benno ist groß und drahtig und war schon immer so ein Lederjackentyp. Musiker eben. Einer, der durch seine Musik jünger bleibt. Dass der jetzt hier das *basement* macht, ist echt 'n Ding.

Er grinst. «Aber jetzt mal zu dir, kleine Rike? Warst ja die Erste, die wegging – noch vor mir sogar. Wo hast du dich denn so rumgetrieben?»

Verdammt, war ja klar, dass diese Frage kommt. Und das ist auch der Grund, warum ich nicht zu Klassentreffen gehe. Ich habe eben nichts zu erzählen und will gar nicht erst anfangen, Geschichten zu erfinden, die ich selbst nicht glauben kann. Gegen Bennos Rock 'n' Roll kann ich sowieso nichts auffahren. Also halte ich mich am besten neutral. Nicht zu viel, nicht zu wenig – eine gute Strategie.

«Ach … äh, hier und da, studiert, gejobbt und so. Das Übliche, was man so macht im und nach dem Studium.»

«Was hast du denn studiert?»

«Innenarchitektur.» Klingt doch eigentlich ganz gut.

Benno nickt anerkennend, aber sein Blick verrät mir, dass er damit doch nicht so viel anfangen kann. Er deutet auf meinen Ehering an der linken Hand, mit der ich die Flasche festhalte und wechselt das Thema. «Und glücklich verheiratet, wie's aussieht.»

Ja, ich habe ihn noch nicht abgelegt, um nichts erklären zu müssen. Ich nehme einen großen Schluck Bier.

«Jau. Das ganze Programm.»

«Kinder?»

«Ein Sohn. Künstler. Graffitis und so.»

«Graffiti.»

Hä? Ich sehe ihn fragend an.

«Die Mehrzahl von Graffito ist Graffiti, nicht Graffitis.» Er lacht.

«Ach so? Und ich dachte immer das heißt ein Graffiti, zwei Graffitis. Aber Graffito – nie gehört», wundere ich mich.

«Siehst du, kleine Rike, da kann dir der Onkel Benno noch was erklären. *Again what learned*, wie der Brite sagt. Hahaha!» Er kriegt sich kaum wieder ein, während er zwei Jungs, die nicht älter als siebzehn sind, die leeren Bierflaschen gegen volle austauscht. Man versteht sich hier wortlos.

«Klugscheißer», kommt es plötzlich von Torben.

Benno prostet ihm zu. «Stets zu Diensten, der Herr.» Dann beugt er sich flüsternd zu mir rüber. «Der Torben, der hat dich nie vergessen, kleine Rike. So sehr war der in dich verknallt.»

Ich runzele die Stirn. «Quatsch.»

«Nee, echt jetzt. Kein Scheiß!»

«Na, da hab' ich ja 'ne echte Chance verpasst», sage ich und kann mir kaum vorstellen, dass ich mit Torben glücklicher geworden wäre als mit Clemens.

«Dein Mann kann sich glücklich schätzen!», sagt Benno und zieht zweideutig die Augenbrauen hoch.

«Wieso?»

«Na, hör mal, wir waren doch alle scharf auf dich.»

«Ja, klar», lache ich. «Weil ich so 'ne Granate war!»

Benno dreht sich um und greift ein Foto von der Pinnwand, die hinter ihm über den Schnapsflaschen hängt. Es ist das gleiche Foto, das ich auch mit der Einladung zum Schuljubiläum bekommen habe – unser Klassenfoto.

«Da schau selbst!»

«Kaum zu glauben, dass wir das gleiche Mädchen meinen», sage ich und zeige auf die kleine, dicke Rike mit den kurzen Beinen und der Brille.

Benno holt seine Lesebrille raus, schaut sich das Foto näher an, runzelt die Stirn und lacht. «Na ja, du hattest eben innere Qualitäten.»

«Na, dann frag mal Torben, der kennt meine inneren Qualitäten und war bestimmt nicht scharf auf mich. Oder, Torben?» Ich proste ihm zu, aber Torben reagiert nicht.

Benno beugt sich wieder zu mir. «Lass mal. Der Torben, der hat's ... nicht leicht.»

«Ach, wieso denn?», frage ich leise.

Aber offensichtlich nicht leise genug. «Kannst du Rike ruhig erzählen, Benno», hören wir Torbens leicht lallende Stimme. «Weiß ja sowieso jeder.»

Benno zuckt mit den Schultern. «Na ja, erst ist seine Elke gestorben, die Elke Remmler, weißt du noch?»

«Nee, sagt mir nichts.»

«Mensch, Rike! Die Rote Elke!»

Ich hau mir mit der flachen Hand an die Stirn. «Ja, klar, die Rote Elke – rote Locken, groß und schlank – sag das doch gleich. Und die ist …» Ich traue mich kaum, den Satz zu beenden. «… tot?»

Benno nickt und guckt betroffen. «Torbens Frau.»

«Das … Oh Mann, es tut mir wahnsinnig leid, Torben. Ich … Das ist ja –» Ich stocke und sehe Torben nur mitleidig an. Er nickt traurig in sein Glas.

«Und woran ist sie gestorben?», frage ich ihn schließlich.

«Brustkrebs», sagt er und nimmt einen großen Schluck Bier.

Benno flüstert: «Ja, und jetzt hat er 'n Burn-out.»

«Ach …», sage ich und weiß ich gar nicht, was ich sagen soll. In letzter Zeit häufen sich die Krebs- und Burn-out-Einschläge im Bekanntenkreis, und jedes Mal fehlen mir die Worte. Dabei kann es jeden jederzeit treffen.

«Und was … was machst du jetzt, Torben?», frage ich ans andere Ende der Theke und sehe, wie er resignierend die Schultern hochzieht.

«Weiß nicht.»

«Mensch, jetzt komm doch mal rüber!», fordere ich ihn auf und schlage dreimal mit der flachen Hand auf den Hocker neben mir.

Torben schaut Benno fragend an, als bräuchte er dessen Einverständnis. Als Benno ihm zunickt und sein Bier neben meins stellt, erhebt sich Torben und setzt sich neben mich. Er sieht nicht nur verwahrlost aus, er riecht auch etwas streng.

«Der Arzt hat gesagt, ich müsste schnell in die Klinik. Aber so schnell geht das nicht.»

«Wieso?»

«Ja, wegen dem Umbau und so.»

Ich sehe, wie Benno die Augen verdreht. «Alter, jetzt vergiss doch mal den Umbau und lass dich behandeln!»

«Was denn für ein Umbau?», frage ich.

«Ach ...» Benno winkt genervt ab. «Torben hat die Pacht für die alte Minigolfanlage übernommen, unter der Bedingung, dass er alles instand setzt.»

*Ach herrje*, denke ich. «*Du* bist das? *Du* renovierst die olle Minigolfanlage? Lohnt das denn, Torben? Oder ist das nicht eher rausgeschmissenes Geld?»

Torben schüttelt den Kopf. «Nee, das wird super. Ich hab' alles genau geplant und Material besorgt und so. Die im Rathaus fanden meine Pläne wirklich gut. Aber ... Also, wenn ich am 1. Juni nicht eröffne, nehmen sie mir alles wieder weg. Und ausgerechnet jetzt sagt der Arzt, dass ich dringend in Therapie soll. Stationär.»

«Ja, dann rede halt mal mit den Leuten bei der Stadt.»

Benno zapft ein neues Bier für Torben. «Haben wir doch alles schon versucht. Da geht nix bei den Sesselpupsern da.»

Torben schüttelt frustriert den Kopf. «Dabei hab' ich alles schon geplant.»

«Aber mit so 'nem Burn-out spaßt man nicht, Torben», sage ich allen Ernstes, obwohl ich keinen blassen Schimmer von solchen Psychogeschichten habe. «Du musst das auf jeden Fall behandeln lassen. Danach kannst du mit doppelter Kraft loslegen. Wirst schon sehen.»

Benno nickt zustimmend, während er Torben das neue Bier hinstellt. «Hörst du, Rike sagt das auch. Lass dich behandeln!»

«Ja, ja», sagt Torben bierselig. «Aber erst mal geh ich aufs Klo.»

Gedankenverloren sehe ich ihm nach. «Mann, Mann, ausgerechnet die Minigolfanlage im Park. Damit lockt man doch keinen hinterm Ofen vor.»

«Sag das nicht, Rike. Ist alles retro heute. Schau dich um! Hier ist doch auch alles retro.»

Also schaue ich mich um, und mein Blick bleibt an Benno hängen.

«Nee, Benno. Du bist nicht retro, du bist nur älter geworden, genauso wie ich.» Dann deute ich auf den Flipper. «Der ist retro. Geht der noch?

«Und ob!» Benno krempelt seine Ärmel hoch. «Willst du mich herausfordern?»

«Aber so was von», sage ich großspurig, obwohl ich seit bestimmt zwanzig Jahren nicht mehr geflippert habe und auch gar nicht wüsste, wo in meinem Viertel in der Stadt ein Flipper steht. Ist vielleicht auch gut so, sonst wäre ich da Stammgast.

Benno und ich liefern uns ein unerbittliches Flipper-Gefecht, das richtig Spaß macht. Torben hat offenbar einen polnischen Abgang gemacht und ist nach dem Klo gegangen. Ich gehe nach dem dritten Bier, und erst auf dem Weg zu meiner Mutter fällt mir ein, dass ich total vergessen habe, Benno nach dem WLAN zu fragen.

Dann eben beim nächsten Mal, denke ich, und bin froh, einen Ort gefunden zu haben, an dem ich jederzeit jemanden treffen kann, den ich mag.

Auf dem Heimweg muss ich an Torben denken. Seine Geschichte hängt mir nach. Ich habe Mitleid mit dem armen Kerl, obwohl ich überhaupt nichts über ihn oder sein Leben weiß. Aber seine Frau, die Rote Elke, war ein tolles Mädchen mit einer unzähmbaren roten Lockenmähne, um die ich sie früher sehr beneidet habe. Elke war klug, schön und selbstbewusst. Niemals hätte ich gedacht, dass sie ausgerechnet Torben heiratet. Obwohl ... wenn ich so nachdenke, war ich ja auch mal kurz in ihn verknallt. Aber nur bis zu unserem unsäglich peinlichen Kuss.

Eigentlich haben wir Mädels damals sowieso alle nur für Benno geschwärmt, der aber unerreichbar für uns war. Benno war in der achten Klasse sitzengeblieben und kam dann zu uns in die Stufe. Er sah aus wie Jon Bon Jovi, nur jünger, und war genauso cool und unnahbar. Und wie lässig er da immer in der letzten Reihe saß! Fast so wie bei den Auftritten als Gitarrist in seiner Band *Narcotics*. Bei

Schulkonzerten standen Mona und ich in der ersten Reihe, haben begeistert mitgesungen und Benno angehimmelt. Niemals stand der auf mich! Aber irgendwie süß, dass er es behauptet – selbst wenn er sich das ausgedacht hat.

Ganz leise schließe ich die Haustür auf. Es ist nach Mitternacht. Im Flur hat Mama mir extra ein Licht angemacht. Wie früher. Geräuschlos ziehe ich die Schuhe aus und gehe in die Küche, um mir ein Glas Wasser zu holen. Das Parkett knarzt auch ohne Schuhe. Ich halte inne und lausche. Nichts. Meine Mutter schläft offenbar. Erleichtert trinke ich etwas und gehe dann auf Zehenspitzen hoch in mein Zimmer, was einem Balanceakt gleichkommt. Aber ich kenne die Stufen und weiß, welche besonders laut sind. Meine quietschende Zimmertür fegt dann alle Bemühungen, leise zu sein, davon. Aber aus Mamas Zimmer ist nichts zu hören, außer leisem Schnarchen.

Ich kann leider nicht schlafen, und je mehr ich mich bemühe, umso unwahrscheinlicher wird es, denn ich kann nicht abschalten. Zu viele Dinge gehen mir durch den Kopf. Benno, Torben, Mona, Schmiddi – all die alten Gesichter und Geschichten schwirren mir durch den Kopf. Je mehr ich ins Grübeln komme, desto klarer wird mir: Ich darf mich jetzt hier nicht einnisten, nur weil es so praktisch ist. Schließlich will ich nicht so werden wie Schmiddi – bequem und weltfremd. Es ist schließlich von der Natur nicht vorgesehen, dass man als erwachsener Mensch noch im Hotel Mama wohnt. Nicht in unserer Gesellschaft und auch sonst nicht. Irgendwo habe ich mal gehört, dass es keine einzige Tierart gibt, die ihre flügge gewordenen Jungen wieder zurücknimmt, weil es einfach bedeutet, dass sie nicht überlebensfähig sind. Da heißt es dann *survival of the fittest*. Nur bin ich leider gar nicht fit und würde wohl schon bald gefressen werden. Also muss ich etwas dagegen unternehmen. Jawohl!

Beherzt stehe ich noch mal auf und gehe im Raum auf und ab, weil ich beim Laufen besser denken kann. Ich muss überlegen. Ich muss mir einen Job suchen. Ich muss eine Wohnung finden. Ich muss gleich morgen anfangen. Ab morgen werde ich mein Leben ändern.

Aber jetzt muss ich erst mal schlafen. Morgen, ganz sicher ... morgen wird alles anders.

5

*Freunde*

BEVOR ICH JEDOCH mein ganzes Leben ändern kann, schickt mich Mama erst mal einkaufen.

Als ich am späten Nachmittag aus dem Haus komme, sehe ich Schmiddi in unserem Garten und bremse abrupt – aus Angst, wieder über die Dackelwurst zu stürzen.

«Was machst du hier?», frage ich und schaue ihm dabei zu, wie er die Rosen gießt. Unsere Rosen. Ich meine, Papas Rosen.

Ich wundere mich darüber, dass er so viel Zeit in unserem Garten verbringt. Und über seine beige Stoffhose und den albernen Strohhut wundere ich mich auch. Sieht ein bisschen so aus wie die Vogelscheuche aus *Der Zauberer von Oz*. Ich kann ihn so doch unmöglich ernst nehmen.

«Das Gleiche könnte ich dich fragen.»

«Ich wohne hier. Aber du wohnst nebenan. Außerdem – musst du nicht ins Büro? Arbeiten, oder so?»

Mama hat mir mal erzählt, dass Schmiddi als Anwalt in einer kleinen Wald-und-Wiesen-Kanzlei auf dem Land angestellt ist.

«Urlaub», sagt er kurz angebunden und starrt dabei stoisch auf die Rosen.

Ich glaube, er war schon mit elf Jahren so vernünftig und gewissenhaft wie heute, nur dass er heute so alt wie seine Eltern zu sein scheint. Mindestens. Kein Wunder, die tragen auch nur Beige, allerdings im Partnerlook. Wer hat eigentlich behauptet, dass Beige eine vorteilhafte Rentnerfarbe ist? Und warum enthüllt niemand diese unglaubliche Lüge? Diese beige uniformierten Menschen über sechzig wirken doch meist wie Zombies in ihren sandfarbenen Westen, Blusen und Cargohosen. Und wieso immer diese Westen? Maßlos überschätzt! Was nützt ein warmer Rücken, wenn die Arme auskühlen? Und was stecken die da alles rein – in diese tausend praktischen Westen- und Cargohosentaschen? Astronautennahrung? Kompass? Schweizer Messer? Lesebrille? Sicher keine Kondome. Und wozu müssen die sich überhaupt tarnen? Oder sind die Beigen am Ende die Einzigen, die unentdeckt bleiben, wenn die Erde zum Wüstenplaneten geworden ist und von Aliens bevölkert wird?

Schmiddi jedenfalls könnte durchaus mehr aus sich machen. Er ist doch noch jung und hat vielleicht sogar Potenzial.

«Du hast Urlaub? Und wieso bist du dann hier? Und nicht ... im Urlaub?»

Jetzt schaut er mich irritiert an. «Wieso? Wo soll ich denn hin?»

«Na, zum Beispiel in den Süden? Wo man halt so Urlaub macht. Spanien, Italien, Karibik? Von mir aus auch Bayern.»

Er muss lachen und schüttelt dabei den Kopf, als hätte ich etwas völlig Absurdes gesagt. «Aber ich bin gerne zu Hause. Was soll ich denn woanders?»

«Was weiß ich? Tapetenwechsel? Was von der Welt sehen? Andere Kulturen? Oder einfach nur Sonne tanken?»

«Zu viel Sonne ist ungesund. Und außerdem ... Ganz alleine? Macht doch keinen Spaß.»

Jetzt schaut er mich wieder so schräg an, als würde er nachdenken. So ganz genau weiß man das nie bei seinem Gesichtsausdruck.

«Aber du kannst doch auch nicht ewig zu Hause hocken. Bei deinen Eltern. Tagein, tagaus, ein Leben lang», sage ich.

«Hm ... vielleicht. Vielleicht auch nicht. Keine Ahnung. Und du?»

«Was, und ich?»

«Was machst *du* hier?»

Ich richte mich auf. «Meine Mutter unterstützen.»

Schmiddi sieht mich prüfend an. «Deshalb ziehst du gleich ein?»

«Vorübergehend. Weil mein Haus gerade renoviert wird.»

«Ah, das ist also der wahre Grund. Hab' mich schon gewundert.»

«Wieso?»

«Soweit ich weiß, wolltest du nie wieder zurückkommen.»

«Aber ich bin nicht zurück! Es ist nur vo-rü-ber-geh-end. Außerdem ... Mein Vater ist gerade gestorben, schon vergessen?» Ich glaub, ich spinne! Schmiddi macht mir tatsächlich Vorwürfe. Als ob es völlig normal wäre, dass man in unserem Alter zu Hause wohnt.

«Und dein Weg ist der einzig wahre, oder wie?», frage ich gereizt.

«Warum regst du dich gleich auf?»

«Mach ich ja gar nicht! Aber du ... interpretierst die Dinge falsch.»

«Und was wäre so falsch daran, zu deiner Mutter zu ziehen – jetzt, nach dem Tod deines Vaters?»

«Nichts ... das heißt ... doch ... alles. Ich meine ... Hey, ich lebe mein Leben und du deins. Belassen wir's dabei.»

«Okay, ich wollte auch gar nicht –»

Aber ehe Schmiddi den Satz zu Ende bringen kann, zerrt Eugen plötzlich unten an dem Schlauch und schüttelt ihn wie ein Beutetier, weshalb die Brause vom Gartenschlauch abspringt und Schmiddi an den Kopf knallt. Sofort spritzt das Wasser mit vollem Druck aus dem Schlauch, der nun unkontrolliert wild umherschießt, bevor er zu Boden fällt und wie eine wasserspeiende Schlange zuckend hin und her tanzt.

In wenigen Augenblicken sind wir beide völlig durchnässt.

«Das Wasser!», ruft er. «Du musst den Hahn zudrehen, Rike. Schnell!» Schmiddi versucht immer wieder, den Schlauch zu packen, was ihm aber nicht gelingt.

«Wo denn?», rufe ich und schaue mich um.

Ich habe keine Ahnung mehr, wo der Wasseranschluss für den Garten ist. Also verfolge ich den Schlauch zurück, ums Haus, finde schließlich den Hahn und drehe ihn zu. Tropfnass kehre ich zu Schmiddi zurück, der noch viel nasser ist, aber die Brause schon wieder am Schlauch befestigt. Wir schauen uns an und müssen beide lachen, weil wir wie zwei begossene Pudel aussehen.

«Tut mir ... tut mir leid, wegen vorhin», sagt er. «Ich wollte mich nicht einmischen.»

«Mir tut's auch leid.»

Er wickelt den Schlauch auf und geht rüber in den Garten seiner Eltern. Dabei wirkt er total entspannt. Oder gleichgültig? Oder beides? Ich schaue ihm noch einen Moment verwundert nach.

«Hi! Schmiddi, alles fit im Schritt?», höre ich plötzlich eine bekannte Stimme.

Mona kommt lachend in den Garten. Ihr Auftritt ist typisch und vertraut, irgendwie, als hätten wir Sommer '88. Und so sieht Mona auch aus: Sie trägt eine längsgestreifte Hochwasser-Karottenjeans, die heutzutage Mom-Jeans heißt, dazu ein weites T-Shirt mit einem Flamingo aus rosa Pailletten, unter dem ein üppiger, viel zu hoch gepushter Busen wippt. Ihre Füße stecken in weißen Reebok Classics, und in ihrem Hosenbund glänzt ein weißer Nietengürtel, der ihr die Taille abschnürt. Nur, dass Mona gar keine Taille hat.

«Ey, Madonna, wo hast du die Dauerwelle gelassen?», frage ich.

«Wieso? Der Look ist total hip.»

«Der Look ist der Grund, warum ich die Achtziger gehasst habe.»

«Deinem Nachbarn könnte ein bisschen Don Johnson nicht schaden.» Mona steckt ihre weiße Ray Ban Wayfarer ins Haar und schaut mich genauer an. «Wieso bist du so nass? Schmiddi sah auch so begossen aus.»

«Kleine Wasserschlacht», sage ich und zwinkere ihr zu.

Mona reißt Augen und Mund auf. «Läuft da etwa was?»

«Quatsch.»

Sie atmet auf. «Und ich dachte schon ...» Sie hakt sich bei mir unter, und wir gehen ein Stück zu den Liegestühlen. «Immer wieder paradiesisch, eure grüne Idylle.»

Ich nicke, schnappe mir ein Handtuch und trockne mich ab. Meine Mutter besteht auf Handtüchern über den Polstern, damit kein Schweiß auf die Bezüge kommt.

«Und, wie läuft's?», fragt Mona.

«Gut. Aber Mama weiß von meiner ... äh ... Schieflage nichts. Und das soll bitte auch so bleiben. Sie hat schon genug Sorgen.»

«Verstehe. Und jetzt Neuorientierung in Meppelstedt.»

«So in der Art. Aber natürlich nur vorübergehend.»

Mona nickt verständnisvoll und grinst dann. «Natürlich.»

«Ich will hier ja nicht versauern. Auf keinen Fall.»

«Wer will das schon?» Bei Mona weiß ich nie so genau, ob sie mich ernst nimmt oder einen Witz auf meine Kosten macht.

«Ich hab übrigens grad nicht so viel Zeit. Muss einkaufen gehen für Mama. Ist was Wichtiges?»

Mona muss lachen. «Wie das klingt: *Ich muss einkaufen gehen für Mama*. Hoffentlich hast du deine Hausaufgaben schon gemacht.»

«Sehr witzig.»

«Hast du nächsten Freitag schon was vor?»

«Bis jetzt nicht, es sei denn, ich muss Mamas Pokerrunde bedienen.»

«Was, die spielen immer noch?»

Ich nicke. «Was ist denn am Freitag?»

«Meine Geburtstagsparty. Und es wäre schön, wenn du dabei wärst.» Sie beugt sich zu mir und flüstert verführerisch: «Dann zeig ich dir, was ich so im Portfolio habe.»

«Hmmm ... Klingt verlockend.»

Mona schiebt mir eine Visitenkarte mit ihrer Privatadresse in den Blusenausschnitt, und gemeinsam gehen wir zu ihrem Auto, wo sich unsere Wege trennen.

Mama hat mir eine lange Einkaufsliste geschrieben: Butter, Milch, Nutella, Toast, Schmalz, Spritzgebäck ... «Und bring dir mit, was du sonst noch so magst», hat sie dazu gesagt. Als sie mir fünfzig Euro aus ihrer Geldbörse gab, lächelte sie wie früher, als wollte sie sagen: *Von dem Restgeld kannst du dir Bonbons kaufen.*

Ich entschließe mich, die Liste abzuarbeiten und zu ergänzen, wobei ich mich frage, ob Mama Nutella für mich aufgeschrieben hat oder für sich. Ich esse das Zeug schon lange nicht mehr und vermeide so gut es geht Produkte mit Palmöl. Wegen der Regenwaldproblematik und so. Aber vielleicht steht Mama ja mittlerweile auf das Zeug. Also ab in den Korb damit. Schweineschmalz ersetze ich durch Olivenöl, statt Buttertoast nehme ich Vollkorntoast, aus Spritzgebäck werden Biokekse. Dazu ein Päckchen italienischer Fairtrade-Espresso, denn ich meine, mich zu erinnern, dass meine Mutter noch eine alte Espresso-Kanne für den Herd im Schrank hat. Wenn nicht, gieße ich mir türkischen Kaffee auf. Alles besser als ihr Filterkaffee aus der Maschine.

Nach dem Supermarkt gehe ich noch zum Gemüsehändler, wo ich Obst, Gemüse, Bio-Ingwer und frischen Salat aus der Region kaufe.

Danach zum Bäcker. Bereits draußen vor dem Laden rieche ich die Erinnerung, und kaum habe ich die Bäckerei meiner Kindheit betreten, bin ich wieder elf. Dieser Duft nach frisch gebackenen Brötchen und Brot ist so unwiderstehlich, so ganz anders als in den Backautomaten-Bäckereien in der Stadt. Sofort möchte ich in ein knuspriges Brötchen beißen, um dann den weichen Inhalt mit den Fingern rauszupulen und im Mund zergehen zu lassen. Danach wird das Brötchen auseinandergerissen, um einen Schokokuss zwischen den Hälften zu zermatschen. Das beste Schulbrot aller Zeiten!

Oder ich könnte auf der Stelle ein warmes Baguette mit Butter essen. Oder an einem Croissant knabbern. Am liebsten alles gleichzeitig. Zum Glück hat Mama schon telefonisch ihre Bestellung aufgegeben, sonst würde ich alles leerkaufen.

Frau Hippel strahlt mich an. «Hier, die Bestellung von deiner Mama: Ein frisches Weißbrot, sechs Brötchen, zwei Apfeltaschen und zwei Mohnschnecken. Die magst du doch so gerne, Rike.»

Seltsamerweise scheint hier jeder zu wissen, was ich gerne mag.

Monas Mutter reicht mir die Papiertüten über die Glasvitrine. «Schön, dass du wieder bei der Mama wohnst!»

«Äh, ja. Vorübergehend.»

«Jaja, das sagt ihr alle, aber zu Hause bei Mama ist's eben doch am schönsten. Grüß schön!» Sie wendet sich bereits an den nächsten Kunden. «So, wer ist dran?»

Beim Hinausgehen werfe ich noch einen Blick auf die Vollkornauslage, und mit einem Mal holt mich mein Stoffwechsel-Gewissen ein. Vorbei ist der Weizen-Rausch, denn Weizen und Gluten steigern den Blutzucker- und Insulinspiegel und machen dick, dumm und krank. In der *Gala* habe ich gelesen, dass halb Hollywood dem Weizen abgeschworen hat, um fit und schön zu bleiben. Und weil ich sowieso schon ein paar Kilo Übergewicht habe, versuche ich mich seit Jahren, bewusster und gesünder zu ernähren, was mir bei Mama nur bedingt gelingen wird, wenn ich nicht aufpasse. Aber jetzt ... jetzt wird sowieso alles anders. Ich muss stark bleiben und endlich mal konsequent nicht nachgeben. Also drehe ich mich um.

«'tschuldigung, aber könnten Sie das Weißbrot durch eine Vollkornkruste ersetzen und die Brötchen durch Vollkorn-Roggenbrötchen?»

Monas Mutter schaut mich unwirsch an, denn ich halte den Verkehr auf. «Wieso? Ist was damit?»

«Nein, ich ... ich ... bin nur allergisch gegen Weizen.»

«Ach, seit wann das denn, Rike?»

«Seit ... seit ...»

Jetzt muss ich genau überlegen, wann ich das letzte Mal hier in der Bäckerei war. Das muss so zehn Jahre her sein. Sonst haben Mama und Papa ja immer eingekauft, wenn ich zu Besuch kam. Herrgott, was bin ich nur für ein Weichei! Warum sag ich ihr nicht einfach, dass ich finde, dass reine Weizenprodukte nicht so gesund und nahrhaft sind.

«Seit ich wegen einer Gluten-Unverträglichkeit in der Notaufnahme wiederbelebt werden musste.»

Monas Mutter starrt mich ungläubig an. Herrgott, wieso muss ich auch gleich übertreiben? Allerdings habe ich so was Ähnliches mal in einer Ärzteserie gesehen. Oder war das eine Laktose-Unverträglichkeit?

«Wird aber teurer», sagt Frau Hippel sehr ernst.

«Schaff' ich noch.»

Ich zahle die Vollkorndifferenz und gehe. Monas Mutter ist zwar eine phantastische Bäckerin und Konditorin, und ihre Kuchen sind allererste Sahne, aber so richtig mochte ich sie nie. Und ich glaube, das beruht auf Gegenseitigkeit.

Auf dem Rückweg hole ich in der *Metzgerei Scholz* Mamas Fleisch- und Wurstpaket ab. Auch diesen Laden kenne ich schon seit über vierzig Jahren. Ebenfalls ein Familienbetrieb, der sich erstaunlich gut über die Generationen gehalten hat.

Kaum bin ich eingetreten, lacht der alte Chef mit dem weißen Kittel der Fleischer-Innung, auf dem ein lachendes, tanzendes Ferkel aufgenäht ist, hinter der Theke auf.

«Ja, Ulrike! Mädschen, mir ham schon jehört, dat de wieder da bist. Schön, dat du deine Mutter net im Stisch lässt. Hier, dat ist für Wilma mit'm schönen Gruß.»

Damit reicht er mir Mamas Bestellung, und ich staune: Hätte ich gewusst, dass sie Fleisch und Wurst für eine ganze Kompanie bestellt hat, hätte ich ihren praktischen Hackenporsche genommen.

Mist! Ich hätte Mama sagen sollen, dass ich gar nicht mehr so viel Fleisch und Wurst esse, weil es mir erstens nicht schmeckt und weil ich natürlich gegen Qualitätsverfall, Massentierhaltung und künstliche Zusätze bin. Außerdem ist rotes Fleisch ja auch gar nicht so gesund. Allerdings bin ich ja hier bei dem Metzgermeister meines Vertrauens, von dem bislang alles geschmeckt hat. Von wegen Massentierhaltung – ich wette, der alte Scholz kann mir sagen, wie seine Schweine mit Vornamen heißen.

«Danke», sage ich und bezahle bei der blonden Fleischfachverkäuferin an der Kasse.

«Hallo, Rike! Schön, dich zu sehen.» Die junge Frau strahlt mich breit an, aber ich habe keine Ahnung, wer sie ist oder wie sie heißt. Nur ihr Lispeln kommt mir bekannt vor.

In meinem Kopf laufen die Synapsen heiß. Ich schaue sie an, kann mich aber beim besten Willen nicht an sie erinnern. Da hilft nur eins: in die Offensive gehen.

«Tut mir leid, ich –»

«Anja, 5a ... Mathe AG.»

Der Groschen fällt immer noch nicht, was Anja angeht. Aber die Mathe AG bei Frau Cychowsky-Bockelbeck werde ich nie vergessen. Papa wollte, dass ich da hingehe, um ein besseres Gefühl für Zahlen zu bekommen. Sinnlos. Ich hab's gehasst. Die AG und die Lehrerin. Sie liebte Gleichungen mehr als Menschen, und obwohl wir mehr oder weniger freiwillig in ihre AG kamen, quälte uns Frau Cychowsky-Bockelbeck. Sie gehörte zu der Frauengeneration, die sich ihren Doppelnamen hart erkämpft hatte. Von ihrer Sorte gab es mindestens sechs Lehrerinnen an der Schule, deren Namen so lang und teilweise so unaussprechlich waren, dass allein durch die Ansprache ein Großteil der Unterrichtszeit verstrich.

«Anja! Mensch. Hab dich fast nicht wiedererkannt.» Ich tue so, als ob ich mich vage erinnern würde, was voll gelogen ist. Aber ich will sie nicht vor den Kopf stoßen. «Was treibst du so? Wie geht's dir?» Blöde Fragen, aber ich bin echt nicht gut im Smalltalk.

Sofort mischt sich der Metzgermeister ein. «Dat Anja ist die Frau von unserm Jochen, den kennste doch auch noch.» Er grinst so ähnlich wie das tanzende Ferkel auf seinem Kittel.

«Klar, der Jochen hat immer die besten Würstchen zum Grillen mitgebracht.»

Das war auch der einzige Grund, warum der tumbe Jochen auf sämtliche Partys eingeladen wurde, aber das sag ich seinem stolzen Papa lieber nicht. Im Gegensatz zu mir hatte Jochen wenigstens seine Würstchen. Ich hatte nichts Eigenes und wurde nur eingeladen, weil ich Monas Freundin war.

«Ja, dat soll wohl sein!», lacht Herr Scholz. Dann hört sein Lachen schlagartig auf. «Hör mal, Rike – schlimm dat mit deinem Papa. Dat tut uns allen so leid.» Kurz darauf erhellt sich sein Gesicht wieder, und er greift in die Wursttheke. «Aber dat Leben geht weiter. Komm Mädschen – hier ... wie immer. Lasset dir schmecken!»

Und dann reicht mir Herr Scholz, der mindestens 75 Jahre alt ist und sich seinen rheinischen Akzent nie abgewöhnt hat, ein üppiges Stück Fleischwurst über die Theke. Wie früher. Ich rieche erst daran, beiße dann hinein und schließe reflexartig die Augen. Ein einzigartiger Genuss, der so unglaublich lecker nach Kindheit schmeckt, dass ich es kaum fassen kann. Wie weggefegt sind alle Bedenken über Massentierhaltung, Abfallprodukte und künstliche Aromastoffe. Das hier ist *Scholz' Beste* – ohne Wenn und Aber. Sofort beschließe ich, mir einen ganzen Fleischwurstring mitzunehmen, wenn ich wieder nach Hause fahre. Und dann wird mir schlagartig klar, dass ich ja gar kein Zuhause mehr habe. Also gut – egal, wohin ich gehen werde, ich werde mir einen ganzen Kringel *Scholz' Beste* mitnehmen.

«Kommst du eigentlich zum Schuljubiläum?», höre ich Anjas Lispelstimme, und habe plötzlich ein Gesicht dazu vor mir – rund, kurze Zöpfe, Sommersprossen, schiefe Zähne, zehn Jahre alt. Anja aus der 5a. Ihr Lispeln war schon damals echt süß, weil sie eine klanghelle Stimme hat.

«Schuljubiläum? Ach ja, wann ist das noch mal?»

«Im Juni.»

«Mmh ... Ich glaub nicht. So lange bleib ich ja auch gar nicht.»

«Schade.» Anjas strahlendes Lächeln verschwindet abrupt. Ist sie jetzt enttäuscht? So eng waren wir doch gar nicht. Oder doch? Sie war doch eine Klasse unter mir.

«Na dann, schönen Tag noch», sage ich und gehe.

«Vielleicht kommst du ja doch», ruft mir Anja hinterher. «Bis bald!»

Nachdenklich schleppe ich die Einkäufe nach Hause. Anja war die kleine Schwester vom Schülersprecher, glaube ich. Wie hieß der noch? Ach ja, Sven ... Sven Odermann. Das war so ein Angeber. Aber Anja konnte ich immer gut leiden, auch wenn ich nicht so viel mit ihr zu tun hatte.

Ich will gerade das Tor zu unserem Garten öffnen, da höre ich schon Schmiddis Eltern. Sie sind ins Gespräch vertieft, sodass sie mich hinter der Hecke zum Glück gar nicht bemerken. Im Gegensatz zu Eugen, der mich durch die grüne Wand anbellt.

«Eugen! Schluss jetzt mit dem Gekläffe. Hier ...», höre ich Klaus Schmidts Stimme, der dem Hund offenbar etwas zum Beißen gibt.

Ich will schon weitergehen, da fällt der Name meines Vaters. Überrascht bleibe ich hinter der Hecke stehen und lausche unfreiwillig, während Eugen Kaugeräusche macht.

«Ich glaub' ja nicht, dass er einfach so umgefallen ist.» Giselas Stimme ist unangenehm schrill. «Hier hab' ich ihn doch an dem Morgen noch gesehen – quietschlebendig hat er die Rosen zurückgeschnitten. Du doch auch, Klaus.»

«Ich hab' die Rosen nicht geschnitten. Karl war das.»

«Sag' ich doch!»

Es zischt. Herr Schmidt öffnet offenbar eine Flasche Bier und nimmt den ersten Schluck. Es gluckst. «Ich hab' sogar noch mit ihm geredet.» Nächster Schluck.

«Ja, und?», drängelt Gisela.

«Was, und?»

«Was hat er gesagt?»

«Ja, nix.»

«Wie, ich denk', du hast mit ihm geredet. Jetzt sag doch mal, Klaus!»

«Ja, nur so gequatscht halt. Wetter und so. Ach ... und er wollte an dem Nachmittag noch seinen Wagen durch die Waschanlage fahren.»

«Da hast du's!»

«Was?»

«Er hatte Pläne für diesen Tag.»

«Ja, und? Was soll das jetzt wieder heißen?»

«Karl wurde vom Tod überrascht. Das heißt es.»

«Ja, sicher! Das ist so beim Schlaganfall.» Herr Schmidt nimmt nun mehrere Schluck Bier hintereinander – gluckgluckgluck. «Ahhhh, tut das gut!»

«Och, jetzt stell dich doch nicht so blöd an! Er hatte Pläne. Und dann ist er plötzlich tot. Was sagt dir das?!»

«Meinst du, Wilma hat da nachgeholfen?»

Hallo?! Ich kann gar nicht glauben, was ich da höre.

«Na ja, verstehen würde man's ja. Karl war ... sagen wir mal ... er war schwierig», höre ich Frau Schmidt sagen.

«Ach!» Die Stimme ihres Mannes klingt plötzlich irritiert. «Das sagst du über mich auch manchmal.»

«Hmm ... stimmt.»

Schweigen.

Gut so, denn ich hätte das Getratsche nicht länger ausgehalten und tue jetzt so, als käme ich gerade erst vom Einkaufen um die Ecke. Eugen liegt auf der Wiese und wedelt mich mit einem Kauknochen im Maul freudig an.

«Tach, Ulrike!», ruft Schmiddis Mutter. Ihre Stimme ist echt schräg. Schräg und schrill.

«Hallo, Frau Schmidt.»

«Und? Gut wieder eingelebt?»

«Ja, ja.»

«Deine Mutter ist so froh, dass du da bist.»

«Tatsächlich?»

Eugen lässt den Knochen fallen und springt an mir hoch.

«Was hat er denn?», frage ich.

Klaus Schmidt wirft einen Blick in meine prall gefüllte Einkaufstasche. «Na, ist doch logisch. Unser Eugen will an die Wurst vom Scholz. Der weiß, was gut ist. Stimmt's, Eugen?» Dann nimmt er den Dackel auf den Arm. «Hör mal, Rike, wenn der Michael dir und der Mama irgendwie helfen kann mit dem Haus oder so, dann müsst ihr das nur sagen.»

«Der Micha macht das gerne, Rike!» Frau Schmidt lächelt mich breit an. «Der hat deinem Vater auch immer im Garten geholfen, wenn er Zeit hatte. Unser Micha hat nämlich den grünen Daumen.»

«Alles klar, ich denk' dran. Danke. Schönen Tag noch!», sage ich und gehe zum Haus. Die Schmidts sind eigentlich ganz nett und hilfsbereit, aber leider auch sehr neugierig. Und sie haben eine blühende Phantasie.

In der Küche packe ich die Einkäufe unter dem skeptischen Blick meiner Mutter aus, die mehrfach mit dem Kopf schüttelt, zuletzt, als ich das Körnerbrot aus der Tüte nehme.

«Kann ich nicht kauen», erklärt sie nüchtern. «Diese Körner bleiben mir in den Zähnen stecken.»

«Komm schon, Mama, es ist so viel gesünder als Weißbrot.»

«Ich bin alt genug, um zu wissen, was gut für mich ist. Und wo ist das Butterschmalz? Oder soll ich den Schweinebraten für Sonntag etwa in Olivenöl anschmoren?»

Zugegeben, darauf habe ich keine Antwort. Aber ich bin mir sicher, dass in Italien der Schweinebraten auch in Olivenöl angebraten wird.

«Und soll ich meiner Pokerrunde etwa mit Biokeksen kommen?» Mit spitzen Fingern hält sie die Packung hoch. «Traditionell nehmen wir Spritzgebäck zum Holunderschnaps und Salzgebäck zum Limoncello. Wo ist denn das Salzgebäck überhaupt?»

«Stand nicht auf der Liste.»

Sie rollte mit den Augen. «Und was ist das hier?»

«Ingwer.»

«Siehst du?!»

«Was? Hä?» Ich versteh nur Bahnhof.

«Stand ja wohl auch nicht auf der Liste, soweit ich mich erinnere. Und trotzdem liegt der jetzt hier. Und der ganze Salat. Und das Vollkornzeug ...» Sie redet sich in Rage. «Da hättest du ja mal mitdenken können. Mensch, Ulrike! Mein Kartenabend findet seit Jahrzehnten statt. Und seither essen wir Salzgebäck zum Limoncello.»

Ich muss dem ein Ende machen. Ich ertrage das nicht mehr.

«Ja, Mama, tut mir leid. Soll ich noch mal gehen?»

«Unsinn. Sei nicht albern!» Dann geht sie zur Vorratskammer und holt aus der hintersten Ecke eine Packung Salzgebäck. «Gut, dass ich immer was in Reserve habe.»

Was soll das? Will sie mich schikanieren? «Was regst du dich dann so auf, Mama?»

«Reserven sind für Notfälle. Das hier ist ja wohl keiner.»

Das wird mir jetzt zu doof. «Salzgebäck stand nicht auf der Liste! Punkt.» Ich ziehe den Einkaufszettel aus der Gesäßtasche und halte ihn ihr unter die Nase.

«Du musst immer das letzte Wort haben, oder? Da kann ich demnächst auch selbst einkaufen gehen.» Damit dampft meine Mutter ab in ihr Zimmer.

Ich verstehe sie nicht, obwohl ich sie doch schon so lange kenne. Wieso ist sie nur so zickig? Was habe ich ihr getan? Ich nehme doch wirklich genug Rücksicht auf sie. Aber hat sie mich einmal gefragt, ob es mir gutgeht? Immer muss sich alles um sie drehen. Wie konnte ich das nur vergessen?

Ich packe die Einkäufe weg und mache Abendbrot, öffne dazu eine Flasche Rotwein und beruhige mich.

Eine halbe Stunde später kommt meine Mutter wieder runter, blickt auf dem Tisch umher und stellt für Papa ein Gedeck dazu, bevor sie sich zu mir setzt. Sie sagt kein Wort.

Dann sieht sie das Etikett der Flasche und fängt schon wieder an. «Aber du kannst doch nicht einfach Papas Wein aus –»

«Jetzt hör aber auf!» Mein Ton wird schärfer. «Wein ist ein Genussmittel, das hat er auch immer gesagt.»

Mama reagiert nicht. Vermutlich hat sie ihr Hörgerät ausgeschaltet.

Ich schenke ihr ein Glas Wein ein, und immerhin probiert sie einen Schluck.

«Das Zeug muss schließlich weg», sagt sie unerwartet.

Wir schauen uns an und müssen lachen. So ist das wohl, wenn man trauert. Ein einziges Auf und Ab der Gefühle. Meiner Mutter geht's nicht gut, und deshalb kann ich ihr nicht wirklich böse sein.

«Auf Papa!»

«Auf Karl!»

Dann stoßen wir an, und es wird doch noch ein gemütlicher Abend, auch wenn meine Mutter aus heiterem Himmel beginnt, unangenehme Fragen zu stellen.

«Was ist denn jetzt mit eurem Haus, Ulrike?»

«Unser Haus? Och, da … wird einiges renoviert. Und so …»

«Aha, und was genau?»

«Na ja, das Dach und ein paar Reparaturen, neuer Anstrich, was eben so fällig ist nach ein paar Jahren.»

Ich hasse es, meine Mutter anzulügen. Aber meine Probleme sollen nicht ihre werden. Zumindest muss ich ihr meine Misere nicht jetzt auf die Nase binden. Auch wenn sie mich dazu geradezu herausfordert.

«Und Clemens und Flo?»

«Clemens und Flo? Die ... die wohnen vorübergehend in der Stadt. Dann können die Handwerker in Ruhe arbeiten, Flo kann sich auf die Schule konzentrieren, und Clemens kommt schnell in die Firma.»

Meine Mutter lehnt sich zurück und seufzt. «Warum sagst du mir nicht die Wahrheit?»

Mir wird heiß. «Aber, das ist die ... Wahrheit.»

«Ulrike, du konntest schon als Kind schlecht lügen. Weil du zu gut dazu bist.» Sie sieht mich ernst an. «Also, wie lange seid ihr schon getrennt?»

Oh nein, sie weiß alles! «Aber woher ...»

«Wie lange?» Ihre Stimme klingt streng.

«Drei Monate.» Ich seufze. «Woher weißt du das?»

«Von meinem Enkel. Er hat mir auf Karls Beerdigung alles erzählt. Es belastet ihn.»

Jetzt wird mir klar, dass meine Mutter nur die halbe Wahrheit kennen kann, denn Flo weiß noch gar nicht, wie es um das Haus wirklich steht. Bis jetzt hatte ich keinen Bedarf, Clemens deshalb zur Rede zu stellen. Absolut nicht. Ja, ich gebe zu, ich sitze den Konflikt aus. Aber ich möchte Clemens weder sehen noch seine Stimme hören.

Mit Flo habe ich auch noch nicht richtig geredet, seit ich hier bin.

«Na, den Eindruck, dass er besonders unter der Situation leidet, habe ich ehrlich gesagt nicht.»

«Dann hast du kein Feingefühl für dein Kind.»
Das ist ein eindeutiger Vorwurf. Zu viel des Guten!
Aber meine Mutter redet mir mit scharfem Ton ins Gewissen.
«Ein Kind sollte bei seiner Mutter leben.»
«Ach, weißt du, ist gar nicht so schlimm. Flo steckt voll in der Pubertät. Die kann er gerne bei Clemens ausleben.»
Der Blick meiner Mutter ist voller Entsetzen. Sie schüttelt vehement den Kopf.
«Eben nicht! Das musst *du* mit ihm durchleben. Er braucht seine Mutter doch gerade in dieser Phase. Clemens ist doch kein … kein …» So richtig konnte sie Clemens auch nie leiden.
«Mama, Clemens ist sein Vater, und der hat das alles im Griff.»
«Nur sich selbst offensichtlich nicht.»
Ihre Zweifel sind berechtigt. Ich muss an Flo denken und daran, dass ich ihm nur in einer kurzen Nachricht geschrieben habe, dass ich vorübergehend bei seiner Oma bin. Ich muss ihn später unbedingt anrufen.
«Tut mir leid, dass Flo bei der Beerdigung so egoistisch war.»
«Ach was, der Junge hat Besseres zu tun. Vielleicht hat er eine Freundin.»
«Wie kommst du denn darauf? Mein Flo? Der ist doch noch ein Kind.»
«Wenn du dich da mal nicht irrst.»
«Mama, er ist gerade mal sechzehn.»
«Da kannte ich deinen Vater schon.»
Jetzt werde ich hellhörig, denn das wusste ich nicht. «Ach, ich dachte, ihr habt euch erst später kennengelernt?»
Mama atmet tief durch, macht eine künstlerische Pause und winkt ab, als würde sie das Thema zu sehr schmerzen. «Ich war fünfzehn, als ich deinem Vater zum ersten Mal begegnet bin, aber 21, als ich ihn heiratete. Eher durften wir nicht, weil ich da ja erst volljährig war.»

«Und warst du bei eurer ersten Begegnung sofort verliebt?»

Sie schließt die Augen und reist in die Erinnerung zurück. «Ja. Oh ja!»

Ich wusste gar nicht, dass sich meine Eltern schon so lange vor ihrer Hochzeit kannten. Ich bin immer davon ausgegangen, dass sie sich erst wenige Monate vorher kennengelernt hatten. Liebe auf den ersten Blick ohne jeglichen Zweifel, denn bald darauf war meine Mutter ja schon mit mir schwanger. Dann war sie sogar jünger als Flo, als sie meinen Vater traf.

«Und wie war das damals für dich?»

«Es war ... wie im Traum. Wir begegneten uns auf dem Schulball. Er war so ... stattlich ... Dein Vater war mein Traumprinz ... und ...»

«Und?»

Aber Mama ist in Gedanken schon ganz weit weg auf dem Schulball vor 53 Jahren. Die Erinnerung trägt sie davon.

«Mama? Wie ging's weiter?»

Sie seufzt und will mich nicht hören. Der magische Moment ist vorbei. Die Erinnerung tut ihr zu sehr weh, das spüre ich. Also Themenwechsel.

«Apropos Schulball: Sag mal, hast du was vom Jubiläum der Melanchthon-Schule gehört?»

Sie reagiert nicht.

«Mama? Das Schuljubiläum.» Ich rede lauter. «Hast du davon gehört?»

Sie zuckt zusammen. «Ja, ja, schrei doch nicht gleich so. Bin doch nicht schwerhörig. Da war was in der Post, aber wo hab' ich das hingetan?»

Sie geht zu ihrem kleinen Sekretär, an dem sie schon als Schülerin ihre Hausaufgaben gemacht hat, und kramt in den zahlreichen Fächern und Schubladen. Die Suche wirkt immer panischer.

«Lass, Mama. Nicht so wichtig.»

«Doch, doch, warte, da ist es ja», sagt sie erleichtert und zieht ein Blatt aus einem Stapel mit Zeitungsartikeln. «Hier, aus dem *Regionalkurier*. Muss ich wohl vergessen haben.»

Schon merkwürdig. Seit Jahren schneidet meine Mutter Zeitungsartikel für mich aus, weil sie glaubt, das Geschriebene sei für mich irgendwie von Interesse oder Relevanz. Meistens geht es darin um Sonderangebote, Buchtipps, Altersvorsorge, Immobilien, Kindererziehung oder Berichte über Leute, von denen sie glaubt, ich müsste sie kennen. In der Regel interessiert mich nichts davon und landet ungelesen im Altpapier.

Sie reicht mir den Artikel.

*100 Jahre Melanchthon-Schule* lautet die Überschrift. Darunter ein Foto der Schule und darunter ein Interview mit dem jetzigen Schulleiter, den ich nicht kenne. Das heißt ... Moment mal. Das ist doch Freddy! Freddy Krüger. Klar! Wir haben zusammen Abi gemacht. Eigentlich heißt er Frank, aber bei dem Nachnamen drängte sich Freddy als Spitzname geradezu auf. Ich muss schmunzeln, denn Freddy bzw. Frank hat sich ziemlich verändert. Auf dem Foto hat er eine Glatze, trägt Brille und schiebt einen schönen Bierbauch vor sich her. Früher gab es weder Brille noch Bierbauch, und der schlaksige Freddy hatte langes, lockiges Haupthaar. *Time goes by*, denke ich. Ja, Freddy ist bestimmt ein guter Lehrer und Schulleiter. So einen hätten wir uns damals auch gewünscht, vorausgesetzt, Freddy ist geblieben, wie er war – ein kluger Witzbold und ein witziger Klugscheißer. Also ist auch aus ihm was Ordentliches geworden. Hut ab.

«Gehst du hin?», fragt Mama.

Ich zucke mit den Schultern. «Keine Lust.»

Sie sortiert die Artikel wieder ein und hat mich offensichtlich nicht gehört. «Ob du hingehst?»

Also rede ich deutlicher und lauter. «Nein, da bin ich doch gar nicht mehr hier.»

«Ja und? Das ist doch kein Grund. Da sind bestimmt viele, die du von früher kennst.»

«Genau.» Das ist ja das Problem.

«Was?»

«Jaja, Mama. Mal sehen.»

Ich stehe auf, um den Tisch abzuräumen. Vielen Gesichtern von damals will ich gar nicht begegnen. Nicht ohne Grund habe ich auch die letzten Klassentreffen ausgelassen. Außerdem wird da sowieso nur Smalltalk geredet und gesoffen und alles Mögliche miteinander verglichen: Kinder, Häuser, Autos, Affären, Botox-Injektionen ... Da hätte ich wirklich nicht viel zu erzählen. Nein, danke. Nein, ich wäre wahrscheinlich die Spaßbremse. Da bleib ich lieber zu Hause.

Als Mama nach dem Abräumen ins Bett geht, rufe ich endlich Flo an. Ich will ein bisschen mit ihm quatschen und erfahren, wie es ihm geht. Aber er ist wie immer sehr maulfaul.

Das ist einer der wenigen Momente, in denen ich mir wünsche, Mutter einer Tochter zu sein. Mädchen sind einfach kommunikativer. Dafür können Söhne nicht schwanger werden und reden auch nicht *zu* viel. Das hat auch was. Allerdings schließt mich Flo immer mehr aus seinem Leben aus. Vielleicht hätte ich nicht nachgeben sollen, als er unbedingt zu seinem Vater ziehen wollte. Vielleicht hat meine Mutter recht, und er braucht mich doch noch. Aber so eine Elterntrennung hat auch ihre Vorteile: zweimal Taschengeld, zwei voll ausgestattete Zimmer, vielleicht zwei Fahrräder, eine PlayStation *und* eine Xbox, zweimal Urlaub im Sommer, zweimal Ski fahren im Winter, noch mehr Geschenke zu Weihnachten – und zwei riesige schlechte Gewissen der Eltern. Das Beste ist, dass genau diese Eltern jetzt schuld sind an allem, woran die Kinder früher selbst schuld waren: schlechte Noten, schlechtes Betragen, Verweise, Depressionen, Beziehungsunfähigkeit. Trennungskinder haben immer eine General-Ausrede für alles, was im Leben so schiefgeht – bis ins Erwachsenenalter. Wenn ich Pech habe, wird auch mein Sohn das begreifen und mich bis ins hohe Alter mit Therapiekosten und schlechtem Gewissen quälen.

Ich erkläre ihm die Situation mit dem Haus und warte auf eine Reaktion – vergebens. Es trifft ihn wahrscheinlich ziemlich hart, dass das Haus seiner Kindheit nicht mehr unser gemeinsames Zuhause ist. Nie mehr sein wird. Solange ich dort wohnte, hatte er immer einen Rückzugsort, wenn es mit seinem Vater aus irgendwelchen Gründen nicht funktionieren sollte. Auch wenn das nie der Fall war, aber er hätte zurückgekonnt. Theoretisch jedenfalls. Der arme Flo hat nun leider keine Alternative mehr, wenn das Zusammenleben mit seinem Vater schiefgehen sollte. Mit mir und seiner Oma in der Provinz zu wohnen ist jedenfalls keine Option. Zu weit weg von Schule und Freunden und sowieso viel zu streng und anstrengend mit zwei alten Frauen alleine. Das will kein Sechzehnjähriger.

«Tut mir leid, dass es so blöd läuft», sage ich am Telefon.

«Mir auch. Und jetzt?», fragt er.

«Ich bleib erst mal bei Oma, bis ich was Neues gefunden hab. Für dich und mich.»

«Hm.»

«Und dann kannst du dir überlegen, ob wir es noch mal zusammen versuchen wollen. Okay?»

«Hm.»

Weil er weiter nichts sagt, frage ich: «Wie läuft's denn in der Schule?»

«Läuft.»

Klar.

«Und sonst? Oma glaubt, dass du eine Freundin hast.»

«Hm ... da is' aber nichts.»

«Und wie geht's mit Papa?»

«Okay.»

Langsam nervt mich diese Einsilbigkeit. «Ein paar mehr Details wären schön, Flo!» Wie ich diese Gespräche hasse! «Erzähl mir was über euer Zusammenleben, damit ich mir keine Sorgen machen muss. Bitte!»

«Wieso denn? Alles okay. Papa stresst wenigstens nicht.»

Es ist sinnlos. Das Sprachvolumen meines Sohnes ist auf dem Niveau einer Schildkröte im Winterschlaf. Wahrscheinlich erfahre ich mehr, wenn ich mit ihm twittere.

Ich schlage ihm vor, dass er demnächst zusammen mit Clemens seine letzten Habseligkeiten aus dem Haus holen soll. Ich will und muss nicht dabei sein. Außer Florian habe ich alles, was mir wichtig war, längst mitgenommen. Alles andere wird eingelagert.

Als ich auflege, wird mir klar, wie sehr mir Flo fehlt.

# 6
## *Nachtaktiv*

SEIT ICH HIER BIN, schlafe ich schlecht. Aber es liegt wohl weniger am Bett als an der Tatsache, dass die Zeit verstreicht und ich nichts auf die Reihe bekomme, weil ich ständig von meiner Mutter beschäftigt werde. Oft liege ich auch nachts wach, weil sich mein Magen verknotet. Ich weiß einfach nicht, wie mein Leben weitergehen soll ohne Geld, Job, Dach überm Kopf, geschweige denn eine Perspektive. Und je mehr ich darüber nachdenke, desto klarer wird mir, dass ich Mamas Trauerphase als Vorwand benutze, um mich nicht um mich selbst kümmern zu müssen. Meine Mutter braucht mich jetzt, und meinen eigenen Konflikten gehe ich damit schön aus dem Weg.

Mit diesen und ähnlichen Gedanken, mit denen ich mich abwechselnd be- und entschuldige für die Zeit, die ich hier in meinem Elternhaus vertrödele, wälze ich mich auch jetzt wieder hin und her.

Gegen Mitternacht stehe ich auf, um in die Küche zu schleichen.

«Ulrike? Gehst du noch weg?» Die Stimme meiner Mutter dringt durch ihre angelehnte Schlafzimmertür.

«Nein, ich hol mir nur noch was zu trinken», erkläre ich.

«Mach dir ein Licht an. Nicht, dass du noch fällst.»

«Ja, Mama, schlaf weiter.»

So schlecht hört sie also doch nicht. Ich vermute, dass das Gehör im Alter immer enger mit Aufmerksamkeit und Interesse für das

Gesagte verbunden ist. Fehlt beides, wird's halt überhört oder ignoriert. Eigentlich auch ganz praktisch.

Auf Zehenspitzen gehe ich die Treppe runter, hole mir eine Decke und ein Glas Wein und setze mich auf die Terrasse. Eine Zeitlang schaue ich in die Sterne, lausche dem Rauschen der Bäume im Wind und denke, wie schön es doch jetzt wäre, zum Wein ganz entspannt ein Zigarettchen zu rauchen. Aber weil ich keine habe, überlege ich, wie weit es zur nächsten Kneipe ist oder zur nächsten Tanke oder ob in der Nähe wohl ein Zigarettenautomat ist. Alles Fehlanzeige. Außerdem gehöre ich nicht zu den Süchtigen, die sogar im Schlafanzug nachts irgendwo Zigaretten holen gehen. Ich bin schließlich Nichtraucher und habe meinen wenigen Zigarettenkonsum unter Kontrolle. Ich muss jetzt keine Zigaretten kaufen.

Nein, ich habe eine viel bessere Idee. Ich schleiche mich im Schlafanzug zum Nachbargrundstück, denn ich weiß seit der Beerdigung, dass Schmiddi seinen Tabak in der Garage seiner Eltern bunkert. Das ist zugegeben sehr wagemutig, aber wie heißt es so schön: *No risk, no fun.* Und je mehr ich daran denke, desto dringender muss ich jetzt rauchen. Ich gebe es zu – typisches Suchtverhalten.

Zum Glück hat diese Garage kein Tor, das nach oben aufschwingt, sondern zwei altmodische Flügeltüren, die nicht mal abgeschlossen sind. Bingo! Vorsichtig drücke ich die Klinke und öffne langsam und beinahe geräuschlos eine der Türen. In Zeitlupe sozusagen. Es läuft auch ganz gut, bis ich leichtsinnigerweise schneller werde – und die Tür laut quietscht.

Verdammt! Scheint seit Ewigkeiten nicht geölt worden zu sein. Ich halte sofort inne und drücke mich an die Garagenwand. Dann höre ich Eugen bellen. Blöde Töle! Im Haus geht ein Licht an. Der Dackel beruhigt sich, und das Licht geht wieder aus. Ich atme erleichtert aus.

Zum Glück ist der Türspalt breit genug, und zum Glück habe ich, seit ich hier bin, noch nicht so viel zugenommen, dass es eng werden könnte. Es passt! Wow, denke ich und bin beeindruckt, dass ich durch so eine schmale Lücke passe.

Die Garage ist leer. Das heißt – sie ist nicht leer, sondern es steht kein Auto darin. Umso besser, denn so kann ich besser suchen. Ich leuchte mit der Handy-Taschenlampe über die Regale an der Wand, in denen sich alles Mögliche stapelt, was nicht in einen Keller passt. Werkzeug, Lichterketten, Inliner, Ersatzreifen, Fahrräder, Farbeimer, Besen ... nur kein Tabak.

Ich merke bald, dass es keinen Sinn macht, oberflächlich zu schauen, und beginne in den Regalen zu kramen. Und siehe da, unter einer alten Landkarte liegt Schmiddis Tabak gleich neben Streichhölzern in einem schweren lila Kristall-Aschenbecher aus den siebziger Jahren. Ich habe den Tabak gerade an mich genommen und im Ärmel versteckt, um so schnell wie möglich den Rückzug anzutreten, da höre ich hinter mir eine erstaunte Stimme.

«Rike?»

Fuck! Ich bin erledigt. Ertappt. Auf frischer Tat. Schmiddis Eltern rufen die Polizei und lassen mich wegen Einbruchs und versuchten Diebstahls abführen, ich werde angezeigt, und weil ich außerstande bin, eine Geldbuße zu zahlen, muss ich meine Strafe absitzen, weshalb Mama vereinsamt, alt und allein in dem großen Haus einen langsamen und qualvollen –

«Ulrike! Was machst du hier? Mitten in der Nacht?», wundert sich Schmiddis Mutter Gisela.

Zu Recht.

Langsam wie ein Zombie drehe ich mich um, unfähig, auch nur ein Wort zu sagen. Vor mir steht die ganze Nachbarsfamilie in Schlafanzügen: Schmiddi, seine Eltern und Eugen, der freudig mit dem Schwanz wedelt, als hätte er gerade eine Beute ausfindig gemacht – mich. Ich bekomme keinen Ton raus, bin starr vor Schreck und mir meines Schicksals absolut bewusst. Ganz abgesehen davon, wie unfassbar peinlich mir das alles ist.

Ehe ich noch überlegen kann, wie ich am besten aus dieser Nummer wieder rauskomme, tritt Schmiddi auf mich zu und nimmt ganz behutsam meinen Arm.

«Pssst! Sie ... sie schlafwandelt. Das hat sie früher auch schon gemacht. Ab und zu.»

«Woher weißt du das denn, Michael?» Die Frage seines Vaters ist durchaus berechtigt, denn ich erinnere mich nicht, auch nur eine einzige Nacht mit Schmiddi verbracht zu haben.

«Äh ... Klassenfahrten. Sie ... ist auch auf Klassenfahrten nachts umhergeirrt.»

Stimmt, aber sicher nicht geschlafwandelt. Ich korrigiere das jetzt besser nicht, denn Schmiddi rettet mich gerade.

«Ich habe darüber gelesen.» Schmiddis Vater klingt ernsthaft besorgt. «So was muss man behandeln lassen.»

«Nur gut, dass ihr nichts passiert ist und sie nur in unsere Garage gewandert ist», fügt Frau Schmidt hinzu. «Nicht auszudenken, wenn sie über eine Landstraße gewandert wäre!»

«Gewandelt, Mama.»

«Ja, natürlich gewandelt!» Schmiddis Mutter kommt jetzt ganz nah an mich heran, schaut mir tief in die Augen und wischt mit den Händen in der Luft herum.

Ich habe große Mühe, ernst zu bleiben, und stiere reglos geradeaus, was echt nicht leicht ist, so dicht, wie sie vor mir steht.

Schmiddi schiebt mich ein Stück von ihr weg. «Mama! Lass das! Rike schläft.»

«In dem Artikel stand, dass solche Leute auf Dächer gestiegen sind und sich dann das Genick gebrochen haben. Sie sollte das wirklich behandeln lassen. Ist ja lebensgefährlich.»

«Ja, Papa. Ich bring sie jetzt rüber.»

Vorsichtig schiebt mich Schmiddi durch die Garage, wobei er

meinen Arm führt und den Tabak in meinem Ärmel bemerkt. Ich spüre seinen fragenden Seitenblick, versuche aber weiterhin, mir nichts anmerken zu lassen, und folge ihm mit roboterhaften Schritten und starrem Blick. Vom Esel im Krippenspiel zur Charakterdarstellerin: Ich bin ein schauspielerisches Naturtalent! Oscarverdächtig! Eugen sieht das offenbar anders, denn er bellt mich hysterisch an und stranguliert sich fast dabei. Als sei er der Einzige, der den Schwindel durchschaut und nun daran verzweifelt, dass ihn niemand versteht. Der Arme!

Ich muss mich auf meine Schritte konzentrieren, meine Haltung und darauf, nicht den Tabak aus dem Ärmel zu verlieren. Alles in allem sehr anstrengend. Dafür ist mindestens eine Goldene Palme drin.

«Und weck sie bloß nicht auf», flüstert Schmiddis Mutter uns noch hinterher. «Das könnte sie verwirren, und am Ende denkt sie noch schlecht von dir.»

«Jaja, Mama. Geh ruhig wieder ins Bett.»

Ich wundere mich über Schmiddis beiläufig ignorantes *Jaja*, das ich so nur von mir selbst und von Flo kenne, wenn Eltern nerven.

Er führt mich noch ein Stück weiter.

Kaum sind wir vor seinen Eltern sicher auf der anderen Seite der Hecke, lässt meine Körperanspannung nach, und ich atme erleichtert aus. Sofort mache ich mich aus seinem Führungsgriff los und kann mich kaum noch halten vor Lachen.

Schmiddi findet das nicht so witzig. «Sag mal, spinnst du, Rike?»

«Wieso? Ich war doch super, Schmiddi. Und du erst! Hammer! Alles gut!»

«Alles gut? Bist du irre ... Rike? Was, wenn meine Eltern die Polizei gerufen hätten?»

«Entspann dich! Ist ja nichts passiert. Ich wollte doch bloß deinen Tabak suchen und nicht deine Inliner klauen – bist du eigentlich je damit gefahren?» Ohne seine Antwort abzuwarten, gehe ich zur Terrasse, hole die angebrochene Weinflasche und schaue angestrengt in den dunklen Garten.

«Komm!»

In einer der hintersten Ecken liegt in einer mächtigen Eiche mein altes Baumhaus.

«Glaubst du, das hält noch?», frage ich Schmiddi, der mir brav hinterhergedackelt ist, als wir vor dem Baumhaus stehen.

«Klar, dein Vater hat es all die Jahre in Schuss gehalten.»

«Echt? Wozu?»

«Ich glaub, er hatte immer gehofft, dass Florian darin spielt.»

«Aber ... Das hat er nie gesagt.»

Das Problem mit dem Baumhaus war, glaube ich, Mamas ständige Angst, jemand könnte erneut da herunterfallen, nachdem ich mir als Kind bei einem todesmutigen Sprung in die Tiefe ein Bein gebrochen hatte. Florian hatte so lange Baumhausverbot, bis er sich nicht mehr dafür interessierte.

Ich schaue an dem Baum hoch, wo in drei Metern Höhe unser Baumhaus zwischen die Äste gesetzt wurde. Vergeblich halte ich nach der Strickleiter Ausschau, mit der ich früher hochgeklettert bin. Die müssen meine Eltern abgemacht haben. Dann drehe ich mich zu Schmiddi um.

«Mach mal Räuberleiter!»

Ich stelle die Flasche ab, klettere auf seine zusammengelegten Handinnenflächen und dann auf seine Schultern, um mich an einer Baumgabel hochzuziehen, was echt schwer ist, weil ich absolut keine Muckis in den Armen habe. Es gelingt mir letztlich nur, weil Schmiddi mich mit beiden Händen am Po hochschiebt. Anschließend reicht er mir die Flasche und versucht, selbst hochzuklettern, was noch schwieriger ist, weil ihm keiner die Räuberleiter macht. Sieht ziemlich lustig aus, wie er sich abmüht, sich hochzuziehen. Ich kann mir ein Lachen nur schwer verkneifen.

«Machst du dich etwa über mich lustig?»

Sofort versuche ich, todernst zu bleiben. «Nein, würde ich niemals tun, Schmiddi. Nie!» Aber dann pruste ich los.

«Haha! Sehr witzig! Mensch, Rike, hilf mir lieber!»

«'tschuldige! Warte ...»

Also versuche ich, von oben zu ziehen. Alles in allem geben wir kein sehr sportliches Bild ab. Der arme Schmiddi rutscht mehrmals mit den Händen an der Baumrinde ab, was nicht nur ungelenk aussieht, sondern sicher auch sehr schmerzhaft ist. Mit viel Geduld und Willenskraft gelingt es ihm schließlich, den Baum zu erklimmen. Früher war das alles viel einfacher. Wir waren kleiner, gelenkiger, viel geschickter und hatten die Strickleiter.

Endlich landet Schmiddis unsportlicher Körper im Baumhaus. Er ist total aus der Puste.

Geduckt sitzen wir uns auf einer Fläche von zwei mal zwei Metern gegenüber, trinken abwechselnd aus der Weinflasche und rauchen selbstgedrehte Zigaretten. Endlich!

Ich inhaliere tief und schließe die Augen. Der Tabak ist noch genauso stark wie an Papas Beerdigung. Ich inhaliere beim zweiten Mal noch tiefer und merke, dass ich mich entspanne.

Als ich die Augen schließlich wieder öffne, hängt direkt vor meinen Augen ein fetter, eklig zappelnder Regenwurm. Im ersten Moment will ich schreien und aufspringen, aber beides wäre jetzt und hier oben nicht so besonders clever. Zumal ich mir tierisch den Kopf stoßen würde. Ich drücke mich also gegen die Baumhauswand, und Schmiddi lacht sich kaputt.

«Wahrheit oder Pflicht?!»

«Lass den Scheiß, Schmiddi!», zische ich und versuche, ihm den Wurm aus der Hand zu schlagen, was leider misslingt. Wie ein Pendel schwingt er feixend den armen Wurm zwischen Daumen und Zeigefinger hin und her, und ich habe das Gefühl, einen Siebtklässler vor mir zu haben.

«Nenn mir dein geheimstes Geheimnis oder iss den Wurm!»
«Niemals!»
«Was, niemals?»
«Der Wurm!»
«Ach, das hab' ich aber anders in Erinnerung, Rike.»
Es gibt Erinnerungen, die sind so negativ, eklig und widerlich, dass sie in die unterste aller Bewusstseins-Schubladen gehören, damit sie möglichst nie, nie wieder hervorkommen. Die Regenwurm-Erinnerung gehört eindeutig dazu. Klassenfahrt mit der Parallelklasse. Zeltlager irgendwo in Holland. Wir saßen in einer großen Gruppe abends am Lagerfeuer und spielten Wahrheit oder Pflicht. Schmiddi war auch dabei. Ich hasste dieses Spiel, weil ich nach meinem Rotz-Desaster mit Torben beschlossen hatte, nie wieder bei solchen Spielchen mitzumachen. Allerdings war in dieser Runde Gitarrenspieler Benno dabei, den ich schon länger toll fand. Und weil ich hoffte, dass es die Pflicht mal gut mit mir meinte, sagte ich mutig und sehnsüchtig «Pflicht».

Bei allem Mut hatte ich eine Komponente außer Acht gelassen: dass derjenige, der zuletzt dran war, nun die Aufgabe stellte. Und das war ausgerechnet Schmiddi. Natürlich ließ er mich den süßen Benno nicht zehn Sekunden lang auf den Mund küssen, sondern öffnete seine Hand und zeigte mir den Regenwurm darin. Ich hatte keine Wahl, wenn ich nicht wie ein Feigling dastehen wollte. Ich wollte cool sein, ich *musste* cool sein, um jeden Preis. Selbst wenn ich dafür einen Wurm schlucken musste. Ich blickte Schmiddi starr in die Augen, nahm todesmutig den Wurm zwischen die Finger und ließ ihn langsam in meinen Mund gleiten. Es war die einzige Möglichkeit, Benno zu imponieren. Ich durfte auf keinen Fall wie ein Mädchen reagieren und mein Gesicht verlieren. Schon gar nicht bei einer Herausforderung von Schmiddi. Ich wollte, dass am nächsten Tag alle im Camp darüber redeten, wie lässig und cool ich diesen Wurm vernascht hatte. Insgeheim kostete es mich aber unendlich viel Kraft, gegen den Würgereiz anzukämpfen. Ich tat sogar noch so, als würde ich das arme Tier genüsslich zerkauen. Dabei spülte ich es schnell mit einem Schluck Cola herunter, die ihn vermutlich schon ohne mein Zutun bewusstlos machte und zersetzte. Und Benno? Er war alles andere als beeindruckt, sondern bekam meine Heldentat gar nicht richtig mit. Bei allen anderen galt ich als Tierquälerin, Mörderin und Monster. Seither habe ich nicht mal mehr einen Mesqual getrunken, diesen Schnaps, in dem – warum auch immer – ein Wurm schwimmt. Der Einzige, den ich an diesem Lagerfeuerabend beeindruckte, war Schmiddi. Nie im Leben hatte er damit gerechnet, dass ich den Wurm tatsächlich esse. Später hat er mir die Haare aus dem Gesicht gehalten, als ich den armen Wurm wieder auswürgte.

«Also dann: Wahrheit.»

«Schmiddi, werd' erwachsen!»

«Wieso? Der ganze Abend war bisher nicht sehr erwachsen und du sowieso nicht.»

Auch wieder wahr.

«Also los! Dein geheimstes Geheimnis!» Schmiddi lässt nicht locker.

«Du zuerst!», sage ich und nehme einen Schluck Barolo aus der Flasche. Wenn das mein Vater wüsste.

Schmiddi zögert, denkt nach und überwindet sich dann. «Also gut, ich … ich … Wenn du's unbedingt wissen willst: Ich rede mit den Tomaten.»

Komischerweise bin ich nicht wirklich überrascht, als ich das höre. Schmiddi ist zwar seltsam, aber Menschen, die mit Pflanzen reden, sind heutzutage auch keine Seltenheit mehr. Manchmal, wenn es mir schlechtgeht, fahre ich sogar in den Wald und umarme spontan einen Baum. Aber nur, wenn wirklich niemand in der Nähe ist. Ist ja doch etwas peinlich.

Dann kommt mir plötzlich dieses alberne Bild in den Kopf, dass Schmiddi mit einer reifen Tomate redet und die Tomate ihm antwortet, und ich muss hysterisch lachen.

Schmiddi sitzt reglos da und beobachtet mich. Dann hält er mahnend den Wurm wieder hoch. Ich verstumme abrupt.

«Du bist dran.»

Ich schüttele den Kopf. «Erst, wenn du den armen Wurm freilässt.» Schmiddi lässt das Tierchen durch zwei Holzbalken ins Gebüsch unter uns fallen. Gut, dass sich der Kleine nicht die Knochen brechen kann.

Ich denke nach, nehme noch einen großen Schluck Wein und überlege mir genau, was ich jetzt sage. Dann nehme ich noch einen größeren Schluck, und durch das zusammengezimmerte Dach des Baumhauses scheint mir plötzlich der Mond ins Gesicht. Mit einem Mal erfasst mich ein seltsames Gefühl, das mir den Brustkorb zuschnürt. Ich sehe meinen Vater vor mir, wie er Tag und Nacht an dem Baumhaus arbeitet. Wie ein Besessener bei jedem Wetter. Es schien, als baute er es nicht für mich, sondern für sich, um sich einen Kindheitstraum zu erfüllen. Vielleicht baute er es aber auch für den Sohn, der ich nicht war. Ich würde ihn das alles so gerne fragen, aber dazu ist es zu spät. Mir schnürt sich der Hals zu, als mich diese schreckliche Erkenntnis überkommt. Völlig unerwartet breche ich in Tränen aus.

«Ich … ich schäme mich so», beginne ich zu schluchzen, «weil ich nicht um meinen Vater trauern kann … weil ich nicht weiß, ob er mich geliebt hat. Und weil –»

«Aber du weinst doch.»

«Aber nur, weil ich es nicht kann, verstehst du?»

Schmiddi nickt erst und schüttelt dann den Kopf. «Nicht wirklich.» Und schließlich tut er das einzig Richtige: Er nimmt mich in den Arm, und ich heule mich endlich mal richtig aus. Es tut so gut.

Nach ein paar Minuten beruhige ich mich und atme tief ein. Schmiddis Hemd duftet nach Weichspüler, wie früher. Und jetzt, in diesem Moment, kommt er mir sehr vertraut vor, wie ein großer Bruder.

«Schmiddi?»

«Ja?»

«Wie war mein Vater?»

Er antwortet nicht sofort, sondern überlegt sich offenbar sorgfältig, was er sagen soll. Und ich überlege, ob ich mich aus seiner Umarmung lösen soll. Aber es fühlt sich so gut an.

«Er redete nicht viel, weißt du», sagt Schmiddi schließlich.

«Allerdings. Ich bin nie richtig aus ihm schlau geworden», sage ich.

«Ich glaube, er war ... irgendwie traurig.»

«Wieso?», frage ich und nehme einen Schluck Wein.

«Keine Ahnung. Vielleicht hat er einfach vieles mit sich selbst ausgemacht. Musst du mal deine Mutter fragen.»

Ich nicke. «Ja, er hat auch sie ausgeschlossen aus seinen Gedanken. Mich sowieso.»

«*Alles hat seinen Grund*, hat er immer zu mir gesagt, wenn mit den Pflanzen etwas nicht stimmte. Und dann hat er mir den Grund erklärt – Blattläuse, falscher Dünger, Überwässerung, zu starke Sonneneinstrahlung, übergriffige Nachbarpflanzen ... Ich habe viel von ihm gelernt.»

«Wahrscheinlich warst du sein Sohn-Ersatz.»

Schmiddi löst die Umarmung und schaut mich an. «Das ist Unsinn, Rike, und das weißt du. Du hast ihm gefehlt, nachdem du ausgezogen bist.»

«Warum hat er's mir nie gesagt?»

Darauf weiß Schmiddi keine Antwort. Wir sitzen jetzt wieder einander gegenüber, und ich drehe mir eine letzte Zigarette.

«Schmiddi? Eine Frage wäre da noch.»

«Und?»
«Wo hast du hier oben den Wurm hergeholt?»
Er grinst. «Hab' immer einen dabei.»

# 7
## *Mama*

**LAGERKOLLER.** Ich würde so gerne endlich losziehen und mich nach einem Job umsehen. Allein schon, um überhaupt mal hier rauszukommen. Aber es vergeht keine Minute, in der meine Mutter mich nicht in Beschlag nimmt. Ständig hat sie eine Aufgabe für mich, als sei es ihre Pflicht, mich auf Trab zu halten. Als könnte ich plötzlich zu Stein erstarren, wenn ich einmal nicht in Aktion bin. Klar könnte ich ihr einfach sagen, dass ich durchaus Wichtiges zu tun habe, aber dann würde sie sich wieder einmischen, und der nächste Streit wäre vorprogrammiert. Nein danke! Dann lass ich mich lieber kommandieren und bemuttern. Es ist wie früher, nein, noch viel schlimmer, denn früher hatte sie auch noch meinen Vater, den sie betüddeln konnte. Jetzt konzentriert sie ihren ganzen Lebensinhalt komplett auf mich, mit dem Unterschied, dass ich heute erwachsen bin. Sie kocht, sie wäscht, sie mangelt und putzt das ganze Haus. Und wenn sie oben fertig ist, fängt sie unten wieder an. Ich muss bei allem assistieren, einkaufen, aufräumen, fegen, den Papierkram und Ämtergänge erledigen, ausmisten, reparieren, sortieren und probieren. Es macht fast den Eindruck, als habe meine Mutter sich vorgenommen, mich mit neuen Anti-Depressions-Aufgaben zu beschäftigen, damit ich keine Zeit habe, über mein eigenes Leben nachzudenken – so, wie sie es gerade mit ihrem Leben macht. Dabei sollte es doch umgekehrt sein. Ich wollte das Leben meiner Mutter mit neuen Inhalten füllen, damit ich mein eigenes Leben neu ordnen kann. Aber wie's aussieht, komme ich überhaupt nicht dazu, meine Sachen zu regeln, geschweige denn dazu, mich um Mamas Freizeitgestaltung zu kümmern. Sie lehnt sowieso alles ab, was ich ihr vorschlage: Vorlese-Patin in Kitas, Ersatz-Oma für Kinder von Alleinerziehenden, Hundesitterin im Tierheim, Helferin bei der Diakonie, Flüchtlings-Patin beim Bundesfreiwilligendienst, Grußkartenverkäuferin bei UNICEF ... Das will sie alles genauso wenig machen wie Seniorenturnen, Klöppelgruppe oder Ü60-Walking durch den Park.

Obwohl ich erst seit ein paar Tagen hier bin, habe ich das Gefühl, nie weg gewesen zu sein. Alles ist wie früher. Meine Mutter bestimmt mein Leben.

Um ihr wenigstens mal kurz zu entkommen, betätige ich mich zwischenzeitlich sogar handwerklich im Garten und hämmere ein paar sehr kurze Holzlatten mit ein paar sehr langen Nägeln an die alte Eiche, um einfacher ins Baumhaus klettern zu können. Die alten Bretter habe ich hinterm Schuppen gefunden. Sieht nicht besonders schön aus, aber jetzt kann ich das Baumhaus häufiger als Zuflucht benutzen, wofür es ja ursprünglich auch mal gedacht war.

Ich treffe mich mit Mona im *basement*. Obwohl sie in den letzten Jahrzehnten öfter in Meppelstedt war als ich, hatte sie keine Ahnung, dass es das *basement* noch gibt, erst recht nicht, dass Benno hier am Zapfhahn steht. Es brauchte also nicht viel, um sie zu überreden.

Benno und Mona begrüßen sich überschwänglich, und als wir kurz darauf an der Bar sitzen, habe ich habe das Gefühl, die Teenies am Billardtisch schauen etwas verunsichert zu uns rüber, weil sie vielleicht Angst haben, dass wir den Laden wieder übernehmen könnten.

Torben ist schon seit ein paar Tagen nicht mehr da gewesen, erzählt Benno, während er uns ein paar Erdnüsse hinstellt.

«Hoffentlich geht's ihm gut», sage ich, und Benno nickt.

«Da sagst du was.»

Mona wirft einen Blick auf das Getränkeangebot, und Benno stellt seine übliche Frage.

«Was darf's denn sein, Fremde?»

Mona grinst. «Muss ich dir das wirklich sagen, Benno?»

«*Nope.* Zwei Piña Colada auf die guten alten Zeiten!?»

Angesichts der angekündigten Zucker-Sahne-Alkohol-Kalorienbombe verziehe ich das Gesicht. «Nicht dein Ernst, Mona!»

«Wieso? Das war *unser* Drink.»

«Früher vielleicht.»

Sie beugt sich zu mir rüber. «Heute *ist* früher. Schau dich mal um!»

Mona hat recht – hier ist die Zeit stehengeblieben.

«Old school oder lecker?», fragt Benno.

«Old school», sagen Mona und ich wie aus einem Mund.

Benno mixt unsere Drinks und dekoriert sie zum Schluss mit süßen Amarena-Kirschen und Ananas-Stückchen aus der Dose.

«Voilà! Old school Piña Colada! Lasst es euch schmecken!»

Mona und ich schlürfen an unseren Strohhalmen und schließen die Augen. Mit dem ersten Schluck ist es wieder da – dieses Feeling, das so viele Erinnerungen wachruft. Der Geschmack nach süßen Drinks, Zahnspangenküssen beim Klammerblues und billigem Bier auf schlechten Partys. Wir fanden das alles super damals. Heute dagegen schmeckt Bennos Old-school-Piña-Colada rein objektiv gesehen grauenhaft. Aber das ist wie mit Urlaubsdrinks. Die schmecken auch nur in lauen Sommernächten am Meer.

Und so schwelgen Mona, Benno und ich in Erinnerungen, wer mit wem damals was hatte und wer gerne mit wem was gehabt hätte. Ich gehörte eindeutig in die zweite Gruppe, was Benno vehement abstreitet, weil er sich sicher ist, dass ich ein *heißes Schnittchen* war mit einem *Haufen Verehrern*. Ich kann darüber nur lachend den Kopf schütteln.

«Benno, ich mache mir ernsthaft Sorgen. Ganz ehrlich, du solltest endlich mal die Drogen absetzen. Bist doch auch mittlerweile viel zu alt dafür. Hm?»

«Ne, Rike, du warst ein Knaller damals. Echt!»

«Was? Worum geht's hier?», mischt sich Mona ein, die gerade ausgiebig die Jungs am Billardtisch begutachtet hat.

«Um deine Freundin Rike, in die alle Jungs verknallt waren», lacht Benno.

«Ach, echt jetzt?», wundert sich Mona. «War aber nicht diese Rike hier, oder?» Sie deutet auf mich, und wir müssen lachen.

«Noch 'n Drink? Vielleicht mal ein anderer Genuss unserer reichhaltigen Cocktailkarte?» Damit deutet Benno auf die Kreide-Tafel an der Wand über den Flaschen.

Jetzt entdecke ich daneben ein Schild an der Pinnwand: *Demnächst erst ab 19 Uhr geöffnet.*

«Wieso änderst du denn die Öffnungszeiten?»

«Weil meine bisherige Mitarbeiterin Abi gemacht hat und jetzt zur Uni geht und ich noch keine neue Kellnerin gefunden habe.»

«Oh, ich kenne eine», sagt Mona und schlürft mit ihrem Strohhalm lautstark die letzten Reste Piña Colada aus ihrem Glas, während sie mit dem Kopf zu mir deutet. «Die Beste!»

«Das ist *die* Idee!», sagt Benno begeistert.

«Ich? Kellnern? Hier im *basement*? No way!», sage ich.

«Wieso nicht? Wir hätten 'ne Menge Spaß zusammen, Rike, und ich müsste nicht alles alleine machen.» Dabei zwinkert er mir zweideutig zu. Leider dreißig Jahre zu spät, denke ich.

«Ach Benno ... ich würde dir nur die Leute vergraulen.»

«Im Ernst – es wäre nur, bis ich eine neue junge, knackige, gutaussehende Abiturientin gefunden habe. Danach setzt du dich wieder *vor* den Tresen. Du wärst sozusagen sowieso nur der Notstopfen oder die zweite Wahl, wenn es dir mit dieser Bezeichnung bessergeht, du alte, faltige Schachtel.»

«Wow, jetzt fühl ich mich gleich viel besser. Kannst du mich überhaupt bezahlen, alter, faltiger Mann?»

Benno schüttelt den Kopf. «Ich dachte, ich zahle dich in Naturalien aus. Hm?» Wieder zwinkert er mir zu.

Ich muss grinsen. «Besser nicht. Noch eine Piña Colada – und ich bekomme wieder Pickel im Gesicht.»

«Also, ich würde dein Angebot sicher nicht ausschlagen, Benno.» Mona lächelt lasziv. «Leider hab' ich keine Zeit.»

Moment mal, er flirtet gerade mit mir!

«Okay, ich mach's», höre ich mich sagen. «Also, vorübergehend.» Weil ich einen Job brauche und einen Tapetenwechsel. Irgendwie haben alle Frauen, die ich kenne, in ihren jungen Jahren irgendwo gekellnert, nur ich nicht. Das soll sich nun ändern. Kann ja nicht so schwer sein.

Wir schlagen ein, und Benno reißt sofort den Zettel von der Pinnwand. Nächsten Montag fange ich an, genug Zeit, um mich vorzubereiten. Darauf noch eine Piña Colada!

Am nächsten Morgen sitze ich schon um acht in der Küche und surfe langsam durchs Internet auf der Suche nach Cocktailrezepten, denn ich sollte wenigstens wissen, wie man Blauen Engel, Piña Colada und Lumumba mixt, bevor ich bei Benno anfange. Kann ja kein Hexenwerk sein. Ich schaue mir YouTube-Tutorials an, mache eine Einkaufsliste und – werde unterbrochen.

«Rike?», höre ich Mamas Stimme irgendwo im Haus.

«Ja, Mama?»

«Hast du mir die Bügelwäsche rausgelegt?»

«Ja-ha.» Ich verdrehe die Augen.

«Wie bitte?»

«Ja, mach ich noch!»

«Und vergiss bitte nicht, den Rasen noch zu mähen. Sonst muss es Michael machen.»

«Ja, dann lass es ihn halt machen», sage ich leise für mich.

«Wie war das?» Sie hört echt alles. Wenn sie will.

«Ich mache das schon!»

«Aber nicht erst heute Abend, hörst du?!»

«Jawohl!», sage ich genervt. Dabei habe ich gar nicht gemerkt, dass sie plötzlich hinter mir steht, wie ein Feldwebel.

«Nicht in diesem Ton, mein Fräulein! Wenn ich mich nicht um alles kümmere, versinken wir hier im Chaos. Jeder von uns hat seine Aufgaben. Also los!»

Keine Chance. Ich lege mein Tablet resigniert weg, denn sie würde mir einfach keine Ruhe lassen. Dabei bin ich doch erwachsen, kann theoretisch tun und lassen, was ich will …

«Nicht, solange du deine Füße unter ihren Tisch stellst, Rikchen», lacht Karin, bei der ich mich später mit Alkohol eindecke, um danach testweise meine Drinks zu mixen. Wozu gibt es schließlich Tankstellen? Karin ist gut drauf und sucht mir alles, was auf meiner Einkaufsliste steht, zusammen.

«Machst du 'ne Party?», fragt sie. «Endlich mal was los im Dorf. Wer kommt denn alles? Sind wir auch eingeladen? Wie aufregend!»

«Nein, keine Party. Ich muss üben. Habe vorübergehend einen Job in einer …» Ich überlege. Was sage ich jetzt? *Bar* klingt verrucht. *Kneipe* klingt gewöhnlich, *Schülerkneipe* klingt erbärmlich. «… in einer Cocktailbar.»

«Oh!» Das klingt überrascht. «Wusste gar nicht, dass es so was in Meppelstedt gibt. Dann bleibst du länger?»

«Weiß nicht, vielleicht», sage ich.

Karin stellt den Ananassaft auf den Tresen und schaut mich ernst an. Sie will gerade etwas sagen, da geht die Tür auf, und Lisbeth und Gitti kommen rein. Zufall?

«Ach, du hast Besuch, Karin! Hallo, Liebes!», begrüßt mich Lisbeth.

«Hallo, Rikchen.» Gitti gibt mir einen Wangenkuss und drückt mich fest. «Kommst du mit uns zum Mittagessen?»

«Wir gehen zweimal die Woche nach der Wassergymnastik zusammen zum Mittagessen», erklärt mir Lisbeth.

«Sorry, würde ich gerne, aber Wilma wartet.»

Karin legt mir einen Arm um die Schulter. «Ich hab' ja keine Zeit für Wasserballett. Aber fürs Essen ist immer Zeit. Los, komm doch mit, Rike.» Ich sehe genau, wie die drei sich besorgte Blicke zuwerfen.

«Wie lange bleibst du denn noch?», fragt Gitti.

«Na ja, solange Mama mich braucht – dachte ich.»

«Hauptsache, du findest den Absprung wieder.»

«Wie bitte?» Ich bin erstaunt.

Lisbeth scheint meine Verwunderung zu bemerken. «Was Karin meint, ist, dass Wilma endlich aus ihrem alten Verhaltensmuster rausmuss. Jetzt, wo dein Vater tot ist, umsorgt sie *dich* an seiner Stelle. Das ist für euch beide nicht gut.» Womit sie eindeutig recht hat. «Und du hast doch dein eigenes Leben in der Stadt. Dein Haus, deine Familie, deine Freunde.» Damit hat sie leider nicht mehr recht.

«Und wir sind ja auch noch da», sagt Gitti.

«Wir kümmern uns um Wilma», versichert Lisbeth.

Und Karin setzt noch eins drauf: «Vertrau uns. Notfalls ziehen wir bei deiner Mutter ein.»

Ja, ich weiß, das hätte Gitti gerne. Aber jetzt bin ich doch ziemlich verunsichert. Wilmas Poker-Mädels sind mir einfach ein Rätsel. So ganz genau weiß ich nicht, was sie jetzt von mir erwarten. Klar ist, dass sie mich loswerden wollen. Aber wieso? Geht es ihnen um mich oder um meine Mutter? Was haben sie vor mit Mama? Mit dem Haus? Am Ende wollen sie aus der Villa eine illegale Zockerbude machen. Und ich bin dabei offenbar im Weg.

Ich lehne die Einladung zum gemeinsamen Mittagessen freundlich ab, bezahle meinen Einkauf und verabschiede mich. Auf dem Heimweg mache ich noch einen Abstecher zum Markt und in die Reinigung. Wieder zu Hause, höre ich schon die fordernde Stimme meiner Mutter aus dem ersten Stock.

«Ulrike!»

Das klingt ernst.

«Komme!» Ich lege die Einkäufe und die Anzüge meines Vaters ab, die Mama in sauberem Zustand der Caritas geben will, was ein gutes Zeichen ist, denn sie scheint sich nach und nach von seinen Sachen zu trennen. Und damit auch von ihrem Leben mit ihm.

Ich gehe hoch. Meine Mutter steht in meinem Zimmer und räumt die komplette Tisch- und Bettwäsche aus dem Schrank.

«Was wird das denn?», wundere ich mich.

«Ich mache dir den Schrank frei, damit du endlich deine Sachen einräumen kannst.»

«Nicht nötig, Mama, ich bleibe ja nicht lange.»

Aber sie macht einfach weiter, ohne mich zu beachten, und legt neues Wachspapier in den Kleiderschrank. Zum Glück verzichtet sie auf Mottenkugeln.

«Mama, das ist nicht nötig!», sage ich etwas lauter.

«Schrei nicht! Ich höre sehr gut.»

«Tust du nicht.»

«Oh doch, und jetzt ist Schluss mit diesem Thema.»

«Dann hör du damit auf, hier rumzuräumen! Ich bleibe nicht lange.»

Meine Mutter hält inne und sagt ganz ruhig: «Das sagtest du bereits, mein Kind, und trotzdem bist du noch hier.»

«Im Ernst, Mama, sobald das Haus fertig ist, bin ich weg.»

Sie ignoriert meine Worte. «Das kann dauern. Und so lange wirst du nicht aus dem Koffer leben. Hilf mir mal mit der Mangel, sie muss weg.»

Na, das ist ja mal eine gute Idee. Gemeinsam klappen wir die

Heißmangel zusammen und tragen sie mühsam die Treppe hinunter. Sie soll unten ins Gästezimmer. Ich gehe voran, während Mama die Mangel auf der anderen Seite hält. Das Ding wiegt mindestens vierzig Kilo, wovon die meisten auf mir lasten, weil es ja abwärtsgeht.

«Hast du die Anzüge abgeholt?»

«Selbstverständlich.» Plötzlich nimmt der Druck zu. «Vorsicht! Vorsicht! Nicht so schieben, Mama!»

Sie schiebt weiter.

«Nicht schieben!», rufe ich.

Sofort schreit sie zurück: «Aber ich schieb ja gar nicht! Du musst sie höher nehmen!»

«Mach ich doch!» Ich schnaufe. «Mama, wenn du mir nicht hilfst, wird das nix hier. Ich kann das Ding nicht alleine schleppen.»

«Schrei mich nicht an!»

«Aber ich ...»

Das Telefon klingelt. Wir halten inne.

«Jetzt bloß nicht loslassen, Mama!», mahne ich.

Aber sie nimmt mich gar nicht wahr, sondern achtet nur auf das Telefon. «Warte, ich geh mal schnell ran!»

«Mama, nicht!»

Und dann lässt sie das Bügelmonster tatsächlich los, schlängelt sich leichtfüßig an mir vorbei ins Arbeitszimmer, um ans Telefon zu gehen. Fast die ganze Last der Maschine liegt nun auf meinem Rücken.

«Mama!»

Keine Reaktion.

Ich könnte auch loslassen, aber dann würde mir die Maschine von hinten in die Kniekehlen rutschen. Noch kann ich sie halten, doch ich spüre, wie meine Kräfte nachlassen und mir das Ding ganz langsam aus den Händen rutscht. Bevor ich reagieren kann, knallt es mit einem Ruck herab, und zusammen mit Mamas heißgeliebter Heißmangel falle ich die letzten Stufen runter, wo wir beide liegen bleiben. Defekt und auf den ersten Blick nicht mehr zu gebrauchen. Ausgerechnet wieder aufs Steißbein – verdammt!

«Ist was passiert?», höre ich Mama besorgt rufen.

«Nicht schlimm», presse ich unter Schmerzen hervor und nehme mir vor, meine Mutter zu einem Hörtest zu überreden. Dringend.

Dann höre ich ihre Stimme aus Papas Arbeitszimmer. Sie lacht laut am Telefon, während ich mich bemühe, meine Gliedmaßen zu ordnen, was mir nicht so recht gelingen will. Schnell merke ich zwar, dass nichts gebrochen oder verdreht ist, aber ich bleibe lieber erst mal liegen, bis der große Schmerz nachlässt. Mama kommt bestimmt gleich wieder, um besorgt nach mir zu sehen.

Doch sie denkt gar nicht dran. Stattdessen höre ich sie jetzt wieder lachen. Es klingt ... schön. Ich habe meine Mutter ewig nicht lachen hören. Ihre Stimme ist mit einem Mal so anders, so jung und kraftvoll. Mit wem auch immer sie redet, sie scheint es zu genießen – und kommt einfach nicht zurück.

Enttäuscht raffe ich mich nach einer gefühlten Ewigkeit auf, weil ich ja nicht ewig da am Boden liegen kann. Wieso bloß habe ich den Eindruck, dass ich in diesem Haus einen Unfall nach dem anderen habe? Was ist das nur? Ein Zeichen dafür, dass ich gehen soll? Das Haus will, dass ich gehe. Und ich will es eigentlich auch. Ich muss hier raus! Sobald ich mich bewegen kann, packe ich meine Sachen. Aber erst muss dieses Ding hier weg.

Also krieche ich unter der blöden Heißmangel hervor und ziehe sie unter Schmerzen ins Gästezimmer. Mir egal, ob das Ding dabei kaputtgeht oder nicht. Braucht sowieso keiner.

Ich bin gerade fertig, da kommt meine Mutter zurück und strahlt übers ganze Gesicht.

«Na, alles klar?», frage ich bissig und streiche mir über die schmerzende Stelle am Rücken.

«Blendend!»

«Schön für dich. Ich hab' dann mal die Mangel ins Gästezimmer gebracht. Allein!»

«Siehst du, war doch gar nicht so schwer.»

Ich atme tief ein, um jetzt nicht auszuflippen. «Genau. War ganz leicht. Ein Kinderspiel.» Da sie auf meine Spitze nicht reagiert, frage ich: «Wer war denn am Telefon?»

Sie winkt ab. «Ach, nur Gitti. Wegen der Pokerrunde übermorgen.»

«Und? Kommen die Mädels?»

«Nein, äh ... ja, natürlich.»

Das passt mir sehr gut, denn dann kann ich mit ihren Freundinnen mal über die weitere Freizeitgestaltung meiner Mutter reden und danach zu Monas Geburtstag gehen.

«Wann kommen sie denn?»

«Ach ... also ... Wir ... treffen uns diesmal bei Gitti.»

«Aber gerade hast du doch noch gesagt, dass ...»

Sie zuckt genervt mit den Schultern. «Lissi, Karin und Gitti finden, ich muss mal raus.»

«Ach, das ist mal 'ne gute Idee. Und wann?»

«Um sieben.»

Auch gut! Sturmfreie Bude am Freitag, und Zeit genug, mich für Monas Party fertigzumachen.

«Und jetzt gehen wir – shoppen!», sagt meine Mutter und strahlt schon wieder übers ganze Gesicht. «Ich brauche dringend was Neues zum Anziehen.» Dann kneift sie mir in die Wange und erklärt: «Wenn du brav bist, fällt für dich vielleicht auch was ab.»

# 8
## *Veränderung*

MIT DEM BUS fahren wir in den nächsten größeren Ort, wo es eine kleine Fußgängerzone, ein Kaufhaus und ein paar Boutiquen und Schuhgeschäfte gibt.

«Wonach suchen wir, Mama?», frage ich, während wir nebeneinander durch die Straßen laufen.

«Ach, mal sehen, was Frisches für den Frühling. Ich brauche wieder Helligkeit in meinem Leben, Rike.»

«Aha, so plötzlich? Dann ist die Trauerphase also vorbei?», wundere ich mich.

«Vielleicht. Aber wenn, dann brauch ich was zum Anziehen.»

Verwundert frage ich mich, ob Außerirdische ihr eine Gehirnwäsche verpasst haben.

«Woher der Sinneswandel?»

«Sagen wir mal so – ich hatte eine Erscheinung.»

Alles klar, denke ich und führe Mamas Verhalten auf einen Hormonwechsel zurück, einhergehend mit Stimmungsschwankungen durch Stressbewältigung. Von wegen, das hört mit den Wechseljahren auf! Es hört nie auf, fürchte ich, und habe jetzt schon Panik vor mir selbst im Alter.

«Und wer oder was ist dir erschienen?»

Mama holt Luft, um etwas zu sagen, aber sie bleibt stumm, bis ihr Blick auf eine kleine Boutique hinter mir fällt, mit dem schönen Namen *Uschi's Modestübchen*. Natürlich mit falschem Apostroph!

«Da will ich rein. Komm!»

Das Sortiment ist … interessant. Weite Tuniken, Blusen und Glitzeroberteile, Leggings in allen Arten und Farben, Strickjacken, Strickmäntel, lange und kurze Strickwesten in Feinstrick, Grobstrick, Kunstfaserstrick, Merinostrick, Baumwollstrick, Seidenstrick und Strickkleider. Sehr beliebt bei der modischen Kundin Ü60 scheint Rot zu sein in Kombination mit Grau, Weiß und Schwarz. Und ganz wichtig: Muster! Raubkatze, Längsstreifen, Querstreifen, Urwald, Blümchen – alles, was von Problemzonen ablenkt, wobei oft genau das Gegenteil der Fall ist. Von wegen Beige!

«Hier gibt es alles außer Beige», sagt Uschi, die Ladenbesitzerin, als könnte sie meine Gedanken lesen und mich wegen meiner Vorurteile überführen. Gruselig.

Meine Mutter, ganz in Schwarz, sucht sich vorsichtig ein paar Sachen heraus. Graue Strickjacke, zartrosa Bluse, graue Leggings – völlig risikoarm und nicht zu grell. Es passt zu ihr, denke ich, werde aber eines Besseren belehrt, denn Uschi fährt langsam ihre Motoren hoch.

Zuerst bietet sie Mama und mir ein Glas Prosecco an, was wir generell schon mal gut finden. Vermutlich spekuliert sie darauf, dass uns alkoholisiert eh alles egal ist. Aber ich habe ein waches Auge auf meine Mutter. Uschi ist um die sechzig, hat blonde kurze Locken, die sie mit einem roten Bandana aus dem Gesicht gebunden hat, das durch einen Hauch zu viel Rouge, Kajal und Lippenstift betont wird. Sie trägt eine weiße Hemdbluse, die oben aufträgt und ihre große Oberweite betont, dazu rote Leggings und hohe schwarze Wedges. Alles in allem zwar übertrieben, aber konsequent, denke ich und nippe an meinem Glas.

Uschi nimmt Mama die Graue-Maus-Sachen ab, stellt sich prüfend neben sie vor einen großen Spiegel und macht erst mal eine Farbberatung. Dazu wirbelt sie mit Silber- und Goldfolie um meine Mutter herum, führt sie zum Tageslicht und füllt sie systematisch ab. Ich setze mich auf ein Sofa, das vermutlich für männliche Begleiter gedacht ist, und lese die Klatschpresse, wobei ich mir wie im Wartezimmer meines Zahnarztes vorkomme, nur ohne Zahnschmerzen, was die Sache deutlich erträglicher macht. Mama macht alles geduldig mit.

Irgendwann lege ich die Zeitschrift beiseite und mustere meine Mutter. Sie ist schlank, fast drahtig, etwas kleiner als ich, hat mittellanges graues Haar, das sie zu einem Dutt am Hinterkopf zusammenbindet. Diese Frisur trägt sie schon ewig. Selten habe ich sie mit offenen Haaren gesehen, dabei hatte sie früher sehr schönes, braunes, leicht gewelltes Haar. Im Urlaub trug sie es gerne offen – am Strand im Süden. Aber seit ihr Haar grau ist und sie irgendwann mit dem Färben aufgehört hat, weil es ihr zu mühsam und zu teuer wurde, bindet sie es nur noch hoch.

Mama hat früher in einem Steuerbüro gearbeitet – Teilzeit – ein paar Stunden, während ich vormittags in der Schule war. Da musste sie nicht besonders attraktiv aussehen. Im Gegenteil. Mein Vater war Bauingenieur, und er legte Wert auf Ordnung, Fleiß und Aufrichtigkeit. Dass seine Frau wirklich gut aussah, spielte für ihn, glaube ich, keine große Rolle. Er nahm es wahr, aber es war ihm nicht bewusst, vermute ich.

So langsam scheint meine Mutter die Geduld zu verlieren, denn sie wirft mir den ein oder anderen genervten Blick zu, weil Ladenbesitzerin Uschi ziemlich viel Gewese um die Typberatung macht. Ich nicke ihr motivierend zu und will etwas sagen, da brummt mein Handy. Eine Nachricht von Flo, die mich echt umhaut. *Liebe Mama, alles Gute nachträglich zum Muttertag. Hoffe, wir sehen uns bald. Dein Flo.* Muttertag? Muttertag! Ich werfe einen Blick auf den Kalender – tatsächlich, letzten Sonntag war Muttertag. Und ausgerechnet mein Sohn denkt daran? Besser spät als nie. Was mag denn da wohl passiert sein?

Sofort texte ich zurück, um nachzufragen, ob alles in Ordnung ist, aber natürlich erhalte ich keine Antwort, wie so oft, wenn ich mal was wissen will. Also texte ich Clemens, der mir zurückschreibt, alles laufe bestens in der Männer-WG. Früher hat auch Clemens mir – der Mutter seines Sohnes – zum Muttertag gratuliert. Heute scheint er diesen Sachverhalt vergessen oder verdrängt zu haben. Außerdem hat er nur dran gedacht, solange Flo in der Grundschule war und die Lehrerin die Kinder zum *Mutti-Basteln* gezwungen hat. Jedes Jahr heulte Flo seinem Vater davon vor, weil er es hasste zu basteln und sich so sehr quälte. Und ich musste jedes Jahr so tun, als sei Flos Bastelei das beste Muttertagsgeschenk aller Zeiten. Am Anfang stand es noch dekorativ rum, dann ging es in einen Schrank, dann in eine Kiste im Keller, und dann wurden sämtliche Basteleien, von denen ich nie genau wusste, was sie darstellen sollten, einmal jährlich beim Ausmisten entsorgt. Anders war das mit den Bildern, die er malte. Die habe ich alle fein säuberlich in einer Mappe gesammelt, und es ist sogar eine künstlerische Entwicklung zu erkennen, die noch lange nicht am Ende ist, wie ich vermute.

Weil ich eine gute Tochter sein will, beschließe ich, heute nachträglich zum Muttertag für meine Mama zu kochen. Und damit sie das nicht als Höchststrafe empfindet, werde ich ihr Lieblingsessen zubereiten – Spargel. Denn meine Mutter liebt Spargel, und ich auch. Außerdem ist ja längst Spargelzeit. Und weil wir zehn Monate im Jahr weißen Spargel nicht haben können, lieben wir ihn umso mehr, zahlen überteuerte Preise dafür, wenn er im Frühling endlich schießt, um ihn in Sauce hollandaise zu ertränken und danach stinkenden Urin abzusondern. Aber der Spargel schmeckt uns genau deshalb. Vermutlich gerade *weil* wir nur der psychologischen Irreführung einer Mangelware aufsitzen.

«Wintertyp!», freut sich Uschi. «Wusste ich's doch. Kein Wunder, bei den blauen Augen.» Sie nimmt meiner Mutter die vielen Farbtücher von den Schultern ab, die sie an ihr drapiert hat wie buntes Lametta an einem Weihnachtsbaum. Meine Mutter wirkt langsam erschöpft, was ich verstehen kann. Der Prosecco tut sein Übriges. Aber jetzt wirft Uschi den Turbo an und greift zielsicher in ihre Regale und Kleiderstangen, um meiner Mutter eine Auswahl an Wintertyp-Kombinationen zu zeigen und sie dann in die einzige Umkleidekabine zu hängen. Arme Mama. Uschi wird langsam zur Nervensäge, denn sie lässt ihr keinen Raum zum Überlegen. Nichts ist schlimmer als eine übergriffige Verkäuferin. Ich will ihr zu Hilfe kommen, aber meine Mutter ist schon in der Umkleide.

«Alles okay, Mama?»

«Jaja, lass nur.»

Ich schaue durch einen Spalt im Vorhang und sehe, wie unwohl sich Mama fühlt. Ihre gute Laune ist dahin. Trotzdem probiert sie ein rotes, mit Pailletten besticktes Shirt und eine lila Tunika. Währenddessen nehme ich die lange graue Strickjacke, die Mama zuerst ausgesucht hatte, und eine hübsche blaue Bluse, von der ich denke, dass sie ihr stehen könnte, und gehe zur Kasse.

Als Mama schließlich aus der Kabine kommt, trägt sie das rote Pailletten-Shirt. Die kurze Form macht sie in der Mitte zu breit, das Licht im Laden macht sie zu blass, und die Pailletten ziehen alle Blicke auf ihren Busen. In diesem Outfit ist sie genau das Gegenteil von der drahtigen, schlanken Frau, die ich kenne.

«Das steht Ihnen aber gut!», lügt die Verkäuferin skrupellos und strahlt meine Mutter dabei an.

Ich bin entsetzt. Wahrscheinlich würde sie meiner Mutter ohne meine Anwesenheit alle Ladenhüter der letzten zehn Jahre aufschwatzen. Niederträchtig, unsichere alte Menschen so übers Ohr zu hauen, denke ich und werfe Mama einen kurzen, aber vielsagenden Blick zu.

Dann probiert sie das nächste Outfit. Eine lila Tunika, in der sie versinkt. Und die Farbe macht sie zehn Jahre älter. Lila, der letzte Versuch – so heißt es doch.

«Unglaublich, wie das Violett Sie strahlen lässt! Die Farbe ist phantastisch für Ihren Teint.»

Das reicht. Ich schaue demonstrativ auf die Uhr.

«Mama, wir müssen los. Sonst schaffen wir unsere Verabredung nicht», sage ich und zwinkere ihr verschwörerisch zu.

Sie nickt, verschwindet erleichtert in der Kabine und zieht sich um.

«Vielen Dank, auf Wiedersehen», sagt sie beim Verlassen der Boutique, und ich ärgere mich, dass ich dieser Schwätzerin Uschi tatsächlich etwas abgekauft habe. Mama hat davon zum Glück nichts mitbekommen. Es soll eine Überraschung sein. Auf der Rückfahrt im Bus sitzen wir nebeneinander in der letzten Reihe.

«Du hättest dir gerne was Schickes gekauft, oder?», frage ich.

«Ja, nein, ach ... Ich habe den Schrank voller Sachen, die ich nie trage. Ich hatte nur Lust, mal was Neues auszuprobieren.»

«Ja, das kenne ich.»

Sie nickt nachdenklich und streicht ihren schwarzen Mantel glatt. «Aber eins weiß ich jetzt immerhin: Ich bin ein Wintertyp. Unser Ausflug war also nicht ganz umsonst», sagt sie und lacht.

Wir schauen aus dem Fenster und hängen unseren Gedanken nach. Ich muss an meinen Vater denken, der diese Landschaft so geliebt hat. Als ich klein war, sind wir oft im Umland spazieren gegangen. Er konnte mir jede Vogelstimme im Wald erklären. Nach dem ersten Schlaganfall verließ er das Haus nur noch, um sich im Garten um die Rosen zu kümmern.

«Mama? Wie war das am Ende mit Papa?»

Sie erinnert sich und antwortet, ohne ihren Blick von der vorbeiziehenden Landschaft abzuwenden.

«Schwierig ... und ... einsam.»

«Einsam für wen?»

«Für uns beide. Für ihn war es auch nicht leicht.»

Mama hat ihn immer in Schutz genommen, selbst dann, wenn

mein Vater nicht nett zu ihr war. Mit der Zeit wurde er immer mürrischer, unzufriedener, unkommunikativer und machte viel mit sich selbst aus. Nur meine Mutter schien ihn noch zu verstehen.

«Was?»

«Das Leben, der schwache Körper, die Abhängigkeit von mir. Dein Vater hat für uns beide, für dich und mich *alles* getan.»

«Aber er war immer so ... streng.»

«Weil er nur das Beste für dich wollte.»

«Aber warum hat er mich dann am Ende, als ich helfen wollte, nur noch abgewiesen?»

«Weil ... er sich geschämt hat, schwach zu sein. Du solltest ihn so nicht erleben.»

Jetzt schäme ich mich, denn daran habe ich nie gedacht. Meine Mutter nimmt wortlos meine Hand, drückt sie tröstend und streicht mit ihrem Daumen über meinen Handrücken, wie das eine Mutter eben so macht. Dabei lächelt sie mich an.

«Aber das Leben geht weiter, Rike. Und wir haben nur dies eine.»

Am späten Nachmittag will Mama noch mal zum Friedhof und danach in die Apotheke. Sie braucht ein Schmerzgel für ihr Knie und ein leichtes Schlafmittel.

Das passt mir gut, denn dann kann ich in der Zwischenzeit einkaufen gehen und ihr Lieblingsessen kochen, und ich koche wirklich gern. Dabei kann ich total entspannen. Zur Vorspeise gibt es einen Feldsalat mit Erdbeeren und Spargelspitzen, danach junge Kartoffeln, Spargel mit Zitronenhollandaise und gedünstetes Zanderfilet mit Wildkräutern. Ich lasse mir Zeit, höre beim Zubereiten der Speisen Radio und gebe mir besonders viel Mühe mit der Tischdekoration. Außerdem lege ich die Sachen aus der Boutique eingepackt in Geschenkpapier an ihren Platz. *Alles Liebe zum Muttertag* schreibe ich auf das Papier.

Zwei Stunden später, pünktlich um 19 Uhr, ist alles fertig. Seit meiner frühesten Kindheit wird bei uns um Punkt 19 Uhr zu Abend gegessen. Also decke ich schnell den Tisch und denke sogar an das Gedeck für Papa. Mich macht es zwar traurig, aber wenn es meine Mutter glücklich macht – bitte! Warum nicht?

Ich probiere ein letztes Mal die Sauce und bin zufrieden mit mir und voller Vorfreude auf die Reaktion meiner Mutter – die leider nicht kommt. Weder die Reaktion noch meine Mutter. Ich warte ... und warte ... und warte.

Der Spargel ist mittlerweile wabbelig und der Fisch trocken und zerfallen, die Hollandaise hat eine Haut gebildet, und die Kartoffeln werden kalt.

Auf meine Anrufe reagiert Mama nicht. Etwas anderes habe ich aber auch nicht erwartet, weil sie ihr Handy nie einschaltet. Das ärgert mich schon lange, aber ich werd's nicht mehr ändern können. Es ist ihr einfach nicht wichtig, erreichbar zu sein. Also fange ich mit dem Essen an, bevor alles verloren ist. Es schmeckt mir, obwohl es alleine keinen besonderen Spaß macht. Dabei überlege ich, was meiner Mutter überhaupt wichtig ist. Papa war ihr wichtig, ihre Freundinnen, und Florian und ich sind ihr auch wichtig, daran gibt es keinen Zweifel. Aber sonst?

Sicher, einen besonderen Stellenwert in ihrem Leben hat das Haus, in dem sie lebt und in dem ich groß geworden bin. Mein Vater hatte es von einem Onkel geerbt, der kinderlos gestorben war. Fast alle Möbel sind entweder Erbstücke oder wurden in den fünfziger oder sechziger Jahren dazugekauft. So entstand eine interessante Mischung aus Jugendstil-, Gründerzeit-, Art-déco- und Nierentisch-Ambiente plus einiger alter Perserteppiche, Siebziger-Jahre-Badezimmer und einem Jugendzimmer im Look der späten Achtziger. Alles in allem voll Vintage, nur leider auch sehr dunkel. Für Mama ist das Haus wie eine Festung, und sie ist die Königin ihres kleinen Königreichs, in dem sie nun einsam und allein regiert.

Oder auch nicht, denn sie scheint den Weg nach Hause heute leider nicht mehr zu finden.

Es ist schon nach acht, und die Tagesschau ist fast vorbei. Der Wetterbericht läuft, und von meiner Mutter keine Spur. Langsam mache ich mir Sorgen, rufe bei ihren Poker-Girls an, deren Telefonnummern ich alle aus meiner Kindheit noch auswendig kann. Aber alles, was sie sagen, ist, dass ich mir keine Sorgen machen soll.

«Entspann dich. Wilma ist doch erwachsen, Rike», sagt Lisbeth fast vorwurfsvoll. Dabei dachte ich, dass sie mindestens genauso beunruhigt sein würde wie ich. Stattdessen bleibt sie völlig cool. Also rufe ich Karin in der Tankstelle an.

«Vielleicht wollte sie noch 'ne Runde spazieren gehen.»

«Nachdem sie auf dem Friedhof war? Alleine? Das macht keinen Sinn», sage ich.

Aber Karin ist nicht aus der Ruhe zu bringen. «Rike, ich kenne Wilma länger als du. Sie macht nichts Unüberlegtes.»

«Eben, deshalb bin ich ja besorgt.»

«Unsinn, du musst ihr mehr Freiraum lassen, jetzt, wo sie nicht mehr allein ist. Du, ich hab' jetzt Kundschaft. Halt mich auf dem Laufenden. Tschüs.» Aufgelegt.

Was war das denn? Ich soll Mama mehr Freiraum lassen? Sie wollte doch immer, dass ich zurückkomme. Jetzt bin ich da und enge sie offenbar ein. Ja spinn' ich denn?!

Gitti ruft an. Jetzt bin ich aber gespannt.

«Karin sagt, du machst dir Sorgen um Wilma?»

«Allerdings.»

«Musst du nicht.»

«Wieso?»

«Weil ... weil ... ich sie getroffen habe. Vorhin. Beim Italiener am Marktplatz.»

«Der hat heute Ruhetag.»

«Oh.»

Das stimmt natürlich nicht, aber sie ist drauf reingefallen.

«Also, was weißt du», frage ich und klinge wie eine Tatort-Kommissarin.

Nach ein paar Sekunden Bedenkzeit seufzt Gitti ins Telefon.

«Nichts. Aber du musst dich endlich von Wilmas Rockzipfel lösen, Rike. Sei nicht so auf deine Mutter fixiert. Das ist sonst für euch beide nicht gut», sagt sie besorgt.

Ich verstehe die Welt nicht mehr. Noch vor ein paar Tagen sollte ich bei Mama einziehen, damit sie nicht vereinsamt. Mamas Freundinnen sind heute Abend jedenfalls keine Hilfe. Ich verabschiede mich und lege auf.

Um neun überlege ich, die Polizei zu rufen, um eine Vermisstenanzeige aufzugeben. Aber stattdessen beschließe ich, mich mit Schmiddi zu beraten, der gerade nach Hause kommt. Also fange ich ihn vor dem Haus ab.

«Was meinst du, soll ich zur Polizei gehen?», frage ich, nachdem ich ihm die Lage geschildert habe. «Es könnte ihr doch etwas zugestoßen sein. Oder sie wurde überfallen und liegt bewusstlos im Straßengraben. Oder sie hatte einen Infarkt und wurde auf die Intensivstation gebracht. Oder … oder sie irrt verwirrt umher und weiß nicht mehr, wo sie wohnt.»

«Rike! Hör auf, dich verrückt zu machen!» Er sieht mich ernst an. «Erstens glaube ich nicht, dass ihr etwas zugestoßen ist. Zweitens: Es gibt nur eine Klinik in Meppelstedt, die dich längst informiert hätte. Drittens: Sie ist geistig völlig klar und hat weder Alzheimer noch Demenz. Viertens sollte man frühestens morgen früh die Polizei informieren.»

Ich bin entsetzt über Schmiddis Sorglosigkeit. «Aber morgen früh kann es zu spät sein. Bei einer Entführung zählen die ersten Stunden, um das Opfer lebend zu finden. Das weiß jedes Kind!»

«Du schaust zu viele Krimis.»

«Nein, das weiß ich aus *Aktenzeichen XY ungelöst*, die müssen es ja wohl wissen.»

Schmiddi gibt sich diplomatisch. «Okay, dann warten wir bis Mitternacht. Gut?»

Ja, damit kann ich leben. «Gut.»

Gemeinsam setzen wir uns also ins Baumhaus und warten. Bis Schmiddis Magen knurrt – der Arme hat noch nicht zu Abend gegessen. Also gehe ich ins Haus, um Proviant zu holen. Gerade als ich mit einem Korb voll Brot und Käse zurück zum Baumhaus will, höre ich ein Auto kommen. Ich stehe hinter der Gardine und beobachte, wie Mama aus einem Taxi steigt und gut gelaunt ins Haus kommt. Neugierig warte ich an der Tür auf sie.

«Hallöchen.» Sie lächelt beseelt und ist sich offenbar keiner Schuld bewusst.

Mit spitzem Finger deute ich vorwurfsvoll auf meine Armbanduhr am erhobenen Handgelenk. «Hast du mal auf die Uhr geschaut? Wo kommst du denn um diese Zeit her?»

Fehlt bloß noch, dass ich *Mein liebes Fräulein* zu ihr sage. Ich wundere mich über mich selbst. Als ob ich es nicht besser wüsste.

«Was?» Meine erwachsene Mutter gibt sich ahnungslos. Typisch.

«Wo du jetzt herkommst, Mama», frage ich wieder etwas lauter.

«Wieso, kann dir doch egal sein.»

Was soll denn jetzt dieser schnippische Ton? «Wie, *wieso*? Weil ich mir Sorgen gemacht habe.»

Mama legt Mantel und Handtasche ab, und mir fällt auf, wie hübsch sie sich gemacht hat. Und sie trägt Lippenstift! Was hat das zu bedeuten?

Als sie das Haus verließ, hat sie mir nur in die Küche zugerufen «Bis später!». Und da ich annahm, sie ginge nur zum Friedhof und in die Apotheke, habe ich sie nicht groß verabschiedet und deshalb nicht bemerkt, wie aufgebrezelt sie war.

«Unsinn! Dazu gab es überhaupt keinen Grund.»

Klar. Sie verharmlost natürlich alles. Das macht mich rasend. Wie kann man nur so egoistisch sein! «Ich habe mit dem Essen auf dich gewartet.»

«Waren wir denn verabredet?»

«Wir essen *immer* um 19 Uhr.»

Sie zuckt mit den Schultern. «Sei nicht kindisch. Seit wann das denn?»

«Seit ich auf der Welt bin? Mama!»

«Aber ich bin erwachsen. Ich kann kommen und gehen, wann ich will.»

Da hat sie eindeutig recht. Und trotzdem ist es nicht okay. «Ich dachte, dir könnte etwas passiert sein!» Jetzt klinge ich schon etwas weinerlich, obwohl ich das gar nicht will.

«Ulrike, wir sind hier in Meppelstedt, und ich bin eine alte Frau. Was soll mir schon passieren?»

«Keine Ahnung? Aber vielleicht sagst du mir endlich mal, wo du dich so lange rumgetrieben hast?» Ups, etwas im Ton vergriffen.

«Nur zu deiner Information: Ich treibe mich nicht herum.»

«Aber wo in Herrgotts Namen warst du denn? Und warum, verdammt noch mal, gehst du nicht ans Telefon? Ich habe sogar dein Kartenkränzchen angerufen, weil ich so in Sorge war. Aber die wussten auch nichts.»

«Du hast mir hinterhertelefoniert?»

«Was hätte ich denn machen sollen?»

«Jetzt dramatisier doch bitte nicht so! Ich bin deine Mutter!»

«Dann benimm dich auch so!»

Sie wendet sich von mir ab und marschiert die Treppe hoch. «Also, das wird mir jetzt wirklich zu bunt! Ich geh' ins Bett!»

«Aber Mama!»

Am oberen Treppenabsatz dreht sie sich wie eine Filmdiva aus den vierziger Jahren noch einmal um und blickt mahnend auf mich herab.

«Und komm mir nicht mit *Aber Mama*!»

Dann lässt sie mich einfach stehen. Ohne jede Erklärung. Das ist der Gipfel. Ich komme mir vor, wie ... wie ... meine eigene Mutter, allerdings nicht die da auf der Treppe, sondern die Wilma von gestern. Was sagt man dazu? Dabei meine ich es doch nur gut. Was ist bloß in sie gefahren? Wenn ich es nicht besser wüsste, würde ich sagen *Pubertät, Wechseljahre, Hormonstörung*. Mama ist fast siebzig, und eigentlich verhält sie sich schon seit dem Tod meines Vaters völlig irrational. Am Ende ist es noch was Ernstes – neurologisch, psychologisch ... ich schließe nichts aus und mache mir noch mehr Sorgen.

Nachdenklich gehe in den Garten, weil ich es im Haus nicht mehr ertrage. Nicht mich, nicht meine Mutter, nicht das Haus. Ich klettere aufs Baumhaus, wobei ich ein bisschen stolz über meine selbstgebaute Leiter bin. Schmiddi ist nicht mehr da, und erst jetzt fällt mir ein, dass ich den Proviantkorb im Haus gelassen habe. Aber kaum sitze ich oben, höre ich seine Stimme.

«Rike?»

«Schmiddi, meine Mutter ist zurück», sage ich.

«Schon gesehen. Ich war kurz was essen drüben. Warte, ich komm hoch –»

Dann höre ich ein seltsames KRRSCHRAMM und Schmiddis Fluchen. «Verdammt!»

Sofort schaue ich vom Baumhaus herunter und sehe Schmiddi am Fuße des Baumes liegen. Oje! Die ersten beiden Sprossen meiner Superleiter haben offenbar seinem Gewicht nicht standgehalten. Waren wohl doch zu morsch.

«Alles okay, Schmiddi?»

«Jaja ...», stöhnt er.

«Warte, ich komm runter», sage ich und klettere den Baum wieder hinab. Alle Sprossen halten. So schwer bin ich also doch nicht.

«Zeig mal her!» Ich schaue mir Schmiddis aufgeschrammte Arme und Hände an und gebe ihm ein Taschentuch.

«Nicht so schlimm, ich hab' noch Holzlatten drüben. Dann mach ich das mal neu. Aber – gute Idee, Rike, wirklich, nur ... vielleicht nicht so durchdacht. Hm?»

«Tut mir leid.»

«Schon gut. Mit deiner Mutter ist alles okay?»

Ich setze mich zu Schmiddi auf den Boden und lehne mich an den Baum.

«Hmm.»

«Wo war sie denn?»

«Keine Ahnung. Sie ist irgendwie seltsam. Tut so geheimnistuerisch und macht einfach, was sie will.»

«Das klingt nicht gut.» Schmiddi seufzt. «Kenne ich von meinen Eltern. Einmal kam ich abends aus dem Büro, da lag ein Zettel auf dem Küchentisch. *Sind in Paris.* Einfach so. Musst du dir mal vorstellen.»

Überrascht schaue ich ihn an. «Was?! Deine Eltern?»

Er nickt. «Kaum zu glauben, was?! Sie wollten ihre Silberhochzeit alleine feiern. Ohne mich.»

«Ganz schön egoistisch! Wo du alles für sie machst.» Dann füge ich nachdenklich hinzu: «Vielleicht unterschätzen wir unsere Eltern manchmal.»

Schmiddi nickt. «Vielleicht. Und hast du eine Ahnung, wo Wilma gewesen sein könnte?», fragt er.

«Nein, aber ich werde es schon noch herausfinden.»

Wir sitzen noch eine Weile so da und unterhalten uns über unsere Eltern, die offenbar mit dem Alter immer schrulliger werden und irgendwie auch kindischer. Und wir fragen uns, ob wir dann in zwanzig, dreißig Jahren auch so sein werden – so kindisch und seltsam. Schmiddi und ich schütteln beide vehement den Kopf. Sicher nicht!

«Schwör's!», fordert Schmiddi, spuckt in die Hand und hält sie mir hin.

«Ich schwöre!» Kurz zögere ich beim Gedanken an Schmiddis Spucke, schlage aber schließlich ein. Es fühlt sich eklig an, aber ein Schwur ist ein Schwur, denke ich und erinnere mich wieder an Schmiddis Regenwurm, der noch ekliger war.

Auch in dieser Nacht schlafe ich nicht so gut, weil mich eine innere Unruhe umtreibt. Seit diesem Anruf, den meine Mutter erhielt, während ich hilflos unter der Heißmangel lag, ist sie wie ausgewechselt.

Eigentlich wollte ich sie heute zum Hörtest begleiten, zu dem ich sie endlich überreden konnte. Das war der Plan. Aber irgendwie läuft an diesem Mittwoch alles anders.

Weil ich kaum noch was Sauberes zum Anziehen habe, gehe ich in den Keller, um nachzusehen, ob die Wäsche fertig ist. Zu meiner großen Überraschung muss ich feststellen, dass Mama die Waschmaschine nicht mal angestellt hat. Und ich dachte, ich könnte schon was aus dem Trockner holen. Meine Mutter hat die Wäsche nicht gemacht? Skandal!

Also muss ich wohl oder übel in die speckige Jeans steigen und einen alten Pulli anziehen, der noch gefaltet hinten im Schrank liegt. Ich glaube, der liegt da seit Jahren, jedenfalls sitzt er etwas eng und hat eine große, glitzernde Rolling-Stones-Zunge auf der Vorderseite. Très chic. Egal. Ich werde einfach eine mindestens genauso alte Kapuzenjacke drüberziehen.

Als ich in die Küche komme, steht da noch Mamas Frühstückskram, aber von ihr selbst fehlt jede Spur. Ich sehe auch kein Gedeck für mich, und, was mich noch viel mehr wundert, kein Gedeck für Papa. Irgendwas ist faul im Staate Dänemark, denke ich. Aber ich werde dahinterkommen. Ich versuche, sie telefonisch zu erreichen, aber wie immer geht sie nicht ran. Immerhin hat sie mein

Muttertagsgeschenk an sich genommen, denn das Päckchen mit den Klamotten aus *Uschi's Modestübchen* liegt nicht mehr auf dem Küchentisch.

Nach dem Frühstück kümmere ich mich zunächst um den Haushalt. Ich starte die Wäsche, putze das Bad und räume die Küche auf – und erschrecke, als Eugen plötzlich neben mir steht und an meinem Bein schnuppert. Schon wieder versucht er, sich mit den Vorderpfoten daran zu klammern. Er wird doch nicht schon wieder ... Oh nein!

«Pfui! Eugen! Aus! Hau ab! Raus hier!» Ich schlackere mir die Dackelwurst vom Bein, aber das scheint den Hund nur noch mehr anzumachen, denn jetzt nimmt er Anlauf.

Doch diesmal bin ich schneller und packe mir den geilen Dackel. «So, mein Freundchen! Hab' ich dich!»

Mit Eugen unterm Arm gehe ich rüber zu Schmidts.

Normalerweise müsste Schmiddi im Garten sein, wenn Eugen draußen rumstreunt. Schließlich finde ich ihn im hintersten Eck seines Gartens, wie er gerade dabei ist, ein kleines Treibhaus aufzubauen. Sein Oberkörper steckt unter einer Plane.

«Hey! Eugen war in unserer Küche und hat mich angemacht.»

Schmiddi kommt unter der Plane hervor und stößt sich den Kopf am Gestänge. «Au!» Dabei reibt er sich die aufkommende Beule.

Ich muss lachen, denn irgendwie hat Schmiddi genau wie ich ein Talent zur Selbstverstümmelung.

«'tschuldige, Schmiddi. Kannst du Eugen nicht mal abgewöhnen, alles zu rammeln, was ihm vor die Flinte kommt?»

«Nicht *alles*. Er ist da durchaus wählerisch.»

«Oh, ich fühle mich geschmeichelt. Trotzdem ist es ... unappetitlich. Du solltest ihm erklären, dass ich a) keine Hundedame, b) zu alt für ihn bin und c) nicht auf Brusthaar stehe. Außerdem muss mein Partner kultiviert sein.»

«Jetzt tust du ihm unrecht. Der Dachshund ist ein sehr kultivierter Artgenosse. Dem Mops allein körperlich weit überlegen, entstammt er einer höheren, sehr kultivierten Gesellschaftsschicht.»

«Wenn du jagen als kultiviert ansiehst ...»

«Eine Grundsatzfrage.»

«Sehe ich auch so.» Ich setze den Hund ab. «Was machst du da eigentlich?»

«Ich baue ein Treibhaus, wie man unschwer erkennen kann.»

«Witzbold. Lass mich raten: Für deine Tomaten?»

«Scharfsinnig.»

«Was ist so besonders an ihnen, dass du dir so viel Mühe damit machst?»

Schmiddi schaut mich an, als hätte ich etwas sehr, sehr Dummes gefragt.

«Alles. Tomaten sind ...» Er sucht nach den richtigen Worten, die zu finden nicht leicht zu sein scheint. Schließlich löst sich der Knoten. «Tomaten sind sensibel und anspruchsvoll. Aber wenn man sie richtig und gut behandelt, vor allem sorgsam und mit viel Gefühl, dann revanchieren sie sich mit Wachstum, Geschmack, Farbe, Konsistenz, Säure, Süße, Duft und Form. Es gibt so viele unterschiedliche Arten, die man für unterschiedliche Zwecke nutzen kann. Mit der richtigen Tomate kannst du jedem Essen eine ganz eigene, wunderbare Note verleihen. Die Tomate an sich ist vollkommen ...»

Beeindruckend. Schmiddi redet nicht einfach nur über Tomaten, er schwärmt von ihnen. Er verehrt sie regelrecht, und jedes seiner Worte ist wie eine Liebeserklärung. Das passiert wohl, wenn man partnerlos lebt und Tomaten liebt.

«Und welche magst du am liebsten?»

Schmiddi nimmt einen kleinen Topf hoch, in dem er einen Setzling herangezogen hat, eine kleine, zarte, grüne Pflanze, die sich der Sonne entgegenstreckt.

«Die hier. Galina. Eine gelbe Kirschtomate.»

«Und was ist so besonders an ihr?»

«Ihre Widerstandskraft. Galina ist eine sibirische Kirschtomate, die im Gegensatz zu anderen Sorten dem Wetter sehr gut trotzen kann. Sie ist robust. Wind und Kälte machen ihr nicht so viel aus. Sie ist hart im Nehmen, obwohl sie so zart und klein ist, und trotzdem ausgewogen süß und lecker – regelrecht zum Vernaschen.»

Aha.

Ich schaue Schmiddi noch eine Weile zu, wie er nach dem Aufstellen des Gewächshauses die kleine, zarte Galina vorsichtig aus dem Topf holt und ganz behutsam einpflanzt. Er behandelt sie wie einen Säugling.

«Wieso hast du eigentlich keine Frau, Schmiddi?», platzt es aus mir heraus, und ich bin selbst erstaunt über die unvermittelte Frage.

Er hält überrascht inne, schaut mich an und überlegt. «Ich ... ich arbeite dran.»

Jetzt bin ich aber neugierig. «Ach! Wer ist es denn? Kenn' ich sie?»

«Nein, und jetzt hör auf, mich zu löchern.»

Schmiddi ist das Gespräch offensichtlich unangenehm, denn er wendet sich demonstrativ seinen Pflanzen zu. Er hat beschlossen, sein kleines Geheimnis gut zu hüten. Na, mir soll's recht sein, denn es wird auch mal Zeit, dass Schmiddi was mit einer Frau anfängt. Oder einem Mann. Wichtig ist nur, dass er überhaupt sexuell aktiv und interaktiv wird.

Während er liebevoll etwas Erde um Galinas kleinen, zarten Stängel häufelt, aus dem einmal eine starke, bis zu zwei Meter hohe fruchtbare Pflanze werden soll, steigt mir ein strenger Geruch in die Nase, der nicht so recht zur Gartenidylle passen will.

«Was stinkt denn hier so?»

«Pferdemist.»

Ich starre ihn mit großen Augen an.

«Für Galina nur das Beste.» Er zuckt mit den Schultern und grinst.

Meine Mutter kommt erst nach Mittag zurück und ist nun auch äußerlich wie ausgewechselt. Sie hat die Haare ab. Meine Mutter, die seit Jahrzehnten ihr langes Haar zusammenbindet und nie einsah, viel Geld beim Friseur zu lassen, hat heute offenbar in eine neue Frisur investiert, statt mit mir für einen Hörtest zum HNO zu gehen. Und ich muss sagen – sie sieht wirklich gut aus. Sie trägt einen kinnlangen Bob, der ihr in einer großen grauen Welle weich ins Gesicht fällt und sie deutlich jünger macht. Steht ihr gut. Sie wirkt nicht mehr so altbacken, sondern fast schon jugendlich.

Hm ... vielleicht sollte ich das auch mal versuchen ...

«Na, was sagst du?» Sie dreht sich um die eigene Achse und strahlt mich erwartungsvoll an.

Ich nicke anerkennend. «Steht dir. Guter Schnitt, Mama! Passt zu dir.» So, das muss reichen. Bloß nicht zu viel Komplimente, sonst hebt sie noch ab. Aber noch etwas ist anders an ihr. Ich komm nur nicht drauf ... «Du bist ja schon ziemlich früh los heute.»

«Ja, ich hatte heute Morgen im Bett diese Idee mit dem Friseur und dachte mir, dass ich früh gehe, weil ich sonst so spontan keinen Termin mehr bekomme.»

«Und dein Termin für den Hörtest?»

«Was sagst du?»

Hahaha.

Ich seufze. «Der Hörtest?»

«Ach, den hole ich nach. Brauch ich sowieso nicht.»

«Und wo warst du sonst noch?»

«Ach, noch was essen und ...»

«Essen? Mit wem?»

Fragend sieht sie mich an, als hätte sie mich nicht verstanden. «Im Stehen? Nein, wir hatten einen Tisch im Café.»

Jetzt nimmt sie mich doch hoch, oder? Sie will bestimmt Zeit schinden, um sich eine Erklärung auszudenken.

«Mit wem?», wiederhole ich.

«Ach, *mit wem* ... Sag das doch gleich. Na, äh ... mit Lisbeth. Wir ... waren auch noch shoppen.»

Sie streckt einen Fuß vor. Und tatsächlich sehe ich jetzt erst die weißen Nike-Sneaker an Mamas Füßen.

«Du warst mit Lisbeth Turnschuhe kaufen?» Schwer zu glauben. Andererseits: Seitdem die Damen pokern, statt Rommé zu spielen, traue ich ihnen fast alles zu.

«Was dagegen?» Sie klingt beinahe patzig.

«Nein, aber du hättest wenigstens anru–»

«So, ich ruh mich jetzt etwas aus», unterbricht sie mich. «Und später wollen wir noch ins Kino gehen», sagt sie bemüht beiläufig und ist schon auf dem Weg in ihr Zimmer.

«Ins Kino? Seit wann geht ihr ins Kino?»

Aber darauf antwortet meine Mutter nicht mehr. Ich gehe ja auch sehr gerne ins Kino und habe sie auch schon öfter gefragt, ob wir uns nicht mal einen Film zusammen anschauen wollen, aber dafür war sie nie zu begeistern. Wozu viel Geld im Kino lassen, wenn man doch zu Hause ihrer Meinung nach alles im Fernsehen gucken kann. Jede Diskussion zu diesem Thema war bislang völlig sinnlos. Ich schätze, meine Mutter war zuletzt vor meiner Geburt im Kino.

Irgendwie haben wir gerade vertauschte Rollen. Ich fühle mich zunehmend alt und bin ständig besorgt um meine Mutter, die sich wie ein Pubertist benimmt und sich äußerlich wie innerlich immer mehr verändert. Und das alles seit diesem Anruf, durch den ich mir das Steißbein ruiniert habe. Was passiert hier? Was soll das alles? Mama führt sich auf wie ein – verliebter Teenie. Hat sie etwa einen

Freund? Hat dieser Fremde, dem sie die Ohrfeige verpasst hat, etwas damit zu tun? Ich muss dem auf den Grund gehen.

Am frühen Abend geht sie dann tatsächlich ins Kino. Vorher kann ich hören, wie sie mit jemandem telefoniert. Kaum ist meine Mutter aus dem Haus, rufe ich Lisbeth an. Und Lisbeth ist eine ganz, ganz schlechte Lügnerin. Sie ist angeblich auch gerade auf dem Sprung, um Mama vorm Kino zu treffen. Den Filmtitel weiß sie aber nicht, sie hat einfach nur Lust, mal wieder ins Kino zu gehen. Und dann frage ich Lisbeth, ob sie sich auch ein paar schöne Turnschuhe gekauft habe am Vormittag.

«Was? Nein, ich war doch den ganzen Vormittag mit Justus beim Urologen. Wegen seiner Prostata ... Und ... äh ...» Da erst begreift sie, dass sie Wilma unbeabsichtigt hat auffliegen lassen. «Jedenfalls muss ich jetzt ins Kino», fügt sie schnell an. «Tschüs.»

So schnell hat Lisbeth noch nie den Hörer aufgelegt.

Offensichtlich sollte sie Mama decken, aber so was funktioniert ja meistens nicht. Wirklich seltsam, das Verhalten der beiden.

Während meine Mutter also, mit wem auch immer, einen netten Kinoabend verbringt, schaue ich *Ein Offizier und Gentleman* auf irgendeinem dritten Programm und gehe danach früh schlafen. Das heißt, ich versuche zu schlafen, was mir aber nicht gelingt, weil ich beunruhigt bin, solange meine Mutter nicht daheim ist. Schließlich weiß ich nicht mal, mit wem sie unterwegs ist und ob es ihr gutgeht. Ich sag's ja: vertauschte Rollen. Aber diesmal bleibe ich ruhig und mache nicht die Nachbarschaft wach, weil ich so in Sorge um sie bin. Stattdessen mache ich wieder Licht, setze mich aufrecht ins Bett und lese zum wiederholten Mal *Effi Briest*. Sofort werde ich wieder hineingezogen in diese Geschichte einer sympathischen jungen Frau, die in die Heirat mit einem älteren Mann einwilligt und sich unglücklich in einen jüngeren verliebt. Eine Effi hätte ich gern zur Freundin gehabt.

Um halb elf höre ich einen Wagen vorfahren, knipse das Licht aus und schaue durch die Gardine aus dem Fenster. Meine Mutter sitzt auf dem Beifahrersitz und unterhält sich noch mit dem Fahrer. Genaueres kann ich nicht erkennen, weil ein Baum so dicht vor meinem Fenster steht, dass ich früher heimlich daran herabklettern konnte. Dann steigt ein Herr mit Hut aus dem Auto und öffnet meiner Mutter die Beifahrertür. Ich kann ihn nicht erkennen, und das Auto ist mir auch unbekannt. Meine Mutter steigt aus und kommt zum Haus. Schnell springe ich zurück ins Bett und stelle mich schlafend. Da meine Tür nur angelehnt ist, kann ich zumindest hören, wie sie die Schuhe auszieht, um auf Strümpfen die Treppe hochzuschleichen, was ihr genauso wenig gelingt wie mir. Die Treppe knarzt bei jedem Schritt.

Mama kommt zu meinem Zimmer, schaut herein und lauscht auf meinen Atem, den ich gleichmäßig tief simuliere. Dann schließt sie die Tür, geht erst ins Bad und schließlich in ihr Zimmer. Sie ahnt vermutlich nicht, dass ich sie hören kann. Und dass ich höre, wie sie so spät noch telefoniert. Vermutlich von ihrem Handy. Ich kann zwar nicht verstehen, was sie sagt, aber ich höre, dass sie sich bei dem Gespräch amüsiert, denn sie lacht ein paar Mal laut auf.

In dieser Nacht gehen mir tausend Dinge durch den Kopf. Das Verhalten meiner Mutter ist so alarmierend, dass ich nicht zur Ruhe komme. Ist das ihre Art der Trauer? Eine Affäre? So kurz nach Papas Tod? Ehrlich gesagt wäre mir eine Trauergruppe lieber.

Ich muss mich ablenken, bevor ich diese trüben Gedanken weiter vertiefe! Ein Blick auf die Flaschen unter meinem Schreibtisch genügt, und ich weiß, was ich zu tun habe: Cocktails! Ich übe mich im Piña-Colada-Mixen. Und weil ich von meinem Vater gelernt habe, dass man Lebensmittel niemals wegschüttet oder wegwirft, probiere ich die Drinks selbst. Und ich muss sagen – gar nicht schlecht. Am Ende habe ich sogar das richtige Verhältnis von Alkohol, Saft und Sahne raus und am nächsten Morgen unendliche Kopfschmerzen.

# 9
## *Partytime*

VÖLLIG ÜBERMÜDET, will ich Mama am nächsten Morgen zur Rede stellen, denn sie verheimlicht mir doch etwas und zieht sogar ihre besten Freundinnen in diese schmutzige Geheimniskrämerei hinein. Das entspricht so gar nicht meiner Mutter – geschweige denn ihrem Alter.

«War's schön gestern?», frage ich, während ich mir einen Mokka aufgieße und Milch heiß mache. «Wann warst du denn eigentlich zu Hause?»

«Och, so um zehn.»

«Na, das war ja wohl eher elf.»

Verwundert schaut sie mich an. «Halb elf. Ich dachte, du hättest schon geschlafen.»

Ohne darauf einzugehen, schäume ich die Milch mit einem Schneebesen auf und frage: «Wer hat dich denn nach Hause gebracht?»

«Lizzys Mann.»

«Ach, der fährt noch selbst? Ist der nicht schon über achtzig?»

«Na und? Deshalb kann er doch noch fahren.»

Ich merke, wie sie langsam die Geduld verliert. «Und wie war der Film?», frage ich interessiert. «Was habt ihr geschaut?»

«Ach, ich weiß gar nicht mehr, wie der hieß. Irgendwas im Seniorenkino – *Shadows of Grey* oder so. War ganz interessant.»

Mir fällt fast die Tasse aus der Hand. «*Fifty Shades of Grey*? Lisbeth und du, ihr habt *Fifty Shades of Grey* gesehen? Im Seniorenkino?!»

«Ja, wieso nicht? Ist dir nicht gut, Kind? Wieso wiederholst du denn andauernd alles?»

«Mama, das ist ein erotischer Film mit Fesselspielchen und so.»

«Ja, und? Lizzy und ich sind doch nicht zu alt dafür.»

«Aber ...» Ich geb's auf. Meine Mutter ist echt ein harter Brocken. Ich sehe sie streng an. «Du warst gar nicht mit Lisbeth im Kino. Gib's zu.»

«Und ob! Soll ich dir sagen, worum es in dem Film ging?»

«Nicht nötig. Lisbeth wusste es jedenfalls nicht so genau. Ich habe sie nämlich gefragt.»

«Du hast mir wieder nachspioniert? Ich bin deine Mutter!»

«Und genau deswegen mache ich mir Sorgen. Also: Mit wem warst du im Kino?»

«Mit meiner Freundin Lisbeth! Basta! Und dass sie alles durcheinanderbringt, liegt dann wohl an ihrer beginnenden Demenz. Schon mal daran gedacht?»

Es ist sinnlos. Meine Mutter lässt sich nicht überführen. Schon gar nicht von mir. Und mir wird das jetzt zu blöd. Soll sie doch machen, was sie will, mit wem sie will, wann sie will und sooft sie will. Von mir aus. Es ist ihr Leben, und ich bin eh bald wieder weg.

Wir gehen uns tagsüber aus dem Weg. Mama hat irgendwelche Termine, die mich nicht interessieren, weshalb ich auch nicht nachfrage. Und ich kümmere mich um den Garten, und das tut verdammt gut. Einfach mal auspowern, entgiften und den Kopf frei machen – vom Piña-Colada-Kater und idiotischen Gedanken über meine Mutter!

Am Abend steht Mama geschniegelt und gestriegelt an der Tür und wartet auf ihr Taxi. Pokerabend. Diesmal bei Gitti. Das behauptet Mama jedenfalls.

Während ich den ganzen Nachmittag damit verbracht habe,

meinen Kater zu bekämpfen und die Hecke zu schneiden, war meine Mutter bei ihrer Kosmetikerin – stundenlang. Sie hat sich die Nägel machen lassen, eine Gesichtsmassage bekommen, Augenbrauen zupfen lassen und ein hübsches Make-up erhalten. Sie sieht richtig gut aus in ihrer weißen Marlene-Hose, der neuen blauen Bluse und der neuen hellgrauen Strickjacke. Mein Muttertagsgeschenk aus *Uschi's Modestübchen* scheint ihr zu gefallen.

«Das Blau steht dir gut», sage ich.

Sie gibt mir einen Kuss auf die Wange. «Ja, das hast du ganz wunderbar ausgesucht. Danke!» Ein letztes Mal überprüft sie im Garderobenspiegel ihr Make-up und ihre neue Frisur.

«Bisschen übertrieben für 'n Pokerabend mit deinen Mädels, oder?»

Mama ist empört. «Ganz und gar nicht. Ich will nämlich nicht mehr aussehen wie eine Trauerweide – schwarz gekleidet, geschwollene Augen, Tränensäcke, blass. Ich konnte mich schon nicht mehr sehen, wenn ich morgens in den Spiegel schaute. Und wer weiß ...»

«Wer weiß *was*?»

«Wie, *wer weiß was*? Warum stellst du immer so komische Fragen, Kind? Das sagt man halt so: Wer weiß ...»

Ich schüttele den Kopf. «Du machst mich wahnsinnig, Mama.»

«Nein, du mich, Rike. Entspann dich endlich mal.»

Das meint Flo auch immer. Nur dass er sagt: *Yo, Mama, jetzt chill mal.* Es nervt, wenn mir jeder vorwirft, dass ich total verkrampft sei. Bin ich nämlich nicht! Überhaupt nicht! Alles total normal! Ich bin TOTAL LOCKER!

Ich atme tief durch und umarme meine Mutter. «Recht hast du, Mama! Mach dich für dich selbst schön.»

Als das Taxi kommt, wünsche ich ihr viel Spaß. Mama versichert mir, dass sie ihr Handy dabeihat und es auch aufgeladen ist, damit sie mich im Notfall anrufen kann. Verkehrte Welt. Nebenan steigen Schmidts gerade in ihren Kombi. Und als sie meine Mutter sehen, verrenken sie sich fast vor Neugier und Erstaunen über Mamas Outfit.

Ich schließe die Tür, drehe das Radio auf und gehe hoch ins große Bad, wo ich mich einer ausgiebigen Pflegeprozedur und Aufhübschung hingebe, denn heute ist Monas Geburtstagsparty. Endlich mal raus hier, endlich mal andere Leute sehen und andere Gespräche führen.

Nach eineinhalb Stunden verlasse ich das Bad. Das Ergebnis ist ... sagen wir mal ... uneindeutig. Denn als ich anschließend vorm Schrank stehe, könnte ich heulen: Ich habe nichts anzuziehen! Weil erstens nicht alle Klamotten hier im Haus meiner Mutter sind und ich zweitens in kurzer Zeit schon wieder zwei Kilo zugenommen habe. Das ist ... niederschmetternd. Ich stehe vorm Spiegel, und in wenigen Augenblicken schlägt meine Stimmung von himmelhoch jauchzend um in zu Tode betrübt.

Ich kann unmöglich in Sneaker, Jeans und Kapuzenjacke auf eine Party gehen, wo bestimmt nur gutaussehende, erfolgreiche Menschen rumlaufen, sage ich zu meinem Spiegelbild und beschließe, den Abend vorm Fernseher mit einer guten Tüte Salt & Vinegar-Chips zu verbringen. Aber mein Spiegelbild möchte lieber ausgehen, Spaß haben, tanzen, Leute kennenlernen. Also raffe ich mich auf und ziehe mein schwarzes Allround-Beerdigungs-Cocktail-Dinnerparty-Kleid an. Gut, es sitzt jetzt etwas enger, aber es gibt keine Alternative. Bequemer wäre zwar der Schluffi-Look. Aber mein Spiegelbild ist absolut dagegen, weil total underdressed. Also noch etwas Farbe ins Gesicht, die Musik aus und ...

Es klingelt.

Ich habe eine Ahnung, öffne die Tür – und meine Ahnung wird bestätigt: Schmiddi und Eugen. Das Dreamteam.

Völlig überrascht blickt Schmiddi durch seine viel zu kleine Al-Bano-Power-Brille, an die ich mich nie gewöhnen werde.

«Was?», frage ich, weil er nichts sagt.

«Oh, ich wusste nicht, dass du ... äh ... Hübsch siehst du aus.»

«Danke. Ich muss jetzt auch los.»

«Ach so ... Ja, nee, ich dachte nur spontan, du hättest vielleicht Lust mit Eugen und mir ... aber egal.»

Ich nicke, greife nach dem Geschenk für Mona und will die Tür schon wieder schließen, als mir einfällt, dass ich ja gar kein Auto habe und mir ein Taxi rufen muss.

«Sag mal, Schmiddi, wo ist eigentlich Papas Wagen?»

«In der Garage?»

«Äh ... Ja, klar, wo auch sonst.» Ich schlage mir an die Stirn. «Wusste ich ... Hab' ich bloß vergessen.»

Schmiddi hält mich vermutlich für völlig gestört. Ich gehe mit ihm raus und öffne das Garagentor, und da steht er – Papas unvergleichlicher Opel Rekord, Baujahr 1976. Dieser Wagen ist nicht nur eine Geschmacksverirrung in Kackbraun, sondern außerdem ein Sicherheitsrisiko, so ohne Kopfstützen und Gurte auf der Rückbank. Trotzdem ist das Auto ein Klassiker, und mein Vater hat es geliebt, gehegt und gepflegt. Erst recht, als der Wagen den Oldtimer-Status erreicht hatte.

Ich gehe zur Fahrerseite. Die Tür lässt sich öffnen, aber der Zündschlüssel steckt natürlich nicht. Ich sehe, wie Schmiddi einen Holzbalken abtastet, wo er tatsächlich den Schlüssel findet. Er gibt ihn mir mit einem Schmunzeln.

Ich bin überrascht, wie gut sich Schmiddi auskennt, sage aber kein Wort, sondern starte den Wagen. Der Anlasser gurgelt und ächzt, aber der Motor springt nicht an.

Schmiddi beugt sich zu mir ins Auto und deutet auf die Anzeigen. Dann sehe auch ich die Tanknadel, die sich keinen Millimeter bewegt hat.

«Soll ich dich fahren?», bietet er an.

«Aber sind deine Eltern nicht mit eurem Kombi unterwegs? Ich habe sie wegfahren sehen.» Ich steige aus und schließe die Tür des Opels, der nicht nur kackbraun und alt, sondern auch völlig nutzlos ist.

«Dann nehmen wir eben mein Auto.»

«Ich wusste gar nicht, dass du ein eigenes Auto hast», wundere ich mich. Aber warum eigentlich nicht? Nur weil er keine Frau hat, kann er doch trotzdem ein Auto haben. Ich muss endlich meine Vorurteile ablegen!

«Du weißt so einiges nicht», sagt Schmiddi vieldeutig und nimmt Eugen auf den Arm.

Schweigend gehen wir um die nächste Straßenecke zu einem kleinen Garagenhof. Schmiddi öffnet das Tor Nummer 8.

Ich schaue, staune und bin völlig von den Socken. «Ein 280 SL Cabrio, Baujahr 1968», stammele ich. «Ein Traum!»

«Nicht ganz ... Baujahr 1969. Du kennst dich aber gut aus», sagt Schmiddi anerkennend.

Ich nicke und deute auf den Wagen. «Ist der angemeldet?»
«Klar!»

Sanft streiche ich mit der Hand über den silbernen Lack und die Chromteile. Das Dach ist offen, sodass ich auch die roten Ledersitze befühlen kann. Meine Güte, ist das sexy!

Schmiddi öffnet die Beifahrertür und macht eine einladende Geste. Da lasse ich mich nicht zweimal bitten. Der Wagen ist der Hammer!

Nur als Schmiddi einsteigt, passt das so gar nicht. Ich meine, jeder weiß, wie cool James Dean in seinem Porsche 550 Spyder aussah, von denen nur hundert gebaut wurden. Oder Dustin Hoffman im roten Alfa Romeo Spider im Filmklassiker *Die Reifeprüfung*. Oder Steve McQueen in seinem Ford Mustang 390 GT, durch den der Schauspieler zum *King of Cool* wurde. Aber Schmiddi und Meppelstedt passen irgendwie gar nicht zu diesem Auto. Trotzdem nehme ich das Angebot natürlich gerne an.

Wenig später sind wir unterwegs. Eugen sitzt mit wehenden Schlappohren auf dem Rücksitz und genießt den Fahrtwind. Er ahnt noch nicht, dass er morgen eine Bindehautentzündung haben wird. Aber jetzt hat er das Cabrio-Gefühl, und nur das zählt.

Irgendwie ist die Szene surreal.

«Schmiddi, wieso hast *du* so ein Auto?»

«Wieso nicht?»

«Weil ... Keine Ahnung ... weil du nicht der Typ dafür bist.»

«Und wofür bin ich deiner Meinung nach der Typ?»

Ich schaue ihn von der Seite an und überlege. Schmiddi ist Schmiddi. Nicht mehr und nicht weniger. Er ist irgendwie unauffällig, unsexy, uninteressant. Dafür verlässlich, hilfsbereit und freundlich, aber eben mit Sicherheit kein Draufgänger in einem coolen Wagen und noch weniger ein Bad Boy.

«Toyota», sage ich und befürchte, ihn damit zu verletzen.

Aber Schmiddi schaut mich an und lacht. «Na ja, immerhin. Die bauen gute Autos.»

«Im Ernst, Schmiddi, wie kommst du zu so einem Wagen?»

«War 'ne Gelegenheit. Jetzt ist es ein Hobby.»

«Sonst noch irgendwelche Geheimnisse?»

«Vielleicht. Und du?»

«Hey, wir spielen hier nicht schon wieder Wahrheit oder Pflicht.»

«Schade.» Er grinst. «Wo soll's denn eigentlich hingehen?»

«Zu Mona», sage ich und binde meine Haare zusammen.

Er nickt. «Kenne ich, war ich schon.»

«Bei Mona?»

«Klar.»

«Wieso warst du bei Mona?»

«Weil ihre Eltern meinen Eltern das Haus gezeigt haben. Den Rohbau.»

«Aha», sage ich verwirrt.

«Du kennst doch meine Eltern. Die wollten es unbedingt mal sehen, nachdem in der Zeitung ein Foto davon war.»

«Wieso?»

«Na, weil es so ... unglaublich ist.»

Jetzt bin ich aber sehr gespannt auf Monas Haus.

Als wir in den Ortskern kommen und an einer Ampel halten, fällt mein Blick auf ein älteres Paar, das gerade in ein Hotel geht. Und obwohl ich die beiden nur von weitem sehe, könnte ich schwören, dass die Frau mit der schwarzen Sonnenbrille meine Mutter ist. Grauer Strickmantel, weiße Marlenehose – Mamas Outfit. Das kann kein Zufall sein. Aber was macht sie hier? Und mit wem? Ist das eine neue Poker-Location?

Kurzerhand zücke ich mein Handy und rufe sie an.

«Kann es sein, dass ich dich gerade in ein Hotel habe gehen sehen?», frage ich, als sie abnimmt. Schmiddi sieht mich überrascht an und schaut sich dann kurz um.

«Was? Wie kommst du denn darauf?», fragt meine Mutter. «Ich bin bei Gitti. Das weißt du doch.»

«Aber ich ...,» Ich bin unsicher. «Ich habe eine Frau gesehen, die ...»

«Hör mal, Kindchen. Wir sind hier mitten im Spiel. Wenn es nichts Dringendes gibt, mache ich jetzt Schluss, ja? Bis später.»

Aufgelegt.

Ich versuch's noch mal, aber jetzt geht Mama nicht mehr ran. Ich rufe also Gitti an, deren Telefonnummer ich natürlich auch noch von früher kenne.

«Ja?»

«Hallo, Gitti, tut mir leid, wenn ich störe, aber kann ich Mama noch mal sprechen? Ich kann sie auf ihrem Handy nicht mehr erreichen.»

«Oh, ja, warte, ich geb' sie dir.»

Ich höre, wie sie Mamas Namen ruft und wie Lisbeth zu ihr

sagt, dass Mama auf dem Klo ist. Und Karins Stimme lässt schön grüßen. Klingt alles ganz normal.

«Soll sie dich zurückrufen?»

«Nicht nötig», sage ich, lasse Lisbeth und Karin grüßen und beende das Gespräch.

«Alles okay mit Wilma?», fragt Schmiddi.

«Ja, ja», sage ich, bin mir da aber gar nicht so sicher. Seit Lisbeth sich verplappert hat, traue ich Mama und ihren Mädels nicht mehr über den Weg. Sie decken Wilma, aber ich kann es nicht beweisen. Wir fahren aus der Stadt und ein Stück Landstraße.

«Da wären wir», sagt Schmiddi nach einer Viertelstunde.

Ich staune nicht schlecht, als er auf einer Wiese am Waldrand hält, vor uns eine alte Scheune in Hanglage, die rundum modernisiert wurde – ein architektonisches Meisterwerk aus Glas und Holz. In der Auffahrt stehen ein paar teure Autos.

«Danke, dass du mich gebracht hast, Schmiddi.» Ich will schon aussteigen, da fällt mir was ein. «Wieso kommst du nicht einfach mit?»

«Nein, nein, ich bin ja gar nicht eingeladen.»

«Aber du kennst Mona doch auch.»

«Schon, aber ... Außerdem habe ich Eugen dabei.» Wir drehen uns um und sehen, wie Eugen zusammengerollt auf dem Rücksitz liegt und friedlich schläft.

«Hey!» Mona kommt aus dem Haus auf uns zu. Also steige ich aus, um ihr entgegenzugehen. Sie umarmt mich zur Begrüßung. «Rike, schön, dass du da bist!» Dann schaut sie mir über die Schulter. «Schickes Auto, mit wem bist du denn da – Schmiddi?!» Sie winkt ihn zu sich. «Komm doch rein! Na los!»

Er nickt. Und während Mona und ich schon ins Haus gehen, stellt er den Wagen hinter einem alten Porsche ab und schließt das Verdeck, damit Eugen nicht kalt wird.

Die Party ist in vollem Gang.

«Döschen?», fragt Mona.

Ich bin irritiert. «Wie bitte?»

«Döschen?» Sie drückt mir eine eiskalte rosa Getränkedose in die Hand. «Prosecco – bin ich billig drangekommen. Lustig, nicht?»

Total. Ich nehme das Döschen, öffne es und stoße mit Mona an. Klong. Tatsächlich – Prosecco. Aus der Dose. Nicht schön, aber originell. Über das Müllaufkommen und den Verfall von Trinkkultur denke ich gar nicht erst nach – will ja keine Spaßbremse sein.

Mona hat etwa dreißig Gäste eingeladen. Ein DJ legt Musik auf, ein Barkeeper mixt Drinks – zum Glück, denn ich hatte schon befürchtet, dass hier alles aus Döschen kommt. Es wird geredet, getanzt, geguckt, gelacht, geflirtet. Die alte Scheune ist beeindruckend umgebaut. Zur Talseite wurde sie komplett verglast und außen durch eine große Terrasse mit Blick auf Meppelstedt erweitert. Die Höhe der ursprünglichen Scheune wurde beibehalten. Um alles auszunutzen, wurde über dem Wohn- und Küchenbereich ringsum eine Galerie eingezogen.

«Zum Lesen und Arbeiten», erklärt Mona. «Schlafzimmer, Gästezimmer und Badezimmer liegen oben.»

Ich staune noch mehr, als sie erklärt, dass Solarzellen auf dem Dach und ein großer Speicher für einen eigenen Energiekreislauf sorgen, der durch Fußböden und Wände geht. Zudem gibt es einen großen Kamin im Wohnbereich.

Als wir den Prosecco geleert haben, holt Mona uns zwei Gläser Aperol Spritz und führt mich auf die Terrasse.

«Ein wirklich sehr schönes Haus», lobe ich. «Wie bist du denn darangekommen?»

«Das Grundstück gehörte meinem Opa. Er ist vor zwei Jahren gestorben und hat's mir vererbt.»

«Hast du ein Glück. Also, ich meine natürlich nicht ... ich meine ... tut mir leid mit deinem Opa.»

«Schon gut. Er war 97.»

Ich schaue ins Tal auf die Lichter unserer Kleinstadt.

«Aber ist dir das nicht alles viel zu nah und zu eng mit deinen Eltern und so?», frage ich.

«Nö, im Gegenteil, ist 'ne super Lösung. Wenn es ihnen mal nicht mehr so gutgeht, bin ich in der Nähe.»

«Um die Bäckerei zu übernehmen?», wundere ich mich.

«Quatsch, um ... um ... Ach, keine Ahnung. Um für sie da zu sein.»

Jetzt schauen wir beide hinab ins Tal auf unser Meppelstedt.

«Von hier oben sieht's ja ganz hübsch aus», sage ich. «Mit Abstand betrachtet.»

«Ach komm, so schlimm ist es jetzt auch nicht.»

«Du hast gut reden. Wenn ich ab und zu nach London abhauen könnte, würde ich vielleicht auch öfter mal kommen und hier ausspannen.»

«London ist jetzt auch nicht die Welt.»

Das überrascht mich. Ich war bislang nur zweimal dort. Auf Klassenfahrt und einmal mit Clemens. Auf unserer Klassenfahrt in der Zehnten träumten Mona und ich von einem wilden Leben in Camden Town, Partys mit den *Ramones* und Klamotten von Vivienne Westwood. Wir durchforsteten die Flohmärkte, fuhren begeistert mit der Tube und gingen billig indisch essen. Der Städtetrip mit Clemens zu meinem 40. Geburtstag war genau das Gegenteil und ein absoluter Albtraum: Wir wohnten in einem abgeranzten Hotel irgendwo in der Pampa, es regnete pausenlos, und Clemens wollte unbedingt auf dem Schwarzmarkt irgendwelche Champions-League-Karten ergattern. Wir mussten also ständig wildfremde Leute treffen, um dann zu erfahren, dass die Tickets schon verkauft waren. Damals habe ich mir geschworen, dass ich irgendwann mal ganz alleine nach London fahre, um die Stadt auf meine Art zu erkunden. Irgendwann ...

«Was ist mit dir?» Mona prostet mir zu. «Warum so grüblerisch?

Ich hätte da ein paar echt schöne Wohnungen im Angebot für dich und Flo.»

Ich lachte laut auf. «Nur, dass ich mir 'ne Maklerin wie dich nicht leisten kann.»

Sie stößt mich kumpelhaft an. «Hey, alte Freunde lässt man nicht im Stich. Mir ist da außerdem eine Idee gekommen, neulich in deinem Haus.»

«Als mein wahres Leben entlarvt wurde ...», erkläre ich spöttisch. «Bin gespannt.»

«Also, ich finde dein Haus wirklich extrem gut gelungen. Und da kam mir die Idee, dass dein Potenzial nicht einfach so ungenutzt bleiben darf. Ich meine ... Rike, du hast echt was drauf. Du hast doch nicht umsonst studiert. Und du hast doch auch einen guten Job gemacht, bevor Flo auf die Welt kam. Wo ist denn dein ganzer Ehrgeiz? Der kann doch nicht verpufft sein, einfach so.»

Langsam werde ich ungeduldig. Worauf will sie hinaus?

«Mach's nicht so spannend, Mona.»

Lässig lehnt sie sich mit dem Rücken an die gläserne Terrassenbrüstung, um mich anzuschauen. «Pass auf: Das Immobiliengeschäft läuft zurzeit Bombe. Keine Frage. Aber die Konkurrenz ist groß und der Wettbewerb hart. Also hab' ich mir überlegt, dass wir uns zusammentun sollten.»

«Wie jetzt – du und ich?»

Mona nickt begeistert und redet sich in Rage. «Das wäre die perfekte Symbiose. Wir könnten die Immobilien in einem Gesamtpaket anbieten. Denn wenn der Kunde eine Vorstellung davon bekommt, wie sein Objekt individuell auf ihn zugeschnitten und bis in jedes Detail ausgestattet wird, dann können wir uns von der Masse der Makler abheben. Was sagst du?»

Ich bin beeindruckt. Nie hätte ich gedacht, dass Mona mir so sehr vertraut. «Das ist ... wirklich gut. Eine gute Idee, Mona. Aber nicht ganz billig für deine Kunden.»

«Billig kann jeder. Meine Kunden suchen das Außergewöhnliche und sind bereit, dafür zu zahlen. Hauptsache, es ist unkompliziert und gut. Dein Stil passt perfekt zu meinen Objekten.»

«Findest du?»

«Rike, du bist gut! Hat dir das noch nie jemand gesagt?»

Ich muss jetzt tatsächlich überlegen. «Nein, ich glaube ... in letzter Zeit ... nicht.»

Mona freut sich wie ein Kind und zappelt auf der Stelle. «Dann bist du dabei? Sag, dass du dabei bist!»

Ich nicke, denn das Angebot klingt verführerisch. «Warum nicht?»

«Ja!» Mona greift nach einer Champagnerflasche auf dem Terrassentisch, die sie offenbar geschenkt bekommen hat, denn um den Flaschenhals hängt eine Schleife mit einer Happy-Birthday-Karte. Sie besorgt zwei Gläser, öffnet die Flasche und gießt uns ein. Der Champagner sprudelt über die Gläser, und wir trinken den Schaum sofort ab und lachen dabei wie zwei kleine Mädchen, die zum ersten Mal Alkohol trinken. Dann stoßen wir an.

«Auf uns und unsere gemeinsame Zukunft», sagt Mona, und wir lassen die Gläser klirren. «Schön, dass du zurück bist.» Ihre Freude ist echt, das sehe ich.

«Aber ich bin doch gar nicht ... zurück», räume ich ein.

Mona winkt ab. «Das werden wir schon alles irgendwie regeln.»

«Okay», sage ich. «Ach, und Mona: Happy Birthday!»

Ich umarme sie und drücke ihr mein Geschenk in die Hand. Sie packt es neugierig aus und hält sich überrascht die Hand vor den Mund.

«Rike! Das ist ...»

Es ist ein altes Foto von uns beiden vor dem Tower of London, das ich gerahmt habe. Es zeigt uns in voller Pracht: Während Mona ihre Zahnspange blitzen lässt und eine blond-braune Kajagoogoo-Gedächtnis-Vokuhila-Frisur trägt, habe ich eine echt schlimme

Dauerwelle und deutlich zu viel Lidschatten und einen zu kräftigen, pinkfarbenen Lippenstift aufgetragen. An unseren Ohrläppchen hängen riesige Billig-Strass-Stecker, und unsere verpickelten Gesichter sind gezeichnet von eingetrockneten Abdeckstift-Krusten. Schlimme Zeiten, diese Achtziger.

«Es ist ... furchtbar – furchtbar großartig! Dass du das noch hattest! Danke! So schön!» Sie umarmt mich ganz fest und freut sich wirklich über mein kleines Erinnerungsstück. Gut, dass sie ebenfalls über unseren Aufzug lachen kann. «Ich bin so froh, dass wir uns wiedergefunden haben!»

«Ich auch», sage ich und meine es absolut ernst.

Erneut stoßen wir an. Dann hält Mona einen Gast, der gerade vorübergeht, am Ärmel fest und stellt uns einander vor.

«Das ist mein Mann und Geschäftspartner Noel.» Sie schiebt mich vor. «Und das ist *meine* Rike.»

«Hallo, Noel.»

«Ah, du bist also Rike, schön, dich kennenzulernen.» Wir geben einander die Hand und lächeln uns an. «Mona redet seit Tagen nur noch von dir. Ich finde eure Pläne für ein gemeinsames Business übrigens super!»

Ich wundere mich. «Aha, dann habt ihr das schon besprochen?»

«Klar, Mona und ich sind doch ein Team.» Er lächelt Mona an.

Noel ist Brite und spricht sehr gut Deutsch mit einem leichten Akzent. Das klingt ziemlich attraktiv, und er sieht auch sehr gut aus. Wie ich jetzt erfahre, hat er ein paar Jahre in Berlin studiert. Früher war er Architekt, jetzt macht er in Immobilien. Ein sympathischer Typ – sportlich, charmant, witzig, mit Stil. So einen hätte ich auch gerne, blitzt es kurz in meinen Gedanken auf, die ich aber sofort wieder verwerfe. Finger weg – ermahne ich mich!

«Tja, dann auf gute Zusammenarbeit», erklärt er und wir prosten uns zu dritt zu.

Das wäre tatsächlich eine Möglichkeit für mich, mein Berufsleben wieder anzukurbeln, mich wieder ins Gespräch zu bringen. Und mir wird mit einem Mal bewusst, dass es ein echter Neuanfang für mich wäre. Eine Chance, die ich nutzen muss.

«Schau mal, was Rike mir geschenkt hat.» Mona zeigt Noel das alte Foto.

«Wow! Ihr habt euch kaum verändert!», lacht er.

«Ich mag den englischen Humor», sage ich zu Mona.

Sie zieht die Brauen hoch. «Ich nicht.»

Noel nimmt sie in den Arm, um es wiedergutzumachen, und gibt ihr demonstrativ einen Kuss, den Mona aber zurückweist. Sie macht sich los und geht wieder hinein.

«Sorry, ich muss ein paar Leute begrüßen. Bis später.»

Ich schaue ihr nach und beneide Mona. Um ihren Mann, ihr Leben, ihren Job, ihren Erfolg, ihr Haus.

«Dann hol ich uns ein paar Drinks, okay?» Noel streicht mir sanft über den Unterarm, als wären wir alte Freunde. «Magst du Gin Tonic?»

«Ja, gerne.»

«Aber lauf nicht weg.»

Ich schüttele den Kopf und lächele ihn an. Wie schmeichelhaft, denke ich, Mona hat wirklich alles richtig gemacht im Leben.

«Neid ist die aufrichtigste Form der Anerkennung», höre ich plötzlich Schmiddis Stimme dicht hinter mir.

Ich drehe mich überrascht zu ihm um. «Wie kommst du denn darauf?»

«Ich sehe es dir an.»

Wieso grinst er denn so? Und als Nächstes liest er meine Gedanken, oder wie? Vielleicht war es doch keine gute Idee, ihn auf die Party mitzunehmen.

«Ich muss mal aufs Klo», erkläre ich kurzerhand und lasse ihn stehen.

Ich suche das Gästeklo, das leider besetzt ist, genauso wie das

Bad. Also warte ich, bis eine der beiden Türen sich öffnet. Überraschend kommt Noel aus dem Gästeklo. Mit glasigem Blick reibt er sich die Nase und bleibt in der Tür stehen, sodass ich mich an ihm vorbeischieben muss. Dabei kommen wir uns sehr nahe.

«Hm, du riechst gut», flüstert er.

«Danke», sage ich lächelnd, aber ich glaube, das hätte ich besser nicht tun sollen. Denn während ich versuche, mich an ihm vorbeizuschieben, drängt er näher an mich heran, sodass wir in der Tür feststecken. Ich spüre, dass er erregt ist, und bin überfordert mit der Situation. Ausgerechnet jetzt ist niemand in der Nähe. Ich will ihn zur Seite schieben. Aber er fasst das wohl als Annäherung auf und umfasst meine Hüften.

«Äh, sorry, darf ich da jetzt rein?»

Noch bleibe ich höflich.

«Absolut», sagt er, schiebt mich sanft ins Gästeklo und verschließt die Tür hinter uns.

Was ist denn hier los? Das geht ja gar nicht!

«No!», sage ich auf Englisch, um eventuellen Verständigungsschwierigkeiten vorzukommen. «Stupid idea!»

Und obwohl ich meine Hände und Arme als Abstandhalter zwischen unsere Körper stemme, zieht er mich an den Hüften näher an sich heran.

«Don't be so shy, Rike», stöhnt er mir ins Ohr und versucht meinen Hals zu küssen.

Sofort versuche ich, ihn noch mehr von mir wegzudrücken, was echt nicht einfach ist, weil dieses Gästeklo gerade mal so viel Platz bietet wie eine Flugzeugtoilette. Viel zu klein, selbst für eine Person alleine! Keine Ahnung, wie es manche Paare schaffen, Sex auf Flugzeugtoiletten zu haben, nur um Mitglied im *Mile High Club* zu werden!

Als Noel anfängt, an mir rumzunesteln, stoße ich ihn eindeutig und kraftvoll von mir, aber das macht ihn offenbar noch mehr an.

Also bleibt mir nichts anderes übrig, als schwungvoll mein Knie zu heben und es ihm in die Weichteile zu rammen. Und dann nichts wie raus!

Puh!

Unglücklicherweise steht ausgerechnet Mona vor dem Klo. Na klar! Sie sieht von ihrem Mann, der sich gerade in den Schritt fasst, zu mir. Und natürlich zieht sie falsche Schlüsse.

Bevor ich irgendwas erklären kann, wirft sie mir einen Blick zu, der mich so brutal trifft wie eine vergiftete Pfeilspitze mitten ins Herz – eine Mischung aus abgrundtiefer Enttäuschung und Verachtung. Wortlos verschwindet sie.

Ich will ihr sofort hinterhergehen, aber jemand hält mich am Arm zurück. Oh bitte nicht jetzt, Schmiddi, denke ich und drehe mich um, bereit, meinen Ärger an ihm auszulassen. Aber es ist Benno.

«Keine gute Idee, kleine Rike. Oder bist du lebensmüde?»

«Aber ... sie sieht das falsch!»

«Und wenn schon. Lass es erst mal abkühlen. Komm, ich hol dir 'n Bier.»

Benno legt freundschaftlich seinen Arm um meine Schultern, holt uns zwei Bier, und wir gehen raus. Allerdings nicht auf die Terrasse, denn da sehe ich Schmiddi im Gespräch mit einer hübschen, jungen Blondine. Gut so, denke ich und setze mich mit Benno auf die Eingangsstufen vor dem Haus. Ich fühle mich elend. Mona ist ganz offensichtlich total sauer auf mich. Und nach der Geschichte mit Clemens damals wird sie mir die Wahrheit sicher nicht glauben – ganz gleich, was ich sage. Ich habe ihr einmal den Mann ausgespannt, also werde ich das immer machen. Es ist zum Verrücktwerden. Wie gewonnen, so zerronnen? Ist meine gerade wiedergefundene Freundschaft mit ihr damit schon wieder passé? Und damit auch alle Hoffnungen und Möglichkeiten auf einen Neuanfang, die sich mir in der letzten halben Stunde geboten haben? Wäre auch zu schön gewesen, um wahr zu sein. Und alles nur wegen einem hirnlosen, unbeherrschten, testosterongesteuerten Arschloch, das sich für unwiderstehlich hält. Ich könnte ausflippen! Warum? Was habe ich eigentlich getan, dass mir immer so ein Mist passiert?

In großen Zügen trinke ich das Bier leer und heule mich bei Benno aus, der mir geduldig zuhört. Ich heule und schimpfe und heule und schimpfe, bis ich leer bin. Dabei sage ich ihm aber auch nicht alles, das mit Clemens und meinem Haus und so behalte ich für mich ... Muss ja nicht jeder wissen in Meppelstedt.

«Besser?», fragt Benno.

Ich nicke. «Was machst du eigentlich hier?»

«Auf dich aufpassen?»

«Nee, jetzt mal im Ernst.»

«Mona hat mich auch eingeladen.»

Ich erschrecke. «Hast du was mit ihr?»

«Nein! Du?»

Wir müssen beide lachen.

Ich lehne mich an Bennos Schulter. «Schöner Mist! Ich konnte wirklich nichts dafür, Benno. Der Typ ist einfach über mich hergefallen, das musst du mir glauben!»

«Nö, muss ich nicht. Aber Mona sollte dir glauben.»

Ich schaue zum Haus und kann durch eines der Fenster sehen, wie ein paar Gäste Mona trösten, die heulend auf dem Sofa sitzt.

«Das wird schwierig.»

«Komm, lass uns hier abhauen. Wird ja nicht besser, die Party.»

Ich überlege kurz, ob ich nicht doch noch mal mit Mona reden soll, verwerfe den Gedanken aber sofort wieder. Benno hat recht, die Stimmung ist zu aufgeheizt.

«Okay.»

Benno nimmt meine Hand, um mich hochzuziehen, und schaut mich an. «Gut siehst du aus. Schwarz steht dir.»

Ich kann schon wieder lächeln und mustere Benno unverhohlen, der mich um fast zwei Köpfe überragt. Dreitagebart, schwarzes Hemd, Sakko, Jeans, Turnschuhe, das kurze Haar an den Schläfen grau und gewollt unordentlich gegelt, dazu ein paar Charakter- und Lachfalten.

«Das gebe ich gern zurück. Du siehst auch nicht schlecht aus – für dein Alter.»

Er schubst mich sanft an, und wir verlassen die Party.

Zu meiner Überraschung führt Benno mich zu dem alten Porsche, hinter dem Schmiddi geparkt hat. «Deiner?», frage ich.

«Yep!» Er grinst. Dann deutet er auf den anderen Wagen. «Wem gehört denn der Mercedes?»

«Schmiddi.»

«Was?! Nicht dein Ernst! Weichei-Schmiddi fährt so 'ne Karre? Hätte ich ihm gar nicht zugetraut. Respekt!»

So wenig, wie der alte Mercedes zu Schmiddi passt, so gut passt der Porsche zu Benno. Es ist kein hochglanzpolierter Garagenwagen, sondern ein authentisches Gefährt in Dauerbenutzung mit ein paar kleinen Schrammen. Wir steigen ein, und vorsichtig manövriert Benno seinen mindestens dreißig Jahre alten 911er aus der Lücke und um Schmiddis Auto herum. Dann düsen wir davon.

Im Rückspiegel sehe ich Schmiddi, der gerade aus dem Haus kommt und uns hinterherschaut.

Benno schiebt ein Tape ein und dreht die Boxen auf – U2. Hammergefühl! Wie damals. Unglaublich. Das ist der einzig wahre Grund, warum ich mein Auto vermisse. Laute Musik. Dieses Gefühl, in seinem eigenen kleinen Konzertsaal zu sitzen und den Sound so laut aufdrehen zu können, dass es einen mitreißt. Am besten nachts auf einer Landstraße oder Autobahn. Das ist der pure Sound, der durch den Körper rast und sich in der Geschwindigkeit der vorüberziehenden Landschaft entlädt.

«Willst du nach Hause?», fragt Benno.

«Alles, nur das nicht!»
«Dann hab' ich 'ne Idee!»

Eine halbe Stunde später halten wir in einer Seitenstraße am Ortsrand neben einer Mauer. Es ist erstaunlich warm für eine Mainacht. Überall duftet es nach Flieder und Bärlauch und frischem Blattgrün. Benno steigt aus, holt etwas aus dem Kofferraum und klettert aufs Wagendach, um sich von da aus auf die Mauer zu setzen.

«Was wird das?», frage ich.

«Wirst schon sehen – komm!»

Na schön, denke ich und folge ihm übers Wagendach, wobei ich überrascht bin, wie dick das Blech bei dem alten Auto ist, schließlich bin ich kein Leichtgewicht und Benno schon gar nicht. Er reicht mir seine Hand. Ich greife danach und halte mich mit der anderen Hand an dem Ast eines Fliederbaums fest, wobei mir der intensive Blumenduft in die Nase strömt. Ich atme tief ein und bin so berauscht, dass ich mit einem Satz auf der Mauer sitze. Jetzt weiß ich, wo wir sind – am Rand des Autokinos, wo gerade *Pulp Fiction* gezeigt wird.

«Das gibt's noch? Mensch, das wusste ich ja gar nicht», staune ich.

Benno zieht zwei Dosen Bier aus seinen Sakkotaschen und gibt mir eine. «Vorstellungen nur vorübergehend, und nur an bestimmten Wochenenden. Als Event sozusagen. Letzten Monat haben sie *The Rocky Horror Picture Show* gezeigt. Für Nostalgiker und alte Säcke wie uns.»

Wir stoßen an und sprechen die Dialoge mit, weil wir den Film so oft gesehen haben. Benno zieht eine E-Zigarette aus der Jacke und pafft vor sich hin. Ich würde jetzt auch gerne rauchen, habe aber natürlich keine Zigaretten dabei, was ja eigentlich auch besser ist.

Nach einer Weile kriecht mir die Kälte den Rücken hoch, und ich rücke ein Stück näher an Benno heran. Er legt mir sein Sakko um die Schultern und nimmt mich in den Arm, was sowieso viel gemütlicher auf der steinernen Mauer ist. Mehr nicht. Benno ist ein feiner Kerl, den ich schon immer mochte. Nur früher war er so … unerreichbar für mich. Spielte in einer coolen Band und hatte immer irgendwelche Mädels. Meine Freundinnen und ich, wir himmelten Benno an, den lässigsten Typen der ganzen Schule. Ein Lächeln von ihm genügte, um uns rot werden zu lassen und Herzrasen auszulösen. Ist lange her, und wir sind alle erwachsen geworden. Heute bringt mich Benno nicht mehr aus der Fassung. Im Gegenteil, es kommt mir vor, als könnten wir so was wie *best buddies* werden.

Erst als der Film aus ist und ich mit steifen Gliedern von der Mauer klettern muss, merke ich, dass mich die Drinks heute Abend leicht angezählt haben. Benno steigt zuerst runter. Er scheint völlig klar. Jedenfalls springe ich todesmutig direkt von der Mauer, statt zuerst auf das Autodach zu klettern. Zum Glück fängt mich Benno auf, und ich lande weich in seinen Armen. Wir schauen uns an … und küssen uns. Völlig spontan, einfach so. Ohne Vorwarnung, ohne zu viele Gedanken, ohne Wenn und Aber. Dafür sehr leidenschaftlich – und sehr fordernd, als sei das längst fällig gewesen. In mehrfacher Hinsicht. Denn ich glaube, Benno ist genauso aus der Übung wie ich. Obwohl das eigentlich nicht sein kann, weil er immer wechselnde Freundinnen hatte. Früher zumindest. Schließlich lösen wir uns voneinander, lachen und steigen wortlos in den Porsche.

Ich muss gestehen, ich bin etwas durcheinander.

Dann bringt Benno mich nach Hause. Die ganze Fahrt über schweigen wir zum Sound von David Bowie. Wir hören *Major Tom* und sind beide seltsam entspannt, aber irgendwie auch total angespannt, weil wir nicht wissen, wie wir diesen seltsamen Abend beenden sollen. Jetzt fühle ich mich doch wie die kleine Rike mit siebzehn, die endlich mit Benno, dem coolsten Typen der ganzen Schule, rummacht und vielleicht sogar ... Ja, warum eigentlich nicht?! Schließlich fasse ich allen Mut zusammen und spreche diesen einen Satz aus, der eigentlich voll daneben ist.

«Willst du noch auf 'n Kaffee mit reinkommen?»

Benno schaut mich an, als hätte ich nicht mehr alle Latten am Zaun. «Dein Ernst?»

Ich muss grinsen. «Ganz ehrlich? Ich wollte das schon immer mal zu einem Typen sagen.»

«Aber meinst du's auch so, Rike?», fragt er vorsichtig.

Ich schaue ihn an, überlege kurz und nicke. «Ja, warum nicht? Wir sind doch beide erwachsen, oder?»

«Hm ... glaub schon.» Er sieht mich amüsiert an. «Also los!»

Ich kann's nicht glauben! Ich, die kleine Rike, schleppe den großen, ultralässigen Obermacker Benno ab.

Wir steigen aus und gehen zur Tür, und ich gebe ihm zu verstehen, von nun an leise zu sein. «Meine Mutter schläft schon», flüstere ich.

Benno nickt und folgt mir beinahe lautlos.

Aus dem Augenwinkel sehe ich, wie bei Schmidts in der Küche das Licht ausgeschaltet wird. Mit Sicherheit steht jemand hinter der Gardine. Mir egal, ich bin schon groß.

Ich schließe auf, und wir schleichen ins Haus. Auf mein Zeichen hin ziehen wir die Schuhe aus und gehen auf Socken vorsichtig die Treppe hoch. Ich gehe vor, denn ich kenne ja die Stufen, aber es bringt nicht viel, denn wie immer knarzen sie nach ihren eigenen Regeln.

Wir schleichen vorbei an Mamas Schlafzimmer, aus dem gleichmäßiges Atmen zu hören ist. Ich schließe ihre Zimmertür vorsichtig und bugsiere Benno in mein Zimmer.

Als er das mädchenhafte Himmelbett sieht, staunt er: «Kleine

Rike, heute geht mein feuchtester Traum in Erfüllung.» Er will mich an sich ziehen, aber ich werde plötzlich unsicher und löse mich aus seiner Umarmung. Schließlich bin ich total aus der Übung, brauche noch etwas Vorlauf, um mich an die Situation zu gewöhnen.

«Weißt du eigentlich, dass ich früher total in dich verknallt war?», frage ich.

«Echt? Du auch? Warum hab' ich das nicht mitbekommen?»

Ich verdrehe die Augen und ärgere mich, dass ich es überhaupt erwähnt habe. «Weil ich mich nicht getraut habe.»

«Dann müssen wir das unbedingt nachholen», sagt er und greift nach meiner Hand.

Ich dimme das Licht herunter, um mir Peinlichkeiten angesichts meiner nicht wirklich mädchenhaften Figur zu ersparen. Benno will mich ausziehen, aber ich bin schneller und schlüpfe wie ein geölter Blitz aus meinen Klamotten und unter die Bettdecke. Und ich bin echt froh, dass ich mich vorhin noch einem Ganzkörperpeeling samt Enthaarung unterzogen habe. Ich bin also vorbereitet und ausreichend gepflegt für ein spontanes Sexabenteuer. Leider habe ich es nicht mehr geschafft, vor der Party noch schnell zehn Kilo abzunehmen. Aber ich arbeite dran – seit mindestens fünfzehn Jahren.

Benno zieht sich aus, kommt zu mir unter die Decke und fängt an, mich zu streicheln. Er ist ganz schön erregt. Ich weiß nicht genau, was ich bin. Auf jeden Fall bin ich alles andere als relaxt, vielmehr spanne ich jeden Muskel einzeln an. Zugegeben, ich bin einfach überhaupt nicht in Übung. Der letzte Sex ist lange her. Zwei, drei Jahre vielleicht. Mit Clemens. Und ob der gut war, ist eine ganz andere Frage. Vermutlich nicht. Muss ich verdrängt haben. Aber ich will jetzt nicht an Clemens denken, wo ich doch kurz davor bin, mit Benno endlich alles nachzuholen, wovon ich als Teenie geträumt habe. Und er gibt sich wirklich viel Mühe, mich in Stimmung zu bringen – so sanft und vorsichtig.

Er küsst mich hinterm Ohr und flüstert leise: «Rike, du schmeckst und riechst so gut. Du machst mich wahnsinnig!»

Langsam werde ich lockerer und taste Benno ab. Er hat einen guten Body, der sich super anfühlt. Überall.

Benno stöhnt. «Rike, ich will dich!»

Spätestens als seine Hand zwischen meine Beine gleitet und er meinen Busen küsst, fange ich auch an zu stöhnen und bin bereit, zum Äußersten zu gehen ...

Bis ich diese Stimme höre.

«Alles in Ordnung, Rike? Hast du Besuch?», fragt meine Mutter, als sie die Kinderzimmertür öffnet.

Blitzschnell drücke ich Bennos Kopf herunter, damit er sich ganz flach auf mich legt, und ziehe meine Decke bis unters Kinn.

«Mama! Ja, nein, ich meine ... Ja, alles in Ordnung und nein, kein Besuch. Ich bin allein, Mama. Geh wieder ins Bett.»

«Aber du klingst so seltsam, bist du krank, Liebes?»

Oh Gott, wie peinlich! Was mache ich hier nur?!

«Geträumt, Mama. Ich habe geträumt. Leg dich wieder hin.»

«Na, dann schlaf gut, Kind», sagt sie und schließt die Tür wieder. Zum Glück ist es zu dunkel im Raum, als dass Mama etwas hätte erkennen können. Benno kommt unter der Decke hervor, ringt nach Luft und muss ein Lachen unterdrücken. Alle Erregung ist dahin.

«War das gerade etwa deine Mutter, oder habe ich das geträumt?»

Ich seufze und lasse den Kopf aufs Kissen fallen. «Kein Traum, ein Albtraum.»

Benno will gerade wieder untertauchen, da fällt mir etwas ein. «Sag mal, hast du eigentlich Kondome dabei?»

Jetzt schaut er überrascht wieder auf. «Äh ... nein. Natürlich nicht. Ich bin fast fünfzig. Da rechne ich nicht mit so einer spontanen Gelegenheit.»

«Ich habe auch keine.»

Benno überlegt einen Moment, dann grinst er blöd. «Ich könnte ihn vorher rausziehen.»

Ich glaub, ich bin im falschen Film. «Hattest du nicht gesagt, du bist fast fünfzig? Klingt eher wie fünfzehn.»

«Auch gut, wenn dich das scharf macht ...» Er fängt wieder an zu fummeln, aber mir ist jede Lust vergangen, weshalb ich ihn von mir runterschiebe.

«Vielleicht gehst du besser.»

«Was? Jetzt!?», ruft er laut aus.

«Schschscht! Nicht so laut!»

«Ulrike? Warst du das?», ruft Mama aus ihrem Schlafzimmer.

Ich räuspere mich und verstelle meine Stimme. «Ja, Mama, Frosch im Hals. Ich hol mir was zu trinken», rufe ich. Dann flüstere ich Benno zu: «Ich bring dich nach unten.»

Ich stehe auf und ziehe mir was über, während Benno in seine Klamotten steigt.

«Vielleicht bringen wir das ein anderes Mal zu Ende», sage ich und klopfe Benno dabei flüchtig auf die Schulter, wie einem alten Hund. Dann schiebe ich ihn leise die Treppe runter.

Als die Stufen knarzen, halten wir inne und horchen. Meine Mutter atmet tief.

Unten angekommen, gebe ich Benno an der Haustür einen Abschiedskuss. «War trotzdem ein sehr schöner Abend. Und danke fürs Zuhören.»

Er zwinkert mir zu und grinst. «Wir sehen uns spätestens Montag, Rike.»

Oh verdammt, ich arbeite ja ab Montag für ihn. Ob diese Nacht so gut für unser Arbeitsverhältnis ist, wage ich zu bezweifeln.

Benno geht lässig zu seinem Wagen und hat immer noch den coolen Gang eines 18-jährigen Rockmusikers. Und während ich ihm hinterherschaue, bereue ich schon, ihn von der Bettkante gestoßen zu haben. Es wäre bestimmt gut gewesen. *Er* wäre bestimmt gut gewesen. Ich Trottel! Wieso bin ich nur so ein Schisser?

Weil wir keine Gummis hatten. Weil Mama die Flöhe husten hört. Weil ich keine 17 mehr bin. Basta! Im Zwiegespräch mit mir selbst finde ich immer eine Entschuldigung für alles. Aber ich erwarte ja auch gar keine Objektivität von mir.

Gerade will ich die Tür schließen, da fällt mein Blick auf das Nachbarhaus – bei Schmidts brennt wieder Licht. Und völlig unerwartet schießt ein kleiner schwarzer Schatten aus dem Gebüsch auf Benno zu und verbeißt sich knurrend in sein Hosenbein. Eugen!

Vergeblich versucht Benno den Terrordackel abzuschütteln. Erst als ich Schmiddi hinter der Hecke rufen höre, lässt Eugen von Bennos Bein ab. Benno flüchtet in sein Auto und rast davon.

Ich flüchte ins Haus.

Erleichtert und gleichzeitig frustriert darüber, dass ich die erste und seit dreißig Jahren einzige Chance auf Sex mit Benno vergeigt habe, obwohl ich schon seit Jahren überhaupt keinen Sex mehr hatte, fällt mein Blick auf die Wanduhr. Zwei Uhr. Schlafenszeit. Also gehe ich zurück ins Bett.

Eingekuschelt in mein Plümmo, bin ich kurz davor, in einen tiefen Schlaf zu fallen. Wilde Gedanken und nicht dazu passende Bilder wirbeln in meinem Kopf durcheinander, und ich weiß, dass ich gleich wegnicke, fortgetragen auf einem Teppich vorbeiziehender Visionen von Dackeln, Autos, Partybildern. Mein letzter klarer Gedanke ist Mona, mit der ich unbedingt reden muss. Dann bin ich weg.

## 10
## *Wellness*

AM NÄCHSTEN MORGEN finde ich auf dem Küchentisch einen Zettel:

> Dann wären wir wohl quitt.
> Bin in der Therme.
> Mama

Quitt? Was soll das denn? Ich wusste gar nicht, dass das jetzt ein Wettbewerb zwischen meiner Mutter und mir ist: Wer kommt später nach Hause? Oder: Wer hat mehr Geheimnisse vor dem anderen?

Oh nein, ich will da gar nicht näher drüber nachdenken!

Und wieso geht sie überhaupt in die Therme?! Mama hasst das doch alles – Spa, Sauna, Wellness, öffentliche Bäder und Therme. Für sie war das bis jetzt immer völlige Geld- und Zeitverschwendung. Als ich ihr zum 60. Geburtstag das *Wellness-Weekend-Mutter-Tochter-Paket* geschenkt habe, war ihre Freude gespielt. Nur wusste ich das damals noch nicht. Ich dachte tatsächlich, sie fände es schön, sich mal verwöhnen zu lassen. Aber allein der Gedanke an viele unbekannte Menschen, die gemeinsam nackt in einem Raum ihre Körpergifte auf Holzbänken ausschwitzen, war für sie schrecklich abstoßend, neben der Tatsache, dass man sich mit den gleichen

Leuten in ein und demselben Wasser abkühlen soll. Für mich absolut nicht nachvollziehbar. Ich steh total drauf. Das ist doch das Beste an so einem Spa-Tag – die entspannenden Saunagänge zum Abschluss nach wohltuender Körperbehandlung. Urlaub pur für Körper und Seele. Wenn es nach mir ginge, könnte ich jeden Tag Wellness machen. Nur kann ich es mir leider momentan nicht leisten. Trotzdem muss ich nach dem alkoholgeschwängerten Party-Fiasko und aufgrund meiner auch sonst schwierigen Lebensumstände etwas für mich tun, für Körper und Geist, denn ich fühle mich miserabel, unausgeglichen und unglücklich. Vor allem wegen Mona. Mehrmals versuche ich, sie auf ihrem Handy zu erreichen, aber sie geht nicht ran. Würde ich auch nicht, wenn ich sie wäre. Obwohl da ja nichts war zwischen mir und ihrem Mann. Allein der Gedanke an ihn macht mich krank.

Meine Mutter tut etwas für sich – also tue ich etwas für mich. Aber was?

Ich könnte vielleicht laufen gehen, überlege ich, während ich mir einen Kaffee mache. Irgendwie muss man ja anfangen. Hauptsache, ich bekomme den Kopf frei von den vielen negativen Gedanken, die mir wegen Mona auf der Seele liegen, und von der Tatsache, dass ich die Chance auf Sex mit Benno letzte Nacht vertan habe. Also rein in die Sportklamotten, die ich optimistischerweise eingepackt hatte, und raus in die Natur.

Ich verzichte aufs Frühstück und jogge stattdessen durch die Nachbarschaft, stolz, meinen inneren Schweinehund überwunden zu haben. Ich atme tief durch die Nase ein und durch den Mund wieder aus und spüre den Flow in mir. Ich fühle mich gut.

Nur sollte ich wahrscheinlich an meiner Geschwindigkeit arbeiten, denke ich, als mich eine Gang von Zweijährigen mit ihren Laufrädern überholt. Kurz darauf traben deren junge, sportliche Mütter mit ihren wippenden Pferdeschwänzen fröhlich an mir vorbei und lächeln mich dabei milde an. Das ist niederschmetternd und absolut demotivierend, zumal ich mich in den engen Tights so fühle, wie Eugen aussieht: wurstig.

Wie viel besser wäre jetzt ein Spa-Besuch! Ich gebe auf und schleiche nach Hause, neidisch auf meine Mutter, die jetzt vermutlich entspannt in der Sauna sitzt. Da kommt mir ein irritierender Gedanke: Wenn meine Mutter schon nicht freiwillig mit *mir* ins Spa geht, wer begleitet sie dann?

Eine Stunde später trete ich aus der Umkleidezone in den Badebereich der *Bio-Therme – Wellness & Spa am See*. Ich werfe einen Blick zur Seite und kann kaum glauben, was ich sehe: Schmiddi trägt eine beigefarbene, hautenge Badehose, die sich kaum von seiner blassen Haut abhebt. Wieso werden überhaupt beigefarbene Bademoden produziert? Für wen? Niemand würde darin gut aussehen, nicht mal Beyoncé.

Dabei bin ich Schmiddi dankbar, dass er mich überhaupt begleitet. Ich hab auf dem Rückweg meiner kurzen Lauftour bei ihm geklingelt.

«Hi, Schmiddi, sag mal, hast du schon was vor heute?»

«Nein, wieso?»

«Hast du nicht Lust, mit mir in die Therme zu fahren?»

«Hat Benno keine Zeit?», fragte er mit verschränkten Armen.

«Was soll das denn jetzt? Bist du eifersüchtig?»

«Quatsch!»

«Na dann, lass uns schwimmen gehen.»

Zuerst zögerte Schmiddi und ließ sich etwas bitten, aber am Ende fuhren wir mit seinem Wagen in die fünfzehn Kilometer entfernte Therme.

Ein einziger Blick genügt, und ich kann erahnen, dass Schmiddi unter der Hose recht gut gebaut ist! Er ist sehr schlank und groß, im Schulterbereich vielleicht etwas krumm, was auf wenig Sport schließen lässt. Aber eigentlich sieht er nicht schlecht aus.

Schmiddis Blick ist starr auf die uralten Adiletten an seinen Füßen gerichtet. Er fühlt sich sichtlich unwohl. Ich mich auch.

Ich verstecke meinen kurzen, speckigen Astralkörper unter einem Bademantel, der den unsexy lila Badeanzug verhüllt, den ich in Mamas Schrank gefunden habe und der etwas zu eng sitzt. An meinen Plattfüßen stecken Flipflops.

Aber wir sind ja nicht zum Spaß hier, was Schmiddi ohnehin nicht weiß. Sonst wäre er garantiert nicht mitgekommen. Ich glaube, für ihn ist das ohnehin kein Spaß, so ein Spaßbad.

Verlegen inspizieren wir die Badelandschaft, wobei ich unauffällig nach meiner Mutter Ausschau halte.

«Wollen wir vielleicht schwimmen gehen?», fragt Schmiddi unsicher. «Wenn wir schon mal hier sind?»

Kein schlechter Gedanke, aber ich schüttele den Kopf und deute auf die Saunalandschaft. Es gibt schließlich Wichtigeres zu tun. Schmiddis Gesicht spricht Bände. Nur kann ich nicht genau erkennen, ob sein Blick blankes Entsetzen, Panik oder Überraschung ausdrückt. Es könnte alles sein. Alles außer Freude. Er hat echt was gut bei mir, denke ich, während wir durch eine Schleuse in den Saunabereich gehen, wo wir uns als Erstes unserer Kleidung entledigen müssen, denn ein großes Schild weist darauf hin, dass dies eine textilfreie Zone ist.

«Ich bin ja nicht so saunaerfahren», gibt Schmiddi zu, und jetzt weiß ich seinen Blick definitiv zu deuten – Unsicherheit.

«Macht nichts, tu einfach das, was da steht», sage ich und zeige auf ein weiteres Schild, das die Saunaregeln erklärt. «Oder mach das, was alle machen.»

Ich versuche, entspannt zu bleiben, denn ich weiß nicht, wie ich reagieren soll, wenn Schmiddi jetzt die Hüllen fallen lässt. Mit den Rücken zueinander ziehen wir uns aus und wickeln uns, möglichst ohne dem anderen etwas von unserer Nacktheit preiszugeben, in unsere Saunatücher. Das ist für Schmiddi etwas einfacher als für mich, aber mit viel Verrenkungen schaffe ich es, mich von Bademantel und Badeanzug zu befreien.

Frisch ins Saunatuch gewickelt, drehe ich mich schließlich zu ihm um. «Tadaa!» Bemüht lässig lasse ich das Frotteetuch los, fest im Glauben, dass es hält. Was es aber genau nicht tut, und sofort zu Boden fällt. Ich Trottel habe es oben nicht fest genug verzurrt.

Schmiddi steht vor mir und schmunzelt, seine Hände amüsiert in die Hüften gestützt. Offenbar gefällt ihm der Anblick.

Ich laufe rot an und ziehe das Tuch sofort wieder hoch. «Wie peinlich!»

«Ich dachte, in der Sauna ist Nacktheit normal», sagt er. «Also, womit fangen wir an?»

«Lass uns erst mal überall reinschauen und sehen, wo es nicht so voll ist.»

«Gut, ich folge dir.»

Schmiddi wirkt jetzt deutlich entspannter als ich, die ich schon so oft in der Sauna war, ohne mich je geniert zu haben. Wahrscheinlich war es einfach eine blöde Idee, ihn mitzunehmen.

Ich schaue durch die Fenster der Saunatüren, aber meine Mutter ist weder in der Biosauna noch in der Kräutersauna und auch nicht im Dampfbad. Zuletzt stehen wir vor der Finnsauna, die total voll ist. Völlig überraschend werden wir von einer Gruppe nackter Frauen hineingedrängelt, denn jetzt ist Aufguss-Time!

Verdammt. Ich mag diese Show-Aufgüsse von meist kahlköpfigen, muskelbepackten Saunameistern in öffentlichen Wellnesstempeln nicht. Blöde Sprüche, viel Gequatsche und viel zu viele Menschen, die bei unerträglicher Hitze Schenkel an Schenkel tropfend nebeneinanderhocken.

Eng an eng sitzen nun auch Schmiddi und ich nebeneinander, eingekeilt zwischen einer Gruppe lebenslustiger Rentner um die achtzig, die sich fröhlich miteinander unterhalten. Es ist nichts für Menschen, die Platzangst haben. Also eigentlich auch nichts für mich. Aber ich konzentriere mich darauf, ruhig zu bleiben, um nicht aufzufallen.

Doch plötzlich sehe ich durch das Fenster an der Tür draußen meine Mutter vorbeigehen.

«Ich muss hier raus!», sage ich fast panisch, stehe auf und klettere über zwei Reihen rosa Menschenfleisch hinweg, um die Sauna zu verlassen.

«Rike, alles in Ordnung?» Schmiddi folgt mir besorgt. «'tschuldigung, dürfen wir mal durch?»

Als ich draußen bin, sehe ich meine Mutter in der Nähe der Duschen. Sie ist nicht in Begleitung einer ihrer Freundinnen – sondern in Begleitung eines Mannes!

«Rike, geht's dir nicht gut?», fragt Schmiddi und hält sein Badetuch noch fester um die Hüfte.

«Doch, wieso? Alles gut», sag ich. «Das ist doch ...»

Schmiddi folgt meinem Blick. «Ist das nicht deine Mutter?»

«Hm ... sag mal, der Mann an ihrer Seite, der sieht aus ... wie dieser Typ ... von der Beerdigung.»

«Du meinst, den Wilma geohrfeigt hat? Könnte sein. Franz oder so hieß der.»

Ich schaue Schmiddi mit großen Augen an. «Stimmt!» Plötzlich werden alle meine Befürchtungen bestätigt. «Meine Mutter hat tatsächlich eine Affäre!»

Da begreift Schmiddi den Grund unserer Mission. «Sind wir deshalb hier? Um deiner Mutter nachzuspionieren?»

«Nein! Natürlich nicht. Ich dachte, wir gehen einfach mal in die Therme. Also ... äh, in gewisser Weise ...»

«Du hast mich also nur benutzt, um nicht allein herkommen zu müssen. Du brauchtest einen Fahrer, weil du ja kein Auto hast, und ich immer blöd genug bin, dich durch die Gegend zu kutschieren. Ich Idiot! Das muss dir erst mal einer nachmachen!» Er redet sich in Rage. «Nach dreißig Jahren noch genauso unverschämt wie damals, als du dich vor deinen Freunden über mich lustig gemacht hast! Aber wenn dir langweilig war, war ich gut genug. Ich hätte es wissen müssen, du wärst nie mit mir einfach so in die Therme gegangen. Du hast dich überhaupt nicht geändert, Ulrike!»

Das ist jetzt ein bisschen dick aufgetragen, finde ich.

«Aber du, ja? Du bist doch auch immer noch der gleiche Langweiler wie damals, Schmiddi!»

«Alles klar!» Er schnaubt. «Wenn das so ist ...» Und dann dreht er sich so zackig um, dass er sein Frotteetuch verliert und es hastig wieder umlegt. «Übrigens: Ich heiße Michael! Mi-cha-el!»

Sein Hintern ist recht muskulös, denke ich noch, bevor er blitzschnell in der Umkleidezone verschwindet.

Meine Mutter und ihr Begleiter sind auch weg. Nur ich stehe noch da und bin innerlich völlig aufgewühlt. Allein setze ich mich in die Dampfsauna, zerfließe vor Selbstmitleid und Wut und warte darauf, mich zu entmaterialisieren und in Dampf aufzulösen. Ich habe wirklich Talent, immer alles noch viel schlimmer zu machen. Dabei mag ich Schmiddi doch. Und es tut mir leid, dass ich ihm nicht gleich reinen Wein eingeschenkt habe. Gerade weil er mir in letzter Zeit eine große Hilfe war. Ohne Schmiddi wäre ich hier vermutlich schon durchgedreht. Aber er hat recht: Erst die Sache mit Mona und jetzt das, ich habe mich vermutlich wirklich nicht verändert seit damals. Keine Spur von Reife, sondern einfach nur blöd. Worauf bilde ich mir eigentlich so viel ein? Ich kriege selbst nichts auf die Reihe und mache mich über Schmiddi lustig, von dem ich eigentlich gar nichts weiß und der so nett und aufrichtig ist. Ich bin wirklich eine Idiotin.

# 11

## *Florian*

LAUTES HANDYKLINGELN reißt mich mitten in der Nacht brutal aus dem Tiefschlaf. Umständlich greife ich nach dem Telefon. Alles ist schwer wie Blei – mein Kopf, meine Arme, meine Zunge. Ich schaue auf das Display, lese *Unbekannte Nummer* und drücke den Anruf weg. Aber als ich mich wieder umdrehe, klingelt es erneut.

«Ja, Ulrike Klein?», melde ich mich müde und verärgert.

«Polizeihauptmeister Polke am Apparat. Spreche ich mit der Mutter von Florian Klein?»

Sofort bin ich hellwach und versuche, meine Gedanken zu ordnen. Der Horror-Anruf, den keine Mutter um zwei Uhr nachts erhalten möchte. Den niemand, egal wann, jemals in seinem Leben erhalten möchte. Ich springe auf, rechne mit allem. Mein Herz rast.

«Was ist mit meinem Sohn? Ist Florian was passiert? Hatte er einen Unfall?»

«Beruhigen Sie sich, es geht ihm gut, aber wir mussten ihn in Gewahrsam nehmen.»

«Was?! Wieso das denn?»

«Wir möchten Sie bitten, Ihren Sohn abzuholen, dann erklären wir es Ihnen hier.»

«Ich will es aber jetzt schon wissen!», sage ich fast hysterisch.

«Es geht um mehrere Tatbestände.»

«Tatbestände?» Ich versuche zu begreifen, was diese Stimme sagt. «Was denn für Tatbestände?»

«Das werden wir dann klären, Frau Klein», sagt der Polizist ganz ruhig, als führe er diese Art von Telefonaten hundertmal am Tag.

«Was ist mit seinem Vater? Weiß der Bescheid?»

«Darüber müssen wir auch reden. Den konnten wir leider nicht erreichen.»

Nachdem mir der Polizist doch ein paar Einzelheiten genannt hat, ziehe ich mich in Windeseile an und stürme aus dem Haus. Innerlich und äußerlich halbwegs sortiert, klingele ich bei Schmidts Sturm.

Verschlafen öffnet mir Schmiddi im Bademantel die Tür. «Rike? Is was passiert?»

«Er hat gesagt *schwere gemeinschaftliche Sachbeschädigung, Hausfriedensbruch* und irgendwas mit *Störung öffentlicher Betriebe* oder so. Ich kenne mich da nicht aus. Ach ja, und *Verletzung der Aufsichtspflicht*. Bitte, kannst du mitkommen, Schmiddi? Ich meine ... Micha? Es ist wegen Flo!»

Völlig verzweifelt flehe ich ihn an, mich zur Polizei zu begleiten. Schmiddis Eltern stehen neugierig hinter ihm im Korridor, nur in Pyjama und Nachthemd. Aber Schmiddi zögert.

«Du bittest einen Langweiler wie mich um Hilfe?»

Touché. Ich weiß, es ist viel verlangt nach unserem Streit in der Therme. Aber was soll ich denn machen? Flehend schaue ich ihn an, dann seine Eltern, die nicht begreifen, was Michas Reaktion zu bedeuten hat. Ich dagegen schon. Und er hat recht.

«Bitte», setze ich nach. «Es tut mir leid, Micha.»

Schmiddi lässt mich zappeln, bis sich Gisela einmischt.

«Natürlich begleitest du Ulrike», sagt seine Mutter. Und die Ernsthaftigkeit, mit der sie das sagt, duldet keinen Widerspruch. Schmiddi zieht sich an, während ich mit seinen Eltern in der Küche warte. Sein Vater beruhigt mich.

«Michael wird das schon alles regeln. Mach dir da mal keine Sorgen, Ulrike. Dein Florian wird ja wohl kein Schwerverbrecher sein, was?!»

Ich schüttele besorgt den Kopf. Endlich kommt Schmiddi die Treppe runter. Wir nehmen den Kombi seiner Eltern und fahren in die Stadt. Den größten Teil der Fahrt über sagt er kein Wort.

«Danke, dass du das für mich machst, Micha.»

«Nicht für dich, für Flo.» Stoisch starrt er auf die Landstraße. Ich fühle mich schlecht – wegen Flo, wegen Mona, wegen Benno, wegen meiner Mutter und meinem Vater. Und natürlich wegen Schmiddi. Wie schaffe ich es nur immer, dass die Dinge schieflaufen oder ich jemanden verletze und einfach nichts auf die Reihe bekomme. Wie schaffe ich es, nichts zu schaffen – außer Negatives? Ich will doch so gerne positiv denken, immer schön positiv denken. Aber langsam habe ich den Eindruck, dass meine positiven Gedanken vor allem egoistisch sind und nach mir nur Chaos bleibt. Immer wenn ich versuche, das Beste aus meinem Leben zu machen, wird es schlimmer.

Ich schaue in die dunkle Landschaft, die an uns vorbeizieht, und schüttele den Kopf. «Ich versteh's nicht.»

«Was?» Endlich reagiert Schmiddi.

«Das Leben.»

«Ich auch nicht.»

Wir starren beide auf die Straße.

«Deshalb bin ich Jurist – Regeln, Fakten, Struktur.»

Ich verstehe und nicke. Hätte ich auch gerne. «Das ist gut», sage ich.

«Ja», sagt Schmiddi. «Das ist das Mindeste.»

Und zum ersten Mal fällt mir auf, wie klar Schmiddi ist.

Wir holen Flo um halb vier morgens von der Polizei ab. Er hat mit ein paar Kumpels unter einer Autobahnbrücke gesprayt und sich als Einziger erwischen lassen, weil seine vermeintlichen Freunde ihn nicht gewarnt haben. Schön doof.

Allerdings ist er auch der Jüngste und mit sechzehn noch nicht voll strafmündig, sagt Schmiddi. Und es ist das erste Mal, dass sie ihn erwischt haben – zum Glück.

Ich bin sauer, aber auch froh, dass nicht mehr passiert ist. Flo wird ein paar Sozialstunden aufgebrummt bekommen. Schmiddi will das für ihn regeln. Aber die Reinigung wird teuer. Zufällig weiß ich, dass Flo ein paar hundert Euro auf der Kante hat. Schade drum, aber recht so. Ich kann meinem Sohn ansehen, wie er leidet, wie peinlich und unangenehm ihm das alles ist, vor allem, wenn man einfach nur cool sein will und coole Sachen machen will. Sich erwischen lassen und nachts von der eigenen Mutter von der Polizei abgeholt werden, ist sicher nicht so cool. Na, hoffentlich lernt er draus.

Schweigend fahren wir zurück, während hinter uns die Sonne aufgeht. Ein neuer Tag, ein neuer Anfang. Ich mache Flo keine Vorwürfe, halte ihm keine Standpauke und nerve nicht mit Drohungen. Nicht jetzt. Er weiß nur zu gut, dass er Mist gebaut hat und dafür geradestehen muss. Und er weiß hoffentlich auch, dass er die falschen Freunde hat.

Meine Mutter ist wach, als wir nach Hause kommen. Sie weiß schon alle Details von Schmiddis Eltern. Während wir das Gästezimmer für Flo herrichten und mal wieder die Heißmangel zur Seite räumen, sitzt Schmiddi mit meinem Sohn draußen auf der Terrasse. Flo hat seit der Polizei kein Wort geredet. Hoffentlich hat er ein schlechtes Gewissen. Schmiddi ist total ruhig und erklärt ihm, dass das alles kein Weltuntergang sei, aber eben auch kein Kinderspiel.

Ich fühle mich schuldig, weil ich offenbar meinen Sohn im Stich gelassen habe und er sich die falsche Clique ausgesucht hat. Mama setzt sich zu mir auf die Bettkante und nimmt mich in den Arm.

«Sei nicht so streng mit dir. Und vor allem nicht mit Flo. Der arme Junge braucht jetzt eine verständnisvolle Mutter.»

Ich schaue meine Mutter an und wundere mich. «Soll ich etwa auch noch gut finden, was er angestellt hat? Mama, das wird richtig teuer!»

Sie rückt von mir ab. «Geldangelegenheiten kann man regeln. Aber dein Sohn ist in einer schwierigen Phase.»

«Niemand weiß das besser als ich, Mama. Das rechtfertigt aber so eine hirnverbrannte Aktion nicht!»

«Ach Rike, sei nicht so engstirnig. Du warst auch nicht besser in Flos Alter.»

«Und du misst mit zweierlei Maß, denn soweit ich mich erinnere, habe ich schon Ärger gehabt, bevor ich überhaupt irgendwas angestellt habe. So streng wart ihr.»

«Das war dein Vater, nicht ich!»

«Ja klar, da machst du's dir aber ganz schön einfach.»

Obwohl Mama recht hat, kann ich jetzt nicht klein beigeben, weil sie bei Florian definitiv im Unrecht ist.

«Aber ihr seid euch auch irgendwie ähnlich, Flo und du», sage ich. «Flo baut Mist, und du belügst mich nach Strich und Faden. Offenbar haltet ihr mich alle für komplett hirnlos!» Fragend sieht sie mich an. Also fahre ich fort: «Ich weiß genau, dass du nicht beim Pokerabend mit den Mädels warst und nicht mit Lisbeth in der Therme. Was soll das alles? Was ist das für eine Geheimnistuerei?»

Mama schaut mich irritiert an und überlegt anscheinend, was sie sagen soll. «Es ist ...», setzt sie an, «jetzt wirklich nicht der richtige Zeitpunkt.» Sie steht auf und erklärt: «Jetzt geht es erst mal um Flo. Der braucht ein Bett. Und ich bin auch müde. Wir bereden das morgen.»

Sie beendet einfach das Gespräch!

«Jetzt *ist* morgen», sage ich.

«Jetzt gehe ich zurück ins Bett!», sagt sie.

Das ist so typisch und macht mich echt wütend. Wenn sie keine Lust mehr auf Konflikte hat, geht sie einfach. Das war schon immer so und hat meinen Vater regelmäßig auf die Palme gebracht. Nicht sehr erwachsen. Dabei weiß sie, dass ich recht habe. Sie kann nur darauf nicht spontan reagieren. Sie braucht Zeit, und deshalb geht sie einfach und lässt mich dumm dastehen. Ich atme tief durch.

Ein paar Stunden später fächert sich beim Frühstück das ganze Ausmaß von Florians Gesamtsituation Stück für Stück vor mir auf. Und es ist schlimmer, als ich jemals dachte. Wie es scheint, ist Clemens viel mit seiner neuen Flamme unterwegs und kaum noch zu Hause, um sich um seinen Sohn zu kümmern. Was bedeutet, dass Flo im Umkehrschluss tage- und nächtelang allein ist und sich tatsächlich, wie befürchtet, von Tiefkühlpizza ernährt. Nachts treibt er sich mit irgendwelchen Sprayer-Typen herum, um fremdes Eigentum zu verunstalten, was wiederum dazu führt, dass er tagsüber schläft, statt in der Schule zu sitzen. Deshalb ist seine Versetzung nicht nur gefährdet, sondern ausgeschlossen. Er hat sogar den Schulverweis wegen unentschuldigten Fehlens unterschlagen. Kurz: Mein Sohn fliegt von der Schule!

In den Augen der Lehrer haben natürlich seine Trennungseltern komplett versagt und ihn sehenden Auges ins Verderben geschickt, weil sie pure Egoisten sind. Na bravo!

Florian sitzt am Küchentisch, die Kapuze seiner Jacke über dem Kopf, und hat sich über eine Stunde lang jede noch so kleine Information von mir aus der Nase ziehen lassen, ehe ich das ganze Puzzle zusammenhatte. Jetzt bin ich sprachlos. Er hat es seit einer Stunde nicht gewagt, mir in die Augen zu schauen.

Ich rufe Clemens auf allen Nummern an, die ich kenne. Auf dem Handy antwortet eine automatische Stimme – auf Italienisch. Er ist also in Italien und lässt seinen minderjährigen Sohn allein zu Hause, um sich dort zu vergnügen, ohne mich zu informieren. Da hätte wer weiß was passieren können! Was für ein Idiot! Ich könnte explodieren vor Wut!

«Wieso hat dich Papa einfach so allein gelassen?»

«Er vertraut mir eben. War ja nicht das erste Mal. Und es ist ja auch immer alles gutgegangen. Wenn die mich jetzt nicht erwischt hätten, wüsstest du gar nichts ...»

Ich fasse es nicht und fahre völlig aus der Haut, haue mit der Faust auf den Tisch, was so gar nicht meine Art ist. Aber meine Geduld ist am Ende, denn mein Klugscheißer-Sohn begreift leider gar nichts. Jetzt wäre der Moment für einen DNA-Test, um zu erwägen, ob er im Krankenhaus vielleicht vertauscht wurde.

«Kein Wort mehr! Bist du eigentlich völlig bescheuert?! Nur weil niemand was mitkriegt, muss es doch noch lange nicht gut sein. Im Gegenteil! Du bist sechzehn! Scheiße!»

Ja, ja, ich weiß, dass das rein pädagogisch kein wirklich guter Ansatz ist. Aber meine Emotionen gehen mit mir durch. Flo reagiert auch gar nicht auf meinen Kraftausbruch, was mich fast noch wütender macht. «Okay, also, dann erklär mir doch noch mal, wieso du nicht in die Schule gehst. Bitte!»

Im Gegensatz zu mir bleibt er ganz ruhig. «Weil ... das für mich nicht das Leben ist. Die Realität ist da draußen, auf der Straße», sagt der Pubertist mit dem bitterernsten Gesichtsausdruck eines Don Corleone.

Ah! Der Pate würde kurzen Prozess mit ihm machen. Herr, steh mir bei, sonst drehe ich durch!

«Du hast also keinen Bock auf Schule. Aber das hat keiner! Und trotzdem macht nicht jeder das, worauf er Bock hat. Dann hätten wir nämlich Anarchie und Chaos.»

*«Punk's not dead!»*

Er zitiert The Exploited, eine Punkband der Achtziger. Ich glaub, ich spinne! So langsam beschleicht mich der Verdacht, Flo führt mich vor, was sich absolut gar nicht gut anfühlt.

Okay, zurück zum Grundwissen für Erziehungsberechtigte: Kinder brauchen außer Liebe und Anerkennung vor allem Grenzen und Regeln – damit sie keine Punks werden. Seit unserer Trennung haben Clemens und ich aber offenbar in allen Punkten komplett versagt. Deeskalation ist also angesagt. Was sind die nächsten Schritte, um den Schaden zu begrenzen?

Zuallererst wird Flo hier einziehen, bei Mama und mir. Das Haus ist groß genug. Dann werde ich mit der Schule reden, damit er die Klasse wiederholen darf. Der Schulweg von täglich drei Stunden wäre sein Problem, nicht meins. Er kann froh sein, wenn er dort überhaupt weiter hingehen darf.

«Wir kriegen das schon wieder hin», sage ich und weiß nicht, wen ich damit mehr zu beruhigen versuche – ihn oder mich. «Die müssen dir noch eine Chance geben.»

«Aber checkst du's nicht, Mama? Ich will da nicht mehr hin!» So vehement habe ich meinen Sohn noch nie erlebt.

«Ich checke offenbar so einiges nicht», seufze ich. «Aber dann sag mir doch mal, was du willst!»

«Ich will ... ich will ... malen!»

«Was?!»

«Malen. Künstler werden.»

Bitte nicht auch das noch! Warum werde ich auf so eine harte Probe gestellt? Andere Söhne wollen doch auch Anwalt oder Arzt werden, Lehrer oder Bankdirektor, gerne auch Ingenieur. Wieso nicht mein Sohn? Es könnte so einfach sein.

Ja, ich weiß, *einfach* ist langweilig, aber ...

Also gut, betrachte ich seinen Berufswunsch eben als ... Herausforderung.

«Aber es ist wahnsinnig schwer, als Künstler über die Runden zu kommen», erkläre ich. «Da musst du der Beste sein.»

«Du entmutigst den Jungen ja jetzt schon!» Meine Mutter ist in die Küche gekommen. Na super! Jetzt kann die Party steigen.

Sie gibt Flo einen Kuss auf die Wange und setzt sich zu uns. Ihrem Aussehen nach zu urteilen, hat sie bis gerade geschlafen. Denn sie trägt einen orangefarbenen Kimono, den ich noch nie an ihr gesehen habe.

«Wo hast du den denn her?», frage ich und deute auf den Kimono.

«Geschenkt bekommen.»

«Von wem?»

Sie rollt mit den Augen. «Gibt's schon Kaffee?»

Billiger Ablenkungsversuch. Auch Florian versucht, sich von seinem Stuhl zu erheben und sich davonzustehlen. Aber ich lege ihm fest die Hand auf die Schulter.

«Du bleibst!»

«Ach Rike, jetzt sei doch nicht so engstirnig!» Mama befüllt die Kaffeemaschine mit Wasser, Filter und Kaffeepulver, während wir reden. Ich bin fasziniert von der Selbstverständlichkeit, mit der sie diesen Kimono trägt, in dem sie so albern aussieht. «Ein Künstler! In *unserer* Familie! Das gab es noch nie! Toll!» Sie klopft Florian auf die Schulter. «Ich finde das richtig gut.»

Ich hasse sie. Warum muss meine eigene Mutter immer gegen mich sein? Offenbar hat sie sich vorgenommen, mit mir Krieg zu führen. Bis jetzt gelingt ihr das ganz gut.

Ich sollte wohl meine Strategie ändern. «Die meisten zeitgenössischen Künstler haben aber einen Schulabschluss», erkläre ich, «und viele von ihnen haben sogar studiert – an einer Kunsthochschule oder Kunstakademie. Und dafür braucht man Abitur.»

«Nicht überall. Manchmal nehmen sie auch Quereinsteiger», fällt mir meine Mutter in den Rücken. Dann beugt sie sich zu Florian rüber. «Wichtig ist eine gute Mappe, Talent und der unbedingte Wille. Lass dir deine Träume von niemandem ausreden!»

Ich bin einen kurzen Moment lang sprachlos. Wie sehr habe ich mir in meiner Jugend gewünscht, dass meine Mutter das zu mir gesagt hätte. Keine Frage, sie war eine gute Mutter, aber sie war nie wegweisend. Stattdessen hat sie sich meinem Vater untergeordnet und das Gleiche von mir erwartet wie er. Und Papa wollte immer, dass ich Architektur oder Bauingenieurwesen studiere. Absurd!

«Was weißt du denn über Kunsthochschulen, Mama? Oder bist du neuerdings Künstlerin?»

Sie schaut mich an, als hätte ich tief in einer Wunde gebohrt. «Wer weiß? Vielleicht kann ich mich auch noch selbst verwirklichen. Es ist nie zu spät.» Sie muss immer das letzte Wort haben. «Und wenn du schon fragst, Ulrike, was *ich* weiß. Dann frage ich dich: Was weißt *du* über die Talente deines Sohnes? Anscheinend nämlich nicht sehr viel.»

Damit verlässt sie die Küche und knallt die Tür hinter sich zu – früher ein absolutes Tabu in diesem Haus. Die Dinge ändern sich offensichtlich.

Ich vergrabe meinen Kopf in den Händen.

«Hab' ich ernsthafte Probleme, Mama?» Flo sieht ganz unglücklich unter seiner Kapuze aus.

«Das wird sich zeigen. Wir finden eine Lösung.» Diesmal will ich nur meinen Sohn beruhigen, denn ich weiß, dass es für diese Art von Problemen natürlich eine Lösung gibt. Wozu gibt es schließlich Mütter?!

«Willst du mal sehen?», fragt er.

«Was?»

«Mein *tag*.»

«Dein was?» Ich habe keine Ahnung, wovon er redet.

Flo holt sein Handy aus der Hosentasche, um mir Fotos zu zeigen. «Hier, das ist mein *tag* – mein Name als Sprayer.»

Dann zeigt er mir seine vermeintliche Kunst. Und was soll ich sagen? Ich bin beeindruckt. Was ich sehe, haut mich schlichtweg um. Wahnsinn! Ich hatte mit schlechten Schmierereien aus purer

Lust am Vandalismus gerechnet, aber das hier ist wirklich gut, soweit ich das als Laie beurteilen kann.

Wenn er sein *tag* nur nicht auf fremdes Eigentum sprayen würde!

«*dragon!?* Das bist du?»

Er nickt stolz und grinst, und ich muss auch ein wenig grinsen. Zugegeben, ich bin stolz auf meinen Sohn. Aber auch ziemlich sauer.

«Flo, das ist … gut.»

«Geht so.»

«Nein, das … Das ist der Hammer!»

«Muss halt noch 'n bisschen üben.»

Ich schrecke auf. «Wehe, Freundchen! Denk nicht mal dran! Das ist kein Scherz. Wenn du willst, dass ich das für dich geradebiege, dann lässt du das illegale Sprayen. Okay?!»

Er steckt das Handy genervt wieder ein. «Ja, schon klar. Chill mal.»

Oh, wie ich es hasse, wenn mein Sohn das sagt!

Aber jetzt bloß nicht ausrasten. Ich habe mich wieder halbwegs unter Kontrolle, und das soll auch so bleiben. Also folge ich seinem Rat und chille jetzt mal 'ne Runde.

«Ich muss nachdenken», sage ich und stehe auf. «Ich geh mal in den Garten und gieße die Blumen.»

Ich kann Schmiddi und meinen Vater mittlerweile gut verstehen, denn Gartenarbeit wirkt tatsächlich sehr beruhigend, vor allem, wenn man, wie ich, mental kurz vorm Explodieren steht. Also gieße ich die Rosen und lausche dem meditativen Rauschen des Wassers aus dem Gartenschlauch.

«Es soll nachher regnen.» Schmiddi kommt mit ein paar Pflanzentöpfen rüber.

«Egal. Ich muss *jetzt* was gießen, das dann bitte auch ordentlich gedeiht – und zwar ohne Probleme und ohne Polizei.»

«Verstehe.» Er wedelt mit einer Pflanze. «Versuch's mal hiermit. Ich hab' dir zwei Tomatensetzlinge mitgebracht. Eine Galina und eine Black Cherry. Beide sehr lecker.»

Was will er denn jetzt mit seinen Tomaten?

«Danke, aber ich glaube nicht, dass ich im Kümmern so gut bin. Du kannst das besser. Bei mir wird das nix. Ich krieg' ja nicht mal meinen Sohn problemlos groß.»

«Unsinn! Das passt schon. Da vorne an der Wand wäre eine gute Stelle.» Schmiddi stellt die Pflanzen auf der Terrasse ab und grüßt Flo, der jetzt ebenfalls in den Garten kommt.

«Hallo, Florian. Alles klar?»

Flo nickt.

«Hör mal, wenn du noch Fragen hast, ich meine jetzt juristisch oder so, dann kannst du jederzeit zu mir kommen.»

«Bist du jetzt mein Anwalt, oder was?», will Flo wissen.

«Wenn du willst.» Schmiddi schaut mich fragend an.

«Können wir uns dich denn leisten?», frage ich spöttisch.

«Ich mache euch einen Freundschaftspreis.»

Flo zeigt ihm Daumen hoch und verschwindet wieder im Haus. Schmiddi wirft einen Blick auf die Rosen und zieht spontan eine Rosenschere aus seinem Gürtelhalfter, um ein paar vertrocknete Knospen abzuknipsen.

*Was es alles gibt*, denke ich und beobachte ihn eine Zeitlang.

«Ach, Schm... äh, Micha, danke noch mal wegen letzter Nacht», sage ich schließlich. «Ohne dich wäre ich echt aufgeschmissen gewesen. Und ... die Sache in der Therme ... Das war wirklich völlig daneben. Es tut mir leid.» Ich meine es ernst und hoffe, dass er mir mein Verhalten verzeihen kann.

Schmiddi will gerade etwas erwidern, als die Stimme meiner Mutter laut und klar in den Garten hallt.

«Ihr Lieben, kommt ihr mal rein? Ich möchte euch jemanden vorstellen.»

Fragend sehen Schmiddi und ich uns an. Dann gehen wir ins Haus.

Mama steht – immer noch in diesem albernen Kimono – in der Küche. An ihrer Seite ein Mann nur in Hemd und Hose, dessen Arm sie sehr vertraut mit beiden Händen umschlingt. Dass er barfuß vor uns steht, ist ihm sichtlich unangenehm, denn er versucht, seine nackten Zehen unter dem Teppich zu verbergen.

Es ist Herr Conti, der Fremde von der Beerdigung. Der Mann, den Mama geohrfeigt hat und der sie in die Therme begleitet hat.

«Das ist Franz. Franz Eduard Conti, und er wird ab heute hier wohnen.»

Bäng! Mamas Worte schlagen ein wie eine Bombe.

Flo, Schmiddi und ich starren die beiden an. Was wird das denn jetzt? Wieso hier wohnen? Und wo kommt der Typ denn jetzt auf einmal her?

Ich bin sprachlos. Flo ist sprachlos. Und Schmiddi – keine Ahnung, aber er gehört ja auch gar nicht zur Familie. Ausgerechnet Schmiddi findet aber als Erster die Sprache wieder und gibt Franz Eduard Conti die Hand.

«Hallo, Herr Conti, ja ... dann ... Herzlich willkommen ... und auf gute Nachbarschaft.»

«Danke schön. Bitte, nennen Sie mich Franz. Das kommt alles etwas plötzlich und ist mir auch recht unangenehm. Ich möchte schließlich niemanden stören oder mich aufdrängen ...»

«Papperlapapp», protestiert meine Mutter, «es ist mein Haus, und ich kann einladen, wen ich will. Und wen das stört, der kann ja gehen.»

Damit schaut sie Flo und besonders mich an.

Ich bin irritiert, meine Gedanken überschlagen sich, und gerade als ich total naiv fragen will, in welcher Beziehung sie und Herr Conti stehen, wird mir die Antwort auf einem Silbertablett serviert.

Meine Mutter streckt den Rücken durch und erklärt: «Es gefällt mir nicht, mich mit Franz in einem Hotelzimmer treffen zu müssen.»

«Im Hotel?!», rutscht es mir heraus. Hab' ich also doch richtig gesehen.

«Genau. Das ist demütigend und fühlt sich nicht richtig an. In unserem Alter. Oder?»

Sie lächeln sich an wie ... wie ein verliebtes Paar. Was sie offenbar sind! Und jetzt wird alles glasklar: Sie hat tatsächlich einen Lover! Franz Eduard Conti ist der Liebhaber meiner Mutter. Ich bin geplättet. Mein Vater ist kaum unter der Erde, schon nimmt Mamas Liebhaber seinen Platz ein. In Haus und Bett. Das ist echt hart. Und das teilt sie uns einfach so mit, als sei es das Selbstverständlichste der Welt. Sie stellt uns vor vollendete Tatsachen – ohne Mitspracherecht.

Ausgerechnet jetzt, wo Flo in einer Krise steckt und wir uns auf ihn konzentrieren sollten, holt sie diesen Mann ins Haus, von dem niemand etwas weiß und den niemand kennt. Ein Fremder, der wer weiß was für eine Vergangenheit hat. Möglicherweise ist er ein Krimineller, ein Heiratsschwindler, ein ... Ach, ich will gar nicht dran denken. Mein Vater würde sich jedenfalls im Grab umdrehen, so viel steht fest!

# 12

## *Basement*

«VERSTEHST DU, BENNO, sie hat uns alle belogen. Wer weiß, wie lange schon.»

Benno hat mich schon vor der offiziellen Öffnungszeit ins *basement* gelassen, damit ich mich mit der Bar vertraut machen kann. Und während er mir Kaffeeautomaten und Spülmaschine erklärt und mir zeigt, wo ich die Getränkekästen zum Auffüllen finde, klage ich ihm mein Leid – über meine Mutter, meinen Sohn, meinen Nachbarn und mein Leben. Zum Schluss demonstriert er mir, wie man ein neues Bierfass anschließt.

«Freu dich doch für deine Mama. Oder wäre es dir lieber, sie wäre allein und depressiv?»

«Nein, natürlich nicht, aber statt dieser blöden Heimlichtuerei hätte sie es mir doch erzählen können.»

Weil noch keine Gäste da sind, lädt er mich auf eine Runde Billard ein. Ich verteile etwas blaue Kreide auf meinem Queue, obwohl das bei meinem Nichtkönnen auch keine Rolle mehr spielt.

«Hätte das was geändert? Vielleicht gehört sie einfach nicht zu den Frauen, die mit ihren Affären hausieren gehen. Ist schließlich 'ne andere Generation.» Er versenkt mit der weißen Kugel eine Halbe im Eck.

«Aber sie hat uns alle angelogen. Mich vor allem.»

«Ach, darum geht's! Du bist gekränkt und nimmst es persönlich.» Sein nächster Stoß geht daneben.

«Auch», sage ich kleinlaut.

«Und sag' mal ... Hast du etwa keine Geheimnisse vor deiner Mutter?», fragt Benno mit einem spöttischen Singsang in der Stimme, womit er eindeutig auf unsere gemeinsame Nacht anspielt.

«Das ... ist was ... anderes», antworte ich und versenke überraschend kraftvoll eine volle Kugel im Mittelloch, dass es nur so kracht. Das ist mir noch nie gelungen. Ich bin von meinem eigenen Stoß beeindruckt.

«Denkst du, sie hatte schon vor dem Tod deines Vaters eine Affäre mit diesem Typen?»

Ich nicke. «Genau das denke ich.»

Beflügelt von meinem neuen Billard-Können, visiere ich als Nächstes eine Kugel an, um sie ins Eck zu bringen. Benno lehnt sich gespannt auf seinen Queue und beobachtet mich.

«Vielleicht redet ihr einfach mal miteinander. Frauen reden doch immer so viel, besonders Mütter und Töchter.»

Leider versenke ich eine von Bennos Kugeln.

«Reden? Mit meiner Mutter? Sinnlos, kannst du vergessen.»

Benno positioniert sich, um seine letzte Kugel einzulochen.

«Dann rede mit *ihm*. Könnte auch ganz interessant sein.»

Versenkt!

«Der kommt aus dem Nichts und nistet sich ein. Was soll ich mit dem schon bereden.»

«Komm schon, Rike, benimm dich nicht wie eine eingeschnappte Zicke. Gib ihm eine Chance! Finde heraus, wer er ist. Er muss ja irgendwoher kommen. Nichts geschieht ohne Grund.» Er sieht mich auffordernd an. «Machst du mir 'n doppelten Espresso?»

«Gerne, Chef», sage ich und denke über diesen einen Satz nach, den auch mein Vater gern benutzte: Nichts geschieht ohne Grund.

Wir gehen an die Theke. Und während ich die Kaffeemaschine bediene, wechselt Benno das Thema.

«Hör mal, wenn wir schon über deine Mutter reden, dann würde ich gerne noch was mit dir besprechen.»

Huch, was kommt denn jetzt? Ich werde hellhörig, und plötzlich rasen ganz irre Gedankenblitze durch mein Hirn. Sollte Benno, dem sein Ruf als Frauenheld weit vorauseilt, etwa auch mit meiner Mutter ... Und ehe ich den Gedanken zu Ende gedacht habe, spreche ich ihn auch schon aus.

«Du hast was mit meiner Mutter?»

Benno schreckt zurück und hält abwehrend die Hände vor den Körper.

«Was?! Nein! Herrgott, Rike, so kommen üble Gerüchte zustande. Nein, habe ich natürlich nicht!»

«Warum sagst du dann so was?!»

«Tu ich ja gar nicht! Ich ... ich wollte nur eine Überleitung schaffen?»

«Was für eine Überleitung? Wohin?»

«Na, zu uns.»

Ich verzweifle. Was will er denn? Warum kann er nicht einfach auf den Punkt kommen? Ich seufze, schließe die Augen und sammle meine Gedanken. Wieso will er über *uns* reden? Mir wird bange.

«Was ist denn mit uns, Benno?»

Er holt tief Luft, sammelt sich und lässt es dann raus. «Es ist wegen neulich Abend nach Monas Party ...» Ich verziehe das Gesicht, als würden mich üble Zahnschmerzen plagen. «Ich will nur sagen, dass ich das sehr schön fand mit uns – wirklich!»

Ich bin auf alles gefasst. Die Kaffeemaschine zischt und brummt sehr laut und drückt langsam einen ordentlichen Espresso durch das Sieb mit goldgelber Crema.

Benno lässt sich nicht beirren und fährt fort: «Allerdings kann daraus nichts werden. Weil ... Versteh mich nicht falsch – es ist nichts gegen dich. ... Also, du solltest dir auf keinen Fall Hoffnungen machen ... oder so. Das ... das hat auch gar nichts mit dir zu tun, Rike, es ist nur ... Ich bin echt kein Beziehungstyp, nie gewesen, und ...»

Er hat's gesagt, und die Anspannung ist raus, wie bei einem Soufflé, das nach dem Backen in sich zusammenfällt.

«Stopp, stopp! Moment mal, wie kommst du denn darauf, dass ich 'ne Beziehung mit dir will?» Ich stelle ihm seinen doppelten Espresso auf den Tresen.

Er hält meine Hand fest, bevor ich sie wegziehe und schaut mich total verwundert an. «Wie? Willst du etwa nicht?»

«Auf keinen Fall!», sage ich voller Überzeugung und ziehe meine Hand weg. «Zucker?»

Er zeigt auf ein Regal, in dem Zuckerstreuer stehen. «Da oben.»

Ich nehme einen davon herunter und stelle ihn neben Bennos Tasse.

Er schaut mich an, als hätte ich gerade die Relativitätstheorie widerlegt. Ein Hauch Panik spiegelt sich in seinen Gesichtszügen.

«Aber ... Wieso denn nicht? Ich bin doch 'n super Typ! Alle Mädels stehen auf mich, den coolen Muckemacher.»

Ich lache. «Schon, aber das ist doch längst vorbei. Wir sind älter geworden, Benno. Du auch.» Und jetzt sehe ich die Angst und das Entsetzen vor dem Alter ganz deutlich in Bennos Stirnfalten. Diese unwesentliche Information scheint ein ziemlicher Schock für ihn zu sein. Die Enttäuschung ist unübersehbar. Ich wische routiniert den Tresen ab, als hätte ich das schon immer so gemacht.

«Aber ist das nicht ein bisschen vorschnell von dir? Wir könnten's doch wenigstens mal versuchen, Rike.»

Irgendwas läuft hier falsch. Versteh einer die Männer!

«Benno, gerade hast du mir erklärt, dass das nichts wird mit uns.»

«Ja schon, aber da wusste ich ja nicht, dass du gar keinen Bock auf mich hast.»

Ich schaue ihn amüsiert an. Vermutlich gibt es nicht viele Frauen in seinem Leben, die ihn zurückgewiesen haben. Ich glaub, er weiß selbst nicht, was er will.

«Wie kannst du so herzlos sein? Ich dachte echt, du stehst auf mich. Muss ja keine Beziehung sein. Vielleicht eine kleine Affäre?»

Keine schlechte Taktik, um am Ende unschuldig dazustehen. Er dreht den Spieß einfach um. Dabei ist das doch eigentlich eine typisch weibliche Taktik – zumindest meine. Jedenfalls ist es der eindeutige Beweis, dass Benno einfach keine Zurückweisung erträgt. Ich dachte immer, ich bin kompliziert, aber alternde Musiker sind es offenbar noch viel mehr.

Niedergeschmettert lässt Benno den Kopf hängen. Sein großes Ego braucht eben doch viel Anerkennung.

Ich beuge mich zu ihm und streiche über sein Haar «Wirst du's überstehen?»

«Ich glaube nicht! Du hast mir gerade das Herz gebrochen.»

Ich muss wieder lachen. «Wohl kaum. Du hast uns Mädchen früher reihenweise das Herz gebrochen, ohne es zu merken.»

«Das habe ich nicht gewollt.» Jetzt schaut er mich fordernd an. «Und heute? Heute gar nicht mehr? Nicht mal ein kleines bisschen?»

«Nicht wirklich. Es sei denn ...»

«Was?! Spuck's aus!» Benno wittert seine Chance.

«Es sei denn, du spielst Gitarre. Das könnte natürlich alles ändern.»

Jetzt lässt er den Kopf wieder hängen. «Schwierig.»

«Wieso? Das verlernt man doch nicht, oder?»

«Ich habe seit Ewigkeiten keine Mucke mehr gemacht.»

Jetzt bin ich aber überrascht. «Wie meinst du das?»

Benno braucht eine Weile, um zu antworten. Ich sehe, wie es in ihm arbeitet. Irgendwas ist da, das es ihm nicht leicht macht, darüber zu reden. Wieder holt er tief Luft.

«Komm schon, Rike, glaubst du, ich bin freiwillig zurück in das

Kaff hier?» Er schüttelt den Kopf. «Nee! Keiner kommt freiwillig zurück. Nicht mal ich. Ich war voll drauf – Alkohol, Tabletten, Drogen. Such dir was aus. Ich musste raus aus meinem alten Leben.»

«Ach! Und jetzt?»

«Jetzt bin ich clean. Kein Alkohol, keine Drogen, aber eben auch keine Mucke mehr.»

Er lässt eine ordentliche Portion Zucker in seinen mittlerweile kalten Espresso rieseln und rührt um. Ich bin echt perplex.

«Aber haben wir nicht neulich zusammen Bier getrunken?»

«Ich nur Alkoholfreies – schmeckt sogar.»

Ich versuche, das alles zusammenzubringen.

«Das heißt, du bist zurück, um von allem wegzukommen?»

Benno nickt. «So ungefähr. Zuerst musste ich weg aus Berlin, dann brauchte ich 'n Entzug und dann eine Aufgabe.» Er breitet die Arme aus und schaut sich um. «Das *basement*.»

«Aber ganz schön irre, ausgerechnet eine Kneipe zu machen, wenn man trocken ist.»

«Eben drum! Der beste Schutz, um nicht pleite zu gehen», lacht er. «Wenn ich trinke, ruiniere ich mich.» Dann wird er wieder ernst und lehnt sich auf den Tresen. «Ich muss jeden Tag stark bleiben. Das ist meine Aufgabe. Der Mensch braucht eine Aufgabe, Rike. Motivation durch Anerkennung. Und wenn das fehlt, kannst du einpacken. Deshalb mache ich keine Musik mehr.»

«Versteh' ich nicht.»

«Die Musik hat mir nichts Positives mehr gebracht. Ich war leer. Die Zeiten haben sich geändert.» Er nimmt einen Schluck Espresso und schaut in die Tasse. «Und wenn's ganz beschissen läuft, kannst du doppelt einpacken, so wie unser Freund da.» Er deutet zu Torbens leerem Stammplatz rüber.

«Wieso, was ist denn jetzt mit Torben?», frage ich.

«Nervenzusammenbruch, vor zwei Tagen. Er ist jetzt in der Geschlossenen.»

«Was?! Wieso das denn?»

«Kommt einfach nicht über Elkes Tod hinweg. Die beiden waren ein Team.»

«Und die Minigolfanlage?»

«Kann er vergessen. Saisoneröffnung am 1. Juni schafft er nicht.»

«Oh Mann! Das tut mir leid. So 'n Mist.»

«Kannst du laut sagen. Das war Torbens Mission, verstehst du? Seine Motivation, sein Antrieb. Das hätte ihn gesund gemacht.»

«Glaubst du echt?»

Benno nickt.

«Was muss denn da gemacht werden?»

«Der Kiosk, die Bahnen, renovieren, reparieren, ausbessern, neuer Anstrich, Unkraut raus und so – was weiß ich denn. Torben hatte da schon voll den Plan. Aber was nutzt dir ein Plan, wenn das Leben eigene Pläne hat?»

Da hat er leider recht.

Kurz nach unserem Gespräch drückt mir Benno den Schlüssel für das *basement* in die Hand.

«Ich muss mal früh schlafen. Du schließt dann alles ab hier. Wir sehen uns morgen.»

Ich bin total überrascht, denn so war das nicht abgemacht.

«He! Ich dachte, du machst den ersten Abend mit mir zusammen? Ich kann doch nicht alleine –»

«Du schaffst das schon, Rike», sagt er und geht einfach.

Ich schaue mich um und schlucke schwer. Dann nehme ich die Sache in Angriff. Klar schaffe ich das, schließlich habe ich früher oft genug an Bierständen gezapft. Da kann so eine Kneipe nicht viel schwieriger sein.

Tatsächlich hält sich das Arbeits- und Gästeaufkommen zunächst in Grenzen. Über den Abend verteilt kommen nur wenige Oberstufenschüler und Twentysomethings. Ein paar Widrigkeiten stellen sich ein, wie zu wenig Wechselgeld und der Anschluss eines neuen Bierfasses. Aber selbst das bekomme ich in den Griff. Schwieriger wird es, als sich eine Kugel im Bauch des schweren Billardtischs verklemmt und irgendwo festhängt. Was soll ich da schon machen als das, was man da so macht.

«Müsst ihr halt den Tisch etwas rumruckeln und an einer Seite anheben, bis die Kugel sich löst», rate ich.

Blöde Idee, denn dadurch verschieben sich alle anderen Kugeln, weshalb der erste Streit zwischen den vier Spielern entsteht. Zudem fällt bei der Aktion ein großes Radler zu Boden, das sie auf dem Tischrand vergessen haben. Schöne Schweinerei. Das Gezeter ist groß. Beim zweiten Versuch bricht eine Zierleiste ab, und als die vier Jungs den Tisch erneut anheben und ruckeln, lassen sie das schwere Teil aus ein paar Zentimetern Höhe einfach fallen, ohne zu ahnen, dass einer von ihnen noch seinen Fuß drunter hat. Der Betroffene schreit auf und verpasst dem, der lacht, aus Reflex einen Kinnhaken, während die anderen beiden den Tisch sofort wieder anheben, damit der Kerl den Fuß wegziehen kann. Und ehe ich reagieren kann, prügeln sich die vier und demolieren das Inventar. Andere junge Gäste halten sich zurück und schauen mit großen Augen zu. Ich versuche, dazwischenzugehen, allerdings mit mäßigem Erfolg. Dann greife ich zum Telefon, stelle mich auf einen Stuhl und pfeife einmal sehr laut durch die Finger, um die Aufmerksamkeit der Prügel-Knaben zu bekommen.

«Ihr habt die Wahl: Entweder ich rufe die Polizei und zeige euch an, oder ihr verschwindet sofort und klärt das morgen mit Benno persönlich. Ansonsten gibt's Hausverbot.»

Die Drohung mit dem Hausverbot ist natürlich die schlimmste von allen, denn es gibt in Meppelstedt keine Alternative zum *basement*. Sie trollen sich naseblutend, keuchend und gegenseitig beschimpfend. Idioten! Ausgerechnet an meinem ersten Abend. Mein Rat mit dem Billardtisch war wohl doch nicht so clever.

Als danach auch noch eine Junggesellinnen-Abschiedsrunde den letzten Absacker im *basement* nehmen will und sich die zukünftige Braut direkt vor der Toilette übergibt, muss ich die Mädels leider ebenfalls rauswerfen, denn das wird mir echt zu viel. Irgendwie habe ich heute kein Glück. Vielleicht ist es einfach nicht mein Job, oder ich bin zu alt dafür oder zu zimperlich. Keine Ahnung, aber das hier kann nicht meine Zukunft sein.

Also räume ich schnell auf, putze die Toilette, schließe die Kasse weg und verlasse das *basement*, das mir auf der anderen Seite des Tresens eindeutig besser gefällt.

Gedankenverloren gehe ich durch Meppelstedt nach Hause und lasse diesen seltsamen Tag noch mal an mir vorbeiziehen. Dabei wird mir klar, dass ich eigentlich keinen Grund zum Jammern habe: Es geht mir verhältnismäßig gut, ich bin körperlich und seelisch unversehrt und leide nicht unter einem Burn-out oder einer Sucht. Und wenn ich mal versuche, die Dinge in meinem Leben positiv zu sehen, dann klingt alles nur halb so wild: Mein Sohn ist kein Schulversager, sondern ein talentierter Künstler. Meine Mutter ist keine egozentrische Fremdgängerin, sondern eine attraktive Frau, die begehrt wird. Und ihr neuer Lover ist vermutlich ein … ein … Ach, keine Ahnung, was er ist, aber ich sehe ihn als Herausforderung, die es kennenzulernen gilt. Schmidts sind nicht neugierig, sondern besorgte Nachbarn. Und Schmiddi ist kein Langweiler, sondern ein hilfsbereiter Einzelgänger. Und Mona ist keine eingeschnappte Kuh, sondern eine verletzte Freundin.

Klingt doch alles gleich viel besser.

Meine Gedanken bleiben an Mona hängen. Ich muss mich dringend mit ihr aussprechen. Die ganze Sache nagt an mir, und ich muss zugeben, dass mir gerade jetzt eine Freundin fehlt.

## 13
## *Einfluss*

ICH SCHLAFE LANGE, frühstücke ausgiebig, lese gemütlich Zeitung und genieße das leere Haus, denn alle sind ausgeflogen. Herrlich! Fast wie Urlaub. Aber irgendwo tief in mir schlummert ein schlechtes Gewissen, das ich ungewollt wecke, als ich einen Artikel über Frühjahrs-Fitness lese. *Fit in den Frühling mit wenig Mühe* – eine Wie-für-mich-gemacht-Überschrift, auf die ich sofort mit großem Interesse reagiere. Ich lasse mich durch Sätze wie *Wer langsam läuft, nimmt besser ab* inspirieren und beschließe, wieder laufen zu gehen, mich in Form zu bringen und etwas für meinen Körper zu tun. Seit einiger Zeit fühle ich mich täglich unwohler, behäbiger, kurzatmiger, und das gefällt mir gar nicht. Vielleicht liegt es auch an Flo, dessen Gegenwart mir das Gefühl gibt, dass ich mich nicht gehenlassen darf, dass ich für ihn fit bleiben muss, damit er mich ernst nimmt.

Bevor ich durch den Park jogge, führt mich mein Weg ins *basement*, um nachzusehen, ob ich letzte Nacht beim Aufräumen auch nichts übersehen habe. Benno habe ich am Telefon schon von dem Ärger erzählt. Als ich ankomme, ist der Chef bereits da und repariert den Billardtisch.

«Tut mir leid, Benno, aber –» Moment mal! Wieso entschuldige ich mich für das dämliche Verhalten von ein paar gehirnamputierten Teenies?

«Halb so wild. Berufsrisiko. Das passiert öfter mal.»

«Na gut, dass ich das jetzt erfahre.»

«Hör mal, mir tut leid, dass ich dich bei deiner ersten Schicht allein gelassen habe.»

«Schon gut, ich werde mich dran gewöhnen», winke ich ab.

«Nee, nee, Rike, du gehst jetzt mal schön nach Hause ...» Dann mustert er mich skeptisch. «... oder wo immer du in dem Outfit hinwolltest. Heute ist nämlich dein Glückstag! Es gibt ein paar Bewerberinnen für deinen Job, für den du ja offenbar zu alt bist.» Benno grinst, ich muss auch grinsen.

«Lass mich raten, jung und hübsch?»

«Bingo!»

«Danke, dass du mich erlöst, bevor ich deinen Laden ruiniere!»

«Danke, dass du's versucht hast», sagt Benno und versichert mir, dass ich ihm als Gast sowieso lieber bin. «Dann kann ich dich nämlich anbaggern.»

Ich verabschiede mich mit einer Umarmung und trabe erleichtert und so lässig wie möglich davon, aber schon nach hundert Metern verlässt mich die Lässigkeit – Seitenstiche.

In meinem Eifer habe ich mir sogar eine Lauf-App auf mein Handy geladen, die jeden meiner Schritte zählt, was dazu führt, dass ich alle paar Meter kontrolliere, ob ich den Kilometer schon voll habe. Das ist doch voll demotivierend! Wer denkt sich so was aus und vor allem warum?

So laufe ich sehr langsam an der verwitterten Minigolfanlage im Park vorbei und muss an Torben denken. Er will das wirklich alles renovieren? Schwierige Aufgabe und verrückte Idee, denke ich, während ich mich auf einer Parkbank niederlasse und mir beim Anblick der Bahnen erstaunlich viele schöne Minigolf-Erinnerungen durch den Kopf gehen – mit meinen Eltern, meiner Schulklasse, Mona, Clemens und Flo. Wir hatten immer alle großen Spaß hier. Sogar mein Vater. Für ihn war die Minigolfanlage der willkommene Abschluss eines Sonntagsspaziergangs. Er brauchte immer für jeden Weg ein Ziel, denn Ziellosigkeit hielt mein Vater für Verschwendung. Und während er mir vergeblich beizubringen versuchte, wie man den Ball mit wenigen Schlägen durch ein kniffeliges Labyrinth bringt und einlocht, begnügte sich meine Mutter damit, uns zuzuschauen und die Schläge zu notieren, während sie ein Eis am Stiel aß. Wie gerne hätte ich damals mit ihr getauscht, denn ich hatte absolut kein Talent zum Minigolfen. Richtig lustig wurde es allerdings, wenn meine Mutter sich erbarmte und mit mir zusammen gegen meinen Vater antrat. Dann waren wir ein unschlagbares Team. Später gingen wir Kinder oft direkt nach der Schule zum Minigolf – in kleinen Jungs- und Mädchencliquen, um gegeneinander anzutreten. Schade, dass es das gar nicht mehr gibt.

Ich schiebe die Erinnerungen beiseite, denn ich muss jetzt nach vorn schauen. Wenn ich schon meinen eigenen Kram nicht auf die Reihe bekomme, so muss ich zumindest Flos Leben in die richtige Bahn lenken, solange ich noch Einfluss darauf habe. Motiviert springe ich auf, um über Flo nachzudenken und dabei ein paar Runden durch den Park zu laufen – natürlich langsam, sehr langsam.

Noch auf dem Heimweg lasse ich mir telefonisch von der Sekretärin in Flos Schule einen Termin geben, damit mir mal jemand aus erster Hand sagt, was da los ist. Als ich am Schaufenster eines kleinen Telekommunikations- und Elektrofachhandels vorbeikomme – früher hieß der Laden *Radio Rüdiger* –, beende ich das Gespräch mit der netten Schulsekretärin, denn der Werbespruch des Ladens *Ist Ihr Internet auch zu langsam?* zieht meine Aufmerksamkeit auf sich. Diese Frage kann ich eindeutig mit *ja* beantworten, also gehe ich in den Laden und komme wenig später mit einem Verstärker für Mamas WLAN-Router wieder raus. Ich werde dafür sorgen, dass im Haus meiner Mutter überall schnelles Internet Einzug hält, damit Flo keinen Grund hat, sich aushäusig rumzutreiben, was zwar in Meppelstedt an sich schon recht schwierig ist, aber nicht unmöglich – das weiß ich aus eigener Erfahrung. Zudem kann ich dann besser mit ihm gemeinsam nach Schul-Alternativen suchen. Vielleicht ist das alles ein Wink des Schicksals. Vielleicht ist mein Sohn tatsächlich auf der falschen Schule und muss nur den richtigen Weg finden. Und vielleicht sollte ich ihn jetzt darin unterstützen. Nein, ganz sicher sollte ich das!

Ich bin guter Dinge, denn Veränderung liegt in der Luft, genauso wie der nahende Sommer.

Es ist schon später Nachmittag, als ich das Haus betrete. Und sofort merke ich – irgendwas ist anders. Irritiert bleibe ich im Eingang stehen und versuche herauszufinden, was es ist. Ein Geruch? Ein Geräusch? Ein Gefühl? Ja, das ist es – ein angenehmes Gefühl, ein ungewöhnlich behagliches Gefühl für diesen Ort. Ein Windzug geht durch die Räume, die Fenster sind geöffnet, es duftet nach Essen. Aus der Küche kommt Musik, ich höre Stimmen und Geräusche vom Kochen. Das Haus ist belebt.

Neugierig gehe ich in die Küche. Franz, meine Mutter und Flo kochen gemeinsam und hören dabei Musik. Vielleicht irre ich mich, aber der Raum ist erfüllt mit positiven Schwingungen. Flo schnibbelt Gemüse, meine Mutter deckt den Tisch und dekoriert ihn sogar, und Franz steht am Herd und rührt in einem Topf. Mein Vater hat nie gekocht. Alle drei wippen im Takt zum Gute-Laune-Reggae-Sound aus dem Radio. Verblüfft beobachte ich das Treiben. Was mich wundert: Mama deckt wieder für Papa mit. Verstehe ich nicht.

Franz bemerkt mich und wischt sich die Hände ab. «Sie kommen genau richtig. Wir sind gleich fertig.» Er strahlt mich an und macht eine einladende Geste.

Zugegeben, er wirkt ja ganz nett – aber trotzdem geht mir das alles zu schnell. Er benimmt sich, als sei er hier schon seit Ewigkeiten zu Hause.

«Wolltet ihr nicht *du* sagen?», fragt Mama lachend.

Ich bin verwundert. Wer ist die Frau? Was hat der Fremde mit ihr gemacht? Meine Skepsis bleibt, trotz der vorherrschenden guten Laune.

Franz gießt etwas von dem Rotwein, den er offensichtlich zum Kochen benutzt, in zwei Gläser und reicht mir eins. Moment, sehe ich das richtig? Er hat zum Kochen einen von Papas teuersten französischen Rotweinen genommen?

Ich schaue meine Mutter verwundert an, aber sie zieht nur die Schultern hoch, als wolle sie sagen – so what?!

«Franz», sagt er freundlich.

«Ulrike», sage ich zögerlich, und will schon anstoßen, aber meine Mutter funkt dazwischen.

«Ach was, nicht so förmlich! Sag doch einfach Rike zu ihr, wie alle anderen auch.»

Was soll das denn jetzt? Ich habe den Eindruck, meine Mutter respektiert mich nicht. Franz dagegen schon. Er zieht die Augenbrauen hoch und wirft mir einen fragenden Blick zu, dann wendet er sich an Mama.

«Nun, liebe Wilma, das hätte mir deine Tochter sicherlich gesagt. Und deshalb: Prost, Ulrike.»

«Prost, Franz.» Wir stoßen an und trinken einen Schluck. Dann gehe ich in die Offensive. «Wann erfahren wir denn endlich mehr über dich, Franz?»

«Nun ...», setzt er an, aber Flo unterbricht ihn.

«Mama, sei nicht so 'ne Spaßbremse! Mir hat er schon einiges über sich erzählt. Er ist echt cool.»

Also meinen Sohn scheint der alte Herr ja schon um den Finger gewickelt zu haben. Meine Mutter sowieso und ... Auftritt Schmiddi! Klar, der fehlt hier natürlich noch. Er kommt mit einer Schüssel über die Terrasse und bringt frischen Rucola mit. Er sieht mich, zögert kurz und gibt Franz das Grünzeug. Dann war das zusätzliche Gedeck gar nicht für Papa, sondern für Schmiddi. Anscheinend wurde er schon in die Familie integriert.

«Danke, Michael», sagt Franz.

Klar nennt er ihn Michael und nicht Schmiddi. Er kennt Schmiddi ja auch nicht so lange wie ich.

«Hi, Micha», sage ich demonstrativ, um ihm zu zeigen, dass ich mich bessern will.

Aber Schmiddi scheint das nicht besonders zu interessieren. Zusammen mit Flo steht er jetzt neben Franz und lässt sich das Essen erklären. Was, wie, wann womit in welcher Reihenfolge und mit welchen Kräutern gekocht wird. Hatte ich erwähnt, dass es schnöde Spaghetti bolognese gibt? Ich habe meinem Sohn mindestens schon tausendmal Spaghetti bolognese gekocht, weil das sein Lieblingsessen ist, aber noch nie, und ich betone *nie*, hat sich Flo auch nur die Bohne dafür interessiert, wie es zubereitet wird.

Skeptisch sehe ich meinen Sohn an. Mama scheint meinen Blick zu bemerken.

«Da staunst du, was? Flo ist gar nicht so», flüstert sie mir ins Ohr.

«Ach, wie isser denn?»

«Mensch, Rike, sei doch nicht immer so, so ... anti.»

«Na super, Flo nennt mich Spaßbremse, du sagst, ich bin anti. Noch was?!»

Mama verdreht die Augen. «Jetzt hör doch mal auf, miese Stimmung zu machen.»

«Ach, so ist das, ja? Hatte ich wohl vergessen, dass hier alle immer supergut drauf sind in eurer Gute-Laune-Villa. Und dann komme ich Miesepeter und mache alles kaputt.» Ich weiß auch nicht, wo die plötzliche Wut herkommt. Aber mir reicht diese Farce langsam. Schließlich ist es meine Mutter, die eine besondere Gabe hat, mir ständig Vorwürfe zu machen. «Wisst ihr was, ihr könnt ohne mich essen. Ist ja auch viel harmonischer ohne mich. Ich habe sowieso noch zu tun», sage ich und gehe beleidigt den neuen Internet-Repeater installieren.

Was ist bloß los mit mir? Wieso reagiere ich so über? Ich ärgere mich über mich selbst, fühle mich aber irgendwie auch ausgegrenzt. Und während unten gegessen, gelacht und geredet wird, schmolle ich oben auf meinem Zimmer wie ein eingeschnappter Teenager.

Um mich abzulenken, nutze ich die Zeit sinnvoll und kümmere ich mich um Flos Zukunft. Zuerst installiere ich den Router-Verstärker und freue mich über das funktionierende Internet. Schön, wenn die Dinge tatsächlich mal auf Anhieb funktionieren. Dann mache ich mich schlau über Gymnasien, die Kunst als Schwerpunkt haben. Und tatsächlich werde ich fündig. Es gibt ein berufliches Gymnasium für Gestaltung und Multimedia, wo die Schüler in den Bereichen Kunst, Design und Medien zum Abitur geführt werden. Klingt super und ist auch gar nicht weit weg. Das würde bedeuten, dass ich spätestens in den Sommerferien Wohnung und Job in der Stadt gefunden haben müsste. Sehr gut, damit hätte ich also die Deadline gesetzt. Diese Schule wäre genau das Richtige.

Es gibt nur ein Problem: Ich kann es ihm auf keinen Fall selbst sagen. Todsünde! Ich könnte Flo das Paradies auf einem goldenen Tablett servieren, er würde es ablehnen. Pubertätsprinzip, denn alles, was die Eltern an Zukunftsperspektiven anbieten, ist strikt abzulehnen. Wenn ich jetzt wieder mit meinem Mutter-Gelaber ankomme, dann macht er sofort dicht, so viel steht fest. Also überlege ich, wie ich ihn für diese Schule begeistern kann. Ich könnte ihm den Newsletter der Schule zukommen lassen. Bloß, wie sollten die *rein zufällig* an seine Mailadresse kommen? Seine Freunde könnten ihm davon erzählen, aber die sagen ihm sofort, dass ich dahinterstecke. Ich könnte die Mütter der Freunde von Flo einweihen, die ich nur leider nicht gut kenne. Und wenn ich seine alten Lehrer bitte, ihm einen Rat zu geben? Nein, er würde ihnen nicht zuhören, schließlich haben sie ihn davongejagt. Und die Oma? Ach nein, da kann ich mir auch gleich auf die Stirn schreiben: *Ich bin eine unfähige Mutter – mach du das!* Niemals!

Und wenn ich Schmiddi frage? Er kann doch ganz gut mit Flo, wo er jetzt «sein Anwalt» ist. Flo vertraut ihm seit der Nacht bei der Polizei. Aber würde er auch solche Sachen mit Schmiddi besprechen? Und würde Schmiddi mir überhaupt jemals wieder einen so großen Gefallen tun? Ich bezweifele das, nach der Geschichte in der Sauna. Und wenn ich … diesen Franz … einfach mal frage? Unsinn, ich kenne den Mann ja gar nicht. Allerdings … Flo scheint ihn zu mögen und Mama sowieso. Aber es gibt viel zu viele offene Fragen. Benno würde jetzt sagen: Redet! Ich überlege hin und her, aber was habe ich eigentlich zu verlieren, wenn ich ihn bitte, mich zu unterstützen?

Also gut, ich gehe schließlich wieder zu den anderen runter, die mittlerweile draußen sitzen und einen ziemlichen Lärm machen. Es ist ein lauer Mai-Abend, und der Frühling zeigt sich von seiner wärmsten Seite. Flo, meine Mutter und Franz versuchen, Schmiddi das Pokern beizubringen. Die Männer trinken Bier – auch Flo – und meine Mutter hat sich eine Flasche Rosé geöffnet. Kein Wunder, dass mein Sohn das alles gut findet.

«Komm, Schatz, setz dich zu uns!», winkt mich meine Mutter dazu, als sei nichts gewesen. «Bring dir ein Glas mit!»

Ich bin überrascht, denn Mama hat mich seit einer Ewigkeit nicht mehr *Schatz* genannt. Ich gehe wieder ins Haus und beobachte die vier von der Küche aus – und finde das, was ich sehe, sehr harmonisch. Es sieht aus, wie … ja, wie Familie, obwohl zwei von ihnen gar nicht dazugehören. Sehr seltsam, das alles. Meine Mutter strahlt eine unglaublich positive Energie und Schönheit aus, die ich lange nicht erlebt habe. Nein, ich habe sie noch nie so erlebt, zumindest kann ich mich nicht daran erinnern. Als mein Vater noch lebte, war sie streng mit sich und anderen, stets diszipliniert, kontrolliert, immer für ihn und mich da, immer auf unser Wohl bedacht, immer um eine korrekte Außenwirkung bemüht. Selten wirkte sie so locker und entspannt wie heute Abend, allenfalls im Kreise ihrer Freundinnen, wenn sie einen Limoncello zu viel hatte. Mama war eine wirklich gute Mutter und Ehefrau, Freundin und Nachbarin. Aber sie war nie wie die Frau, die jetzt hier im Garten sitzt. Ich bin beeindruckt von ihrer lockeren Art, das Haar einfach abzuschneiden, den Wein aus einem Wasserglas zu trinken, eine Strickjacke zu tragen, die nicht zum Kleid passt. Das hätte es noch vor wenigen Monaten nie gegeben. Der Tod meines Vaters scheint etwas in ihr freigesetzt zu haben. Etwas ... sehr Schönes.

Ich habe schon von Fällen gehört, in denen sich nach einem Todesfall der übrig gebliebene Partner noch einmal völlig neu erfindet, verlorene Sehnsüchte wiederentdeckt und ein neues, bejahendes Lebensgefühl entwickelt. Mama strahlt, und das steht ihr wirklich gut.

Wenn ich ehrlich bin, beneide ich sie, weil sie offenbar etwas gefunden hat, das sie lange nicht hatte und das sie jetzt sehr glücklich macht – sie ist verliebt. Und egal, woher er kommt und wohin er geht und wer er ist – ich bin mit einem Mal froh, dass Franz hier ist.

Ich setze mich zu den anderen an den Tisch und spiele im Team mit Schmiddi, und es wird ein ganz wunderbarer und entspannter Abend. Ich glaube, Schmiddi hat mir längst verziehen, denn er macht keine nachtragenden Bemerkungen mehr und lächelt mich zwischendurch sogar an.

Irgendwann geht Flo ins Bett, und Schmiddi dreht mit Eugen noch seine Gassirunde. Wir sitzen also nur noch zu dritt am Tisch.

«Ein wunderschöner Abend», sagt Franz und lehnt sich im Stuhl zurück. «Schade, dass du nicht mit uns gegessen hast. Aber wir haben dir etwas übriggelassen.»

«Das ist nett. Danke!»

«Siehst du, Franz, sie ist gar nicht so.» Meine Mutter greift nach seiner Hand und küsst sie. «Es ist so schön, dass wieder Leben im Haus ist. Ich hatte ganz vergessen, wie das ist.»

Franz hält die Hand meiner Mutter an sein Gesicht, schließt die Augen und lächelt verliebt. «Es ist wunderbar, Wilma.»

Schon süß, die beiden, denke ich.

«So, Schluss mit dem Geturtel! Wollen wir noch ein Fläschchen öffnen?», fragt mich meine Mutter und steht auf.

Ich nicke. «Gerne.»

«Und du noch ein Bier, Franz?»

«Nur, wenn es dir nichts ausmacht.» Er ziert sich.

Ich nehme ihm ab, dass es ihm unangenehm ist, von ihr bedient zu werden. Er ist so ganz anders als mein Vater.

Während Mama Getränke holt, nutze ich die Gelegenheit und beuge mich zu Franz vor.

«Kann ich dich etwas fragen?»

«Natürlich.»

«Wer bist du? Woher kanntest du meinen Vater, und warum hat Mama dich auf der Beerdigung geohrfeigt?»

Franz bleibt entspannt – ich beobachte jede Zuckung in seinem Gesicht.

«Nun, das sind gleich einige Fragen, die nicht so schnell zu beantworten sind. Aber ich will es versuchen», sagt er und holt Luft. «Karl und ich waren Jugendfreunde, wir waren auf der gleichen Schule. Er war etwas älter als ich, aber wir haben zusammen Fußball gespielt. Ein wirklich feiner Kerl. Einmal sagte er zu mir: *Sollte ich vor dir sterben, dann kümmere dich um mein Mädchen.* Ich versprach es. Unsere Wege trennten sich, aber wir standen immer in Kontakt. Ich ging zur Marine, bin viel rumgekommen, bis ich sesshaft wurde und meine Leidenschaft für die Kunst wiederentdeckte.»

Eine krude Geschichte, denke ich und will tausend Fragen

stellen, aber da kommt Mama zurück. Also stelle ich nur die eine Frage, die noch unbeantwortet ist. «Und die Ohrfeige? Wofür war die denn?»

Mama füllt die leeren Gläser. Sie und Franz blicken sich kurz an, dann greift er nach ihrer Hand.

«Deine Mutter war empört, dass ich, als ältester Freund von Karl, zu spät kam. Karl hatte mir einige Wochen vor seinem Tod geschrieben und mich zu einem Besuch eingeladen, weil es ihm nicht so gut ging, aber dann kam ich nicht mehr rechtzeitig.»

Wilma reicht ihm sein Bier und unterbricht ihn. «Ich wollte mich dann später für die Ohrfeige entschuldigen. Wir haben uns getroffen und geredet und ... dann ist es passiert.»

«Was?», frage ich verwundert, weil ich in Gedanken noch bei der Männerfreundschaft bin.

«Wir haben uns verliebt. Fertig!» Damit schließt meine Mutter das Thema ab, wie sie es immer tut, wenn sie über eine Sache nicht weiterreden will.

Ich schüttele den Kopf, schaue die beiden zweifelnd an und lehne mich in meinem Stuhl zurück. «Wieso glaube ich das nicht? Wieso habe ich das Gefühl, dass da schon länger was läuft zwischen euch?»

«Das darfst du uns nicht fragen, Rike. Es ist, was es ist ...», sagt Mama.

«Es ist die Liebe», beendet Franz das Gedicht von Erich Fried und lächelt meine Mutter verliebt an.

Jetzt wird es mir etwas zu schwülstig. «Mir geht das alles zu schnell mit euch. Wo hast du denn bis jetzt gelebt, Franz?»

«Auf Schiffen, in Hotels, in Unterkünften für Marineangestellte.»

Wilma nimmt einen großen Schluck Rosé und beugt sich zu mir. «Rike, du verstehst das nicht, dazu bist du zu jung. Aber wir sind alt. Uns bleibt nicht mehr so viel Zeit, und deshalb müssen wir uns bei allem, was wir noch gemeinsam machen wollen, etwas beeilen.»

«Doch, das leuchtet ein», sage ich und meine es auch so. «Aber was, wenn es schiefgeht?»

Mama und Franz schauen sich amüsiert an.

«Wird es nicht», sagt meine Mutter.

«Und wenn doch, dann haben wir es immerhin versucht», fügt Franz hinzu, und ich bin froh, dass er nicht so absolut ist wie meine Mutter.

Mama stellt ihr Glas ab und erklärt: «Es wird nicht schiefgehen. Das weiß ich. Und du weißt es auch.» Damit steht sie auf. «Ich gehe jetzt schlafen.»

Sie gibt erst mir und dann Franz einen Kuss und verlässt uns. Natürlich steckt da mehr dahinter. Meine Mutter hat offenbar erkannt, dass der Moment gut ist, Franz und mir etwas Raum zum Kennenlernen zu geben. Und ehrlich gesagt – die Gelegenheit könnte nicht besser sein.

Eine Weile bleiben wir schweigend draußen sitzen, obwohl es langsam kühl wird. Dann ergreife ich die Chance.

«Franz», beginne ich schließlich zögerlich, «ich würde dich gerne um einen Gefallen bitten ...»

# 14
## *Schulstress*

ZWEI TAGE SPÄTER ist mein Termin mit Flos Schulrektor. Ich sitze in seinem Büro und rede mit Dr. Hövelmann. Das heißt, eigentlich redet er mit mir und erklärt mir nun schon seit einer halben Stunde, warum er Flo keine weitere Chance mehr geben kann. Es gab 38 unentschuldigte Fehlstunden im letzten Schuljahr, mehrere Verwarnungen wegen unerlaubtem Verlassen des Schulgeländes und unerlaubtem Rauchen auf dem Schulhof. Zudem geht der Schulleiter davon aus, dass bestimmte Schmierereien auf den Außenmauern des Geländes auf Flos Konto gehen.

«Aber das kann ich Ihrem Sohn nicht nachweisen», sagt er und sieht mich vorwurfsvoll an.

Na, wenigstens etwas, denke ich und bin schockiert über das wahre Ausmaß der Verfehlungen, die sich mein Sohn geleistet hat.

Rektor Hövelmann nimmt natürlich auch mich in die Mangel, die ich als Mutter in seinen Augen weder Interesse an meinem Sohn noch Einfluss auf ihn habe. Er klagt mich an, mein Kind alleinzulassen in einem Alter, in dem jeder Beistand der Eltern notwendig sei.

«Frau Klein, das schafft ein sensibler Junge wie Florian nicht alleine. Der Leistungsdruck, der Konkurrenzdruck, die Hormone, erste Liebe ... Und dabei müssen die Jungs immer cool bleiben, möglichst keine Schwächen zeigen. Möchten Sie ein Junge in dem Alter sein?»

Jesus, nein! Kein Junge und schon gar nicht in dem Alter – das sind alles verpickelte, unsichere, unreife, unfertige, stimmbrüchige, stinkende Hormonzombies. Niemand will so sein, schon gar nicht sie selbst. Ich kann verstehen, warum die Jungs zwischen elf und siebzehn sich so verhaltensauffällig benehmen. Das durchzustehen geht wahrscheinlich nur extrem laut oder stumm.

«Bloß nicht, aber ich habe das alles ja nicht gewusst. Ich dachte, ich tue Flo einen Gefallen, wenn ich ihn bei seinem Vater lasse.»

Sofort klärt mich Rektor Hövelmann über die Elternpflicht der gemeinsamen Sorge um das gemeinsame Kind auf. Ich sehe ihn reden, höre aber nach drei Minuten Dauergeschwafel nicht mehr hin.

Die Dinge werden durch ständiges Wiederholen nicht besser, denke ich. Das war schon so, als ich in Flos Alter war und mein Vater mir ständig die Leviten las, weil ich mich heimlich nachts davonschlich und dabei seine Rosen zertrampelte. Ich weiß, wo das Problem bei meinem Sohn liegt. Ich habe Flo guten Gewissens zu seinem Vater abgeschoben, weil ich viel zu sehr mit mir und meinem Selbstmitleid beschäftigt war. Ich bin schuld.

Ich hätte vorhersehen müssen, dass das Zusammenleben eines Halbwüchsigen in der Pubertät und eines Erwachsenen in der Midlife-Crisis eine absolut ungesunde und hirnrissige Kombination ist, die nichts, aber auch gar nichts Gutes hervorbringt. Und ich hatte es auch schon geahnt, aber ich wollte Flo nicht gegen mich haben, denn genau das wäre passiert, wenn ich ihn gezwungen hätte, bei mir zu bleiben. Er wollte einfach nicht. Was ich nicht ahnen konnte, war, dass hinter dieser Verweigerung pure Berechnung steckte. So weit habe ich doch gar nicht gedacht!

Flo lebt seine Pubertät aus. Und ich hoffe inständig, dass in den nächsten Monaten kein Anruf einer verzweifelten oder wütenden Teenie-Mutter kommt, die mir mitteilt, dass ich Großmutter werde. Das wäre die absolute Krönung! Aber ich schließe nichts mehr aus und bin auf alles gefasst, einer der wenigen guten Charakterzüge, die ich von meiner Mutter habe.

Zum Abschluss seiner Standpauke beugt sich Rektor Hövelmann zu mir über den Tisch und verlangt mir absolute Aufmerksamkeit ab. Ich fühle mich wie eine Schülerin, die heimlich beim Rauchen auf dem Schulklo erwischt wurde. Dr. Hövelmann schaut mich an, als wolle er mir jetzt gleich sagen, dass es noch nicht zu spät zum Aufhören sei. Hoffnung liegt in seiner Stimme.

«Wissen Sie, Frau Klein, ich habe schon viele Schüler wie Ihren Florian hier gehabt. Es gibt zwei Kategorien: Die einen machen immer so weiter, verlieren schließlich den Halt und brauchen ernsthafte Hilfe von außen, um wieder Boden unter die Füße zu bekommen. Die anderen merken irgendwann, dass sie unterfordert sind mit dem Unsinn, den sie anstellen, sie beginnen, sich zu langweilen – und letztlich über ihr Potenzial nachzudenken. Zu Letzteren gehört Ihr Sohn. Es steckt was in ihm. Helfen Sie ihm, es zu bedienen! Unterstützen Sie Ihren Sohn, seine Talente zu entdecken.»

Diesmal habe ich Dr. Hövelmann zugehört, jedes einzelne versöhnliche Wort ist zu mir durchgedrungen. Und er hat absolut recht. Faszinierend, wie es dieser erfahrene Lehrer schafft, mir innerhalb einer Stunde erst ein schlechtes Gewissen zu machen, um mich dann mit einem guten Gefühl nach Hause zu schicken, obwohl er meinen Sohn aus absolut nachvollziehbaren Gründen in hohem Bogen von der Schule geschmissen hat.

Schließlich verlasse ich die Schule, in der es auf so vielen langweiligen, überflüssigen und sinnlosen Elternabenden nur darum ging, welcher Junge welchen anderen Jungen verkloppt hat und wieso. In der es ständig Eltern-Workshops gab zu Computer-Spiele-Sucht, Mobbing, Anorexie und Drogen und in der ich jedes Mal raten musste, welche Eltern zu welchem Kind gehörten, weil ich mir jahrelang keine Namen merken konnte – oder wollte. Und wie es aussieht, muss ich mir all diese Namen jetzt auch gar nicht mehr merken. Es ist vorbei. Flo ist raus.

Ich schaue mich auf der Straße ein letztes Mal um … und entdecke die Schmierereien an der Außenmauer des Schulhofs, die angeblich auf Flos Konto gehen. Aber das ist unmöglich, denn ich weiß, dass er Talent hat und eindeutig besser ist als das, was ich da sehe. Mein Sohn ist ein Künstler.

Eigentlich wollte ich nach dem Schultermin noch ein paar Erledigungen in der Stadt und einen Schaufensterbummel machen, aber zu meiner eigenen Überraschung bin ich schon nach einer halben Stunde total genervt von vollgestopften Läden, Verkäuferinnen, die mir ständig hinterherräumen, statt mich in Ruhe schauen zu lassen, und von Passanten, die mich anrempeln, weil sie auf ihr Handy glotzend durch die Gegend laufen. Ich glaube, das nennt man Reizüberflutung. Außerdem muss ich sowieso sparen. Also setze ich mich erleichtert in die S-Bahn zurück nach Meppelstedt und habe das Gefühl zu entkommen. Mit jedem Meter, den die S-Bahn sich von der Stadt entfernt, fühle ich mich besser. Die Landschaft wird grüner, die Autos werden weniger, alles wirkt entschleunigt.

Und doch bleibt da diese diffuse Angst, meinem alten Leben zu begegnen.

Als hätte er es geahnt, ruft in diesem Moment Clemens an. Seit ich Flo nachts bei der Polizei abgeholt habe, steigerte sich meine Wut auf Flos Vater mit jedem Mal, das ich ihn nicht erreichen konnte. Mit jedem Gedanken an seine nicht übernommene Verantwortung für unser Kind. Mit jedem Moment, in dem ich ihm nicht meine Wut entgegenschleudern konnte. Und jetzt, da ich seinen Namen auf meinem Display sehe, ist da absolut nichts mehr. Keine Wut, kein Hass, kein Zorn. Das mag an Rektor Hövelmanns versöhnlicher Ansprache liegen oder an der Zeit, die vergangen ist, oder an mir, denn meine Einstellung zu Clemens hat sich in letzter Zeit sehr geändert. Aus meiner Wut auf ihn ist die totale Gleichgültigkeit geworden. Er ist mir egal, und das ist gut.

Ich gehe ran und erkläre dem Vater meines Sohnes ganz sachlich, dass ich mit dem Rektor geredet habe, dass Flo bei mir wohnen bleibt, dass ich mit ihm eine Schullösung finden werde und Clemens über alle neuen Schritte informieren werde und dass wir Eltern gleichermaßen Schuld an der Situation haben. Zu meiner großen Überraschung ist er mit allem einverstanden und entschuldigt sich sogar bei mir dafür, dass er sich nicht richtig gekümmert hat, weil er dachte, Flo sei alt genug, ein paar Tage selbst die Verantwortung für sich zu übernehmen. Flo habe ihn so lange bequatscht und versichert, keinen Unsinn zu machen, bis er ihm tatsächlich glaubte. Ich lasse das unkommentiert und frage mich, wer von beiden der größere Idiot ist. Ich beende das Gespräch aus purem Selbstschutz, um nicht dem impulsiven Drang nachzugeben, Clemens in der gut gefüllten S-Bahn durchs Telefon doch noch lautstark die Meinung zu geigen.

Wieder in Meppelstedt, atme ich auf und habe das Gefühl, total unterzuckert zu sein. Da kommt mir die *Bäckerei & Konditorei Hippel* auf dem Rückweg gerade recht. Ich kaufe ein Schweineohr auf die Hand und Kuchen für den Nachmittag und erkundige mich nebenbei nach Mona. Ihre Mutter scheint von unserer Auseinandersetzung nichts zu wissen. Monas Mann sei schon wieder abgereist und Mona habe viel zu tun, weil sie ja die Firma in Deutschland aufbaue.

«Du kannst dir vorstellen, dass das für die beiden nicht so einfach ist mit dem Pendeln. Die leben praktisch auf zwei Kontinenten», sagt Monas Mutter allen Ernstes. Ich stutze und lächele. Frau Hippel scheint selbst nicht glücklich mit ihrer Formulierung zu sein. «Also jetzt nicht so richtig zwei Kontinente wie Australien und Amerika, aber eben Europa und England. Also Festland und Insel ... oder so.»

«Ich verstehe.»

«Geh sie doch mal besuchen! Mona freut sich bestimmt. Sie arbeitet sowieso viel zu viel. Ihr müsst jetzt wieder öfter mal was machen. Ihr wart doch so dicke früher. Soll ich ihr was ausrichten?»

«Ach ... nein danke ... ich ruf sie selbst an.»

Bevor ich mich verabschieden kann, beugt sie sich zu mir vor. «Sag mal, Rike, was ist denn mit der Mama los? Hat sich ja ganz schön verändert, die Wilma. Hm?» Frau Hippel grinst und zwinkert mir zweideutig zu.

Ich schaue demonstrativ auf mein Handy und tue so, als ob ich ihre Frage nicht gehört habe. Dann spiele ich ihr große Eile vor und trete den Rückzug an. «Tut mir leid. Ich muss los. Grüße an Mona! Tschüs!»

Schnell verlasse ich die Bäckerei und renne fast, um außer Sichtweite zu gelangen, denn ich möchte mit Monas Mutter nicht über Mamas Liebesleben reden. Auch nicht über Monas und meine Freundschaft. Ich muss das mit Mona endlich klären. Bloß wie? Einfach anrufen? Hingehen? Oder schreiben? Keine Ahnung – aber ich weiß, dass ich das so bald wie möglich aus der Welt räumen muss, denn früher oder später werden wir uns in Meppelstedt über den Weg laufen. Meine Güte ja, ich bin konfliktscheu!

Beherzt beiße ich in die Schokoladenseite meines Schweineohrs und treffe eine Entscheidung. Jetzt oder nie, denke ich und schreibe Mona noch im Gehen eine kurze Nachricht:

Liebe Mona,
tut mir leid, wie alles gelaufen ist. Ehrlich! Können wir
uns treffen und reden?
LG Rike

Ich schicke die Nachricht ab und fühle mich gleich viel besser. Jetzt ist sie am Zug.

Zu Hause passieren seltsame Dinge. Überall herrscht Unordnung, Sachen liegen herum, die niemand wegräumt – Schuhe, Taschen, Jacken. Überhaupt droht das Haus im Chaos zu versinken, seit meine Mutter Franz mitgebracht hat. Ihr neuester Tick ist das Umräumen von Zimmern, Umdekorieren, Umhängen von Bildern, Abnehmen von Vorhängen ... Zudem läuft ständig irgendwo laute Musik. Und jeder im Haus wird animiert, Mama zu helfen. Jeder, außer mir.

«Warum lässt du *mich* das nicht machen?», frage ich, während Mama in Papas Arbeitszimmer ausmistet und die Möbel umstellt.

«Weil ich spontan etwas ändern wollte, ohne Plan und Geschmackspolizei», erklärt sie trotzig. «Außerdem bist du ja nie da, wenn man dich braucht.»

Meine Mutter versteht es glänzend, mich beiläufig zu verletzen. Ihr Unterbewusstsein arbeitet hart daran, mir etwas mitzuteilen – aber was und vor allem warum?

«Mama, ich würde sehr gerne hier im Haus einiges verändern. Das will ich schon seit Jahren. Und ich würde mich freuen, wenn du mir dein Vertrauen schenkst und es mich machen lässt. Bitte.»

Sie sieht mich von der Seite an, während sie ein Bild von der Wand nimmt – einen alten Schinken, der eine Jagdszene zeigt. Sie denkt nach. Ich kann ihre Gedanken lesen. Sie fragt sich, ob sie mir vertrauen soll.

«Es liegt nicht am Vertrauen, mein Schatz. Es liegt an der Freiheit. Ich ändere die Dinge in meinem Leben, weil ich es jetzt kann. Verstehst du? Glaub mir, ich bin nicht glücklich über Karls Tod, aber ich kann es nicht ändern. Was ich aber ändern kann, ist mein Leben, denn ich habe in den vergangenen Jahren so viel verpasst und so viel einfach nicht gemacht, weil ich deinen Vater nicht beunruhigen wollte, weil ich immer Rücksicht genommen habe. Das muss ich jetzt alles nicht mehr. Ich muss ihn nicht mehr fragen. Ich muss niemanden mehr fragen. Ich mache ganz einfach, was ich will und wozu ich Lust habe.» Sie stellt das Gemälde ab und richtet sich wieder auf. «Und um deine Frage zu beantworten: Doch, ich vertraue dir sogar sehr! Ich bin sicher, dass du dein Leben auch wieder in den Griff bekommst. Da mache ich mir gar keine Sorgen. Aber lass mir meinen Spaß und gönn mir meine Freiheit. Du renovierst dein Haus – und ich räume hier etwas um. So können wir uns beide verwirklichen.»

Damit wendet sie sich wieder der Raumgestaltung zu.

Ich muss das erst mal sacken lassen. Ja, natürlich hat sie recht. Natürlich kann sie tun und lassen, was sie will, und ihre neu gewonnene Freiheit genießen, soll sie ja auch. Aber beinhaltet das automatisch, dass ihr neues Ego rücksichtslos auf meinen Gefühlen herumtrampen darf?

Gut, sie weiß nicht, dass ich das Haus verloren habe. Woher auch? Wenn sie's wüsste, wäre sie vielleicht rücksichtsvoller. Also liegt es jetzt an mir, dass ich mich verletzt fühle? Langsam werde ich sauer.

Wieder spüre ich es in mir brodeln, und ich weiß nicht genau, was sich da zusammenbraut, aber ich muss meine Gefühle zurückhalten, um ihr nicht vor die Füße zu werfen, dass ich kein Zuhause mehr habe und mich nicht selbst verwirklichen kann. Und dass es mir gerade nicht so gut geht, denn ich weiß, dass sie das nicht hören will, weil sie zu sehr mit sich selbst und ihrem Leben beschäftigt ist. Dabei wäre es ganz schön, wenn sie mich mal in den Arm nehmen würde. Einfach so.

## 15
## *Männer*

SCHMIDDI, FRANZ UND FLO sitzen auf der Terrasse am großen Tisch um ein Laptop herum und halten Kriegsrat. Zumindest lassen ihre ernsten Gesichter darauf schließen. Ich bleibe in der Tür stehen und beobachte sie einen Moment unbemerkt.

«Krass! Und du meinst, die würden mich da nehmen?» Flo starrt Franz an.

«Hängt ganz von dir ab. Ist 'ne gute Schule», sagt Franz voller Überzeugung. Er macht das wirklich gut. Als sei er sein Großvater.

Jetzt mischt sich auch Schmiddi ein. «Also, ich habe Klienten, die ihre Kinder auf diese Schule schicken, und die sind begeistert.»

«Wer jetzt, die Eltern oder die Kinder?», frag Flo.

«Schätze, beide», sagt Schmiddi. «Aber ich kann noch mal nachfragen, wenn du willst.»

«Wäre super. Frag mal bitte.» Offenbar erkennt Flo, dass die beiden Herren es gut mit ihm meinen. Dann wendet er sich wieder Franz zu. «Und du hilfst mir wirklich bei der Mappe? Ich meine, du kennst dich ja aus mit so was, sagt Oma.»

Franz muss lachen. «Wenn sie das sagt ...»

Ich geselle mich zu ihnen. «Was treibt ihr denn hier?»

«Och, nichts Besonderes», geben Schmiddi, Franz und Flo fast gleichzeitig von sich.

«Warte, Mama, bin gleich zurück, dann erklär ich's dir», sagt

Flo, setzt seine Kopfhörer auf und geht cool wippend, wie nur ein Sechzehnjähriger cool wippen kann, ins Haus.

Ich nicke Franz verschwörerisch zu. Er hat Schmiddi offenbar in den Plan mit eingebunden. Ich bin beiden unendlich dankbar für ihre Unterstützung. Und wie ich sie mir so anschaue, fällt mir auf, dass Franz sein weißes Hemd lässig aus den Chinos trägt, was wirklich gut aussieht. Es hat etwas Sportlich-Jugendliches. Anders als bei Schmiddi, der zu meiner Überraschung heute kein Outfit in Beige trägt – weder Hose noch Hemd. Zum ersten Mal seit ... seit ... keine Ahnung, seit wann, aber ich sehe Schmiddi zum ersten Mal in Jeans. Ungelogen. Es gibt tatsächlich Menschen, die jünger als siebzig sind und nie Jeans tragen. Einer davon ist ... *war* Schmiddi, und zwar solange ich denken kann. Bis heute. Er trägt sogar eine Markenjeans – eine Levi's. Und dazu ein blaues Polo-Shirt. Was hat das zu bedeuten?

Ich begutachte ihn demonstrativ und nicke anerkennend. «Steht dir gut.»

«Danke, Rike.»

An seinem Blick kann ich sehen, dass er sich über das Kompliment freut.

«Bitte, *Micha*.»

Wir müssen beide lachen.

Mit seinem Skizzenbuch unterm Arm kommt Flo zurück. Die Kopfhörer um den Nacken gelegt, strahlt er mich an, legt lässig einen Arm um mich, und ich fühle mich neben meinem Sohn, der sehr zu meinem Bedauern plötzlich erwachsen wird, ganz schön klein.

«Is' voll der Hammer, Mom. Es gibt da so eine Schule, wo ich mit Kunst Abi machen kann.»

«Ach!», täusche ich meine große Überraschung vor. Und ich bin wirklich gut und sehr erfahren im Vortäuschen falscher Tatsachen – hat bei Clemens jahrelang geklappt. Aber das ist hier nicht das Thema. Ich muss jetzt ernst bleiben. Bloß keine Euphorie, sonst wirke ich unglaubwürdig. Erst noch mal skeptisch nachhaken, dann zweifeln, dann schlechtmachen. Flo muss sich schon ins Zeug legen, wenn er da unbedingt hinwill. Er muss es wirklich wollen.

«Kann ich mir kaum vorstellen. Was soll das für eine Schule sein?»

«Eine berufsvorbereitende Oberstufe», sagt Franz.

Ich spiele meine Rolle weiter und schaue auch ihn sehr skeptisch an. Dabei stelle ich mich breitbeinig vor ihm auf, wie John Wayne in *High Noon*.

«Abi mit Kunst? Kaum vorstellbar! Und wieso kennst du dich da überhaupt aus, Franz?»

Er nimmt die Herausforderung an, stellt sich vor mich und streckt seine Brust raus. «Ich war mal Galerist.»

Interessant. Wenn das wahr ist, hat er es mir tatsächlich verschwiegen, als ich ihn bat, mich bei Flo zu unterstützen.

«So, so – Galerist. Gibt es sonst noch etwas, das wir über dich nicht wissen?»

«Jede Menge», sagt Franz und lächelt harmlos.

«Mama, jetzt lass doch Franz mal in Ruhe!», protestiert Flo.

Ich mach mich wieder locker. «Na ja ... Und was sind denn die Voraussetzungen, um dort genommen zu werden? Oder nehmen die jeden?»

«Nicht jeden, nur die Guten, die Willigen und die Talentierten», mischt sich jetzt auch Schmiddi ein.

«Ach, und du kennst dich da jetzt auch aus, oder was?»

«Ich hab' mir das zusammen mit Franz und Flo angeschaut. Es klingt sehr gut und würde sich vor dem Jugendrichter gut machen.»

«Hm ... da ist was dran. Aber was sind denn nun die konkreten Voraussetzungen, um da genommen zu werden?»

«Versetzung in die Zehnte und eine Mappe», sagt Flo.

«Du bist in der Zehnten und von der Schule geflogen. Wie macht sich das denn bei so einer Bewerbung?», frage ich. Ich könnte Luftsprünge machen, muss aber den Miesmacher geben, um herauszufinden, ob Flo ernsthaft interessiert ist.

«Egal – Hauptsache, er wurde in die Zehnte versetzt. Den Rest entscheidet eine Auswahlkommission», ergänzt Schmiddi und zeigt auf den Bildschirm. «Hier, steht alles auf der Homepage.»

«Ja und?», erklärt Flo lässig. «Wenn die mich nehmen, mache ich die Zehnte eben noch mal. Is' doch cool.»

Ach was, mein Sohn ist bereit, Opfer zu bringen und findet das auch noch cool? Dass ich das noch erleben darf!

«Und die Mappe?», frage ich.

«Franz und ich haben uns da schon was überlegt.»

«Soso, na, da bin ich aber gespannt ...» Ich kann es tatsächlich kaum erwarten, die Pläne meines Sohnes zu erfahren.

Flo legt völlig begeistert einen Arm um Franz' Schultern, die allerdings zu breit sind für Flos kurze Spannbreite. Der Junge tut so, als seien er und Franz seit Jahren Buddies.

«Pass auf, Mom ...»

Seit wann bin ich eigentlich Mom für ihn?

«Wir stellen eine Mappe mit drei Schwerpunkten zusammen. Erstens: Skizzen aus meinem *blackbook* ...» Flo hält sein schwarzes Skizzenbuch hoch, das er seit einem Jahr immer und überall dabeihat und in dem er ständig seine neuesten Ideen festhält. Es ist ihm heilig. «Zweitens: Fotos der gleichen *tags*, die hier im *blackbook* drin sind und die ich irgendwo gesprayt habe oder noch sprayen werde.»

Ich will schon warnend den Finger heben, als er fortfährt: «Drittens: Ich bearbeite ein paar dieser Fotos und zeichne mich selbst darauf ein, wie ich gerade spraye. Voll cool, oder?»

«Mmh ... Klingt nach ... einem Plan», sage ich und meine es auch so.

«Das heißt, du bist einverstanden?» Flo kann's kaum fassen.

«Das heißt erst mal gar nichts», sage ich und tue so, als müsste ich darüber nachdenken. Die drei schauen mich erwartungsvoll an. Ich zögere meine Antwort noch etwas hinaus und kann ihnen ansehen, dass sie nicht begreifen, wieso ich nicht sofort zustimme. Ich genieße den Moment, laufe theatralisch ein paar Schritte auf der Terrasse auf und ab und fühle mich wie King Lear, der über seinen Nachwuchs urteilt. Dann wende ich mich ihnen dramatisch zu.

«Das klingt in der Tat sehr gut, mein Sohn. Du musst dich aber um alles selbst kümmern. Ich hänge mich da nicht rein! Mal sehen, ob du das auf die Reihe kriegst. Wenn nicht, machen wir, was ich sage. Okay?»

Ich finde, das klingt total souverän von mir, obwohl ich keinen blassen Schimmer habe, was Plan B sein könnte. Ich kann Flo ansehen, wie es in ihm arbeitet. Seiner Körpersprache nach zu urteilen, würde er mich gerne umarmen, aber die Coolness eines sechzehnjährigen Graffiti-Sprayers hält ihn zurück.

Dann meldet sich Schmiddis klare, ruhige Stimme: «Und vergiss nicht, dass alles, was du machst, legal sein sollte», sagt er mahnend zu Flo. «Du bewegst dich auf dünnem Eis nach der letzten Aktion.»

Flo verdreht die Augen.

Ich muss Schmiddi zustimmen. «Schm– äh, Micha hat recht. Ich glaube nicht, dass dich diese Schule nimmt, wenn du vorbestraft bist. Ganz abgesehen von dem Ärger, den du mit mir bekommst!»

«Hey Mom, weißt du eigentlich, wie viele Künstler *fame* sind, gerade weil sie illegal *taggen*?! Was wäre Banksy, wenn er nur legal sprayen würde? Nobody! Außerdem funktioniert das auf Adrenalin besser.»

Hey Mom, chill mal, denke ich und atme tief ein und wieder aus ... ein und wieder aus. Sehr gut! Jetzt sachlich bleiben. Nicht ironisch oder zynisch werden und bloß nicht den Oberlehrer raushängen lassen. Schön sachlich ...

«Mein Hase …» Flo hasst es, wenn ich ihn wie ein Kleinkind nenne. «Der Unterschied zwischen Banksy und dir ist der, dass Banksy sich nicht erwischen lässt und ein paar Jahre mehr Übung hat. Der hat sich sein *fame*-Sein verdient.»

«Aber er hat so angefangen wie ich.»

Sinnlos, das Ganze, denke ich und frage mich, ob Flo wirklich dachte, dass er komplett freie Hand hat.

«Entspann dich, Mom», lenkt er schnell ein. «Ich find schon was, wo ich legal *taggen* kann. Aber –» Er stockt. «Was, wenn ich nichts finde?»

Ich würde zu gerne sagen, *dann lass dich nicht erwischen*, aber ich schätze, das wäre pädagogisch äußerst kontraproduktiv.

«Dann bleibt deine Mappe leer, und dein Platz in der neuen Schule vermutlich auch. Sieh es als Chance. Es liegt ganz an dir.»

Das zu sagen fällt mir unendlich schwer, denn als Flo noch kleiner war, haben wir alle Aufgaben für die Schule gemeinsam gelöst. Mit Wehmut erinnere ich mich an die langen Abende zurück, an denen ich aufopferungsvoll steinzeitliche Faustkeile aus Fimo geformt und Schauplakate über das Römische Reich gebastelt habe. Es gab nächtelange Themenrecherchen im Internet über die Bodenschätze Papua-Neuguineas und die Deutsche Hanse. Und wenn Flo völlig fertig nach Schule, Fußballtraining und Klavierunterricht ins Bett fiel, habe ich selbstverständlich den Aufsatz über das Londoner U-Bahn-Netz auf Englisch für ihn geschrieben. So what? Er ist schließlich mein einziger Sohn! Und hier geht es um nichts Geringeres als um seine Zukunft. Nur zu gerne würde ich Flos Bewerbung für die neue Schule bei Banksy in Auftrag geben, um kein Risiko einzugehen. Aber ich glaube, das würde auffallen, wäre unlauter und vermutlich auch viel zu teuer, denn Banksy ist schließlich *fame*. Außerdem müsste ich ihn dazu erst mal finden.

Natürlich muss Flo das jetzt alleine schaffen, damit er überhaupt mal was Sinnvolles alleine schafft. Und sollte er an dieser Schule genommen werden, wäre das ein unendlicher Triumph für ihn. Ich würde es ihm und mir wünschen. Aber vielleicht kann ich ja doch ein wenig mitmischen. Ich könnte ihm helfen, eine jungfräuliche Wand zu finden, die er legal besprayen kann.

Flo schaut auf die Uhr und steckt Skizzenbuch und Handy in seinen Rucksack. «Ich muss los, treffe mich mit den Jungs in der Stadt.»

«Moment, nicht so schnell!», sage ich misstrauisch. «Wer sind denn diese Jungs eigentlich? Die gleichen, die dich unter der Autobahnbrücke hängengelassen haben? Mit denen solltest du dich besser nicht treffen – kein guter Einfluss, mein Freund!»

«Mom, du kennst sie ja gar nicht!»

«Ist auch besser so.» Ich klinge schon wie mein Vater früher.

«Deine Mutter hat recht», sagt Franz vertraulich. «Konzentriere dich auf deine Bewerbung. Mit einer guten Mappe kannst du allen zeigen, was du draufhast. Nämlich mehr als die anderen. Nur darum geht's. Nicht ums Adrenalin oder irgendwelche illegalen Kicks.»

Ich hätte das ganz genauso gesagt. Nur hätte mein Sohn auf mich nicht so reagiert wie auf Franz, denn Flo scheint tatsächlich begriffen zu haben, worum es geht. Er verzieht sich zu meiner größten Überraschung in sein Zimmer, um erste Skizzen vorzubereiten. Beeindruckend, was eine männliche Ansage bewirken kann. Dankbar lege ich Franz eine Hand auf die Schulter, und er scheint die Geste zu verstehen.

«Keine Ursache, du hast einen tollen Jungen.»

Später sitze ich mit Schmiddi im Baumhaus. Franz und Mama sind bei irgendeinem Tanzkurs, und Flo arbeitet an seinen Skizzen.

«Danke für deine Unterstützung mit Flo. Bist du eigentlich noch sauer auf mich wegen der Sache in der Sauna?»

Schmiddi winkt ab. «Längst abgehakt. Irgendwie hast du ja auch recht. Ich habe drüber nachgedacht. Vielleicht muss ich auch mal was ändern in meinem Leben. Da gäbe es wohl einiges.»

Aha?! Wer ist der Mann neben mir? Jedenfalls nicht der Schmiddi, den ich kenne. Irgendwas geschieht mit ihm. So eine Art Verwandlung. Er verändert sich, seit er öfter mit Franz zusammen ist. Er ist so ... so ... gut und gar nicht nachtragend, immer ausgeglichen und zufrieden. Ob das daran liegt, dass er noch zu Hause wohnt? Oder daran, dass er nicht so ein Karrieretyp ist? Ich will ihn gerade fragen, da piepst es überraschend aus Schmiddis neuer Jeans. Umständlich zieht er sein Handy aus der engen Hosentasche und schüttelt den Kopf, während er eine Nachricht liest.

«Ist was passiert?», frage ich irritiert.

«Nein, nein, alles in Ordnung.» Schmiddi steckt das Telefon wieder ein, wobei ein winziges Lächeln seine Mundwinkel umspielt. «Was wolltest du sagen?»

«Ich ... äh ... Vielleicht könnte Flo das Baumhaus *taggen* ...», spreche ich meinen letzten Gedanken aus.

«Macht doch keinen Sinn, hier sieht's ja keiner.»

«Stimmt. Wie wäre es dann mit den Grundstücksmauern ringsum? Das ist Privatbesitz und niemand kann was dagegen haben, und von außen sieht es jeder.»

«Musst du mit Wilma besprechen», sagt Schmiddi.

«Ja, stimmt. Wenn ich's genau überlege – besser nicht. Mamas Toleranz hat Grenzen.»

Schmiddi und ich sitzen einfach nur da und hängen unseren Gedanken nach, bis ich vor Neugier fast platze.

«Wer war denn das gerade?»

«Niemand.»

«Niemand schickt dir Nachrichten?»

«Eine Klientin.»

«Aha, so spät noch», sage ich, und weil ich keine Antwort bekomme, lasse ich das so stehen. Schmiddi hat Geheimnisse vor mir.

Und ich glaube, er ist doch nachtragend. Jedenfalls ist alles anders zwischen uns seit der Sache im Schwimmbad – ganz gleich, wie oft ich mich entschuldige. Irgendwas steht zwischen uns.

«Micha, wenn du noch sauer auf mich bist, dann sollten wir das jetzt ein für alle Mal klären.»

«Ich sag doch, alles okay. Ich find's gut, dass Flo die Mauer besprühen soll. Und dass deine Mutter jemanden hat. Franz ist ein netter Kerl. Und ich finde gut, dass wir beide so ... Na ja, Freunde sind. Sind wir doch, oder?»

«Auf jeden Fall. Und ich finde gut, dass du neuerdings Jeans trägst. Echt jetzt. Beige macht dich so blass.»

Schmiddi nickt. Ich kann ihm ansehen, dass ihn etwas anderes beschäftigt. Im Profil betrachtet sieht er gar nicht schlecht aus. Markantes Kinn, etwas kantig, und dennoch wie früher, als er noch ein Junge war, trotz des dunklen Bartschattens. Und ich erkenne silbergraue Ansätze an den Schläfen, die zwischen den braunen Haaren kaum sichtbar hervorblitzen. Schmiddi hat dichtes, braunes Haar, das er seit seiner Kindheit kurz und streng gescheitelt trägt. Leider lässt ihn die Brille, ein altmodisches Kassengestell, das für sein Gesicht viel zu klein ist, tatsächlich aussehen wie Al Bano Power in den Achtzigern – fast schon wieder retro, aber deshalb noch lange nicht gut.

Er rutscht unruhig hin und her. «Kann ich dich was fragen? So als meine Freundin – sozusagen? Also nicht Freundin-Freundin, sondern nur Freundin eben?»

«Klar, unter Freunden kann man sich doch alles fragen und sagen. Erst recht, wenn man sich so lange kennt wie wir.»

«Also es ist wegen ... stell dir vor, du hättest ... also rein hypothetisch ... stellt dir vor, du hättest Interesse an mir. Also, ich weiß ja, dass das nicht so ist, und das ist auch gut so wegen der Freundschaft und so, aber wenn ... Also, was würdest du denken ... weil ich noch zu Hause wohne. Wie wirkt das?»

Ich schaue ihn an und meine Ahnung beginnt sich zu verstärken. «Ganz ehrlich? Also so rein hypothetisch?»

Er nickt.

«Strange», sage ich. «Ich meine, ich kenne dich ja. Aber wer dich nicht so gut kennt, könnte das schon seltsam finden. Oder dich für einen Freak halten.»

«Wieso?»

Meine Antwort scheint ihn tatsächlich zu überraschen. «Weil du 45 Jahre alt bist und noch bei Mama und Papa wohnst. Das ist nicht normal heutzutage.»

Schmiddi schaut mich traurig mit seinen großen braunen Augen durch seine kleine Al-Bano-Power-Brille an.

«Du wohnst aber doch auch bei deiner Mutter», sagt er.

«Vorübergehend.»

Schmiddi nickt, wir schweigen wieder.

«Ich habe jemanden kennengelernt», sagt er schließlich.

Ich schließe kurz die Augen und spüre einen ... Es ist ein ... ganz winziger, kaum wahrnehmbarer Stich. Ins Herz. Und unter meinem Brustkorb wird alles plötzlich etwas schwerer. Ich atme tief ein und wieder aus, um das Gefühl nicht in mir einzuquetschen. Es verwirrt mich und soll wieder raus aus mir, weil es nicht dahin gehört. Ich will es nicht!

«Was Ernstes?», frage ich.

Micha nickt, und das Gefühl in mir verdoppelt sich. Es ist nun schwer wie Blei. Verdammt!

«Vielleicht ... also ich hatte gehofft, als gute Freundin kannst du mir vielleicht ... Tipps geben. Ich hab' doch keine Ahnung von ... Frauen und Dates und so. Du bist die Einzige, die ich fragen kann.»

Ich schaue ihn an und weiß, dass er das absolut ernst meint. Das Gespräch nimmt skurrile Züge an.

«Ja, äh ... klar», höre ich mich sagen und würde am liebsten weglaufen, aber ich schulde Micha mehr als einen Gefallen, weil er immer im richtigen Moment für mich da war. «Was Konkretes?»

«Nein, nein, noch nicht. Ich arbeite mich langsam vor. Nichts überstürzen, hat Franz gesagt.»

«Dann hast du ja schon einen Berater.»

«Na ja, aber er ist ... er ist ja keine Frau, weißt du?»

Ich nicke. «Ja, das hatte ich schon vermutet.»

«Und eine zweite Meinung ist mir wichtig. Außerdem kenne ich ihn nicht so gut wie dich. Dein Rat bedeutet mir wirklich viel, Rike.»

«Schon gut», winke ich ab. «Ich werde mir Mühe geben, okay?»

«Okay, danke!»

# 16
## *Realität*

MITTEN IN DER NACHT wache ich von einem seltsamen Geräusch auf. Ein Rumpeln irgendwo im Haus. Als wäre etwas heruntergefallen. Dann höre ich eine leise Männerstimme. Einbrecher, denke ich sofort und halte die Luft an, um besser hören zu können. Dabei greife ich nach meinem Handy, als sei es eine schussbereite *Smith & Wesson*. Jetzt höre ich ein leises Wimmern – klingt, als brauche jemand Hilfe. Ich richte mich auf. Da! Ein Jammern. Was ist da los? Tausend Dinge gehen mir durch den Kopf: Mama gefesselt und geknebelt, während ein Einbrecher auf der Suche nach Schmuck und Geld alle Schubladen aufreißt. Dann höre ich ein Stöhnen. Eindeutig meine Mutter. Nein, stopp, jetzt klingt es tiefer. Eher wie der Brunftlaut eines Elchs.

Jetzt erst begreife ich, dass es gar keine Einbrecher sind, sondern ... meine Güte! Franz und Mama! Beim Sex! Und es wird immer lauter.

Hoffentlich hört Flo das nicht, denke ich und weiß gar nicht, wie ich das finden soll. Ich belausche meine 66-jährige Mutter und ihren über 70 Jahre alten Lover beim Sex. In meinem Kopf laufen Bilder ab, die ich wirklich nicht sehen möchte, aber bei der Geräuschkulisse auch nicht abstellen kann. Die eigene Mutter beim wilden Sexspiel mit einem lüsternen Ü70er. Das ist ... krass. Nichts für schwache Nerven. Sie stöhnen jetzt im Gleichtakt in immer kürzeren Abständen. Lauter, schneller. Ich halte mir die Ohren zu, will das nicht hören. Hauptsache, sie kommen endlich zum Schluss. Aber Franz ist anscheinend sehr, sehr ausdauernd. Das ist vielleicht der Vorteil eines älteren Liebhabers: Er kann länger. Mama scheint jedenfalls voll auf ihre Kosten zu kommen.

Was ist das Geheimnis von diesem Franz? Was geht dort hinter der Schlafzimmertür meiner Mutter vor sich? Nimmt er Viagra? Und wieso sind die beiden überhaupt so rücksichtslos und laut?

Jetzt beruhigen sie sich wieder, das Stöhnen wird feiner, weniger ekstatisch. Es klingt nun wie ein Wimmern und Aufatmen. Ich lausche wieder genauer hin. Es wird leiser, dann ein letzter Seufzer von beiden. Das war's dann wohl.

Na endlich. Ich lasse mich zurück in mein Kissen fallen, froh, endlich schlafen zu dürfen. Aber dann geht es wieder los. Langsam nehmen sie erneut Anlauf, die Brunftlaute werden wieder lauter, rhythmischer, kürzer. Meine Herren, was hat meine Mutter für ein Glück! Ich beneide sie, und gleichzeitig treibt sie mir die Schamesröte ins Gesicht. Ich ziehe mir die Decke über den Kopf und summe ein Lied – wie ein hysterisches kleines Mädchen, das die bösen Geister vertreiben will. Sie sollen endlich aufhören!

Ausgerechnet meine Mutter, die prüde Wilma Herrlich, von der ich immer dachte, sie habe noch nie so etwas wie Leidenschaft erlebt. Bei der ich mich immer gefragt habe, wie es meinem Vater gelingen konnte, mit ihr ein Kind zu zeugen. So liebevoll meine Mutter mit mir umging, so verwundert war ich, dass meine Eltern einander nur selten zärtlich berührten. Die Vorstellung, dass meine Mutter eine leidenschaftliche Frau sein könnte, ist mir absolut nie in den Sinn gekommen. Und jetzt das hier.

Und während ich so über das alles nachdenke und versuche, einzuschlafen, wird mir bewusst, dass meine Mutter in ihrem Alter Sex, Spaß und einen Mann hat, der sie begehrt. Das ist doch ungerecht. Sollte *ich* nicht sexuell aktiver sein als sie? Hier läuft gewaltig etwas schief.

Ausgeschlafen, summend und fast schwebend vor Glück kommt meine Mutter gut gelaunt am nächsten Vormittag in die Küche, während Franz schon seine Tai-Chi-Qi-Gong-Übungen im Garten vollzieht, was sehr interessant aussieht. Mama tänzelt über ein Paar herumliegende Sneaker von Flo, der noch schläft, gibt mir einen flüchtigen Kuss auf die Wange und wünscht mir einen Guten Morgen, bevor sie zu Franz in den Garten geht und sich verliebt von hinten an seinen großen Körper schmiegt. Ich begreife das nicht. Meine Spießer-Mutter verliebt sich in einen Typen, den sie kaum kennt, lässt ihn bei sich wohnen und blüht auf wie eine Pfingstrose. Der absolute Wahnsinn. Früher hätte sie mindestens einen Privatdetektiv beauftragt, den Mann zu überprüfen, der mit ihr unter einem Dach lebt. Ach was! Früher hätte es gar keine Fremden in diesem Haus gegeben. Nicht mal Clemens durfte hier übernachten, selbst als wir verlobt waren. Völlig ausgeschlossen. Keine Frage, Franz ist ein smarter Typ, hat Humor, beste Umgangsformen und ist hilfsbereit, nett und klug. Er kümmert sich nicht nur um Mama, sondern mindestens genauso gewissenhaft um den Garten und um Papas Rosen. Er kann kochen, hat einen guten Draht zu Flo, und sogar Schmiddi mag ihn. Genau genommen ist Franz der perfekte Mann. Aber den perfekten Mann gibt es in der Realität nicht.

Natürlich habe ich bereits seinen Namen gegoogelt, aber nichts über Franz Eduard Conti herausgefunden. Das ist einerseits nicht ungewöhnlich bei älteren Menschen, die keine Internet-Historie haben und nicht online surfen. Aber andererseits auch seltsam, dass er als ehemaliger Galerist nirgendwo im Netz auftaucht. Nachdenklich trinke ich meinen Kaffee, beobachte meine Mutter und Franz eine Weile im Garten und habe das Gefühl, hier nicht mehr hinzugehören. Ich fühle mich zunehmend wie ein unsichtbarer Gast, der lauscht und beobachtet, was sich im Haus verändert, aber nicht aktiv daran teilnimmt – ausgeschlossen vom Glück der anderen und überflüssig. Was ist nur los? Meine Mutter wirkt wie ein junges Mädchen, und ich komme mir dagegen wie eine alte Frau vor.

Als Flo die Küche betritt, übersieht er mich fast. Er hat Franz' Kamera dabei und ist auf dem Sprung, seine Werke, die überall in der Stadt verteilt sind, neu zu fotografieren, um sie für die Bewerbungsmappe zu dokumentieren. Irgendwie ist das so, als würde ein Täter an den Tatort zurückkehren.

«Lass dich bitte nicht schon wieder bei irgendwas erwischen», rate ich ihm daher.

Flo lässt meine Worte mit einem müden Lächeln an sich abperlen. Es klingelt. Schmiddi steht vor der Tür. Er will Flo, Mama und Franz in die Stadt mitnehmen. Ich wundere mich, denn davon hat mir meine Mutter nichts erzählt.

Als Mama und Franz in die Küche kommen, erfahre ich, dass meine Mutter sich für einen Hormon-Yoga-Kurs angemeldet hat, um ihre Östrogene wieder anzukurbeln. Wie auch immer das funktionieren soll, ich belasse es dabei und will das Thema nicht vertiefen. Insgeheim nehme ich mir vor, Hormon-Yoga zu googeln, sobald ich allein bin. Könnte in meinem Alter vielleicht auch nicht schaden. Franz und Schmiddi wollen währenddessen shoppen gehen. Was geht denn hier ab? Hormon-Yoga? Schmiddi geht shoppen? Mit Franz? Und ich sitze hier rum und checke nichts.

Ehe ich Fragen stellen kann, nehmen die drei Flo in ihre Mitte und fahren mit ihm in die Stadt. Ich fühle mich ausgeschlossen. Sie hätten mich doch wenigstens fragen können, ob ich auch mitkommen will.

Gerade kommt Mama noch mal zurück – um einen Schirm einzustecken.

«Schatz, immer nur zu Hause zu hocken ist nicht gut für dich. Raff dich auf, geh unter Leute, triff dich mit Mona. Ganz gleich, was es ist, nur mach was – such dir eine Aufgabe!»

Ein Kuss auf die Wange, und weg ist sie. Ich stehe wie ein Idiot in der Tür und bin sprachlos. Mir wird endgültig klar, dass meine Mutter die Letzte ist, die mich noch braucht, damit sich jemand um das Haus, den Garten oder ihre Psyche kümmert. Außerdem hat sie für das alles jetzt Franz. Und der macht seine Sache eindeutig besser als ich. Mama hat recht! Genauso wie Benno und Schmiddi. Ich brauche eine Aufgabe. Ich muss mich jetzt endlich um mich kümmern.

Also setze ich mich mit einer Tafel Schokolade und einer Tüte Salzlakritz ins Baumhaus und denke nach. Über alles, was in letzter Zeit so passiert ist, wem ich begegnet bin und was die Leute so tun.

Und irgendwann mache mich auf den Weg in die Psychiatrie.

## 17
## *Seelenheil*

BEVOR ICH IN DIE KLINIK FAHRE, muss ich zur Tankstelle und einen Kanister Sprit für Papas alten Opel besorgen. Natürlich widerstrebt es mir zutiefst, so eine antiquierte Dreckschleuder zu fahren. Aber mit dem Fahrrad wäre ich jetzt echt schlecht bedient, weil ich einiges zu transportieren habe. Denn ich habe einen Plan, der ohne Auto nicht funktioniert. Deshalb bin ich heilfroh, dass der alte Opel Rekord anspringt, nachdem ich ihm eine Ladung Sprit verpasst habe.

Langsam fahre ich aus der Garage, wieder zur Tanke. Und wie ich da so an Papas Chromschnittchen lehne und warte, dass der gefühlte Hundertlitertank sich füllt und mich ein Vermögen kosten wird, spüre ich hinter meiner verspiegelten Sonnenbrille die Blicke der vorüberfahrenden Typen. Nur dass ich kein Bondgirl auf der Motorhaube eines Aston Martin in Monte Carlo bin, sondern ein Mopsgirl auf einem Opel in Meppelstedt, was dem nur entfernt nahekommt.

Langsam fahre ich die Besucher-Auffahrt hoch. *Klinik für Psychiatrie und Psychotherapie* steht am Eingangstor. Und obwohl ich noch nie hier war, erfasst mich ein beklemmendes Gefühl. Zuerst fällt mir der schöne große Park ins Auge, mit den vielen Bäumen und Bänken. Dann sehe ich das alte Gebäude – mindestens hundert Jahre alt.

Genauso lang sind hier schon Menschen behandelt worden, denke ich, und versuche mir lieber nicht vorzustellen, wie es hier wohl vor hundert Jahren war.

Ich treffe Torben eine halbe Stunde später im Park an einem kleinen Wasserbecken aus Stein, in dem Goldfische schwimmen. Er hat den Ort vorgeschlagen, als ich ihn vorhin angerufen habe. Plötzlich fasst er mir auf die Schulter und nimmt neben mir Platz, ohne dass ich sein Kommen bemerkt hätte.

«Rike! Dass *du* mich hier besuchst!» Torben scheint sich wirklich über meinen Besuch zu freuen. «Wartest du schon lange? Ich hatte noch Therapie.»

«Überhaupt nicht. Ist doch total schön hier.»

Und genau so ist es. Die letzten dreißig Minuten habe ich so sehr genossen, dass mir das Warten absolut nichts ausgemacht hat. Die Ruhe, das Rauschen der Bäume im Wind, das leichte Plätschern der Fische im Wasser, das Zwitschern der Vögel – ein Traum. Ich konnte spüren, wie sämtliche Anspannung von mir abfiel, während ich einfach nur dasaß. Einfach so, ohne etwas zu tun, zu denken, zu wollen, zu müssen.

«Vielleicht sollte ich auch eine Therapie hier machen», scherze ich, wobei mir der Gedanke gar nicht so absurd vorkommt.

«Damit solltest du keine Witze machen, der Schein trügt.» Torben ist etwas blass und hat abgenommen, seit ich ihn das letzte Mal gesehen habe. «Also, was machst du hier? Wieso besuchst du mich?», fragt er mich.

Berechtigte Fragen. Und offen gestanden bin ich über meine Spontanität selbst überrascht – positiv überrascht.

So richtig ging mir die Geschichte von Torben nicht aus dem Kopf, seit Benno mir erzählt hat, dass unser alter Schulfreund mit dem Tod seiner Frau nicht zurechtkam und sich freiwillig hat einweisen lassen, um psychiatrische Hilfe in Anspruch zu nehmen. Als ich dann beim Joggen an der Minigolfanlage vorbeikam, musste ich wieder an Torben denken und an die Aufgabe, die er sich mit der Renovierung vorgenommen hatte. Die Idee, die Anlage wieder zum Leben zu erwecken, gefiel mir.

Wir gehen im Klinikpark spazieren, und weil Torben nicht zu den Typen zählt, die viel reden, rede ich. Es fühlt sich sehr gut an, einfach mal alles zu erzählen – alles. Ausgerechnet Torben, mit dem ich eigentlich überhaupt nichts zu tun habe, ist der Erste, dem ich völlig unverblümt berichte, was in meinem bisherigen Leben los war und was schiefgelaufen ist in letzter Zeit. Torben unterbricht mich nicht, nickt nur ab und zu verständnisvoll und hört sich alles geduldig an. Mir kommt zwischendurch kurz der Gedanke, er könnte Kopfhörer in den Ohren haben und nur so tun, als sei das, was ich sage, von Belang. Aber dann bleibt er mit auf dem Rücken verschränkten Armen vor mir stehen und schaut mich bedächtig an, wie ein weiser Professor.

«Ganz ehrlich, Rike ...»

«Ja?»

Er schüttelt resigniert den Kopf, als sei jede Schlacht verloren. «Bei dir läuft's auch beschissen.»

Wie nett, aber das weiß ich schon. «Ja, sieht so aus», sage ich.

«Aber ich weiß, was dir fehlt.»

«Aha, da bin ich gespannt.» Erwartungsvoll schaue ich ihn an. Es ist seltsam, ausgerechnet Torben, den ich in der fünften Klasse beim ersten Kuss aus Versehen mit Rotze beschmiert habe, macht mir Mut, obwohl er selbst diesen Mut verloren hat.

«Du musst dein Seelenheil finden», flüstert Torben mir hinter vorgehaltener Hand zu, als plaudere er ein Geheimnis aus.

Ich schaue mich um, aber niemand, der uns hören könnte, ist in der Nähe. «Mein Seelenheil?»

Er nickt. «Bei mir war es die Minigolfanlage. Deshalb war sie mir so wichtig, weißt du?»

«Verstehe, so wie bei Benno die Kneipe.»

Torben nickt erneut. «Genau! Du brauchst eine sinnvolle Aufgabe, um dein Seelenheil zu finden. Eine Mission, die zu dir passt. Und … du musst die Kraft dafür haben. Ich hab' sie nicht. Deshalb bin ich hier.»

«Aber wieso?»

Torben seufzt. «Wegen Elke. Ich schaff's nicht. Ich habe das Gefühl, dass mein Leben ohne sie immer leerer wird. Ohne sie fehlt mir die Kraft, der Antrieb, die Lust, der Wille – nenn es, wie du willst. Es geht einfach nichts mehr. Ich dachte, die Minigolfsache wäre meine Rettung, aber ich kann nicht. Noch nicht. Aber jetzt ist sowieso alles verloren. Die Lizenz ist weg, wenn ich das nicht hinkriege.»

Traurig schaut er zu Boden.

«Genau deshalb bin ich eigentlich hier, Torben. Ich wollte dir anbieten, bei der Renovierung zu helfen, damit du den Termin einhalten kannst.»

Torben schaut verwundert auf. «Was? Machst du Witze?»

«Überhaupt nicht, dazu ist die Angelegenheit viel zu ernst.»

Und dann erzähle ich ihm von der Idee, dass Flo den Kiosk der Anlage und die Mauern gestalten soll, während ich mich nach Torbens Plänen um die Renovierung kümmere. Das genaue Motiv soll aber eine Überraschung werden. Je länger ich ihm meine Idee erkläre, umso heller leuchten seine Augen.

«Wir hätten alle was davon», sage ich schließlich. «Du würdest uns regelrecht retten – mich und Flo.»

«Und ihr mich», strahlt Torben. Dann nimmt er den Schlüssel zur Minigolfanlage, den er wie einen Glücksbringer um den Hals trägt, und hält ihn mir hin.

Aber als ich danach greifen will, zieht er ihn im letzten Moment weg. «Nur unter einer Bedingung.»

«Und die wäre?»

«Die ordentliche Ausführung unseres ersten Kusses, der wiederholt werden muss, um die schlechte Erinnerung zu löschen. Das Trauma muss ein Ende haben.»

«Was, jetzt und hier?», frage ich überrascht.

«Nein, wenn du's geschafft hast, dein Seelenheil zu finden.» Torben grinst und hält mir seine Hand hin. «Abgemacht?»

Ich muss auch grinsen und schlage ein. «Auf jeden Fall!»

Torben gibt mir den Schlüssel und holt aus seinem Klinikzimmer eine Mappe mit seinen Plänen für die Renovierung. Außerdem gibt er mir eine Liste von Dingen, die ich besorgen soll. Meine Idee macht ihn nahezu euphorisch, so sehr freut er sich, was mich wiederum sehr freut und sich wirklich gut anfühlt.

Wir umarmen uns zum Abschied ganz fest, und bevor ich gehe, frage ich ihn nach Elkes Lieblingsblumen.

«Hortensien. In allen Farben», antwortet er und hat Tränen in den Augen – diesmal vor Freude.

Erleichtert stecke ich den Schlüssel ein und hoffe, Torben nicht zu enttäuschen, denn es bleibt nicht viel Zeit.

Meine nächste Station ist der Baumarkt. Allein der Gedanke an einen Abstecher dorthin lässt es tief in mir kribbeln und ist jetzt genau das Richtige nach dieser sehr emotionalen Begegnung mit Torben. Noch lieber als Schuhgeschäfte und Boutiquen sind mir nämlich Baumärkte und Gartencenter. Ich könnte ständig im Baumarkt shoppen gehen. Nirgendwo bekomme ich mehr Lust, meine vier Wände umzugestalten. Als ich noch in meinem eigenen Haus wohnte, ging ich mindestens einmal im Monat zum Baumarkt meines Vertrauens, um mich inspirieren zu lassen. Nach Hause gekommen bin ich dann mit Farbeimern, Tapeten, Bilderrahmen, neuen Lampen oder Fußmatten. Und natürlich Pflanzen, Blumenkübeln und einmal sogar mit sämtlichen Utensilien, die man für einen Gartenteich braucht. Musste ich zurückbringen, weil Clemens strikt dagegen war. Aber weil ich das Geld ja nun schon mal abgeschrieben hatte, bekam Clemens einen neuen Mähroboter – so einen, der von alleine über den Rasen rollt. Und für mich gab's eine neue Gästebad-Ausstattung inklusive kleinem Bücherregal. Schnickschnack eben. Stundenlang könnte ich durch die Gänge ziehen und in Gedanken alles neu gestalten und selbst bauen.

Diesmal aber habe ich eine Liste, von der ich nicht abweichen darf, weil ich nur ein sehr begrenztes Budget habe. Ich musste Torben versprechen, es nicht zu sprengen, und komme mir vor wie Rotkäppchen, das sich bloß nicht abseits vom Weg verführen lassen darf. Von nichts – auch nicht von einer Kettensäge in Zartrosa oder einem mit Strass-Steinen besetzten Akkuschrauber für Frauen. Also bleibe ich bei meiner Liste und besorge einen Vorschlaghammer, Farbe, Eimer, Pinsel und was man sonst noch so für eine Hausrenovierung braucht. Auf dem Rückweg lade ich noch ein paar Säcke Erde, acht Kübel Hortensien und Kletterrosen aus dem Angebot im Gartencenter nebenan ein, wo ich am liebsten ein Vermögen gelassen hätte.

Lässig versuche ich nun, den vollen Opel durch die Straßen Meppelstedts zu lenken, was gar nicht einfach ist ohne Servolenkung, Bremskraftverstärker oder höhenverstellbaren Sitz. Ich kann gerade mal übers Lenkrad schauen und wippe auf dem extrem gefederten Fahrersitz bei jeder Bodenunebenheit leicht auf und ab, was sich nicht nur bescheuert anfühlt, sondern vermutlich auch so aussieht und mir zu allem Übel Übelkeit bereitet. An einer Ampel winkt mir ein etwa fünfjähriges Mädchen aus dem festgezurrten Kindersitz in einem Porsche Cayenne von oben herab zu, kaum in der Lage, sich zu bewegen. Ein trauriges Bild. Wahrscheinlich denkt sie das Gleiche über mich. In diesem riesigen Auto fühle ich mich plötzlich ganz klein.

Dass ich diesen Opel Rekord als Kind überlebt habe, ist nach heutigen Sicherheitsmaßstäben eine wahres Wunder. Wie oft ich darin, auf dem Rücksitz hampelnd und natürlich unangeschnallt, mit meinen Eltern über den Brenner gefahren bin und Nummernschild-Raten gespielt oder anderen Verkehrsteilnehmern die Zunge rausgestreckt habe! Dann wurden Schnittchen und gekochte Eier ausgepackt, die bei glühenden vierzig Grad unklimatisierter Autoinnentemperatur einen ziemlich unangenehmen Geruch verbreiteten, aber lecker waren. Meine Eltern rauchten damals noch. Alle rauchten. Ich auch – zwangläufig passiv. Aber weder mir noch meinen Eltern machte es etwas aus. Es war völlig normal, dass auf langen Autofahrten im Auto gequalmt wurde. Bei Kälte im Winter sogar mit geschlossenen Fenstern, vermutlich war der Effekt vom Nikotinrausch dadurch noch größer. Und im Sommer-Stau auf dem Brenner sowieso. Ich muss als Kind furchtbar gestunken haben – nach Schweiß, Nikotin, Eiern oder manchmal auch kalten Schnitzeln und Kartoffelsalat. Auch wenn ich mich an derlei Ausdünstungen selbst nicht erinnern kann. Negatives verdrängt das Gehirn eben.

Im Sommer fuhren wir natürlich immer mit heruntergelassenen Fenstern. Autos mit Klimaanlage gab es ja nur bei *Kojak* und *In den Straßen von San Francisco*. Ich hätte also nicht nur stinken, sondern ständig mit rot entzündeten Karnickelaugen herumlaufen müssen. Aber auch daran kann ich mich genauso wenig erinnern wie an die vielen Sonnenbrände, die ich mir an der Adria oder am Gardasee geholt haben muss, weil Mama mich maximal mit Sonnenschutzfaktor 3 eingeschmiert hatte – wenn überhaupt. Schließlich gab es damals noch keinen Klimawandel und kein Ozonloch. Meine Haut wird sich irgendwann bestimmt daran erinnern, denn die vergisst ja bekanntlich nichts. Schade, dass Haut und Hirn in diesem Fall nicht zusammenarbeiten.

Mit dem voll bepackten Wagen fahre ich zu Benno, wo ich mich erst mal ausruhen muss. Als er hört, wo ich herkomme und was ich vorhabe, spendiert er mir eine eiskalte Spezi und nimmt mich in den Arm. Das tut gut. Ich atme erleichtert auf und habe das Gefühl, auf dem richtigen Weg zu sein.

«Ein guter Plan, Rike, wirklich. Und wie war Torben drauf?», fragt Benno.

«Ich glaube, die Therapie tut ihm richtig gut, aber er hat Angst, dass die Stadt ihm die Lizenz für die Minigolfanlage wieder entzieht, wenn er den Termin nicht einhält.»

«Schaffst du das denn in zwei Wochen?»

«Alleine sicher nicht», sage ich und werfe ihm einen flehenden Hundeblick zu.

«Auf mich kannst du zählen.»

Ich bin total erleichtert, denn genau das wollte ich hören.

## 18
## *Graffiti*

KEIN ZUTRITT – DUNKELKAMMER! *Bitte klopfen!* steht an der Tür von Papas Weinkeller. Das Schild ist neu, denn bislang gab es in diesem Haus keine Dunkelkammer, und erst recht nicht in Papas Weinkeller. Ich klopfe also vorsichtig und höre von innen wildes Geschrei.

«Nicht reinkommen! Erst das Licht aus draußen!»

«Okay», sage ich irritiert und drücke auf den Lichtschalter. «Licht ist aus.»

Langsam geht die Tür auf, und ich darf eintreten. Ich staune: Franz und Flo haben hier offenbar in kürzester Zeit tatsächlich eine funktionierende Dunkelkammer eingerichtet. Der Raum ist perfekt – völlig fensterlos. Franz zeigt meinem Sohn bei schummriger Beleuchtung, wie man Fotos entwickelt. Old School sozusagen. Auf einem hüfthohen Weinregal stehen Plastikwannen mit Wasser und Chemikalien. Erste Abzüge hängen schon an einer Wäscheleine zwischen zwei hohen Weinregalen. Ich fühle mich wie in einem Spionagefilm aus den Sechzigern und finde es sehr aufregend, zu beobachten, wie langsam ein Bild auf dem nassen Papier sichtbar wird. Voll konzentriert lässt sich Flo alles von einem freundlichen alten Mann erklären, den wir beide bis vor kurzem nicht kannten. Jedes Mal, wenn ich bisher versucht habe, von Mama etwas über ihn zu erfahren, weicht sie aus. Es ist, als hüte sie einen kostbaren Schatz, der sich in Luft auflöst, sobald sie sein Geheimnis preisgibt.

Franz ist mir nach wie vor ein Rätsel, allerdings ist er auch ein wirklich angenehmer Mensch – zurückhaltend und unaufdringlich, dennoch präsent und offen. Die Bilder von Flos Graffiti-Motiven sind wirklich gut. Ich schaue genauer hin und versuche, die Orte wiederzuerkennen, aber genau das sollte ich lieber nicht machen, denn es wäre vermutlich besser für mich, nicht zu wissen, wo Flos *tags* überall verteilt sind. Legal sieht jedenfalls nichts davon aus. Aber was ich nicht weiß, macht mich nicht heiß.

«Woher kannst du so gut fotografieren?», frage ich meinen Sohn beeindruckt.

«Franz hat mir ein bisschen was erklärt.»

«Dein Junge hat Talent.» Franz lächelt bescheiden unter seinem gepflegten weißen Dreitagebart.

Ich hole tief Luft und lasse die Katze aus dem Sack. «Also, Franz, dann könntest du dir vielleicht die nächsten Abende etwas Zeit für Flo nehmen, um seine neueste Arbeit zu dokumentieren, denn er hat ein neues Projekt. Kommt!»

Die beiden schauen mich fragend an und haben keinen blassen Schimmer, wohin ich sie jetzt entführen werde.

Eine Viertelstunde später stehen wir vor dem maroden und äußerst hässlich besprühten Kiosk der renovierungsbedürftigen Minigolfanlage im Kurpark.

«Der Pächter der Anlage ist ein alter Schulfreund von mir, der schwer krank geworden ist», erkläre ich und schließe den Kiosk auf, um ein paar der mitgebrachten Materialien hineinzustellen. «Also werden wir dafür sorgen, dass der Laden hier in zwei Wochen eröffnen kann. Wenn ihr mir helft, kriegt ihr lebenslang freien Eintritt.»

Stille. Niemand sagt ein Wort. Stattdessen fragende Blicke. Begeisterung sieht anders aus, wenn ich meinen Sohn so anschaue, denn sein Gesicht verzieht sich zu einer verkrampften Grimasse.

«Nicht dein Ernst, Mom! Minigolf? Ist doch voll langweilig», nölt Flo und hat offenbar noch nicht begriffen, was seine Aufgabe sein wird.

«Du streichst den Kiosk weiß und danach gehört die Fläche dir», sage ich.

Skeptisch schaut er mich an. «Bist du jetzt im Minigolfgeschäft, oder was? Voll peinlich.»

«Im Gegenteil – voll retro», sage ich.

Flo überlegt, schaut sich den Kiosk an, und sein Gesicht erhellt sich. «Angenommen, ich mach das, kann ich da dann sprayen, was ich will?»

«Natürlich – nicht. Nur nach Absprache und sicher keinen Schweinkram. Überleg dir ein Motiv, das hierherpasst, das deinem Style entspricht und alle in Staunen versetzt – positiv. Okay? Sonst wird es gnadenlos übermalt und ein anderer Sprayer darf sich hier verewigen.»

Ich glaube, mein Sohn hat geschnallt, worum es hier geht, jedenfalls sagt das sein geschäftstüchtiger Blick.

«Schon klar – Auftragsarbeit also. Was zahlst du?»

Ich staune über so viel Dreistigkeit.

«Ruhm und Ehre. Sieh es als Chance und sei deiner Mutter dankbar», sage ich und halte ihm Pinsel und Farbeimer hin.

Flo schüttelt den Kopf. «Du hast das Prinzip der Illegalität nicht verstanden, Mom.»

«Und du hast das Prinzip von Recht und Unrecht nicht verstanden, Sohn. Eine bessere Wand wirst du so schnell nicht kriegen.»

Wir schauen uns an, und Flo begreift schließlich, dass es um mehr geht als darum, cool und illegal zu sein. Er betrachtet Eimer und Pinsel und seufzt.

Ich klopfe ihm motivierend auf die Schulter. «Willkommen in Meppelstedt – *der* Graffiti-Weltstadt!», rufe ich triumphierend.

Franz wirft mir einen schmunzelnden Blick zu und greift nach der Farbrolle. «Ich find's gut. Und Flo wird das gut machen, da bin ich sicher.» Das klingt fast schon väterlich.

«Meinst du?», frage ich unsicher.

«Vertrau ihm. Er braucht nur etwas Zeit, um die Chance zu erkennen. Ich finde die Idee ausgezeichnet.» Franz lächelt.

Kurz darauf beginnen die beiden gemeinsam die Außenwände des Kiosks weiß zu streichen. Währenddessen inspiziere ich die Anlage. Torben hatte schon angefangen, die Bahnen auszubessern. Es fehlt hier und da noch ein neuer Anstrich, dann brauchen Wege und Bahnen eine ordentliche Dampfstrahlreinigung, dazu eine Grünspanbekämpfung, und die Pflanzen müssen in Form gebracht und aufgestockt werden. Sollte zu schaffen sein. Also die Ärmel hochgekrempelt und ran ans Werk!

In den nächsten Tagen sind wir gut beschäftigt. Zwar muss ich Flo jeden Morgen aus dem Bett zerren, denn er scheint bei seinem Vater wirklich ein absoluter Nachtmensch geworden zu sein. Aber immerhin ist er jetzt nicht mehr nachts unterwegs, um fremdes Eigentum zu besprayen, sondern meistens zum Entwickeln seiner Fotos in der Dunkelkammer, oder er arbeitet spätabends noch an der Skizze für den Minigolf-Kiosk. So langsam glaube ich, es ist ihm wirklich ernst mit der neuen Schule. Franz hilft ihm oft, was dem alten Mann sichtlich Spaß macht. Seine Galeristen-Vergangenheit scheint ihm zu fehlen, weshalb er nun in Flo ein neues Talent sieht und fördert.

Flo macht ein ziemliches Geheimnis aus seinem Kunstwerk. Niemand außer Franz darf die Skizzen sehen. Aber ich vertraue Flo. Und das, obwohl Clemens ihm auch mal vertraut hat und maßlos enttäuscht wurde.

«Aber das ist doch aber was ganz anderes», sagt Franz voller Überzeugung, als ich in einer unserer Mittagspausen alleine mit ihm darüber rede.

«Wieso?», frage ich, während ich die belegten Brote austeile, die Mama für uns geschmiert hat.

«Weil er Flo allein gelassen hat, um sein Ding zu machen. Du vertraust Flo aber um seinetwillen. Er weiß das und wird dich genau deshalb nicht enttäuschen.»

Vielleicht hat Franz recht, denn Flo weiß, dass ich alles für ihn tue, um ihm eine Perspektive für die Zukunft zu ermöglichen. Ich freue mich über Franz' Worte und denke über ihn und meine Mutter nach. Eigentlich schade, dass die beiden sich nicht früher begegnet sind.

«Franz?»

«Ja?»

«Hast du eigentlich keine Familie? Kinder? Enkelkinder?»

«Nein.»

«Und warum nicht?»

Franz seufzt tief. Er will eindeutig nicht darüber reden. «Ich erzähl's dir später mal, wenn du größer bist.»

Sehr witzig, denke ich und komme mir tatsächlich vor wie die kleine Rike von damals, der ihr Vater auch immer gesagt hat *später, wenn du groß bist, Ulrikchen*. Papa hat mich tatsächlich manchmal Ulrikchen genannt, was ich immer ganz besonders schlimm fand. Irgendwie hat er mich mein ganzes Leben lang nicht ernst genommen. Weder als ich klein war noch später.

«Ich bin schon groß», sage ich und lasse Franz so schnell nicht vom Haken. «Was ist mit deinen Möbeln? Du musst doch irgendwo gewohnt haben, bevor du bei uns eingezogen bist.»

«Da ist nicht viel. Bei der Marine gewöhnt man sich an den Komfort des Nichtbesitzes. Und später habe ich in Hotels oder möblierten Wohnungen gewohnt. Und bei Freunden.»

So habe ich das noch gar nicht gesehen – den *Komfort des Nichtbesitzens*. Mir geht's ja irgendwie ähnlich. Ich besitze auch nicht mehr viel – allerdings eher unfreiwillig. Mir fehlt mein Zuhause.

«Und in jedem Hafen eine Braut?», frage ich.
«Ab und zu», sagt Franz ohne jedes Zögern.
«Klingt nicht sehr bindungsfähig.»
«Ich habe eben auf die Richtige gewartet.»
«Und das ist Mama?»
«Absolut!»

Über jeden Zweifel erhaben, schaut mir Franz fest in die Augen, während er das sagt – Gänsehaut.

«Dann liebst du sie also wirklich?», frage ich.
«Mehr als das.»

Zugegeben, das klingt sehr überzeugend, aber als gebranntes Kind kann ich nicht mehr an die große Liebe glauben, so schön sich das alles anhört. Meine Mutter bedauert mich sogar ein wenig deswegen, aber Mitleid bringt mich da auch nicht weiter. In wen sollte ich mich auch verlieben, jetzt, wo ich hier gestrandet bin, in Meppelstedt. In Benno? Sexy, aber zu viel Ego. Schmiddi? Unsexy und zu wenig Ego. Oder vielleicht in Torben, der noch total an Elke hängt, oder in Jochen, der nur Augen für Anja hat? Aber vielleicht in Fluppe oder Lücke, diese beiden spritzigen Typen aus der Beerdigungsbranche? Nein, danke.

Super Aussichten also, die mir wieder einmal bestätigen, dass ich gehen sollte, sobald das Haus ... Verdammt, jetzt glaube ich schon selbst diesen Stuss von der Hausrenovierung! Dabei hat Clemens mir den Termin für die Zwangsversteigerung schon gemailt. Irgendwann in ein paar Wochen. Fest steht: Sobald wir die Minigolfanlage eröffnet und Florians Schulprobleme gelöst haben, gehe ich zurück in die Stadt. Damit ist das Ende immerhin absehbar, und bis dahin werde ich hier gut zu tun haben.

Nur eine Sache gilt es außerdem noch zu klären: das mit Mona. Lange kann ich es nicht mehr vor mir herschieben – das ist klar. Aber sie meldet sich einfach nicht auf meine Nachricht. Seltsam.

Am Abend stehen Mama und ich in der Küche und kochen gemeinsam.

«Also, Rike, ich hätte ja nie gedacht, dass ausgerechnet du unsere Minigolfanlage wieder auf Vordermann bringst.»

«Wieso denn *nicht* ich?», frage ich etwas gekränkt.

«Weil du nicht schnell genug von hier wegkommen konntest.»

«Aber das ist doch ewig her.»

«Du hast mich mit Papa alleingelassen. War dir doch alles viel zu provinziell hier. Und jetzt ausgerechnet Minigolf!» Sie lacht, aber ich begreife, dass sie sich irgendwo, ganz tief in ihrem Inneren, damals von mir im Stich gelassen gefühlt hat. Vielleicht ist sie deshalb manchmal so zickig zu mir?

«Kommt ihr denn voran?», fragt sie, lässig in einem Suppentopf rührend. Sie trägt ein lockeres blaues Sommerkleid und im Haar ein Batiktuch. Meine Mutter trägt ein Batiktuch! Und an den Füßen Flipflops! Ich erinnere mich an Zeiten, da war jede Form der offenen, leichten Sommerschlappen in diesem Haus verpönt und allenfalls als Badelatschen akzeptiert, aber sicher nicht als alltägliches Schuhwerk. Fehlt nur noch, dass Mama sich einen Joint anzündet und in die Suppe ascht.

Um uns herum herrscht ohnehin Chaos und Anarchie, nicht nur in der Küche, sondern im ganzen Haus – außer in meinem Zimmer. Es tut mir in der Seele weh, dass ausgerechnet meine geliebte SieMatic 6006 so viel Unordnung erleben muss, was genau das Gegenteil von dem ist, wofür diese Küche Ende der sechziger Jahre konstruiert wurde. Sie ist der Inbegriff eines akkuraten Wirtschaftswunder-Haushalts, wie er hier bis vor wenigen Wochen auch noch vorherrschte.

«Ja, es geht voran», sage ich und räume ein wenig auf. «Warum kommst du nicht mal im Park vorbei und schaust es dir selbst an?»

«Weil Flo mich gebeten hat, es nicht zu tun. Er will mich überraschen. Also tue ich ihm und Franz den Gefallen.»

«Verstehe. Die beiden kommen ja echt gut klar miteinander.»

«Ja, Franz ist ein Schatz! Es gibt niemanden, mit dem er nicht auskommt. Und er kann so viel und weiß so viel.» Mama klingt nahezu euphorisch. Sie lässt von dem Topf ab und schaut mir beim Aufräumen zu. «Neulich hat er mir gezeigt, wie man meditiert. Das war wahnsinnig inspirierend. Und der Sex danach –»

«Stopp! Moment, Mama, das ist eindeutig zu viel Information. Verschone mich. Bitte!»

«Aber wieso? Nur weil du kein Sexleben hast, soll ich darauf verzichten?»

Sie nimmt eine Flasche Noilly Prat vom Küchenregal und gibt einen ordentlichen Schuss in die Tomatensuppe.

«Nein, aber du bist meine Mutter, und du bist … du bist …»

«Na, was bin ich? Zu alt dafür?»

«Das hast *du* gesagt», erwidere ich schuldbewusst und krieche unter den Tisch, um ein Stück Schokolade aufzuheben und aus Mamas Blickfeld zu verschwinden.

«Man ist so alt, wie man sich fühlt, mein Schatz. Und ich fühle mich wie mit zwanzig. Als wäre kein Tag vergangen, seit Franz damals –»

Ich komme unter dem Tisch hervor und werde hellhörig. «Wieso? Hattest du damals was mit Franz? Ich dachte, du und Papa, ihr …»

«Unsinn! Dein Vater und ich haben doch früh geheiratet.»

«Aber er war ein Freund von Papa.»

«Ja und? Dein Vater und ich waren uns immer treu! Was denkst du denn?»

«Gar nichts», lüge ich und beginne abwesend, den Tisch zu decken. «Was weißt du denn eigentlich über Franz?»

Meine Mutter probiert die Suppe. «Ist das hier ein Verhör, oder was?»

«Ich meine ja nur, er kommt aus dem Nichts und wohnt jetzt

bereits bei uns, ohne dass wir wirklich etwas über ihn wissen. Vielleicht ist er ein Serienkiller oder Bankräuber, der untertauchen muss. Weißt du's?»

Mit dem Holzlöffel in der Hand schaut meine Mutter mich warnend an, ihre Augen zu gefährlichen Schlitzen geformt. Ich kenne diesen Blick, der immer dann aufblitzt, wenn ihr etwas gewaltig auf die Nerven geht. Das bin dann wohl ich jetzt.

«Ja, ich weiß es. Und ich bin alt genug, selbst zu entscheiden, wem ich vertrauen kann und wem nicht. Damit ist das Thema für mich beendet. Bin schließlich kein Kind mehr.»

«Dann benimm dich nicht wie eins», rutscht es mir heraus, und ich bereue es sofort.

Wütend wirft meine Mutter den Holzlöffel in die Suppe, dass es nur so spritzt, und rauscht ab. Ich Idiotin! Dabei wollte ich doch nur, dass sie nicht leichtgläubig ist wie ein hormongesteuerter Teenager. Was mache ich nur? Ich benehme mich wie meine eigene Mutter früher, wenn ich eine Verabredung hatte.

Ich würde mich jetzt gerne bei jemandem ausquatschen. Bloß bei wem? Schmiddi hat keinen Urlaub mehr und pendelt wieder täglich in seine Provinzkanzlei, wo er vermutlich so oft wie möglich seine neue Herzdame hinbestellt, um sie bei ihrer Scheidung zu beraten. Ob der Noch-Ehemann weiß, dass Schmiddi aus der Scheidung einen Vorteil zieht? Ist so was überhaupt legitim? Ich meine: Darf ein Anwalt was mit seiner Klientin anfangen?

Kann mir aber auch egal sein. Seit diese Frau im Spiel ist, reden wir kaum noch. Der Einzige, mit dem Schmiddi sich regelmäßig austauscht, ist Franz. Gemeinsam kümmern sie sich um Rosen und Rasen, Tomaten und Erdbeeren, helfen sich beim Heckeschneiden und geben sich gegenseitig Tipps. Sie sind sogar schon gemeinsam ins Gartencenter gefahren – ohne mich. Das habe ich ihnen übelgenommen, wo doch Schmiddi weiß, dass ich Gartencenter mindestens so liebe wie Baumärkte. Und ständig reden die beiden. Ich habe Männer noch nie so viel reden sehen. Schon gar nicht Schmiddi. Er klebt dann förmlich an Franz' Lippen, der ihm die Welt zu erklären scheint. Manchmal macht er sich sogar Notizen, was ich total skurril finde. Ich hab' schon überlegt, ob die beiden vielleicht was miteinander haben oder so. Jedenfalls beenden sie jedes Gespräch, sobald ich dazu komme, so als wäre ich der Feind.

Ich versteh das alles nicht. Der Gipfel aber ist, dass Franz Schmiddis neuer Stylist zu sein scheint. Mit einer Jeans hat alles angefangen, aber seit die beiden sogar zusammen shoppen gehen, ist Schmiddi ein echtes Fashion-Victim geworden. Also für seine Verhältnisse jetzt. Die Outfits sind zwar nicht sonderlich experimentell, aber Welten entfernt von seinen jahrzehntelangen Beige-in-Beige-Variationen, die vor allem eins machten – krank. Neuerdings trägt Schmiddi klassische Basics. Nichts Extremes, auch nichts Grelles, aber Mode, die zu ihm passt: Jeans, Hemd, Pulli, viel Blau, kombiniert mit allen möglichen Farben. Steht ihm gut, was ich so gesehen habe. Und von Mal zu Mal scheint er sich darin sicherer zu fühlen.

Ja, ich gebe zu, dass ich jetzt häufiger mal am Fenster stehe, wenn ich sein Auto höre. Seine neue Flamme hat er noch nicht mitgebracht und seinen Eltern vorgestellt. Das hätte ich aus dem oberen Stockwerk mitbekommen. Offensichtlich braucht er mich doch nicht, um ihm Tipps und Tricks im Umgang mit Frauen zu geben. Darauf verzichte ich auch gerne. Soll er doch Franz fragen, wie das geht.

Irgendwie verwirrt mich das alles. Wieso verändert sich denn hier plötzlich jeder? Ich habe den Eindruck, dass um mich herum alle anfangen, sich irgendwie selbst zu verwirklichen.

Das alles geht mir durch den Kopf, während ich mal wieder allein im Baumhaus hocke, nachdem ich die Küche aufgeräumt und die fertige Suppe vom Herd genommen habe. Mir ist der Appetit nach dem Streit mit Mama vergangen.

Plötzlich höre ich ein Auto die Auffahrt heraufkommen. Schmiddi! Er fährt den Kombi seiner Eltern in die Garage, steigt aus und schließt das Garagentor. Moment mal, ist das ein neues Sakko?

Oh Mann, ich bin fast schon schlimmer als Schmiddis Eltern!

Er geht zum Haus, eine braune, lederne Aktentasche unter dem Arm, und bleibt plötzlich stehen. Irgendetwas lässt ihn zögern. Es ist nicht der fehlende Hausschlüssel, denn den Schlüssel hat er bereits in der Hand. Und er sucht auch sonst nichts in seinen Taschen. Jetzt dreht er sich um und schaut direkt zu mir rüber. Ich schrecke zurück, obwohl ich weiß, dass er mich hinter den Holzplanken nicht sehen kann. Außerdem liegt das Baumhaus unter einem dichten Blätterdach. Und ein Geräusch habe ich auch nicht gemacht. Wieso also schaut er ausgerechnet jetzt zu mir rüber? Wie kann er wissen, dass ich hier oben bin? Spürt er meine Blicke? Meine Nähe? Unsinn. Reiner Zufall.

Schon wendet er sich wieder der Tür zu und verschwindet im Haus. Ich atme erleichtert auf. Aber wieso eigentlich? Ich habe schließlich nichts Unrechtes getan. Ich darf hier sitzen, wann immer ich will und solange ich will – in meinem Baumhaus im Garten meiner Eltern.

# 19
## *Uma*

«DER WAR IM BRIEFKASTEN.» Mama schiebt mir einen Umschlag über den Frühstückstisch zu.

«Aha», sage ich und schaue mir den Brief verwundert an. Nur mein Name steht drauf. Kein Absender. Jemand muss ihn persönlich eingeworfen haben. Er ist zugeklebt.

Ich lecke Mamas selbstgemachte Erdbeermarmelade von meinem Frühstücksmesser und erwarte sogleich eine Rüge von ihr. Aber Mama nippt nur gleichgültig an ihrem Blümchenkaffee. Dann öffne ich mit dem Messer den Brief und ziehe ein Kärtchen heraus.

> *Liebe Rike,*
> *lange nicht gesehen. Wollen wir heute Abend was unternehmen —*
> *nur so, als Freunde, aber mal jenseits vom Baumhaus?*
> *Hole dich um 19 Uhr ab.*
> *Micha*

Das überrascht mich. Wir haben uns noch nie verabredet. Ist das etwa ein Date? Mit Schmiddi? Egal ob er jetzt Markenjeans trägt oder nicht – Schmiddi ist Schmiddi. Nein, nein, er hat ja extra betont *nur so, als Freunde*. Alles andere wäre auch völlig absurd. Und weil das so ist, überlege ich mir natürlich nicht den ganzen lieben langen Tag, während ich mit der Bepflanzung der Minigolfanlage beschäftigt bin, was ich anziehen soll. Natürlich nicht. Und ich verbringe auch nicht übermäßig viel Zeit im Bad, nur um mich abends mit Schmiddi zu treffen. Natürlich mache ich mich nicht hübsch für Schmiddi, den Langweiler von damals. Alles wie immer. Ich hatte sowieso vor, mich heute einer Waxing-Prozedur zu unterziehen – turnusmäßig sozusagen. Und die Fußpflege ist auch mal wieder dran. Jetzt, wo der Sommer vor der Tür steht, eine Selbstverständlichkeit. Ganz nebenbei fällt mir auf, dass ich mal wieder die Augenbrauen über der Nasenwurzel zupfen muss, um keine Monobraue zu riskieren. Und wenn ich schon mal dabei bin, kann ich auch gleich die Gesichtsmaske ausprobieren, die mir eine nette Verkäuferin neulich in der Drogerie gratis zum Ausprobieren mitgegeben hat. Hatte ich sowieso vor.

Nach der Körperpflege husche ich vom Bad in mein Zimmer, um etwas anzuziehen. Nur was? Ich komme zu keinem Ergebnis, egal, wie lange ich in den Kleiderschrank starre. Nichts geschieht. Kein Wunder, keine Eingebung, nirgends eine Haselnuss, die sich in ein Ballkleid verwandelt und auch keine Fee, die plötzlich mit einem Designeroutfit in der Tür steht. Schade eigentlich.

Ratlos schaue ich in den Kleiderschrankspiegel und mustere mich, die kleine Rike. Ja, ich bin klein, vollschlank und nicht mehr die Jüngste. Aber heißt das deshalb, dass ich keinen tollen Typen in diesem Leben mehr abkriege? Quatsch, das steht hier und heute auch gar nicht zur Debatte! Ich meine, Schmiddi ist sicher kein übler Typ. Ich kenne ihn einfach nur schon viel zu lange. Außerdem ist es sowieso kein Date. Wir gehen aus – wie normale Freunde eben, die was zusammen unternehmen. Mehr nicht.

Also ziehe ich eine unspektakuläre schwarze Hose an und darüber einen bequemen Oversize-Pulli. Das sieht gut aus, und ich fühle mich wohl. Mehr braucht es nicht für einen gemütlichen Abend unter Freunden. Dazu das übliche Ausgeh-Make-up: Lidstrich, Wimperntusche, Rouge und unauffälliger Lippenstift. Fertig.

Als ich runterkomme, sitzen alle in der Küche beim Abendbrot. Wilma, Franz, Flo.

Sie schauen mich an, als wäre ich eine Mutation aus Helene Fischer, dem Papst und Winnetou.

«Alles okay mit euch?», frage ich unsicher und überlege, ob ich vielleicht Lippenstift auf den Zähnen habe oder die Wimperntusche ein Monster aus mir gemacht hat.

«Mom, du siehst echt krass aus», findet Flo als Erster die Sprache wieder.

Was? Wieso? Welches Malheur ist mir passiert?

«Krass gut oder krass blöd?», frage ich.

Franz steht auf, nimmt meine Hand und deutet einen Handkuss an, wie er es auf der Beerdigung auch schon gemacht hat. «Bezaubernd, einfach bezaubernd, meine Liebe! Wie du strahlst!»

Ich verstehe kein Wort.

«Echt Mom, du siehst super aus. So ... relaxed ... und ... krass ... schön.»

«Flo, hast du getrunken?», frage ich ernsthaft.

Was so ein bisschen Make-up, Körperpflege und schwarze Klamotten hermachen. Niemand hier im Raum hat mich in letzter Zeit aufgebrezelt gesehen. Wahrscheinlich sind sie deshalb so überrascht. Sie sind es einfach nicht gewohnt, dass ich mich zurechtmache.

Jetzt umarmt mich sogar meine Mutter. «Du bist so hübsch, meine Kleine! Und du versprühst so eine Aura. Du solltest öfter ausgehen, das steht dir gut.»

«Übertreibt ihr alle nicht ein bisschen?»

Ich frage mich, wie ich sonst so auf diese Menschen hier wirke, die mich tagtäglich sehen. Muss ja entsetzlich sein, mein Alltagslook. Das sollte ich überdenken.

Es klingelt an der Haustür.

«Ich bin dann weg!», sage ich, springe von der letzten Treppenstufe, wie ein College-Girl, das sein erstes Date erwartet, und öffne die Tür. Was ich sehe, ist, um es mit Flos Worten zu sagen, ultra krass-cool. Schmiddi. Ich scanne ihn blitzschnell: kariertes Hemd, sportliche Jacke, dunkle Hosen, weiße Sneaker. So weit, so gut. Und das wirklich Krasse ist auch nicht seine neue Frisur – Micha Schmidt trägt sein Haar nicht, wie seit über vierzig Jahren, gescheitelt, sondern heute lässig geföhnt und mit Gel in Form gezupft. Nein, das absolut Oberkrasseste ist Michas neue Brille. Er hat tatsächlich und ungelogen die viel zu kleine Al-Bano-Power-Brille, die er seit einer gefühlten Ewigkeit trägt, gegen ein modernes bernsteinfarbenes Horn-Gestell eingetauscht und sieht ... ich würde nicht sagen, er sieht gut aus, aber zumindest sieht er interessanter aus als zuvor. *Das* ist echt krass cool. Mir fehlen die Worte. Schmiddi sieht mindestens zehn Jahre jünger aus.

«Schön, dass du schon fertig bist. Wir müssen uns nämlich beeilen, sonst kommen wir zu spät ins Kino.»

Wir sehen uns eine französische Komödie an, lachen an den gleichen Stellen und gehen danach noch in einem Biergarten was trinken. Der Abend vergeht wie im Flug, und wir haben jede Menge Spaß. Wir reden über alles Mögliche, vor allem darüber, wie es mit der Minigolfanlage vorangeht. Aufmerksam hört er mir zu. Dann will Schmiddi wissen, wie ich mit Flo klarkomme und was ich über Franz denke.

«Irgendwie fügt sich durch Franz' Hilfe alles ganz wunderbar», erkläre ich.

Nachdenklich wiegt er den Kopf. «Ich sehe das anders», sagt er. «Ich denke, das liegt einzig und allein an dir.»

«Wieso denn an mir?», wundere ich mich.

«Weil du die Minigolf-Idee hattest.»

«Stimmt nicht, das war Torben.»

«Aber du hast sie übernommen.»

«Für Torben.»

«Eben. Total uneigennützig. Und du hast sogar noch alle eingebunden.»

«Außer meine Mutter», sage ich und überlege, ob ich Schmiddi auch sagen soll, dass das alles gar nicht so uneigennützig ist. Denn es geht ja um mein Seelenheil, oder genauer gesagt brauchte ich eine Aufgabe für mein Seelenheil. Aber das alles zu erklären, wäre jetzt zu umständlich.

«Ich würde auch gerne mitmachen», sagt Schmiddi. «Aber in der Kanzlei ist ein Kollege krank geworden.»

«Hey, du bist unser Anwalt für alle Notlagen. Vor allem Flos Anwalt. So gesehen bist du längst dabei.»

Darauf stoßen wir an.

«Aber jetzt erzähl doch mal, wie's zu dieser Verwandlung gekommen ist.» Ich deute von seinen Sneakern bis zum Kopf. Fast will ich fragen, ob er sich in *Uschi's Modestübchen* einer Stilberatung unterzogen hat, aber so gut hätte Uschi das nie hinbekommen. Da muss mehr dahinterstecken.

Schmiddi druckst rum.

«Na ja, es ist wegen dieser Frau, von der ich dir erzählt habe. Und Franz hat mir dann ein paar Tipps gegeben. Das kann er wirklich gut. Er hat ein sicheres Händchen für solche Sachen. Tja, und so kam eins zum anderen.»

Irgendwas vermittelt mir das Gefühl, dass ich das gar nicht hören möchte – diese Frau, diese Klientin, Schmiddis erste und einzige Herzdame bis jetzt. Ich gähne demonstrativ.

«Ich langweile dich», sagt er und lacht.

«Nein, aber das war eine harte Woche, und ich bin hundemüde. Und –»

«Ich mach's kurz ... Also ... ich wollte dich nämlich auch noch um deine Meinung bitten.»

«Okay, schieß los! Aber schnell.»

«Findest du, das passt zu mir, also, wie ich jetzt aussehe, meine ich?»

«Schon, irgendwie. Ja, klar», nicke ich und krame in meiner Handtasche, nur um beschäftigt zu sein. «Siehst gut aus. Allerdings ... Es kommt doch nicht auf die Hülle an, oder?» Ich schaue ihn fest an. «Sie muss dich doch auch so mögen. Also ... finde ich. Ach, Schm– ... Micha, ich kenne dich einfach viel zu lange und habe da keine richtige Meinung zu. Wollen wir los?»

Schmiddi nickt, dann fahren wir nach Hause.

Später im Bett liege ich noch lange wach und denke über diesen eigentlich schönen und sehr entspannten Abend mit Schmiddi nach. Ich wundere mich über ihn, über mich und über uns beide. Tatsächlich komme ich zu dem Schluss, dass ich mich seit meiner Rückkehr kein einziges Mal unwohl gefühlt habe in Schmiddis Gegenwart. Er ist mir so vertraut und ... irgendwie wie ein Bruder. Nein, das ist es nicht. Es ist mehr wie ein ... wirklich guter, alter Freund.

Gleich am nächsten Tag meldet er sich schon vormittags mit einer Nachricht aus der Kanzlei.

> Das war ein sehr schöner Abend gestern. Heute hätten wir die Chance, das zu wiederholen. Habe gerade eben eine Einladung von einem Klienten zu einer Vernissage auf dem Land erhalten. Hast du spontan Lust mitzukommen?

Och, warum eigentlich nicht, denke ich, obwohl ich mir Flos Fotobearbeitung ansehen wollte. Aber auf einer Vernissage war ich ewig nicht, und eine Landpartie ist genau das, was man an einem schönen Frühsommerabend wie diesem machen sollte. Ich freu mich, schreibe ich zurück. Und das stimmt sogar.

Diesmal nehmen wir den alten Mercedes und fahren offen.

«Was ist denn eigentlich mit deiner Freundin?», frage ich, nachdem wir aus der Stadt raus sind. «Warum begleitet *sie* dich nicht?»

Schmiddi zögert, so als suche er nach einer Antwort. «Weil … sie ist doch noch gar nicht meine Freundin. Und außerdem ist sie eine Klientin. Das käme nicht gut, wenn uns jemand zusammen sieht.»

Das macht Sinn, denke ich und kokettiere ein wenig: «Dann bin ich also die zweite Wahl? Das hört man gerne.»

«Unsinn, so habe ich das nicht gemeint.»

Ich stoße ihm freundschaftlich in die Seite, und wir lachen.

Eine Weile fahren wir schweigend über die Dörfer, vorbei an blühenden Raps- und Mohnfeldern, mit der Sonne im Rücken. Ein herrlicher Abend!

Die Galerie gehört zu einem Künstlerhof und ist im ehemaligen Rinderstall eines Gutshofs untergebracht. Draußen werden Getränke und Häppchen serviert. Wir schauen uns die Kunst an. Schwarzweiß-Fotografie zum Thema *Augen-Blick*. Der Künstler sieht Günter Grass ähnlich, aber abgesehen davon kommt er mir irgendwie bekannt vor. Aber woher?

Er sitzt Kette rauchend an einem Tisch und unterhält sich mit einer schlanken Frau. Sie hat sehr kurzes, weißes Haar und schwarze Klamotten, darüber lange, herabhängende Halsketten und an einem Ohrläppchen ein langes, baumelndes Ohrgehänge – Typ kunstinteressierte Akademikerin im Ruhestand.

Je länger ich den Künstler beobachte, umso deutlicher wird die Erinnerung. Ich stoße Schmiddi an.

«Ist das nicht der Kramer? Kunst und Geschichte.»

«Du meinst den Lehrer von unserer Schule?» Er zuckt mit den Schultern. «Kann sein, hatte nie bei ihm. Ich hol uns mal was zu trinken, okay?»

«Gerne», sage ich und beobachte weiter den Kettenraucher.

Er ist es, jetzt bin ich ganz sicher: Wolf Kramer, mein ehemaliger Kunstlehrer. Genie und Alkoholiker. RAF-Sympathisant und Jazz-Trompeter. Er müsste so Mitte siebzig sein. Als Schüler haben wir ihn alle bewundert und hielten ihn für eine coole, rote Socke. Denn er hat auch aus dem untalentiertesten Jugendlichen einen Künstler gemacht. Ich freue mich total, ihn zu sehen. Und weil die weißhaarige Akademikerin jetzt gelangweilt in einem Prospekt blättert, spreche ich ihn einfach an.

«Herr Kramer? Wolf Kramer?»

Er schaut mich fragend an. «Ja?»

«Ulrike Herrlich. Ich war mal eine Ihrer Schülerinnen. Schon etwas länger her.»

Er mustert mich, nickt und freut sich. «Ich weiß, die kleine, dicke Rike.»

Ein echter Running Gag und so zeitlos witzig. Haha! Gelassen gehe ich über seinen Kommentar hinweg.

«Ihre Fotos sind toll!»

«Danke. Sind einige alte Arbeiten dabei. Ich mache nicht mehr so viel. Bin halt ein alter Sack.»

«Also nichts gegen Ihr Alter, Sie sehen top aus.»

«Unsinn!» Er mustert mich. «Und was machen Sie so?»

«Och, ich bin ... äh, ich hab einen Sohn und ... bin eigentlich Innenarchitektin», sage ich unsicher.

«Soso, eigentlich Innarchitektin», wiederholt Wolf Kramer. «Kann man damit Geld verdienen?»

Ich muss das Thema wechseln, sonst fange ich an zu heulen. Mir fällt auch gleich was ein.

«Sagen Sie, in der Kunstszene hier kennt man sich doch. Können Sie sich an einen Galeristen namens Franz Conti erinnern, so in Ihrem Alter oder etwas jünger?»

«Ein Galerist? ... Wie heißt der? Conti?» Kramer nimmt einen Schluck Rotwein und überlegt.

Ich helfe ihm auf die Sprünge. «Franz Eduard Conti.»

Er schaut mich mit glasigem Blick an und zündet sich die nächste Zigarette an. Dann nickt er ganz langsam. «Ach, vielleicht der Eddi!»

«Eddi?»

«Eddi Conti! Klar, aber der war doch kein Galerist. Der Eddi war Hausmeister im *Viertel*.»

«Hausmeister im *Viertel*? Was für ein Viertel?»

«So hieß damals die Galerie, die wir als Studenten betrieben haben. Alle gleichberechtigt, alles basisdemokratisch. Aber weißt du was, Rike?» Mahnend fuchtelt er mit dem Glimmstängel in der Luft herum. «Für 'n Arsch! Der gierige Kunstbetrieb hat sie alle aufgefressen. Sind alle dem schnöden Mammon gefolgt.» Kramer zieht so fest an der Kippe, dass es knistert, inhaliert tief und lässt den Rauch beim Reden wieder raus. «Aber ich nicht. Ich bin mir treu geblieben. Und weißt du noch was?»

«Nee, was denn?»

«War auch für 'n Arsch. Aus mir hätte auch so 'n Ruff oder Richter werden können. Aber ich musste unbedingt Lehrer werden. Weil ich so ein Idealist war. Ich dämlicher Trottel!»

Wolf Kramer wirkt völlig frustriert. Ich weiß ziemlich genau, wie er sich fühlt. Aber er hat zumindest noch seine Kunst.

«Eddi Conti war also Hausmeister in der Galerie. Sicher?»

Kramer hebt sein Glas und schüttelt den Kopf. «Sicher ist nur der Tod. Prost.»

Wahrscheinlich hat er den Großteil seiner Hirnzellen schon ins Rotwein-Nirwana geschickt. Ich wette, er kennt Franz gar nicht. Würde mich nicht wundern.

Als ich Schmiddi mit zwei Gläsern auf uns zukommen sehe, nutze ich die Gelegenheit, um mich von Kramer zu verabschieden. Er hat seine Aufmerksamkeit ohnehin längst wieder seinem Wein gewidmet.

Schmiddi gibt mir ein Glas, und während wir weitere Bilder anschauen, erzähle ich ihm von dem Gespräch.

«Was sagst du dazu? Franz als Hausmeister in einer Studentengalerie?»

«Ach komm! Kramers Aussage ist nicht viel wert.»

«Du klingst wie ein Jurist.»

«Ich bin Jurist. Und er ist ein Trinker.»

«Aber heißt es nicht: Kinder und Betrunkene sagen immer die Wahrheit?»

«Juristisch gesehen ist auch diese Aussage nicht haltbar.»

Ich will gerade kontern, da nimmt Schmiddi mir mein Glas ab und greift meine Hand. «Komm, ich hab' Hunger. Wir gehen was essen! Ich kenne in der Nähe einen guten Landgasthof.»

Etwas verwundert über seine Entschlossenheit, folge ich ihm zum Wagen.

Wir fahren nur ein paar Minuten ins nächste Dorf und nehmen dort unter einer rauschenden Pappel im Garten einer ehemaligen Imkerei Platz. Ein wunderbarer Ort in der Natur mit wohltuender Atmosphäre. Die tiefe Abendsonne mit ihrem goldenen Licht legt über alles einen warmen, wohligen Schleier, der mich relax in den Gartenstuhl sinken lässt. So traumhaft hatte ich die Umgebung, in der ich aufwuchs, nicht in Erinnerung. Und vermutlich war sie das damals auch nicht.

Schmiddis Gegenwart ist sehr angenehm, und wir reden, essen, trinken, lachen und merken nicht, wie die Zeit vergeht. Als der Kaffee gebracht wird, wird Schmiddi zunehmend nervös.

«Findest du, dass dies ein guter Ort ist?»

«Äh ... ja. Klar, willst du noch mal herkommen?» Ich finde Schmiddis Frage seltsam, aber es gefällt mir hier tatsächlich sehr gut. Das Essen ist spitze und alles wirkt irgendwie ... magisch? Warum sollten wir uns hier also nicht noch einmal treffen? Aber Schmiddi druckst herum.

«Wenn ich mich also hier mit *ihr* treffe und ... na ja ... also, wenn ich ihr sagen will, was ich für sie empfinde und so ... Wäre das hier der richtige Ort?»

«Oh ...», rutscht es mir spontan heraus, denn damit habe ich nicht gerechnet. Das muss ich erst mal sacken lassen und mich selbst daran erinnern, dass wir *nur* Freunde sind. Absolut nicht mehr und nicht weniger.

Schmiddi klärt mich über unser Verhältnis auch gleich noch mal genau auf, damit ich bloß nichts missverstehe. «Und ... jedenfalls ... Also, weil wir ja so gute Freunde sind, und du eine Frau bist ... also jetzt zum Glück ... Da dachte ich ... wir könnten das vielleicht mal ... durchspielen ... jetzt ... hier, mit uns, also mit ihr und mir, du als sie ... meine ich. Was meinst du?»

Reden ist jedenfalls nicht seine Stärke. Wenn er so seine Plädoyers hält, wird er nie ein erfolgreicher Anwalt.

Schmiddi schaut mich fragend und erwartungsvoll an, wie ein Kleinkind, das darauf wartet, dass der Weihnachtsmann die Geschenke aus dem Sack holt.

«Okay, also du willst, dass ich *sie* bin, damit du mir ... äh, *ihr* sagen kannst, was du für sie empfindest. Habe ich das richtig verstanden?»

Er nickt.

«Sieht sie denn so aus wie ich?», frage ich neugierig.

«Nein, viel schöner ... also anders schön. Anders als du ... Also, du bist natürlich auch schön. Ich ...»

Um Himmels willen! Er redet sich um Kopf und Kragen. Aber wir sind Freunde, und da hilft man sich. Also atme ich tief durch, denn irgendwie finde ich das ja auch sehr süß. Schmiddi meint es ernst und will nichts dem Zufall überlassen. Das wünscht sich doch jede Frau. Zwar spüre ich tief in mir einen Hauch von Eifersucht, was ich aber ausblende, denn wir sind ja nur Freunde – waren es immer und werden es auch immer bleiben.

«Also gut, schieß los!» Ich richte mich auf. «Wie heißt sie überhaupt?»

«U... Uma.»

«Uma? Wie Uma Thurman, die Hollywood-Schauspielerin?» Cooler Name, coole Frau, denke ich.

«Genau! Nach ihr wurde sie benannt.»

«Aha ...», sage ich und stutze, denn Uma Thurman ist ungefähr in meinem Alter. Und sie wurde Mitte der Neunziger durch den Kinofilm *Pulp Fiction* richtig berühmt. Da war ich 25. Demnach müsste Schmiddis Uma in den Zwanzigern sein. Wow! So ein junges Gemüse hätte ich ihm gar nicht zugetraut. Allerdings ist er im besten Midlife-Crisis-Alter, da orientieren sich Männer altersmäßig doch gerne mal nach unten. Mit dem Unterschied, dass Schmiddi alle anderen Lebensstadien bis hierhin übersprungen hat. Aber irgendwie macht es auch Sinn, denn eine junge Frau ist noch nicht so abgehärtet vom Leben und enttäuscht wie ... ich zum Beispiel. Da steckt noch Elan, Energie und Neugier dahinter. Das ist gut für Schmiddi. Dann wacht er endlich mal auf. Und Kinder wären auch noch ein Thema.

«Dann ... ist deine Uma aber sehr jung, oder?»

«Nein ... also, ja ... doch. Also natürlich ... jung.»

«Gut, dann stell dir vor, ich wäre Uma: schön und jung.» Ich komme mir unendlich albern vor, aber was macht man nicht alles für die Freundschaft. «Und du willst mir jetzt deine Liebe gestehen. Also sag mir etwas Nettes, aber sachte.»

Schmiddi beugt sich über den Tisch und nimmt meine Hand. Zum ersten Mal fällt mir auf, dass er schöne Hände hat. Leicht gebräunt von der Gartenarbeit, mit ein paar blonden Härchen und sehr gepflegten Fingernägeln. Außerdem fühlen sie sich handcremeweich an.

Er holt Luft. «Du bist so schön, willst du mich heiraten?»

Ich schrecke zurück. «Wow! Hallo? Ist das nicht etwas zu

schnell? Das ist garantiert der beste Weg, sie zu vergraulen! Geht's eine Spur langsamer?»

«Okay, ja, natürlich. Du hast recht.» Schmiddi fährt sich nervös durch die gegelten Haare, aber der klebrige Widerstand irritiert ihn, weil er das nicht gewohnt ist. «Ich versuch's mal mit mehr Geste und weniger Worten. Okay?!»

«Super Idee.»

Wieder nimmt er sanft meine Hand, beugt sich näher über den Tisch, schaut mir tief in die Augen, holt Luft – und sucht nach Worten. Seine Finger sind jetzt etwas klebrig.

Ich konzentriere mich lieber auf seine Augen. Denn er hat sehr schöne lange Wimpern – ungewöhnlich für einen Mann. Er sieht mich weiter schweigend an, und irgendwann kann ich seinen Blick nicht mehr halten. Ich spüre, wie ich meine Gefühle mit jeder Nanosekunde weniger kontrollieren kann. Ich kämpfe dagegen an, doch es ist sinnlos. Schließlich platze ich vor Lachen und falle dabei fast vom Stuhl. Muss eine Übersprunghandlung sein. Anders ist mein Verhalten nicht zu erklären.

Schmiddi beobachtet mich irritiert. Aber es ist einfach alles so absurd. Und das Lachen tut gut! Es ist befreiend – und jetzt lacht Schmiddi sogar mit.

«Tut ... tut mir leid», pruste ich. «Wirklich! Es ist bloß so lustig ... wenn du mich ... so anschaust. Auch wenn ich eine andere sein soll. Sorry, Schmiddi ... äh, ich meine ... Micha.» Ich setze mich wieder gerade auf und versuche, ein ernstes Gesicht zu machen. «Ich wollte deine Gefühle nicht verletzen. Versuchen wir's noch mal. Okay? Ich bleib auch ernst. Wirklich, versprochen!» Fast muss ich schon wieder lachen, reiße mich aber zusammen.

«Gut, also einmal noch», sagt Schmiddi.

«Ja, einmal noch.»

«Ähm ... vielleicht kommst du ein Stück näher, Rike?»

«Ja klar.» Ich rücke näher an den Tisch, um mein Kinn ganz ent-

spannt auf die Hand zu stützen. Erwartungsvoll schaue ich ihn an.
«Gut so?»

«Perfekt», sagt er, lehnt sich kurz zurück, um sich zu sammeln. Dann beugt er sich über den Tisch und küsst mich.

Es geht alles ganz schnell, obwohl es eigentlich sehr langsam abläuft, fast in Zeitlupe, aber meine Wahrnehmung verschiebt sich total. Erst weiß ich gar nicht, was los ist. Ich schließe reflexartig die Augen, spüre, wie seine weichen Lippen sanft auf meine treffen und bin völlig eingenommen von dem Gefühl, das dadurch ausgelöst wird. Eine warme Welle rauscht durch meinen Körper – ich hatte längst vergessen, wie überwältigend ein gefühlvoller Kuss sein kann. Vorsichtig berühren meine Lippen seine, und ganz langsam tasten sich unsere Ober- und Unterlippen ab. Ganz anders als bei Benno und mir. Das Prickeln in mir wird stärker, ich will diesen tollen Kuss nie beenden. Mir wird fast schwindelig.

Irgendwann trennen sich unsere Lippen, aber nicht unsere Gesichter. Micha schmiegt seine Wange an meine, und ich möchte am liebsten immer weitermachen, da nimmt er plötzlich wieder Abstand.

«O nein! Es ... es tut mir so leid, Rike. Ich weiß gar nicht ... Oje, das ist mir wahnsinnig unangenehm. Aber ich war so drin in dieser Vorstellung hier mit ... *ihr* zu sitzen und sie zu küssen. Das ... Wow, du bist echt gut, Rike. Wirklich ... Ich meine, du hättest Schauspielerin werden sollen ... ganz ehrlich.»

Mit jedem Wort, das Schmiddi sagt, kühle ich weiter herunter auf eine Temperatur nahe dem Gefrierpunkt. Ich fühle mich verletzt und vor den Kopf geschlagen, obwohl ich doch wusste, dass alles nur Theater ist. Keine Ahnung, warum ich mich auf diesen Schwachsinn überhaupt eingelassen habe. Wahrscheinlich weil ich fälschlicherweise mal wieder dachte, ich hätte alles unter Kontrolle – unter Freunden sozusagen. Schön blöd!

Aber was war das gerade? Ich versteh das nicht. War das Schmiddi? Oder hat jemand anderes Besitz von seinem Körper ergriffen? Und wieso war das ... so schön? Nein, ich will gar nicht dran denken. Das ist völlig irre. Ich meine, das ist doch immer noch Schmiddi, der mir gegenübersitzt, oder? Aber er ist so anders ... So kenne ich ihn gar nicht.

«Es tut mir leid, Rike.»

«Lass uns zahlen. Ich möchte nach Hause.»

## 20

## *dragon!*

FRANZ UND MEINE MUTTER sind noch unterwegs beim Yoga, Tango, Tantra – was weiß ich. Und Flo ist wie immer abends in der provisorischen Dunkelkammer. Also gehe ich ins Bett, und während ich über den Abend nachdenke, über den ich am liebsten nie wieder nachdenken möchte, schlafe ich ein.

Mitten in der Nacht werde ich von kräftigem Rütteln geweckt. Ich öffne die Augen und erschrecke fast zu Tode. Ein schwarzer Schatten beugt sich über mich – ein gesichtsloser Kapuzenmann. Ich will schreien, aber er hält mir die Hand auf den Mund. Ich bin kurzatmig, habe Angst.

«Psst. Ich bin's doch, Mom. Alles gut. Zieh dich an, ich muss dir was zeigen!»

Flo nimmt die Hand weg, und ich schnappe erleichtert nach Luft. Ich begreife nichts.

«Bist du verrückt?»

«Schschsch …» Er zerrt mich aus dem Bett.

Schlaftrunken ziehe ich mir Hose und Pulli über.

Flo wirft mir meine Kapuzenjacke zu. «Zieh das an und komm, beeil dich!»

Ich habe keine Ahnung, wie spät es ist oder wohin es geht, und trabe einfach hinter meinem Sohn her, ohne zu wissen, was hier läuft. Draußen geht er zur Garage.

«Wir müssen Opas Wagen nehmen.»

«Aber der läuft nicht.»

«Komm schon, Mom, die halbe Stadt hat dich in dem Wagen gesehen.»

Na ja, einen Versuch war's wert.

«Wohin fahren wir denn?», frage ich.

«Mom, bitte! Es ist wichtig! Stell keine Fragen und vertrau mir!» Dabei schaut er mich an wie ein bettelnder Welpe. Ich hasse diesen Blick, den nur die eigenen Kinder und kleine Hunde draufhaben.

Wir nehmen also den Opel. Und nein, ich vertraue ihm nicht. Es gehört doch zu den natürlichen Schutzmechanismen eines jeden Menschen, dass man niemandem vertraut, der mitten in der Nacht *Vertrau mir!* sagt.

Nachdem wir eine Weile gefahren sind, macht Flo etwas, womit ich in hundert Jahren nicht gerechnet hätte: Er kramt eine Kassette aus seinem voll bepackten Rucksack und steckt sie in das Tapedeck des Opels. Dann dreht er die Musik voll auf. Wir hören *Infinite* von Eminem. Woher kennt Flo diesen Song, den ich völlig vergessen hatte? Ich meine, für mich ist das okay, aber für Flo müsste Eminem ein uncooler, weißer Rapper-Greis sein. Wieso hört er meine Musik? Ich meine, die Musik, die ich früher auch mal gut fand?

Plötzlich habe ich so eine leise Ahnung, drücke auf Eject, und die Kassette springt heraus – es ist meine Kassette.

«Wo hast du die denn her? Das ist meine.»

«Aus 'ner Kiste auf dem Dachboden. Ganz schön lässig für eine wie dich», sagt er, schiebt das Tape zurück und wippt im Basstakt mit dem Kopf. Er sieht auch ziemlich lässig aus, wie er stur geradeaus schaut, seinen Arm auf das Bein gestützt, das er angewinkelt auf den Sitz gestellt hat. Kurz überlege ich, ob ich protestieren soll, weil mein Sohn mir meine Musik klaut. Da heißt es, wir dürfen uns nicht lächerlich machen und die Musik unserer Kinder hören, weil wir ihnen damit ein Abgrenzungsmerkmal stehlen. Aber was ist mit uns? Wieso hören die Kids denn unsere Musik, mit der wir uns von ihnen abgrenzen? Da wird doch auch mit zweierlei Maß gemessen. Nicht fair!

Aber das ist ein zu großes Fass, das ich jetzt aufmachen würde. Vielmehr interessiert mich, was er vorhat. Ich befolge seine Anweisungen und fahre.

«Da vorne links und gleich danach rechts in die Einfahrt.»

Nach wenigen Metern stehen wir auf der Rückseite eines Garagenhofs oder einer Werkstatt. Alte, schmutzige Backsteinmauern, ringsum nur wenige Häuser, aber ein paar Bäume.

Flo dreht die Musik ab. «Licht aus!»

Ich stelle den Motor ab. «Was wollen wir hier?», frage ich, obwohl ich die Antwort erahne.

«Den Kick, Mom. Los, komm! Und denk dran: Immer leise und schnell. Du passt auf!»

«Aber wir können doch nicht ...»

Doch Flo ignoriert meinen Protest, steigt schon aus, greift sich seinen Rucksack, geht zur Wand, und jetzt erst sehe ich die Stirnlampe unter seiner Kapuze.

Ich fasse es nicht. Was macht er nur für einen Mist! Und mich zieht er mit rein. Was soll das? Will er mir irgendwas beweisen? Kann er vergessen. Ich mache da nicht mit. Andererseits – ich kann doch jetzt nicht einfach wegfahren und ihn hier alleine lassen. Er ist minderjährig. Aber wenn ich bleibe, mache ich mich strafbar. Scheiße! Scheiße! Scheiße! Warum macht er das? Will er mich auf die Probe stellen und sehen, wie cool seine Mutter wirklich ist? Ich kann es ihm sagen: Gar nicht! Null! Ich bin nicht cool!

Fieberhaft denke ich nach, aber es gibt keine Lösung. Ich bin seine Mutter und trage die Verantwortung für den Kerl. Also folge ich ihm.

Als er die Spraydose ansetzt, halte ich seinen Arm fest und versuche, ihn davon abzubringen. «Flo! Überleg dir gut, was du tust! Lass uns hier abhauen! So wird das nichts mit der neuen Schule!»

Er starrt mich an, und für einen Moment scheint die Zeit stillzustehen. «Ich muss das hier machen, Mom. Du kannst ja gehen, wenn du Schiss hast.»

«Quatsch keinen Scheiß! Du kommst jetzt mit!», sage ich und zerre an seinem Arm.

Aber Flo ist stärker. Er schüttelt mich ab und beginnt sein Werk. Dieser Dickkopf! Ich habe keine Chance und muss mich entscheiden – gehen oder bleiben.

Diesmal entscheide ich mich ganz intuitiv. Ich bleibe. Ich bin seine Mutter und lasse ihn nicht im Stich. Wir ziehen das hier zusammen durch – egal, was passiert. Inständig hoffe ich, dass gar nichts passiert.

Ich sehe mich um und positioniere mich an einer Stelle, die ich für strategisch gut halte. Von hier aus kann ich Flo beim Sprayen zusehen und gleichzeitig alles ringsum im Blick behalten.

Wie ein schwarzer Schatten tanzt er an der Wand entlang. Schnell und mit fließenden, ausladenden Bewegungen, von denen jede choreographisch sitzt, sprayt Flo sein *tag* auf die große dunkle Wand. *dragon!* Mir schlägt das Herz bis zum Hals. Dann piepst mein Handy. Ausgerechnet jetzt! Ich ziehe es aus der Jackentasche und schaue auf das Display – Mona. Sie schreibt:

Wozu?

Wie wozu? Muss sie ausgerechnet jetzt antworten? Mitten in der Nacht? Wieso schläft sie nicht?

Ich antworte:

Um dir alles zu erklären.

Schnell stecke ich das Telefon wieder ein und schaue ungeduldig zu Flo rüber, der noch immer nicht fertig ist. Langsam werde ich nervös.

«Beeil dich!», flüstere ich so laut, wie man nur flüstern kann, und schaue ängstlich hinauf zu der einzigen – zum Glück dunklen – Häuserfassade weit und breit, darauf gefasst, dass jeden Moment überall in den Fenstern Lichter angehen. Aber nichts passiert. Alles bleibt ruhig. So ruhig, dass ich meinen Puls schlagen höre.

Fasziniert beobachte ich meinen Sohn. Der Style, die Farben – alles sehr routiniert, sehr lässig, sehr cool. Und dabei sieht Flo auch noch gut aus. Wenn er nicht schon mein Sohn wäre, würde ich ihn sofort adoptieren. Am liebsten würde ich mir auch eine Farbdose aus Flos Rucksack schnappen und einfach drauflossprayen, so sehr kribbelt es mir in den Fingern. Das muss das Adrenalin sein. Der Kick.

Ich bin total aufgeregt, meine Nerven liegen blank. Das hier dauert jetzt schon zu lange. Ich schaue auf die Uhr. Als ich aus dem Auto stieg, war es 2.53 Uhr. Das war vor etwa zwanzig Minuten. Ich habe ein ungutes Gefühl und gehe rüber zu ihm, damit ich nicht laut werden muss. Jetzt erst sehe ich, dass er Stöpsel in den Ohren hat. Ich reiße ihm einen davon raus.

«Wir müssen los! Komm doch jetzt! Bitte!»

«Ja, ja gleich, warte …»

Und dann hören wir ein Auto näher kommen, drehen uns um und schauen direkt in ein paar grelle Pkw-Scheinwerfer.

«Scheiße! Die Bullen!», höre ich mich vor Schreck sagen.

Meine Ahnung bestätigt sich: Zwei Personen steigen aus, nur die Umrisse sind im Gegenlicht zu erkennen. Mein Herz schlägt mir bis zum Hals. Ich fühle mich wie in einem Gangsterfilm und will reflexartig die Arme hochreißen und rufen «Wir sind unbewaffnet!», aber dann erkenne ich meine Mutter und Franz.

«Was macht ihr denn hier?», flüstere ich verwundert.

«Auf euch aufpassen, bei dem Unsinn, den ihr treibt», zischt Mama zurück. «Wir kamen gerade nach Hause, als wir dachten, jemand will den Wagen stehlen. Aber dann haben wir Flo und dich im Opel gesehen. Und weil uns das mitten in der Nacht komisch vorkam, sind wir euch bis zu dieser Einfahrt gefolgt und haben an der Straße gewartet.»

«Deine Mutter wollte partout nicht, dass ich hier reinfahre. Also haben wir so lange gestritten, bis ich mich schließlich durchgesetzt habe», sagt Franz.

«Du hast dich überhaupt nicht durchgesetzt. Ich war in Sorge! Nur deshalb sind wir jetzt hier!»

Na prima, denke ich. Alles ganz unauffällig und geheim. Fehlen eigentlich nur noch die Schmidts.

Franz deutet auf die Wand. «Geht mal zur Seite, damit wir was sehen können», bittet er leise.

Wir treten zur Seite und schauen uns alle gemeinsam Flos noch nicht fertigen *tag* in Form eines schlafenden Drachen auf der Hofwand an. Der Kopf ist bereits gut zu erkennen, aber Teile vom Körper fehlen noch. Was wir sehen, ist wirklich gut.

Franz zieht sein Handy aus der Jackentasche und fotografiert das halbfertige Kunstwerk schon mal. Dann geht er zu Flo und drückt ihn kurz, wie Männer sich eben kurz, aber ehrlich drücken.

«Wirklich gute Arbeit, mein Junge!»

Flo freut sich über diese Anerkennung. «Ja, danke, aber Scheinwerfer aus! Fuck! Seid ihr verrückt!» Er schaut sich um, ob uns jemand beobachtet, dann macht er einfach weiter. Der Knabe hat die Ruhe weg, trotzdem beeilt er sich. Er ist schnell und gut, und er verbraucht ganz schön viele Farbdosen.

Ich schaue mich auch um und sehe, wie oben im Haus hinter einem der Fenster ein Licht angeht. Und ... war da nicht ein Schatten? Verdammt!

«Wilma, die Scheinwerfer aus! Sofort!», flüstert Franz.

Mama schaut mich fragend an. «Was? Hat er was gesagt?»

«Schschsch», machen Franz und ich gleichzeitig.

«Nicht so laut, Mama, Du weckst noch alle auf hier», sage ich und renne schnell selbst zu Franz' Auto, denn ich stehe näher dran als meine Mutter.

Als ich zurückkomme, fragt sie: «Was hast du denn? Hier ist doch keiner weit und breit.»

Wieder schaue ich zu dem Fenster hoch, das gerade noch erleuchtet war, aber alles ist dunkel. Zum Glück.

Nach insgesamt einer Stunde ist Flo fertig. Ich sammele die leeren Dosen ein und stecke sie in den Rucksack, um bloß keine Spuren zu hinterlassen. Dabei versaue ich mir natürlich Finger und Klamotten.

Wir nehmen uns noch einen kurzen Moment, das Kunstwerk komplett zu betrachten.

«Super, Schatz», sage ich und klopfe ihm auf die Schulter.

Auch Mama und Franz sind beeindruckt.

«Der Drache steht für Ruhe und Weisheit», erklärt Flo leise. «Er ist sanft, wenn er ruht, aber gefährlich, sobald man ihn weckt. Man darf ihn niemals unterschätzen. Das ist die *message*! Klar?»

Wir nicken alle drei im Gleichtakt. Und hinter uns klatscht plötzlich sogar jemand Beifall – langsam und kraftvoll. Hinter uns?! Panisch drehen wir uns um, und im gleichen Moment flackert ein Blaulicht auf. Scheiße, die Bullen!

Ein Anwohner aus dem Vorderhaus hat im Schutz der Dunkelheit aus seiner Wohnung beobachtet, dass im Hof seltsame Dinge vor sich gehen, und die Polizei gerufen, die uns alle vier sofort einkassiert.

«Wir haben ja schon viel erlebt», amüsiert sich der kleinere der beiden Polizisten, «aber so ein Familienhappening hatten wir noch nicht.»

Der Große findet das gar nicht witzig. «Kein Wunder, dass die Kids alle kriminell werden, wenn ihnen ihre Eltern und Großeltern alles vorleben. Was sind Sie denn für Vorbilder?! Sie sollten sich schämen!»

Schluck. Das hat schon lange niemand mehr zu mir gesagt. Und ich schäme mich ja auch – einerseits. Andererseits schweißen solche Familienerlebnisse ja auch irgendwie zusammen. Und mal ehrlich – wann habe ich zuletzt etwas wirklich Spannendes mit meiner Familie erlebt? Wobei mir natürlich bewusst ist, dass wir fremdes Eigentum beschädigt haben. Das geht absolut nicht. Selbst wenn die hässliche braune Mauer jetzt eindeutig besser aussieht und der Eigentümer Flo dafür dankbar sein sollte. Aber das sage ich jetzt besser nicht. Niemand sagt etwas. Außer meiner Mutter.

«Was hat der Wachtmeister gesagt?»

«Ich bin kein ...», will sich der größere Polizist gerade aufregen, aber er lässt es dann. «Ach, was soll's.»

Recht hat er. Es ist spät, und wir sind alle ganz schön erledigt – auch die beiden Polizisten, die uns auf der Hauptwache abliefern.

Zu allem Überfluss hat Polizeihauptmeister Polke in diese Nacht Dienst. Er erkennt Flo und mich sofort und zählt eins und eins zusammen, als er meine farbverschmierten Hände sieht.

«Na, Sie sind mir ja eine tolle Mutter!» Und dann schaut er auch Mama und Franz an und zieht verwundert die Augenbrauen hoch. «Wird das jetzt ein Familienbusiness, oder was? Sie können von Glück sagen, dass Sie so einen fähigen Anwalt haben.»

Das ist das Stichwort. Obwohl es mitten in der Nacht ist, rufe ich Schmiddi an und erkläre ihm den äußerst unangenehmen Sachverhalt.

«... hör mal, Micha, ich würde dich niemals anrufen, wenn es nicht ernst wäre. Und diesmal geht es nicht nur um mich, sondern um die ganze Familie.»

Schmiddi seufzt am anderen Ende der Leitung, hält offenbar die

Hand auf den Hörer und redet mit einer Frau, so viel kann ich verstehen. Meine Güte, wie peinlich – er hat Besuch von Uma! Vermutlich hatten sie heute Nacht zum ersten Mal Sex. Verdammt! Ich will gar nicht dran denken, dass ausgerechnet ich da jetzt zwischengrätsche.

«Oh ... äh, du hast ... Besuch. Ich wollte nicht stören, Micha. Tut mir wirklich leid, aber sie wollen nicht nur einen Alkoholtest machen, sondern auch einen Drogentest. Die spinnen doch! Dürfen die das? Kannst du ... Könntest du vielleicht kommen? Nicht wegen mir. Aber wegen Flo und Mama und Franz? ... Ja, die sind auch dabei.»

Die letzte Information scheint die ausschlaggebende gewesen zu sein, denn meine Mutter und Franz lösen bei Schmiddi offenbar noch einen ehrenhaften Beschützerinstinkt aus. Flo und ich verständlicherweise nicht mehr.

Eine gute Stunde später hat Micha alles für uns mit der Polizei geklärt. Wir übertragen ihm das Mandat an Ort und Stelle, und wie Micha schon vermutete, bekommen wir alle eine Anzeige wegen gemeinschaftlicher Sachbeschädigung fremden Eigentums und Hausfriedensbruch. Na prima!

«Seid ihr eigentlich verrückt geworden?», fragt er, als wir die Polizeiwache in den frühen Morgenstunden verlassen. «Abgesehen davon, dass ihr alle erwachsen genug seid – Florian ist es nicht! Und er wurde wiederholt erwischt. Was um Himmels willen hat euch da geritten?»

«Muss ich jetzt in den Knast?», fragt Flo kleinlaut.

«Ja. Theoretisch. Aber du hast einen guten Anwalt. Vertrau mir!»

Vertrau mir? Hat er das wirklich gesagt? Oje, das klingt nicht gut, denke ich, gehe in Gedanken meine Bekannten durch, die Anwälte sind, und stelle fest, dass sie alle Freunde von Clemens sind. Verdammt! Dann muss es Schmiddi richten.

«Ich werde sehen, dass wir hier mit einer Schadensersatzwiedergutmachung die strafrechtliche Verurteilung verhindern können», fährt Schmiddi fort, was schon mal nicht übel klingt.

«Und was ist mit uns?», frage ich unsicher.

Schmiddi mustert Mama, Franz und mich mit sehr strenger Juristenmiene. «Ich gehe davon aus, dass ihr drei versucht habt, Flo von seiner Tat abzuhalten. So steht's doch hoffentlich in euren Aussagen?»

Wir schauen einander an und nicken.

«Absolut, wie besprochen», sage ich.

«Ganz genau!», stimmt ihm Mama zu und schaut den zögernden Franz fordernd an, bis dieser nickt.

«Aber natürlich. Zweifelsohne.» Franz wirkt etwas erschöpft und unsicher. Er hat kaum etwas gesagt, seit wir festgenommen wurden.

«Ist etwas nicht in Ordnung, Franz?», frage ich, als wir zu den Autos gehen.

Schmiddi legt Franz fürsorglich seinen Arm auf die Schulter und nickt ihm vertraut zu. «Diese Einzelbefragungen sind immer etwas unangenehm.»

«Allerdings», sagt Mama, und ich kann ihr da nur zustimmen.

«Schon gut, alles bestens. Das Ganze hat mich nur etwas erschöpft. Ich hab's nicht so mit der Polizei.»

«Glaub mir, ich auch nicht», sagt Mama.

«Kann ich sehr gut verstehen», lacht Flo und legt Franz kumpelhaft eine Hand auf die Schulter, denn im Umgang mit unseren Staatshütern ist Flo ja schon geübt.

«Ich für meinen Teil hätte gerne auf diese Erfahrung verzichtet, und ehrlich gesagt weiß ich nicht, was das Ganze überhaupt sollte», sage ich vorwurfsvoll und ärgere mich nicht nur über Flo, sondern vor allem über meine eigene Dämlichkeit.

Jetzt wanzt sich mein Sohn an mich ran und hakt mich unter.

«Komm schon, Mom, sag, dass es nicht aufregend war. Ich wollte bloß, dass du weißt, worum es mir geht. Das ist ... eine Kunstform. Ein wichtiger Pfeiler unserer Kultur und –»

«Bitte verschone mich mit deinen Weisheiten, Sohn!»

«Gib doch endlich zu, dass es krass war! Außerdem – wann haben wir zwei zuletzt was zusammen gemacht?»

Ich ignoriere Flos Worte, obwohl er ja schon ein klitzekleines bisschen recht hat.

«Vielleicht solltet ihr nächstes Mal lieber zusammen ins Kino gehen», rät uns Schmiddi.

Er meint, bis es zu einer Verhandlung kommt, könne das Wochen bis Monate dauern. Die Sache mit der Autobahnbrücke kann er wohl außergerichtlich regeln. Worauf es bei unserer nächtlichen Familien-Session hinauslaufen wird, ist noch nicht abschätzbar.

Bevor ich in den frühen Morgenstunden endlich einschlafe, wird mir so richtig bewusst, dass wir echt großen Mist gebaut haben. Ich kann kaum glauben, dass ich eine verantwortungsvolle Mutter und erwachsene Frau Mitte vierzig bin.

Leider ist an ausschlafen gar nicht zu denken, denn nur wenige Stunden später klingelt die Polizei Sturm.

# 21
## *Endspurt*

DIE POLIZEI rückt um acht Uhr an und nimmt alles, was nach Farbdosen, Schablonen und Schriftproben von Flo aussieht, mit, um zu sehen, ob noch andere Schmierereien in der Gegend auf sein Konto gehen. Weil Schmiddi eine Durchsuchung kommen sah, hatten wir die Sachen für Flos Mappe und sein Skizzenbuch direkt nach unserer Rückkehr im Baumhaus in Sicherheit gebracht. Mir hatte Flo hoch und heilig versprochen, dass seine Werke noch nicht so verbreitet seien wie andere, weil er erst am Anfang seiner Sprayer-Karriere stünde. Was immer das heißen mag.

Zum Glück lagern die Farben für die Minigolfanlage im Kiosk. Ich wollte das so, damit Flo sie nicht zweckentfremdet. So richtig traue ich ihm halt doch nicht. Sprayer sind einfach Adrenalin-Junkies. Das hat sich in der letzten Nacht noch einmal bestätigt.

Schmiddi hat uns jedenfalls versprochen, dass sich das Strafmaß für die nächtliche Familienaktion in einem überschaubaren Maß halten wird. Woher nimmt er diese Zuversicht? Wie kann er das einfach so versprechen? Ich meine – Schmiddi ist Schmiddi und kein Superanwalt. Den könnte ich mir gar nicht leisten, deshalb muss ich ihm wohl vertrauen.

Trotz des nächtlichen Abenteuers bleibt keine Zeit für Reue. Wir sind im Endspurt, denn in drei Tagen eröffnet die Minigolfanlage. Benno hat ganz kurzfristig noch Flyer kopiert, die wir nun in Meppelstedt verteilen.

«Tag, Frau Hippel», begrüße ich Monas Mutter. «Haben Sie was dagegen, wenn ich hier einen Flyer ins Schaufenster klebe?»

«Was denn für ein Flyer, Rike?»

«Wegen der Eröffnung der Minigolfanlage.»

«Ach, dafür! Ja unbedingt, Rike!» Aus ihrer Antwort schließe ich große Begeisterung. Und tatsächlich schwärmt sie kurz darauf von früher: «Wir sind ja mit Mona früher so oft auf der Anlage gewesen – schön war das immer. Obwohl Mona manchmal so jähzornig wurde, wenn sie den Ball nicht einlochen konnte. Dann hat sie den Schläger durch die Gegend geworfen, wie der Tennisspieler ... der, wie hieß der noch mal, der mit dem Stirnband? Nicht der Boris ...» Sie fasst sich an die Stirn. «Auch nicht der, der mit unserer Steffi verheiratet ist, sondern der andere ... Der hat immer so böse geguckt.»

«John McEnroe?», sagt ein kahlköpfiger älterer Herr, der in einer Ecke der Bäckerei am Stehtisch einen Kaffee trinkt.

«Genau! So wie der war die Mona auch. Ich glaub, die hat nicht gerne Minigolf gespielt. Aber schön war's trotzdem.»

«Na, dann kommen Sie doch zur Eröffnung.»

«Auf jeden Fall!» Sie beugt sich verschwörerisch vor. «Hör mal, Rike, ich hab' mir da was überlegt. Die Mama hat mir ja schon alles davon erzählt, und da hab' ich gedacht, ich steuere ein paar Blechkuchen bei. Bisschen Apfel-, Streusel-, Butterkuchen und so. Was meinst du? Ist das eine gute Idee, Rike?»

«Spitzenidee, Frau Hippel! Hätte von mir sein können!», sage ich lachend. «Danke für Ihren Support.»

«Wie?»

«Für Ihre Unterstützung.»

«Immer gerne, Rike.»

Bevor ich gehe, drehe ich mich noch einmal um. «Ach, Frau Hippel? Was ist denn mit Mona? Kommt die auch? Ich kann sie überhaupt nicht erreichen.»

Frau Hippel winkt ab. «Die hat so viel zu tun, die erstickt in Arbeit wegen der neuen Firma. Lass die mal ...»

Mona hat sich seit unserem letzten, sehr spartanischen Nachrichtenwechsel nachts um drei nicht mehr bei mir gemeldet, obwohl ich noch ein paar Mal nachgefragt habe. Ich dachte mir schon, dass sie viel zu tun hat. Und vermutlich bin ich die Letzte, der sie ihre kostbare Zeit opfern will. Trotzdem nagt die Sache ganz schön an mir.

Als ich wenig später die Flyer in der Metzgerei auslegen will, nimmt mich der alte Herr Scholz sofort zur Seite.

«Rike, isch find' dat ne rischtisch jute Idee! Endlisch mal wieder wat los in Meppelstedt. Isch hab' mir da wat überlegt.»

«Ach, jetzt bin ich aber neugierig.»

«Dat kannste auch! Also isch hab mir überlegt, dat isch dir den Jochen zur Eröffnung rüberschicke, damit er dir hundert Würstchen auf'n Grill haut.»

«Und mich auch», sagt Anja begeistert, die an der Kasse steht und zugehört hat.

«Wie, dich auch?», frage ich irritiert.

«Ja, nich auf'n Grill», erklärt sie. «Ich komm auch – dem Jochen helfen.»

«Na, da bin ich aber erleichtert», lache ich. «Danke, Anja. Und: Tolle Idee, Herr Scholz!»

«Immer doch, Rike. Und unter uns: Is ja auch 'ne super Werbung!» Er zwinkert mir zu, als habe er gerade das Sponsoring erfunden.

«Auf jeden Fall», sage ich und zwinkere zurück.

Anja bringt mich zur Tür. «Mensch, Rike, ich freu mich so, dass du wieder da bist und wir uns jetzt häufiger sehen. Erst die Minigolfanlage, dann das Schulfest und später haben wir ja auch noch Schützenfest. Da treffen wir uns dann schon wieder. So viel war hier lange nicht mehr los. Wie aufregend!»

«Äh ... Ich glaub nicht, dass ich zum Schützenfest noch da bin, Anja», sage ich und sehe ihr sofort die Enttäuschung an. Wieso eigentlich? Wieso freut sie sich so über meine Rückkehr, und wieso mache ich ihr das madig? «Ach, mal sehen. Eins nach dem anderen», sage ich versöhnlich, und Anjas Gesicht hellt sich wieder auf. Seltsame Frau. Aber süß.

Nach der Flyer-Runde durch Meppelstedt mache ich mich an die nächsten Punkte meiner To-do-Liste.

Neue Schläger, Bälle, ausreichend Blöcke, Bleistifte und Schreibunterlagen fürs Minigolfen wurden letzte Woche schon per Post vom Fachhandel geliefert. Torben hatte längst eine genaue Auflistung der Bestellung gemacht und das Budget dafür festgelegt. Sein Finanzierungsplan basiert auf dem Erbe seiner Frau Elke, die das Projekt sozusagen indirekt vorfinanziert. Und wenn die Anlage angenommen wird, will Torben einen Verein gründen. Ich habe jedenfalls noch ein paar bunte Fähnchen und Girlanden zur Dekoration besorgt. Macht sich immer gut bei Wind und funktioniert besser als beim Gebrauchtwagenhändler, denn wo Fähnchen wehen, ist was los. Nur, dass beim Gebrauchtwagenhändler nix los ist.

Über Bennos Lieferanten bestelle ich Getränke für den Kiosk, dann fahren wir gemeinsam zum Großmarkt, um dort Eis und Bonbons zu besorgen und was sonst noch so an Knabbereien in einen Kiosk gehört. Schließlich geht es beim Minigolf auch um mehr als nur um Ruhm und Ehre und den Spaß am Spiel. Mit kindlicher Begeisterung laden wir Vorratspackungen an Gummibärchen, Lakritzschnecken, Brausebonbons, Lutscher, süße Spaghetti, saure Apfelringe, kleine Colafläschchen, Schaumerdbeeren und andere Leckereien in den Opel. Und natürlich Chips und Flips und Erdnüsse. Nicht zu vergessen die Bockwurst für den kleinen Hunger.

Es ist wie im Schlaraffenland – ein Kindheitstraum wird wahr. Beim Anblick der bunten Süßigkeiten erinnere ich mich, wie ich früher ans Büdchen um die Ecke gegangen bin, um für fünfzig Pfennige, die ich mir vorher durch Einkaufsgänge in der Nachbarschaft verdient hatte, Süßigkeiten zu kaufen. Zwei Lakritzschnecken, fünf Erdbeeren und zwei große Weingummi-Smileys bekam ich dafür oder fünf kleine Wassereis oder zwei große Wassereis und fünf Brausebonbons – jedenfalls eine Menge für eine Sechsjährige. Einmal habe ich zehn Mark unter einem parkenden Auto gefunden. Damit bin ich zur Bude und habe für alle Kinder der Straße Wassereis gekauft. Ganz stolz bin ich dann mit einem Karton voller Wassereis in durchsichtigen Plastikschläuchen zum Spielplatz gekommen und habe großzügig alles verteilt. Glücklich und beseelt bin ich an diesem Abend ins Bett gegangen, weil es sich so gut angefühlt hatte, etwas Schönes zu teilen. Genau dieses Gefühl liebe ich noch heute, und deshalb beschließe ich, im Großmarkt auch gleich noch einen großen Karton Wassereis mitzunehmen – gratis für alle Kinder am Eröffnungstag.

Ich setze Benno im *basement* ab und besorge im Baumarkt noch ein paar Outdoor-Lichterketten und Solar-LED-Lampen, die man in den Boden stecken kann. Die Minigolfanlage kann nämlich durch Flutlichter auch am Abend bespielt werden. Da schaffen kleine, gemütliche Lichterquellen überall noch mal eine ganz besonders schöne Sommeratmosphäre.

Zwischendurch schicke ich Torben Nachrichten und Fotos und halte ihn über den neuesten Stand der Dinge auf dem Laufenden. Auf diese Weise können wir auch klären, was ihm noch wichtig ist oder worauf ich achten soll. Er ist schließlich der Pächter der Anlage und Initiator dieser wunderbaren Wiederbelebung. Außerdem will ich nichts ohne sein Einverständnis machen. Fast nichts, denn das eine oder andere Verschönerungsdetail soll auch für Torben eine Überraschung sein. Das wichtigste davon ist Florians Graffiti-Kunst am Pavillon, denn das Motiv kennt Torben noch nicht.

Später stehe ich mit Flo und Franz vor einer der beiden einbetonierten Tischtennisplatten neben dem Kiosk, auf der Flos Skizzenbuch liegt. Er klappt es auf und präsentiert uns seine Entwürfe.

«Ich habe einiges durchskizziert und konnte mich erst nicht entscheiden ...»

Der erste Entwurf zeigt Drachen und Dinosaurier im Urwald. Auf dem zweiten sind Schlangen und Eidechsen auf einer Insel skizziert.

Ganz ehrlich – ich bin von beiden Entwürfen enttäuscht, denn ich weiß, was Flo wirklich draufhat, und frage mich, ob er mich und das Minigolf-Projekt nicht ernst genug nimmt. Oder sind meine Erwartungen ganz einfach zu hoch? Und wie soll ich ihm das jetzt sagen? Da ist Fingerspitzengefühl gefragt.

«Gute Arbeit! Nicht schlecht, Flo. Nur ... Was hat das mit Minigolf zu tun?»

«Genau das habe ich mich auch gerade gefragt», pflichtet mir Franz bei. Und ich bin froh, dass ich nicht allein der Miesepeter bin.

Was nicht heißt, dass es keine guten Skizzen sind. Aber leider am Thema vorbei.

Flo nickt gequält. «Ich dachte mir schon, dass ihr das scheiße findet.»

Protestierend schauen Franz und ich uns an.

«So weit würde ich nie gehen», sagt Franz, und ich füge ein schnelles «niemals» hinzu.

Flo blättert weiter zum dritten Entwurf. «Dann werdet ihr den hier auch kacke finden.»

Wir schauen und staunen. Das ist es! Die Skizze hat mehrere Ebenen. Im Hintergrund ist die Skyline einer Großstadt angedeutet. Davor Wald und Landschaft, davor Meppelstedt mit Kirchen, Schulen, Klinik, Rathaus, Bahnhof, Marktplatz, Brunnen. Die Straßen sind Minigolfbahnen, die in den Meppelstedter Gebäuden enden oder durch sie hindurchführen. Zwischen den Häusern spielt eine vermenschlichte Dinosaurier-Familie Minigolf. Das ist es! So habe ich mir ein Graffito für die Anlage vorgestellt. Ich umarme Flo.

«Super! Genauso! Ich bin so gespannt drauf.»

Auch Franz nickt anerkennend. Flo bleibt cool, freut sich aber auch – das sehe ich ihm an. «Hm ... ich wusste, dass du drauf stehst, Mom», sagt er fast beiläufig und grinst.

«Und du bist sicher, dass du das in drei Tagen schaffst, Flo?»

«Kein Problem.»

«Was meinst du, Franz?», frage ich.

«Wirklich ein gutes Motiv. Viel Arbeit. Aber wenn Flo sagt, er schafft es ... Dann sollten wir keine Zeit verlieren!»

Ich gebe grünes Licht, woraufhin sich Flo und Franz sofort an die Arbeit machen. Franz assistiert meinem Sohn und macht zwischendurch Fotos von ihm und seiner Arbeit. Das Motiv ist sehr aufwendig. Aber Flo ist sich sicher, dass es bis zur Eröffnung fertig und trocken ist.

Ich bin so stolz auf meinen Sohn, der die nächsten Tage fast ohne Pause ranklotzt. Außer Franz darf niemand das Werk vor der Eröffnung sehen. Ich bin wahnsinnig gespannt auf das Ergebnis.

Von Schmiddi habe ich seit unseren letzten Gesprächen über das weitere Prozedere in unserem Rechtsfall nichts mehr gehört. Und ich muss gestehen, dass ich auch gar nicht weiß, wie ich reagieren soll, wenn wir uns das nächste Mal begegnen. Ich habe total gemischte Gefühle ihm gegenüber. Wenn ich an den Kuss denke, muss ich automatisch die Augen schließen – und sofort breitet sich das gleiche wohlige Gefühl in mir aus, das ich hatte, als Schmiddis Lippen meine berührten. Es kribbelt, und alles überschlägt sich in mir. Aber wenn mir dann klarwird, dass dieser Kuss nicht für mich bestimmt war, bleibt anstelle des Kribbelns nur eine große enttäuschende Leere. Das bringt mein Gefühlsleben total durcheinander. Schließlich reden wir immer noch über Schmiddi!

Manchmal sehe ich ihn morgens ins Büro fahren und hoffe, er schaut zu unserem Haus rüber, was aber nie passiert. Und wenn wir uns zufällig doch mal im Garten oder in der Einfahrt begegnen, hat er immer zu tun und speist mich mit einem kurzen «Hallo, Rike» ab. Das macht mich wahnsinnig. Denn einerseits haben wir doch mehr als nur eine flüchtige Hallo-Freundschaft, andererseits weiß ich ja selbst nicht, was ich von ihm will.

Wir arbeiten im Akkord an der Fertigstellung der Minigolfanlage. Benno steht mir mit Rat und Tat zur Seite – schraubt, hämmert, zementiert. Ich streiche die letzte Bahn, pflanze die letzten Sträucher und schraube die letzte Glühbirne ein. Obwohl niemand so richtig dran glaubt, werden wir rechtzeitig fertig. Sogar Flo und Franz.

Am Abend vor der Eröffnung setzt Flo sein *tag* unter das fertige Werk. Er und Franz haben es mit Tüchern verhängt, um es dann feierlich zur Eröffnung zu enthüllen. Jetzt muss es nur noch trocknen. Ich kann's kaum erwarten!

Auf einen Absacker lasse ich mich am Freitagabend erschöpft an Bennos Theke nieder und beende den letzten Tag vor der Eröffnung.

«Wie geht's dir?», fragt er und stellt mir ein Radler hin.

«Gut», sage ich.

«Und wie geht's dir wirklich?»

«Beschissen.»

«Aha, wieso? Aufgeregt wegen morgen?»

«Total.»

«Musst du nicht sein. Du bist super vorbereitet. Alles ist fertig, Rike. Du hast wirklich an alles gedacht, soweit ich die Haken auf deiner Liste hier beurteilen kann.» Benno hält meine To-do-Liste in der Hand, die ich seit Tagen mit mir herumschleppe, nickt wohlwollend und grinst. «Sogar an den Notfallkoffer hast du gedacht, falls sich jemand auf der Minigolfbahn das Genick bricht.»

«Alles schon passiert!», mahne ich.

«Bestimmt! Was ist mit Torben? Kommt er?», fragt Benno.

«Wusste er noch nicht. Kommt drauf an, ob die ihn gehen lassen.» Ich trinke einen Schluck Radler. «Aber *du* kommst doch hoffentlich.»

«Worauf du einen lassen kannst, Rike. Ich hab' doch gesagt, ich lass dich nicht im Stich. Und ich hab sogar 'ne Überraschung für dich.»

In dieser Nacht kann ich nicht schlafen vor Aufregung. Ständig gehe ich irgendwelche Listen durch, um bloß keine Fehler zu machen und um nichts zu vergessen. Es würde alles auf Torben zurückfallen, und das wäre das Letzte, was er gebrauchen kann. Er verlässt sich schließlich auf mich, und ich hab's ihm versprochen. Er braucht diese Lizenz so sehr. Dann kommen die Zweifel: Was, wenn ich es nicht schaffe? Wenn ich alles in den Sand setze? Wenn keiner kommt? Wenn die Meppelstedter keine Minigolfanlage brauchen oder wollen? Wenn sie uns auslachen, weil kein Mensch heute mehr Minigolf spielt?

Plötzlich wird die Angst immer größer, die Panik ist zum Greifen nah. Wenn ich das alles nicht hinkriege, dann habe ich hier überhaupt nichts hingekriegt. Und die Aussicht, auch die nächsten Monate noch hierbleiben zu müssen, macht das Einschlafen nicht gerade einfacher.

Gegen vier Uhr werde ich vom Gedankenkarussell dann doch so schläfrig, dass ich endlich einnicke – um zwei Stunden später völlig panisch wieder aufzuwachen in der Annahme, verschlafen zu haben.

## 22
## *Miss Minigolf*

ICH BIN EIN WRACK, ich fühle mich wie ein Wrack und sehe aus wie ein Wrack. Mein Spiegelbild erschreckt mich, aber wenigstens bin ich jetzt wach. Also beschließe ich, eine ausgiebige Dusche zu nehmen, um dann zwar nicht ausgeruhter, aber wenigstens frischer in den Tag zu starten.

Nach der Dusche öffne ich das Badezimmerfenster und sehe Schmiddi unten im Garten Rosen schneiden. Morgens um sieben. In einem dreiteiligen Businessanzug. Das kann nur bedeuten, dass er wieder einen Termin mit Uma hat, die in meiner Vorstellung auch aussieht wie die Hollywood-Diva Uma Thurman – makellos, schön, groß und schlank. Rosen aus dem eigenen Garten für die Frau des Herzens. Ich seufze und beobachte, wie er von jeder einzelnen Rose behutsam mit einem Taschenmesser die Dornen entfernt, damit sich die Liebste auch bloß nicht sticht und womöglich in einen hundertjährigen Schlaf fällt. Dann wäre alle Mühe dahin, weil Schmiddi ohnehin schon viel zu viel Zeit verplempert hat, ehe sein Liebesleben aktiviert wurde. Also darf er jetzt nichts riskieren. Vermutlich macht er ihr mit den Rosen gleich einen Antrag, und den Verlobungsring hat er bestimmt in der Sakkotasche des teuren Anzugs.

Ich könnte heulen, wenn ich das so sehe. Aber warum eigentlich? Kann mir doch so was von total egal sein! Ich ziehe mich an, mache Lärm beim Tischdecken, damit ich nicht jeden einzeln hier im Haus wecken muss und ... entdecke die neue Kaffeemaschine. Ein Vollautomat, italienische Marke, groß, verchromt, teuer. Wo kommt der her? Wer hat ihn hier platziert?

«Gefällt er dir?», höre ich Franz hinter mir.

«Soll das ein Witz sein? Und ob! Endlich wieder guter Kaffee!»

«Ich muss gestehen, dass mir Wilmas Blümchenkaffee auch nicht geschmeckt hat. Deshalb dachte ich, der hier ist für jeden was.»

Ich freue mich. «Gut gedacht, Franz! Aber der muss ein Vermögen gekostet haben.»

Er winkt ab. «Probier's aus! Ich nehme einen doppelten Espresso.»

«Subito!», sage ich und setze mich mit der Maschine auseinander.

«Du hast bestimmt auch einen ordentlichen Kaffeevollautomaten bei dir im Haus, oder?»

Äh ... Worauf will er hinaus? Wird das ein Rausschmiss?

«Schon», sage ich und beschäftige mich mit der neuen Maschine.

«Wilma sagt, du renovierst gerade?»

«Hm ... Genau.»

«Warum ziehst du nicht ganz hierher? Platz ist doch genug.»

Also doch kein Rausschmiss. Ich bin verwirrt. «Weil ... weil es nicht gut wäre.»

«Wieso? Was wäre schlecht daran? Familien leben auch anderswo in mehreren Generationen zusammen.»

«Oh, sind wir schon eine Familie? Da muss mir was entgangen sein», sage ich schnippisch, denn ich habe das Gefühl, Franz spielt sich etwas zu sehr als Hausherr auf. Oder bin ich einfach nur dünnhäutig heute? «Tut mir leid, ich wollte nicht so blöd klingen, aber ich bin heute etwas angespannt.»

«Schon gut. Verständlich. Ich wollte dir auch nicht zu nahe treten.»

Ich lasse gerade an der Maschine Dampf ab, da höre ich ihre Stimme: Auftritt Mama, diesmal im gelben Kimono.

«Warum machst du uns und dir was vor, Rike?»

Na, prima. «Guten Morgen, Mama!»

Sie hält mir ein Handyfoto von meinem Haus vor die Nase, an dem ein Zu-verkaufen-Schild hängt. Ein Anblick, der mir zusetzt. Ausgerechnet heute!

«Spioniert ihr mir nach, oder was?»

«Nein, das sind deine Methoden», sagt Mama patzig. «Ich wollte Franz dein schönes Haus zeigen – und dann das. Also, was hast du dazu zu sagen?»

Ich atme tief durch und spiele kurz mit dem Gedanken, Mama alles zu erzählen, aber das ist mir jetzt zu viel. Nicht vor der Eröffnung. Danach streiche ich hier sowieso die Segel, also muss ich diese Diskussion auf später verschieben.

«Nichts», sage ich, stelle Franz seinen Kaffee vor die Nase und gehe Flo wecken. Einfach so. Wortlos. Ohne die geforderte Erklärung. Sie würde es genauso machen, und ich habe jetzt einfach keine Nerven dafür. Denn so wie ich Mama kenne, würde sie nicht lockerlassen. Ich bitte Flo, nicht auf die Fragen seiner Oma einzugehen, sollte sie versuchen, ihn auszuquetschen. Er verspricht es, denn er versteht mich. Mir ist sehr wohl klar, dass ich den Konflikten aus dem Weg gehe. Aber was würde es denn bringen, jetzt mit Mama über mein Haus zu reden? Ein Haus, das ich ohnehin nicht mehr besitze und in dem ich sowieso nicht mehr wohne. Ja, sie wird enttäuscht sein, dass ich sie angelogen habe, aber damit kann ich leben. Eine Notlüge aus Scham. So sehe ich das.

Eine halbe Stunde später warte ich im Garten auf Flo, damit wir zusammen gemütlich zum Kurpark gehen können, um die Eröffnung der Minigolfanlage vorzubereiten. Die Sonne scheint bei fast wolkenlosem Himmel und ungefähr 25 Grad. Perfektes Frühsommerwetter für einen kleinen Spaziergang. Vor allem Flo ist so nervös, dass ihm ein wenig Bewegung guttut.

«Wir sehen uns dann gleich im Park», rufe ich ins Haus, bevor wir uns auf den Weg machen.

Als wir am Kiosk ankommen, erwartet uns eine Überraschung. Nicht Bennos angekündigte Überraschung, sondern eine Katastrophe.

«Fuck!» Flo wird kreidebleich. Jemand hat die Tücher um den Kiosk mit Gewalt heruntergerissen und das Graffito bis zur Unkenntlichkeit übersprüht – mit undefinierbaren Schmierereien. Keine Kunst, sondern purer Vandalismus. Ich greife tröstend nach Flos Arm und würde am liebsten heulen. So eine verdammte Schweinerei! Flo starrt geschockt auf den Kiosk.

«Fuck!», höre ich ihn erneut fluchen. Er geht näher, fasst auf die Farbe, die noch nicht ganz trocken ist, und schüttelt fassungslos den Kopf. «Diese Schweine!»

Eine gefühlte Ewigkeit stehen wir einfach nur da. Schließlich trudeln die anderen Helfer ein – Benno, Franz, Mama und zu meiner Überraschung sogar Schmiddi im dreiteiligen Anzug. Der Strauß Rosen ist für die Eröffnung! Diese Überraschung ist Schmiddi gelungen, und ich freue mich wirklich sehr über die Blumen ohne Dornen. Nur leider kann ich ihm meine Freude nicht zeigen, denn uns allen ist der Spaß vergangen. Schockiert über diesen Vandalismus überlegen wir, was zu tun ist.

Franz versucht, Flo wiederaufzubauen, wie das ein guter Trainer eben macht, wenn eine Runde verloren ist.

«Das tut mir so leid, mein Junge. Da muss jemand mächtig neidisch auf dein Talent sein.»

«Hast du auch nur eine leise Ahnung, wer das war?», fragt Benno, der so wütend ist, dass er offenbar tatsächlich gewalttätig werden könnte – er hat so ein Flackern in den Augen. «Den sollte man ordentlich aufmischen.»

«Wir erstatten natürlich Anzeige gegen unbekannt», sagt Mama und sieht Schmiddi auffordernd an.

Doch Schmiddi schüttelt den Kopf. «Bringt nichts, es sei denn, du willst von der Versicherung die Reinigungskosten erstattet haben.»

«Ich weiß nicht mal, was Torben hier für eine Versicherung abgeschlossen hat», sage ich resigniert. «Wir müssen eine andere Lösung finden. Eine schnelle.»

Flo findet die Fassung wieder. Selbstbewusst baut er sich vor uns auf und macht eine ganz klare Ansage: «Keine Anzeige. Wozu denn? Bringt nur Ärger und macht nichts besser.» Er zieht sich die Jacke aus. «Ich mach's einfach noch mal. Hier und jetzt. Ist ja nicht so 'n großer Akt. So kann der Kiosk jedenfalls nicht bleiben. Da kommt am Ende keiner zur Eröffnung, weil das so scheiße aussieht.»

Voller Stolz umarme ich Flo. «Aber jeder würde dir beim Sprayen zuschauen. Kannst du denn so arbeiten?»

Und das meine ich nicht ironisch! Flo grinst breit und gibt mir einen Kuss auf die Wange.

«Passt schon, Mom.»

Mein Großer!

Dann klatscht er in die Hände. «Also los! Packen wir's an! Zuerst eine dünne Grundierung, diesmal gesprayt, das geht schneller, und dann spraye ich drüber. Muss halt alles zackiger gehen!»

Das war um 9 Uhr. Jetzt ist es so weit. An einem Samstag, den 1. Juni um Punkt 10 Uhr erwecken wir die Minigolfanlage im Meppelstedter Kurpark nach einem fünfzehnjährigen Dornröschenschlaf wieder zum Leben. Und peu à peu kommen die Meppelstedter an diesem herrlich sonnigen Tag aus ihren Häusern, um zu sehen, was da im Kurpark los ist.

Frau Hippel bringt den Kuchen persönlich, Jochen und Anja aus der Metzgerei bauen den Grill auf, und sogar der alte Metzger

Scholz kommt vorbei, um zu sehen, ob sein Sohn alles im Griff hat. Fluppe und Lücke warten geduldig auf die ersten Thüringer und tilgen das erste Bierchen dazu. Ist ja Samstagvormittag. Enzo, der Besitzer des italienischen Cafés am Marktplatz, den ich anfangs für einen kroatischen Kellner gehalten habe, kommt mit einem mobilen Kaffeewagen, den er neben dem Kiosk aufstellt. Er hatte mir das vorgeschlagen, als ich die Flyer bei ihm ausgelegt habe. Bei der Gelegenheit habe ich auch erfahren, dass er mittlerweile sogar WLAN in seinem Café hat.

Völlig aus dem Häuschen sind Mamas Poker-Girls Lisbeth, Karin und Gitti, die wohl eher wegen Franz hier sind als zum Minigolfspielen, wie ich vermute. Aber sie drücken und herzen mich, wie das Nenn-Tanten so machen, die einen noch aus dem Windelalter kennen. Fehlt nur noch, dass sie sich darüber wundern, wie groß ich doch seit unserem letzten Treffen geworden bin.

«Rikchen, dass ausgerechnet du hier ins Minigolf-Business einsteigst, hätte dir keine von uns zugetraut», sagt Gitti, die korpulente Diva und Mehrfachwitwe.

Lisbeth nickt anerkennend. «Das verdient Respekt, mein Kind! Gratulation!»

Nur Karin, die Tankstellenpächterin, schüttelt den Kopf. «Seid ihr bescheuert? Minigolf – im Ernst? Ich seh das ja nicht, wenn ihr mich fragt.» Sie sieht mich streng an. «Was ist denn aus deinen ganzen Plänen und Ideen geworden? Du hattest doch so viel vor, Rike! Und jetzt das hier?!»

Hatte ich? Muss ewig her sein, denke ich und lächele beruhigend. «Keine Sorge, ich bin hier nur für jemanden eingesprungen.»

Lisbeth nickt erneut. «Ich wollte es ja nicht so direkt sagen, aber Karin hat leider recht. Was willst du denn hier – in Meppelstedt?»

«Ja, mach bloß, dass du wegkommst!» Karins tiefe Stimme klingt nicht sehr motivierend. «Hier wirst du nur schnell alt und hässlich vor Langeweile. Sieh uns an!»

«Deine Mutter kommt auch gut ohne dich zurecht.» Gitti grinst und deutet auf Mama und Franz.

«Ich weiß. Lieb, dass ihr euch Sorgen um mich macht. Aber das hier ist wirklich nur vorübergehend», sage ich.

Doch die Mädels scheinen noch nicht überzeugt und schauen sich zweifelnd an.

«Vorübergehend? Das haben schon viele vor dir gesagt. Und jetzt ist der Friedhof voll von denen, die nur *vorübergehend* zurückkommen wollten», sagt Karin.

Das sind ja schöne Aussichten. Mamas Freundinnen verstehen es wirklich, mir Mut zu machen. Aber sie haben ja recht. Ich bin mir absolut darüber im Klaren, dass das hier keine Lebensaufgabe für mich ist.

«Keine Sorge, ich hab' alles im Griff», beruhige ich die Tanten, die mir das immer noch nicht so richtig abnehmen wollen. Müssen sie auch nicht. Hauptsache, ich glaube mir selbst.

«So, und jetzt muss ich noch ein paar Leute begrüßen. Amüsiert euch! Bis später!»

Ich löse mich von Mamas Freundinnen und halte Ausschau nach Torben, der aber leider nirgends zu sehen ist. Dafür ist der Bürgermeister gekommen, der mir freudig die Hand schüttelt.

«Schön, wenn die Kinder der Stadt ihre Wurzeln nicht vergessen und Altes neu erstrahlen lassen. Willkommen zurück!» Ein Fotograf schießt noch schnell ein Foto von uns, bevor ich dem Stadtoberhaupt die Anlage zeige. Und während er alles wohlwollend inspiziert, gesteht mir der Bürgermeister hinter vorgehaltener Hand, dass er selbst leidenschaftlicher Minigolfer und das Minigolfen seine heimliche Obsession sei. Ich bin verwundert über so viel Offenheit.

«Meine Frau ist jedenfalls sehr glücklich darüber, dass ich jetzt nicht mehr zum Minigolfen in die Nachbargemeinden fahren muss.»

Entsprechend aufgeregt ist er, als wir gemeinsam den ersten Abschlag an Bahn 1 machen und damit die Minigolfanlage im Meppelstedter Kurpark offiziell eröffnen.

Der Zuspruch der Besucher ist umwerfend. Sie bringen alle gute Laune mit und haben jede Menge Lust auf Minigolf. Die fünfzehn Bahnen sind permanent besetzt, und wer nicht einlocht, spielt Tischtennis, isst Eis, beißt in eine Bratwurst oder schaut Flo beim Sprayen zu. Und das ist der eigentliche Hype an diesem Tag – mein Sohn Florian.

Am helllichten Tag und unter den neugierigen Blicken von zig Kindern, Jugendlichen und Erwachsenen sprayt er ohne Eile und völlig souverän seine Kunst auf die Wand. Und zwar legal!

Franz meint, es würde sogar besser als das erste Werk.

Ich kann Flo ansehen, wie er die Blicke der Zuschauer genießt. Anerkennung, Zuspruch und Lob – davon lebt jeder Künstler. Auch mein Sohn.

Ein Mädchen in seinem Alter sitzt mit ihrem Skateboard auf einem Pflanzenkübel und lässt Flo keine Sekunde aus den Augen. Sie hat Sommersprossen, dunkle, geflochtene Haare und blaue Augen. Eine coole Erscheinung in Turnschuhen und Jeans. Flo weiß, dass sie ihn beobachtet. Denn ab und zu wirft er ihr einen Blick zu, den sie dankbar erwidert. Nach ein paar Stunden macht er Pause und genießt den spontanen Beifall des Publikums. Er ist toll – mein Sohn. Und ich bin echt stolz auf ihn, den introvertierten Künstler, der offenbar gerade dabei ist, sich zu verlieben. Jedenfalls sieht es so aus, denn er erklärt dem Mädchen mit den dunklen Haaren sehr detailliert, worauf es beim Sprayen ankommt. Und sie ist fasziniert von ihm. Wäre ich auch, wenn ich sie wäre.

«Ganz schön talentiert, Rike Herrlich», höre ich eine verrauchte Stimme hinter mir. Es ist die meines früheren Kunstlehrers Herrn Kramer. Zwar scheint er wie immer einen im Tee zu haben, aber deshalb kann er trotzdem Könner von Nichtkönnern unterscheiden. «Von wem hat der Junge das nur? Jedenfalls nicht von dir, Rike.» Er lacht.

Aber recht hat er. Kramer hat mir immer die Gnadennote *befriedigend* in Kunst gegeben, weil er wusste, wie streng mein Vater war, und weil er außerdem sah, dass ich mich zumindest bemühte. Immerhin.

«Vermutlich wurde er im Krankenhaus vertauscht», flüstere ich ihm zu. «Aber sagen Sie's nicht weiter.» Wir lachen beide.

«Vielleicht kann dein Sohn mal meinen Schülern erzählen, was man so bei der Graffiti-Kunst beachten muss – künstlerisch und juristisch. Damit ihnen klar wird, worauf sie sich einlassen oder besser nicht. Wäre das was für ihn? Vielleicht sogar als Workshop in der Projektwoche?»

«Ja, warum nicht? Müssen Sie ihn fragen.»

«Das mache ich sehr gerne.»

Dann sehe ich Mama und Franz und winke sie zu uns.

«Schau, Mama, kannst du dich noch an Herrn Kramer, meinen Kunstlehrer, erinnern?»

«Herr Kramer! Wie schön, Sie zu sehen. Aber ich kann mich leider überhaupt nicht an Sie erinnern.»

«Macht nichts, ich kann mich manchmal selbst nicht an mich erinnern.»

Großer Lacher, gefolgt von peinlichem Schweigen.

«Und das ist … der Lebensgefährte meiner Mutter, Franz Eduard Conti.»

Kramer und Franz geben sich die Hand.

«Eddi Conti! Lang ist's her.» Er scheint Franz tatsächlich wiederzuerkennen.

«Tut mir leid», sagt Franz verlegen und schüttelt nachdenklich den Kopf. «Kennen wir uns?»

«Du warst doch der Hausmeister im *Viertel*!», sagt Kramer.

Jetzt wird's spannend, aber Franz bleibt gelassen und lächelt.

«Ich war zwar schon vieles in meinem Leben, aber sicher kein Hausmeister, da müssen Sie mich verwechseln.»

Nun mische ich mich in das Gespräch ein. «Aber du warst doch mal Galerist, Franz. Vielleicht kennt ihr euch daher.»

«Schon möglich», sagt Franz ruhig und wiegt den Kopf bedächtig hin und her. «Wenn Sie Mitte der Achtziger in Santiago gelebt haben, sind wir uns vielleicht dort über den Weg gelaufen. Die Galerie hieß *Cube*.»

Kramer ist sichtlich irritiert. Er blickt von Franz zu mir und wieder zu Franz. «Eher nicht. Sind ja auch ein paar Jahre vergangen.»

«Na, wie auch immer – Sie sehen ihm jedenfalls ähnlich, dem Eddi», sagt Kramer und klopft Franz versöhnlich auf die Schulter. «Der hatte sogar ziemlich Talent.»

Franz lacht auf. «Dann bin ich es ganz sicher nicht. Wollen wir was trinken? Ich hol uns was.»

«Gern ein Bierchen. Ich unterhalte mich in der Zeit mal mit dem jungen Künstler.» Kramer geht zu Flo, der mittlerweile von einer Gruppe von Kids umringt wird.

«Rike? Wilma?», fragt Franz. «Wollt ihr auch was?»

Wir lehnen dankend ab und Franz geht zum Kiosk, den Benno für heute übernommen hat.

Wilma hakt sich bei mir unter. «Dein alter Lehrer ist ja um diese Zeit schon stramm», sagt sie mit verächtlichem Blick auf Kramer.

«Vielleicht kennt er Franz tatsächlich irgendwoher, Mama.»

«Klar, mit ein paar Promille sehe ich auch aus wie die Queen.»

Ich betrachte meine Mutter kritisch. «Eher Queen Mom.»

Meine Mutter haut mir mit ihrer Handtasche auf den Kopf und lacht. «Du bist zwar frech, aber das hier hast du richtig gut gemacht, Schätzchen.» Sie zeigt einmal im Kreis über die Anlage.

«Danke, Mama», sage ich und küsse sie auf die Wange. Im Gegensatz zu meiner Mutter will ich das Thema noch nicht wechseln.

«Mal im Ernst, Mama: Vertraust du Franz?»

«Absolut! Wieso sollte er lügen?», fragt meine Mutter vorwurfsvoll.

«Weil ich nicht so richtig weiß, was ich von ihm halten soll. Einerseits ist er ein echt netter und guter Mensch, andererseits wissen wir kaum etwas über ihn. Und immerhin wohnt er schon bei uns.»

«Warum bist du nur so misstrauisch, Rike? Gönnst du mir mein Glück nicht?»

«Doch, natürlich Mama, ich will nur nicht, dass –»

«Wenn du so besorgt bist, Rike, warum bleibst du dann nicht und lernst Franz besser kennen? Dein Haus wird doch sowieso bald verkauft, oder?»

«Äh ... Vermutlich.»

«Siehst du, dann bleib doch einfach hier.» Wieso machen sich heute bloß alle Gedanken über meine Wohnsituation? Darf ich das bitte selbst entscheiden?!

«Mama, ich gehör hier nicht mehr hin. Was sollte ich hier denn schon machen?»

«Ach, da findet sich doch irgendwas. Schau dich um! Die Leute hier mögen dich!»

«Frag mal deine Freundinnen, die sehen das schon etwas klarer.»

«Ach, lass doch die alten Weiber! Mein Haus ist dein Haus.»

«Eben nicht», sage ich schnippisch.

«Wie meinst du das?»

«Mal ehrlich, Mama, wäre es nicht schöner für dich, wenn du mit Franz von vorn anfängst? Nur ihr zwei. Da wäre ich nur das dritte Rad am Wagen. Außerdem brauchst du mich nicht.»

«Es heißt ‹das fünfte Rad am Wagen›, wie auch immer, aber vielleicht brauchst du mich ja? Schon rein finanziell, wie ich das sehe.»

Ich staune. «Eine kluge Frau, die sich meine Mutter nannte, sagte mal zu mir: Sieh zu, dass du finanziell immer unabhängig bleibst.»

Wilma nickt. «Ja, da ist was dran. Aber die gleiche Frau sagt dir auch, dass Blut dicker ist als Wasser.»

«Danke, Mama, aber ich krieg' das schon hin», sage ich und umarme meine Mutter dankbar.

«Schon gut, das reicht jetzt. Wo ist eigentlich Franz?» Wilma entdeckt ihn bei Jochen am Grill. «Ah, da! Bis später, Schatz.»

Ich schaue mich um, ob Torben inzwischen aufgetaucht ist. Aber entweder ist er nicht gekommen, oder ich sehe ihn in dem Gewimmel einfach nicht. Ganz Meppelstedt und Umland müsste hier sein. Ich begrüße die Besucher einer Werkstatt für behinderte Menschen, halte Smalltalk und gebe sogar ein Interview für eine Schülerzeitung. Die Zeit rast, und von Torben noch immer keine Spur. Um sicherzugehen, mache ich zwischendurch ein paar Fotos und schicke sie Torben mit einem kurzen Statusbericht aufs Handy.

Ob Benno etwas weiß? Gerade als ich zum Kiosk gehen will, um ihn nach Torben zu fragen, sehe ich Schmiddi. Mit einer Frau. Einer gutaussehenden jungen Frau. Ich glaube, es ist die Blondine von Monas Party. Das muss sie sein: Uma. Sehr hübsch.

Die beiden spielen zusammen Minigolf. Mit mir hat Schmiddi das letzte Mal Minigolf gespielt, als wir sieben Jahre alt waren. Und … ja, ich gebe zu, ich bin eifersüchtig. Warum spielt Schmiddi nicht mit mir Minigolf? Schließlich bin ich doch hier und heute die Königin der Minigolfanlage! Dann sehe ich Benno, der mit Fluppe und Lücke und ein paar Typen, die ich flüchtig aus dem *basement* kenne, auf der Wiese etwas aufbaut. Doch gerade, als ich hingehen und nachfragen will, vibriert mein Handy – hoffentlich eine Nachricht von Torben, denke ich und schaue eilig auf das Display. Doch die kurze Nachricht ist von Mona: Hilf mir.

## 23
## *Mona*

SO SCHNELL ICH KANN, steige ich in ein Taxi und fahre zu meiner ältesten Freundin.

Monas Wagen steht vor der Tür, und das Haus ist hell erleuchtet, aber Mona öffnet nicht. Ich schaue durch alle Fenster, kann aber niemanden sehen. Seltsam, sie muss zu Hause sein. Ich trommele und klopfe, sie reagiert aber nicht. Schließlich entdecke ich ein offenes Küchenfenster. Natürlich kein normales, sondern so ein Querformat. Lang und quer. Wie schön. Und wie modern. Leider auch total unpraktisch, um dort einzusteigen. Ich suche mir also ein paar große Steine zum Stapeln, auf die ich umständlich und wackelig klettere, um meinen wenig athletischen Oberkörper durch das querformatige, schmale Fenster zu quetschen. Erwähnte ich mein Übergewicht und die breite Mitte? Ich hieve mich hoch, aber weil der Steinturm umfällt und ich mich nicht richtig abstützen kann, stecke ich erst mal fest. Halb im Haus, halb draußen – wie die zerteilte Assistentin eines Bühnenzauberers, die mit ihren zwei Körperhälften in unterschiedlichen Kisten steckt.

Und wie ich da so hänge und versuche, meinen dicken Hintern durch die blöde Luke zu quetschen, wird mir mehr als klar, dass ich 1. zu fett bin und 2. so was von feststecke, wie ich noch nie festgesteckt habe – im Fenster, im Leben, in der Liebe. Und ich nehme mir fest vor, das alles sofort zu ändern, sollte ich jemals wieder aus diesem blöden, verdammten, querformatigen Scheißfenster rauskommen. Und ich nehme mir vor, endlich abzunehmen, weil ich mich schon so lange nicht mehr wohl fühle in meiner Haut. Ich spüre, wie die Wut auf alles Mögliche in mir hochkocht – auf Clemens, seinen beknackten Insolvenzverwalter, seine noch beknacktere neue Freundin, diese Architekturbüro-Heinis, die mir keine Chance gegeben haben. Aber vor allem auf mich selbst, und ich fürchte, jeden Moment zu explodieren, weil der innere und äußere Druck immer größer wird.

Mit verrenktem Hals schaue ich mich in Monas Küche um und strecke mich, so weit es meine kurzen Arme zulassen, nach dem Wasserhahn, um mich unter lautem Geschrei mit aller Kraft aus der beklemmenden Fenstersituation zu ziehen. Es funktioniert. Zentimeter um Zentimeter ächze ich vorwärts, schwitzend und mit hochrotem Kopf, und kurz bevor der Wasserhahn abbricht, rutsche ich schmerzhaft durch den Rahmen über die Küchenarmaturen und stürze einen halben Meter tief auf den harten Granitfußboden. Wie ein großer, dicker Fisch, der an Bord eines Fischkutters gezogen wird. Aua!

Einen Moment bin ich unfähig, mich zu rühren. Ich kann nicht glauben, dass ich wie ein fetter Barsch hier in Monas Küche liege und nach Luft schnappe.

Mühsam richte ich mich auf, reibe mir Knie und Oberschenkel und betaste mein rechtes Handgelenk, das höllisch weh tut.

Dann fällt mein Blick auf den Messerblock mitten auf dem Küchentisch, aus dem alle Messer herausgezogen und ringsum verteilt wurden. Den Schlitzen nach zu urteilen, fehlt eins. Als ich jetzt auch die Glassplitter auf dem Boden entdecke, läuft vor meinem inneren Auge sofort wildes Kopfkino ab – ein Blutbad!

Ich muss Mona finden.

Unter Schmerzen renne ich ins Badezimmer und … bin erleichtert. Denn dort ist sie nicht.

«Mona?!»

Nichts rührt sich. Ich suche im ganzen Haus und schaue in jeden Raum. Nichts. Dann lausche ich und höre jetzt ein ganz leises Schluchzen. Obwohl ich dort schon war, gehe ich zurück ins Schlafzimmer. Mein Blick fällt auf den begehbaren Kleiderschrank. Vorsichtig öffne ich die Tür. Das Ding ist riesig – wie in einem amerikanischen Film. Und auf dem Veloursteppich unter den Kleidern in einer Ecke hockt Mona, neben sich eine Flasche Schnaps und ein Messer. Langsam komme ich näher.

«Mona! Was machst du hier?»

Sie schaut mich aus verheulten Augen an. Ihr Gesicht ist voller verschmierter Wimperntusche und Lippenstiftreste, sie sieht aus wie ein Horrorclown. Ich schrecke zurück.

«Rike! Da bist du ja!»

«Was hast du mit dem Messer vor?», frage ich und lasse mich neben Mona auf dem Teppich nieder.

«Ich hab' die verdammte Flasche nicht aufgekriegt», heult sie und hält mir die Wodkaflasche hin, der sie mit einem Fleischermesser den Hals abgeschlagen hat.

Ich bin beeindruckt. So was kenne ich nur aus Filmen, wenn Champagnerflaschen geköpft werden. Dass es auch mit Wodkaflaschen geht, wundert mich, schließlich muss die Flasche doch unter Druck stehen. Allerdings sieht es bei Mona auch nicht sehr fachmännisch aus, und ich muss aufpassen, dass ich mir beim Trinken nicht die Lippen aufschneide. Ich nehme einen winzigen Schluck und lege das Messer zur Seite.

«Was ist denn los?», frage ich.

Mona nimmt einen großen Schluck. «Du hattest recht. Es tut mir so leid.»

Ich verstehe nur Bahnhof. «Was tut dir leid?»

«Alles. Die Sache mit meinem Mann – ein einziger großer Beschiss! Seit Jahren. Ständig hat er rumgevögelt und alles angebaggert, was nicht schnell genug abhauen konnte.»

«Noel?» Warum wundert mich das nicht?

«Ja, mein Arschgesicht-Mann Noel, der dich auf dem Gästeklo vögeln wollte.»

Ich verzerre angeekelt das Gesicht bei der bloßen Erinnerung daran und nehme Mona in den Arm.

«Ach Mensch, Mona, das tut mir so leid. Aber wenn du wusstest, dass er ... Also, wieso bist du dann all die Jahre bei ihm geblieben?»

«Weil ich blöd war», schnieft sie. «Immer wieder hat er mich danach um den kleinen Finger gewickelt und mir geschworen, es nie wieder zu tun. Wie ein Junkie. Dann war ja auch eine Weile Ruhe, bis er rückfällig wurde. Immer wieder die gleiche Nummer, und immer wieder bin ich weich geworden.»

«Und jetzt?»

«Jetzt hat er mich verlassen, weil er meine angeblich krankhafte Eifersucht nicht länger ertragen konnte. Er hat gesagt, ich hätte damit alles kaputt gemacht.»

Jetzt weint Mona wieder und nimmt zur Beruhigung einen großen Schluck Wodka.

«Vorsicht!» Ich halte die Flasche für sie, damit sie sich nicht verletzt. «Was für 'n Arsch. Dann sei froh, dass er weg ist.»

«Aber ich hab' ihn geliebt, Rike, so richtig. Ich war emotional abhängig von ihm.» Nächster großer Schluck aus der Flasche. «Bin ich wahrscheinlich immer noch. Und er war der Hammer im Bett, Rike! Das hättest du erleben sollen ...»

«Na, gut, dass es nicht so weit gekommen ist!»

«Außerdem bin ich bei ihm angestellt. Verstehst du? Alles, was ich bin, bin ich durch ihn.» Mona bricht wieder in Tränen aus. «Ich bin nichts ohne ihn.»

«So was darfst du nicht mal denken, klar?!» Ich fasse sie an den Schultern, damit sie mich ansieht. «Mona, das ist totaler Quatsch, und das weißt du! Abhängigkeit hat nichts mit Liebe zu tun. Gar nichts! Alles, was du bist, bist du durch dich und vermutlich durch deine Eltern. Du brauchst ihn nicht! Niemand braucht einen Partner, der einem nicht guttut!»

Das klingt alles so rational, aber was soll ich ihr auch sagen. Wo Gefühle im Spiel sind, versagt die Vernunft. Ich muss an meine eigene Ehe denken und daran, wie klein und beschissen ich mich gefühlt habe, als mir endlich alles klarwurde.

«Und jetzt sehen wir zu, wie wir dich wieder auf die Beine kriegen. Komm!» Ich nehme Mona die Flasche weg und helfe ihr aufzustehen, um sie ins Bad zu bringen, wo sie sich von dem Schnaps befreien soll.

«Lass mich nicht alleine, Rike! Ich hab' doch nur noch dich.» Wimmernd hält sie sich an mir fest.

«Jetzt übertreibst du aber», sage ich und halte ihr die Haare im Nacken zusammen, während sie über der Toilette entgiftet. Es ist wie früher, wenn nach schlimmen Liebeskummerattacken, Ärger mit den Eltern oder Schulstress nur noch die beste Freundin helfen konnte.

Eine halbe Stunde später sitzen wir in der Küche, wo Mona mit Hilfe von zwei doppelten Espressi versucht, einen klaren Kopf zu bekommen. Mein Handy vibriert. Es ist Benno, der vermutlich wissen will, wo ich mich rumtreibe. Kein Wunder. Doch dies ist ein Notfall. Ich drücke den Anruf weg, schreibe ihm aber eine kurze Nachricht und bitte ihn, die Stellung zu halten, bis ich wieder da bin.

«Mona, ich muss zurück», erkläre ich. «Weißt du, heute ist doch die Eröffnung der Minigolfanlage, und da sollte ich wohl dabei sein. Deine Eltern waren auch schon da.»

Sie schüttelt verzweifelt den Kopf. «Wie soll ich ihnen nur beibringen, dass er mich endgültig verlassen hat?»

«Sag ihnen, wie er dich behandelt hat! Ich meine, das Ganze ist doch nicht deine Schuld. Er hat dich ja nicht verlassen, weil du so blöd bist, sondern weil er ein Idiot ist.»

Jetzt weint sie wieder und diesmal noch bitterer. Ich nehme meine Mona in den Arm und atme tief durch, weil ich so wütend auf diesen Noel bin, der uns beide fast auseinandergebracht hätte, wo wir uns doch gerade erst wiedergefunden haben.

«Wir haben beide ganz schön ins Klo gegriffen mit unseren Männern, was? Aber ... aber alles hat sein Gutes, glaub' mir. Wir sollten ...»

«Und warum tut es dann so weh?»

«Das geht vorbei! Meine Mutter sagt immer: Jedes Ende einer Beziehung ist auch eine Chance.»

«Auf was?», fragt Mona.

«Neues Glück?»

«Deine Mutter?»

Mmh. Ich glaub', das war ein blödes Beispiel. Zumal ich mir gar nicht sicher bin, ob Mama so was je gesagt hat. Aber hier heiligt der Zweck die Mittel.

«Ja, und? Warum nicht meine Mutter?»

«Weil dein Vater gerade erst gestorben ist!»

«Genau, deshalb ist sie sozusagen eine Expertin, wenn es darum geht, sich neu zu verlieben.»

«Aber ich will mich nicht neu verlieben.»

«Muss du auch nicht. Es geht ums Ganze. Sieh das Ende deiner Ehe doch mal als Chance – für dich ... für dein Seelenheil. Ich meine ... Mona, warum sind wir so auf diese Typen fixiert? Jetzt endlich machen wir *unser* Ding, leben *unser* Leben! Wenn nicht jetzt, wann dann?! Wir brauchen keine Männer, die uns nicht guttun.»

Mona heult sich an meiner Schulter aus, beruhigt sich schließlich und schaut mich an – und fängt fast schon wieder an.

«Du hast ja recht.» Sie bringt die Worte nur unter Schluchzen raus. «Rike, ich hab' dich so vermisst!»

«Nicht wieder heulen, Mona. Bitte!»

«Tut mir leid.» Sie wischt sich mit dem Ärmel die Tränen aus dem Gesicht. «Heute ist dein Tag, und ich hab' dir alles verdorben. Aber ich mach's wieder gut. Warte ...»

Mona rappelt sich auf und rennt ins Bad.

Als ich schon fürchte, die Arme muss sich wieder übergeben, weil es so lange dauert, kommt sie zurück und sieht aus wie ausgewechselt. Sie hat sich schnell Jeans und Pulli angezogen, die Haare hochgesteckt und das Make-up aufgefrischt.

«Fertig. Wir können.» Sie strauchelt ein wenig.

«Wirklich?»

«Sicher!»

Sie gibt sich Mühe, aber ihre Stimme ist dünn und brüchig. Dann haucht sie in ihre Hand, riecht ihren Atem und verzieht das Gesicht.

«Hast du ein Kaugummi?»

Wir nehmen Monas Wagen und öffnen alle Fenster. Das Autofahren ist für Mona nicht ganz einfach. Krampfhaft sitzt sie auf dem Beifahrersitz, kaut auf ihrem Kaugummi und leert eine ganze Wasserflasche. Das hilft.

Als wir am Minigolfplatz ankommen, dämmert es bereits. Über der Anlage leuchten die Lampions und am Boden die Solarleuchten zwischen den Hortensien. Die Bahnen werden noch immer bespielt, auf der Tischtennisplatte sitzt Flo und knutscht mit dem dunkelhaarigen Mädchen. Schmiddi hilft Jochen beim Grillen, Fluppe und Lücke haben diverse Biere vor sich stehen, und Wilmas Freundinnen umringen Enzo, der ihnen von seinem Haus in der Toskana vorschwärmt.

Gerade als ich Benno suchen will, ertönt ein Tusch, und seine Stimme erklingt durch ein Mikrophon.

«Welcome back, Miss Minigolf! Das hier ist für dich!»

Er steht auf einer kleinen Bühne, nimmt seine Gitarre und zwinkert mir zu. Ich kann's nicht fassen! Er stimmt die Gitarre an und schon nach den ersten Tönen weiß ich, welchen Song er spielt.

> *Today is gonna be the day*
> *That they're gonna throw it back to you*
> *By now you should've somehow*
> *Realized what you gotta do*
> *I don't believe that anybody*
> *Feels the way I do, about you now ...*

*Wonderwall!* Mein Lieblingssong von Oasis. So viele Erinnerungen hängen daran. Aber was mich am meisten freut: Benno macht wieder Musik! Und er hat zusammen mit seinen Kumpels offensichtlich großen Spaß dabei.

Im Laufe der nächsten Stunde covert er mit seiner Vier-Mann-Band die besten Songs von Oasis, Coldplay und Nirvana. Das ist also die Überraschung, von der er geredet hat, und sie ist absolut gelungen!

Immer mehr Menschen versammeln sich vor der Band. Mona und ich umarmen uns und klatschen Beifall. Bei jedem Lied merke ich, wie Mona mit der Musik verschmilzt und etwas lockerer wird. Benno schafft es jedenfalls, mit seinem Charme von der kleinen Bühne aus mit ihr zu flirten, und Mona genießt es. Bei *Smells like Teen Spirit* von Nirvana tobt die Menge. Es gibt kein Halten mehr, alle singen lauthals mit und springen wild herum. *Nicht schön, aber geil und laut*, würde Westernhagen sagen. Benno dreht richtig auf – die Stimme, die Gitarre, die Bewegungen, alles brennt. Und es macht ein bisschen den Eindruck, als fühle er sich wie Kurt Cobain.

Ich fühle mich, als sei seit damals keine Sekunde vergangen. Glücklich und überdreht schaue ich mich um und sehe meine Mutter und Franz am Rand verliebt miteinander schunkeln, obwohl ihr Engtanz gar nicht zur Musik passt. Und sogar Monas Eltern zucken mit den Gliedmaßen. Aber am meisten gehen Schmiddis Eltern ab – zur großen Überraschung. Sie alle sehen sehr glücklich aus.

Dann entdecke ich plötzlich Torben, der sich verwundert umschaut und so wirkt, als betrete er einen fremden Planeten. Ich nutze die kurze Pause zwischen zwei Liedern, gehe zu Benno und bitte ihn für einen Moment um das Mikro. Er hat Torben auch gesehen und ahnt, was ich vorhabe. Motivierend nickt mir Benno zu.

«Liebe Freunde und Minigolf-Freunde, die Stimmung ist auf ihrem Höhepunkt, aber diesmal heißt es nicht: Wenn's am schönsten ist, hört man besser auf. Denn wir fangen gerade erst an.»

Lauter Beifall und Gejohle.

«Unglaublich toll, dass ihr alle gekommen seid. Ich hätte nie gedacht, dass es möglich ist, so wunderbare Erinnerungen so schön wiederzubeleben. Ich danke allen Helfern und Unterstützern, dass sie das hier möglich gemacht haben. Vor allem aber müssen wir alle uns bei dem Mann bedanken, der von Anfang an daran geglaubt hat und der uns daran erinnert hat, dass das hier ein Teil von uns und ein Teil von Meppelstedt ist: Torben Krause.»

Ich zeige auf Torben im Publikum und gehe zu ihm, um ihn zu umarmen. Um uns herum applaudieren die Meppelstedter.

«Schön, dass du da bist! Komm!»

Dann ziehe ich ihn zum Mikro, damit er auch was sagen kann, denn das ganze Minigolf-Projekt ist schließlich nur ihm zu verdanken.

Etwas schüchtern und sichtlich ergriffen nimmt er mit zitternden Händen das Mikro.

«Ja ... also, ich weiß gar nicht, was ich sagen soll. Das ist der Wahnsinn hier. Um ehrlich zu sein ... Also, mir ging's nicht so gut in letzter Zeit, und deshalb bin ich total froh, dass Rike das hier für mich übernommen hat. Danke, Rike und Benno, habt ihr echt gut hingekriegt!» Wieder heftiger Applaus.

Es ist erstaunlich, aber der unsichere, viel zu dünne Torben lässt sich von der Menge nicht verunsichern, sondern redet einfach weiter.

«Weiß nicht, ob das bei mir auch so geworden wäre, so geschmackvoll und ... einfach schön. Jedenfalls habe ich hier vor zwanzig Jahren mit meiner Elke gestanden und zum ersten Mal geknutscht. Da war sie noch die *Rote Elke* und noch nicht meine Frau.» Manche im Publikum nicken betroffen, aber Torben lächelt, während er sich an Elke erinnert. «Damals waren wir echt oft hier. Und ein paar Jahre später hab' ich ihr an Bahn 15 einen Heiratsantrag gemacht – und eingelocht.» Großer Lacher. «Und als Elke dann vor anderthalb Jahren an Krebs gestorben ist, dachte ich, ich krieg nichts mehr auf die Reihe. Bis ich mich wieder an all die schönen Momente im Leben mit ihr erinnert habe. Auch an das hier.» Er macht eine ausladende Geste. «Deshalb wollte ich das unbedingt wiederaufleben lassen. Und wenn ihr wollt, mache ich hier die nächsten Jahre weiter – für Elke, denn ihr hätte das alles hier bestimmt gefallen.» Torben schaut zum Himmel und schickt Elke einen Kuss, dann wendet er sich wieder ans Publikum. «Schön, dass ihr da seid!»

Riesenapplaus und Zuspruch. Benno klopft Torben auf die Schulter, und ich umarme ihn ganz fest. Dann gehen wir beide zum Kiosk, wo Schmiddi und Jochen stehen, und holen uns zwei Wasser, weil Torben einen trockenen Mund hat.

«Superrede, Torben», sagt Schmiddi. «Schön, dass du da bist!»

Torben nickt, und wir stoßen zu viert an.

Und dann erst entdeckt Torben das Graffito an der Außenseite des Kiosks. Staunend geht er um den Laden herum und schaut sich alles ganz genau an.

«Und? Was sagst du?», frage ich aufgeregt.

«Das ist ... echt stark!»

«Es ist noch nicht ganz fertig, aber –»

«Woher ...», unterbricht er mich erstaunt. «Ich meine, ist *dragon!* dein –»

«Mein Sohn Florian», sage ich stolz wie Bolle.

Torben nickt anerkennend.

«Wow, du hast gesagt, dass er gut ist, aber so gut ... Unglaublich! Wo ist er?»

Wir drehen uns suchend um, und ich zeige schließlich auf Flo, der immer noch mit seiner neuen Flamme auf einer der Tischtennisplatten sitzt und uns angrinst.

«Gratuliere, Rike! Toller Junge!»

«Sag's ihm selbst.»

Das lässt sich Torben nicht zweimal sagen und geht rüber zu Flo.

Schmiddi grinst mich breit an und stellt uns zwei Döschen Sekt hin. «Ich freu' mich für dich, Rike. Prost!»

«Döschen?», wundere ich mich. «Wo kommen die denn her?»

«Hat Benno besorgt – irgendein Restposten.»

Wir stoßen an, und der Dosensekt schmeckt zwar billig, aber gut.

«Ist deine Freundin schon weg?», frage ich bemüht beiläufig.

«Meine ... Freundin?»

«Uma, mit der hast du doch vorhin Minigolf gespielt.»

«Ach, äh, Uma, ja klar. Tja, sie musste weg. Ganz plötzlich, weil ...»

Torben kommt zurück, und schon sein Blick verrät, dass er das junge Paar nicht weiter stören wollte. «Die beiden haben Besseres zu tun, als mit mir zu quatschen.» Dann wendet er sich Schmiddi zu. «Was war das gerade? Deine Freundin heißt Uma? Was is'n das für ein Name?»

«Na, wie die Schauspielerin», versuche ich Torben auf die Sprünge zu helfen. Aber anscheinend ohne Erfolg. «Aus *Pulp Fiction*», setze ich nach.

«Ach, du meinst Mia Wallace! Und mit *der* hast du was, Schmiddi?»

Schmiddi und ich verdrehen die Augen.

«Nein, ich meine die Schauspielerin, nicht die Rolle», versuche ich zu erklären.

«Sag ich doch. Uma Thurman. Und mit *der* hat Schmiddi was?»

«Nein, sie heißt nur so», sagt Schmiddi.

«Wie?» Torben ist verwirrt.

«Wie die Schauspielerin: Uma Thurman.»

«Wer?»

«Na, seine Freundin», sage ich genervt und ziehe Torben mit mir. «Ist doch auch egal. Komm, ich zeig dir alles.»

Wir laufen über die Anlage, von Bahn zu Bahn.

«Ein Meer von Hortensien – schön, nicht?»

Torben nickt gerührt. «Wunderschön.»

Immer wieder kommen Leute, um uns zu gratulieren und sich zu bedanken und um zu sagen, wie toll es sei, hier wieder Minigolf spielen zu können – wie früher, nur schöner. An der letzten Bahn, der Nr. 15, bleibe ich feierlich stehen und fummele umständlich etwas aus meiner Hosentasche.

«Machst du mir jetzt 'n Heiratsantrag?», fragt Torben neugierig.

«Nein, keine Sorge.» Ich ziehe die Schlüssel zur Anlage heraus und überreiche sie ihm. «Danke, dass du mir vertraut hast, Torben. Ich gebe dir deine Aufgabe hiermit feierlich zurück, damit du dein Seelenheil wiederkriegst. Bei mir hat's ein Stück weit funktioniert.»

Torben nimmt die Schlüssel. «Danke. Auch dafür, dass du die Anlage für mich gerettet hast.»

«Dann sind wir wohl quitt», sage ich amüsiert.

«Nicht ganz. Da wäre noch was.» Er grinst.

Ich bin irritiert, überlege, was er meinen könnte, und dann fällt es mir ein. Der Kuss, die Rotze, die Wiedergutmachung.

«Okay, zehn Sekunden. Du stoppst die Zeit.»

Wir gehen in Position, die Gesichter ganz nah aneinander. Heute riecht Torben zum Glück nach Duschgel. Er stellt seine Uhr ein und drückt den Startknopf.

«Und los!»

Zuerst sind wir uneins darüber, wer den Kopf nach rechts und wer ihn nach links neigt, um sich beim Kuss nicht mit den Nasen ins Gehege zu kommen. Dann sind die Seiten verteilt, und wir drücken unsicher unsere Münder aufeinander. Ein trockener Kinderkuss ohne Emotion, und trotzdem fühlt es sich nicht unangenehm an, denn ich kann endlich meinen Fauxpas von vor dreißig Jahren wiedergutmachen. Aber zehn Sekunden sind lang, also lege ich beim Küssen meine Hände auf Torbens Schultern, und er legt seine um meine Hüfte. Ich schließe die Augen, denn würde ich sie nicht schließen, müsste ich vermutlich sofort laut lachen. Wo soll man beim Küssen auch hinschauen? Deshalb konzentriere ich mich darauf, nicht albern zu werden.

Seine Lippen sind weicher, als sie aussehen, fällt mir auf – da piepst die Uhr.

Wir trennen uns und schauen einander grinsend an.

«Erledigt», rutscht es mir unsensibel heraus, als hätte ich gerade eine Wand gestrichen oder ein Auto repariert. «Das waren aber lange zehn Sekunden.»

«Fünfzehn – ich hab' geschummelt», sagt Torben und lacht frech.

Als wir uns umdrehen, steht Schmiddi da und starrt uns völlig verwirrt an. Natürlich missversteht er das Gesehene – wie im Film. Bevor ich ihm alles erklären kann – wieso und was eigentlich? –, geht er zurück zum Kiosk und greift sich ein weiteres Döschen.

Als ich mit Torben ebenfalls Richtung Kiosk gehe, sehe ich Mona mit Benno zusammensitzen. Sie lachen und reden angeregt. Und irgendwie habe ich das Gefühl, dass da was geht zwischen den beiden, dass da alles möglich ist – und nichts.

Hm ... ob Benno jetzt der Richtige ist für Mona, wage ich zu bezweifeln. Aber er tut ihr heute Abend sehr gut, das sieht man, und er ist aufrichtig. Das kann nicht jeder von sich sagen. Jedenfalls ist Mona schon deutlich besser drauf als noch vor ein paar Stunden.

Viele Meppelstedter treten gegen 22 Uhr langsam den Heimweg an, und Jochen packt den Grill zusammen.

«Danke, Jochen», sage ich. «Ohne dich wäre das hier nicht so gut geworden.»

«Gern geschehen, Rike, schön, dass du wieder da bist.»

Ich will erwidern, dass ich ja so gut wie schon wieder weg bin, da hakt sich seine Anja bei mir unter und flüstert mir kichernd ins Ohr: «Ich muss dir was sagen, Rike.»

«Bist du angeschickert, Anja?»

«Bisschen. Deshalb muss ich ja jetzt mit dir reden.»

«Wieso?» Verstehe ich nicht. Was wird das?

Anja lacht. «Ich muss dir das jetzt einfach sagen. Einmal und nie wieder, okay?»

«Okay?» Was auch immer es ist, ich bin bereit.

«Rike Herrlich, ich finde dich toll. Schon immer oder zumindest seit ich zwölf bin. Ich bin ... nein, ich war früher wahnsinnig in dich verliebt. Bis über beide Ohren.»

Wow! Das haut mich um. Ich weiß gar nicht, was ich sagen soll.

«Ganz ehrlich!» Sie nickt und strahlt mich an. «Aber das darfst du niemandem erzählen. Schon gar nicht Jochen. Ist ja auch längst vorbei. Aber ... als du damals weggegangen bist ... das war hart, obwohl ich dich auch ganz schön beneidet hab'. Und als du dann so überraschend in der Metzgerei vor mir standst, war alles plötzlich wieder da, verstehst du? Und deshalb musste ich dir das jetzt sagen.»

«Ich ... äh, das wusste ich ja gar nicht.»

«War auch besser so. Woher solltest du es auch wissen? Ich hab ja dann damals was mit Jochen angefangen. Ist 'n Guter.»

«Ja, find' ich auch», sage ich und lasse mich von ihrem Lachen anstecken. «Hauptsache, ihr seid glücklich, oder?»

«Ja, das sind wir.»

Ich nehme Anjas Hände und schau ihr in die blauen Augen. «Weißt du was, Anja, das gerade war die ... ungewöhnlichste Liebeserklärung, die ich je bekommen habe. Danke dafür!»

«Jetzt weißt du's, und ich bin's los, weil ich noch nie drüber gesprochen hab'.»

Wir verabschieden uns mit einer langen Umarmung.

«Dann spätestens bis zum Schulfest, Rike.»

«Ja, äh, vielleicht. Bis dann ... Und Anja! Ich mag deine Sommersprossen.»

Ich sehe ihr nach und wundere mich. Ausgerechnet Anja, das Mädchen, das ich früher nie richtig wahrgenommen habe, weil sie eine Klasse unter mir war. Ich bin beeindruckt und fühle mich geschmeichelt.

Bevor es ans große Aufräumen geht, zieht Benno mich zur Seite und erklärt: «Kannst du dich um Schmiddi kümmern? Ich bringe Mona nach Hause.»

Ich nicke, verstehe aber nicht ganz, was er meint. Dann sehe ich Schmiddi, wie er sich mit nacktem Oberkörper auf der Tischtennisplatte gemütlich schlafen legen will, als sei er in seinem Bett. Offenbar ist er total betrunken.

Ich sehe Benno fragend an. «Wie viele Döschen hatte er denn?»

Benno verzieht das Gesicht. «Einige, fürchte ich. Sind jedenfalls alle weg. Wir nehmen Monas Wagen. Soll ich euch ein Taxi rufen?»

«Nein, wir laufen besser. Auto fahren wäre jetzt wahrscheinlich nicht so gut.»

«Alles klar. Oder soll ich doch lieber mitkommen?», fragt Benno besorgt.

«Nicht nötig, das geht schon. Danke, Benno! Für alles.» Wir

umarmen uns. «Du warst großartig heute! Schön, dass du wieder Musik machst.»

«Verlernt man halt nicht. Es ist wie eine Sucht. Fängst du einmal wieder an, bist du verloren.» Er lacht.

«Hauptsache, du fängst nicht wieder an zu trinken», mahne ich.

«Bestimmt nicht. Das macht nicht so viel Spaß.»

Mona und ich drücken uns wortlos. Für heute ist alles gesagt, genauso wie bei Torben, der ab morgen hier übernimmt.

Dann schnappe ich mir Schmiddi, der auf der Tischtennisplatte eingeschlafen ist, lege mir seinen Arm um die Schultern und schlurfe mit ihm nach Hause. Zum Glück hatte Benno die grandiose Idee, Fluppe und Lücke zum Aufräumen zu engagieren. Im Gegenzug will er ihre offenen Rechnungen im *basement* vergessen. Eine Hand wäscht die andere.

Schmiddi und ich reden nicht viel auf unserem Heimweg, vor allem, weil Schmiddi nicht mehr viel reden kann und ich schon froh bin, dass er halbwegs alleine läuft. Dafür lallt er unverständliche Wortfetzen, die so klingen wie «Ach, Rike» und «Meine Rettung» und «Rette mich». Außerdem versucht er gleichzeitig einen Song von The Smiths zu singen – *There is a light that never goes out* –, was ziemlich schräg und ziemlich traurig klingt.

Schmiddi überrascht mich immer wieder, denn ich wusste gar nicht, dass er früher auch The Smiths gehört hat. Muss wohl am Namen liegen.

Ich bringe ihn bis zur Tür, und er versichert mir, dass er den Rest alleine schafft. Und dann schauen wir uns einen Moment fest an, und Schmiddi streicht mir sanft durch das Gesicht.

Ich fühle, es ist ein magischer Moment, und Schmiddis Hand ist warm und weich.

Langsam beugt er sich zu mir und flüstert sanft in mein Ohr: «Mir ist schlecht.»

## 24
## *Wahrheit*

AM MORGEN finde ich einen Zettel von Wilma unter meiner Tür:

> Liebes,
> bin auf dem Markt. Kannst du bitte die Wäsche machen, bevor du gehst? Aber vielleicht überlegst du es dir ja auch noch einmal.
> Kuss Mama

Erst mal brauche ich einen Kaffee. Dabei war es gar nicht so spät gestern. Ich glaube, ich habe Schmiddi so gegen halb eins zu Hause abgeliefert. Der Arme! Im Gegensatz zu mir wird er heute einen schönen Kater haben, so voll, wie er war. Aber irgendwie auch süß. Der Rest ist geschenkt. In der Küche treffe ich Franz.

«Ihr habt euch ja gestern einfach so davongemacht.»

«Wilma war müde, und es war ja auch schon spät, weißt du. Aber es war ein toller Tag und ein voller Erfolg!»

«Ja, das war's. Hast du Flo gesehen?», frage ich.

«Nein. Ich glaube, er ist auch gar nicht nach Hause gekommen letzte Nacht», sagt Franz und grinst zweideutig.

«Vielleicht bewacht er sein Kunstwerk», überlege ich laut.

«Nicht auszuschließen, aber ich glaube eher, dass dieses Mädchen dahintersteckt.»

Oh ja, die Kleine hatte ich total vergessen. «Dann geht das jetzt also los», rutscht es mir heraus und ich versuche dabei, den Schmerz in meinem Herzen zu verbergen. Mein einziger Sohn wird erwachsen, nabelt sich ab und verbringt seine Nächte bei einer fremden Frau. Völlig normal. Und trotzdem – ich könnte heulen!

«Hör mal, Franz, danke, dass du mir und Flo so viel geholfen hast. Das war super. Wirklich!»

«Nicht der Rede wert. Hab' ich gern gemacht. Du hast einen tollen Sohn, und er hat eine bemerkenswerte Mutter. Ich bin mir sicher, dass Flos Bewerbung erfolgreich sein wird.»

«Das ist nett. Also ... danke noch mal.»

Franz nimmt seine Kaffeetasse. «Ich kümmere mich um die Rosen.» Und schon ist er durch die Terrassentür verschwunden.

«Und ich kümmere mich um die Wäsche», sage ich mir selbst und gehe, die Wäschehaufen in den Zimmern einsammeln, denn der Wäschekorb ist leer. Typisch.

In Flos Zimmer herrscht Chaos, und ich beschließe, alle Kleidungsstücke einzusammeln, die auf dem Boden liegen, und sonst nichts anzurühren. In meinem Zimmer mache ich es genauso. In Mamas Zimmer sind die Wäschehaufen schon vorsortiert in hell und dunkel. Perfekt. Vor Franz' Zimmer bleibe ich zögernd stehen. Wasche ich eigentlich auch seine Wäsche? Kann ich da einfach so reingehen? Ach, was, klar! Warum nicht, denke ich und betrete Papas altes Arbeitszimmer. Franz schläft meistens bei Mama im Schlafzimmer, aber seine Sachen, die in einen Koffer passen, sind hier. Ich greife ein paar Hemden und bin froh, dass keine dreckigen Unterhosen offen herumliegen.

Dafür liegt etwas anderes rum, das meine Aufmerksamkeit auf sich zieht, denn die oberste Schublade von Papas Sekretär ist halb geöffnet. Ich will sie gerade zuschieben, da sehe ich darin Franz' Brieftasche. Die Versuchung ist groß. Eigentlich will ich gar nicht rumschnüffeln. Wozu auch? Ich mag ihn ja. Aber irgendetwas sagt mir, dass ich nach der Brieftasche greifen soll. Ich meine ... in jedem Hotel muss man als Gast seine Personalien angeben. Die wollen schließlich wissen, wen sie im Haus haben. Warum ich dann also nicht? Ich will auch wissen, mit wem ich unter einem Dach wohne. Das genügt mir als Argument, und schon stecke ich die Brieftasche ein. Gerade verlasse ich das Zimmer, da steht Franz überraschend hinter mir.

«Kann ich dir helfen?»

«Nein, danke. Ich hab' schon, was ich suche. Hier ...» Ich zeige auf die Hemden im Wäschekorb. «Mama hat mich gebeten, deine Hemden mit zu waschen.»

«Ah, das ist nett, danke», sagt er und geht wieder in den Garten.

Ich stopfe eilig die Wäsche in die Maschine und verschwinde in meinem Zimmer, um meine Beute in Augenschein zu nehmen. Aus der Brieftasche ziehe ich einen alten Führerschein, auf dem das Foto so anders aussieht, dass man Franz nur mit viel Phantasie erkennt. Auf dem Foto hat er noch einen Vollbart. Aber zugegeben – auf meinem Führerscheinfoto sehe ich aus wie eine Mischung aus Miss Piggy und Cindy Lauper für Arme.

Ich krame weiter in der Brieftasche und finde einen Reisepass mit vielen Stempeln und mit einem Foto, das Franz schon ähnlicher sieht. Dann ziehe ich ein Behördenschreiben aus einem der hinteren Fächer. Das heißt, genaugenommen ist es ein ... Ich muss zweimal hinschauen, um es zu glauben. Es ist ein Entlassungsbrief der JVA Köln. Und das haut mich fast um: Franz war zwei Jahre im Gefängnis, bevor er hier aufgetaucht ist! Er hat gesessen. Im Gefängnis! Und er hat uns belogen. Mich, meine Mutter, Flo, Schmiddi – uns alle. Weshalb auch immer. Und dann erinnere ich mich an die Worte meines alten Kunstlehrers «Eddi, der Hausmeister im *Viertel*». Und mir wird klar: Franz ist ein Krimineller und ein Lügner. Er hat uns allen etwas vorgemacht. Jetzt erst bemerke ich, dass er in der Tür steht und mich anstarrt. Ich schaue auf und habe keine Ahnung, wer hier vor mir steht.

«Wer bist du?»

Franz kommt zu mir und setzt sich neben mich auf die Bettkante. Ich rücke von ihm ab. Er nimmt seine Brieftasche, zieht den Reisepass wieder heraus und schlägt ihn auf.

«Ich bin Franz Eduard Conti. Einst Marinesoldat, Hilfsarbeiter, Deserteur, Schiffs-Stuart, Drucker, Restaurator und Galerist.»

«Und ... Hausmeister?»

«Und Hausmeister im *Viertel*. Ich habe Kramer auch sofort wiedererkannt. Ich habe ihn bewundert früher. Aber unsere Werdegänge konnten unterschiedlicher nicht sein. Er wurde Lehrer und ich ... Kunstfälscher. Und Häftling.»

«Aber wieso? Wenn du das Talent zu einem Künstler hattest, wieso dann auf illegalem Weg?»

«Ich war pleite. Es waren gut bezahlte Auftragsarbeiten. Für Privatleute, die auch mal einen Matisse an der Wand haben wollten. Das dachte ich zumindest. Ich konnte doch nicht davon ausgehen, dass die meine Bilder in Umlauf bringen ... Aber ich habe meine Lektion gelernt und meine Strafe abgesessen.»

«Deshalb warst du auf der Polizeiwache so komisch!», sage ich. «Weiß Mama davon?»

Franz senkt den Blick und schüttelt den Kopf. Dann schweigen wir eine Weile, denn ich bin einfach sprachlos. Schließlich trifft er eine Entscheidung.

«Ich gehe. Sie wird drüber hinwegkommen. Es war nicht richtig, hier einfach so aufzutauchen. Es ...» Er erhebt sich, schaut sich aber noch mal zu mir um. «... es tut mir leid. Sag Wilma bitte, dass es mir leidtut ... Und dass ich sie liebe und immer geliebt habe.»

Dann geht er. Und ich bleibe zurück, völlig verwirrt und im Unklaren darüber, was ich tun soll. Daher tue ich nichts. Ich hole ihn nicht zurück, bitte ihn nicht, zu bleiben. Denn ich habe keine Ahnung, was in diesem Moment das Richtige ist.

Er ist ein erwachsener Mann, denke ich, der uns bewusst die Wahrheit über sich verschwiegen hat. Es ist alles seine Entscheidung, auch die zu gehen.

Ich höre, wie er seine Sachen packt, kurz darauf das Haus verlässt und die Tür ins Schloss fällt. Alles geht ganz schnell und leise. Ich rühre mich keinen Zentimeter. Zu viele Dinge gehen mir durch den Kopf.

Aber warum hat er das getan? Er hätte uns doch alles offen erzählen können. Es gibt für Franz' Verhalten nur zwei mögliche Antworten. Entweder, er hat sich für seine Vergangenheit so sehr geschämt, dass er uns die Wahrheit verschwiegen hat, oder er ist ein Betrüger, der es nicht ernst mit meiner Mutter meint.

Keine Ahnung, wie lange ich da schon so sitze, klar ist nur, dass meine Mutter vom Markt zurück ist. Ich höre ihre Stimme. Gut gelaunt kommt sie nach Hause, singt und ruft uns.

«Juhu! Wo steckt ihr? Familie!? Seid ihr zu Hause? Hallo?»

Keine Antwort.

«Franz? Rike? Flo? Wo seid ihr?»

Ich stehe endlich von meiner Bettkante auf und gehe mit schweren Schritten und noch schwererem Herzen runter zu meiner Mutter, um ihr zu erklären, was mir selbst so unglaublich erscheint.

In der Küche packt Mama gut gelaunt die Einkäufe aus.

«Da bist du ja! Sieh mal, ich hab' frische Erdbeeren und Sahne mitgebracht. Weißt du, wo Franz ist? Er liebt frische Erdbeeren.»

«Er ist weg.»

Wilma braucht einen kurzen Moment, um zu realisieren, was ich gesagt habe. Sie hält inne und schaut mich an. Mein ernster Blick verrät ihr, dass etwas nicht in Ordnung ist.

«Wie, weg?»

«Er ... hat das Haus, dich, uns verlassen. Er ist weg.»

Sie schaut mich erschrocken an. «Aber ... warum denn!? Was ist passiert? Habt ihr gestritten?»

«Nein, er ... er ist einfach gegangen.»

«Aber, was erzählst du denn da?» Mamas Stimme klingt wütend, so als wollte sie jeden Moment mit mir schimpfen, weil ich wieder eins ihrer Murano-Gläser habe fallen lassen. Wir stehen uns gegenüber, und sie weiß, dass es diesmal schlimmer ist. «Er ... er ist doch nicht einfach so gegangen! Er ...» Sie stockt und schaut in die Ferne, als erinnere sie sich an etwas. Dann sieht sie mich verzweifelt an. «Nicht ... schon wieder, Rike! Bitte sag, dass das nicht wahr ist!»

Plötzlich beginnt sie nach Luft zu schnappen. «Wann?!» Sie taumelt. Ich stütze sie und setze sie auf einen Stuhl, aber sie will meine Hilfe nicht und stößt mich von sich, als sei ihr nun doch klar, dass ich schuld bin. «Du sagst mir jetzt ... was passiert ist, Rike!»

«Mama, er hat dich angelogen. Uns alle. Er ist ein Betrüger.»

«Nein! Du ... musst ihn zurückholen, bitte! Du musst ...»

Noch nie in meinem Leben habe ich meine Mutter so verzweifelt erlebt und mich so hilflos.

«Mama, beruhige dich!»

Sie steht auf, macht einen Schritt auf mich zu, reißt ihre Augen auf und fasst sich ans Herz. Sie will noch etwas sagen, doch dann fällt sie mir in die Arme.

«Mama!», schreie ich.

Meine Gedanken überschlagen sich. Infarkt, Herzmassage, Notruf, aber was zuerst? Vorsichtig lege ich meine kleine, zerbrechliche Mutter auf den Boden, greife mit einer Hand mein Handy vom Tisch und mache mit der anderen eine wilde, unkontrollierte Herzmassage bei ihr. Egal wie, ich habe gelesen, dass es nur wichtig ist, dass man das Herz überhaupt irgendwie in Gang hält. Ich nenne der Stimme in der Notrufzentrale Name, Adresse und den

Grund meines Anrufs, und der Mann am anderen Ende bestätigt mir, dass ich unbedingt weitermassieren soll – egal wie.

«Machen Sie immer weiter! Nicht aufhören, bis wir kommen! Niemals aufhören!»

Ich drücke meiner Mutter eine gefühlte Ewigkeit lang mit beiden Handflächen mein Gewicht auf die linke Brustkorbhälfte und bete, dass sie nicht stirbt.

In meiner Not rufe ich laut um Hilfe, aber niemand hört mich, nicht mal Schmiddis Eltern, die sonst alles hören. Die Herzmassage zerrt an meinen Kräften. Völlig außer Atem rufe ich schließlich Schmiddis Eltern an, damit sie mit dem Ersatzschlüssel rüberkommen und den Arzt reinlassen, denn ich will keinen Moment mit der Herzmassage aussetzen. Dreißig Sekunden später stehen Gisela und Klaus neben mir.

«Rike, kann ich dich ablösen?», bietet mir Klaus sehr freundlich seine Hilfe an. Aber ich lehne ab, obwohl ich nassgeschwitzt und völlig kurzatmig bin. Nur ein einziger Gedanke geht mir durch den Kopf: Ich darf nicht aufhören! Ich muss Mama retten.

Gisela und Klaus kontrollieren ihre Atmung, die sehr flach ist. Ganz ruhig und besonnen bleiben sie an Mamas und meiner Seite und reden mir gut zu, wie zwei Trainer im Boxring.

«Nur nicht aufgeben, Rike! Du schaffst das!» Sie holen Kissen und Decke für Mama, und ich bin ihnen so dankbar, dass ich nicht allein bin. Es dauert alles so lang, so unendlich lang. Nach einer gefühlten Ewigkeit trifft endlich der Notarzt ein.

Meine Gebete wurden erhört, Mama lebt. Der Notarzt versorgt sie mit Sauerstoff, legt ihr einen Venenzugang und gibt ihr ein schmerzlinderndes Mittel. Ich weiche keine Sekunde von ihrer Seite.

«Das haben Sie wirklich gut gemacht!», lobt mich der Arzt.

Als wir wenig später das Haus verlassen, steht Schmiddi an der Tür. Er schaut mich mitfühlend an und berührt flüchtig meinen

Arm. Ich kann nichts sagen, so erschöpft und voller Sorge bin ich, doch ich spüre sein Mitgefühl, und das tut gut.

Mama liegt mit halb aufgerichtetem Oberkörper im Rettungswagen. Ich sitze neben ihr, streichele sie am Kopf und will ihr das sichere Gefühl geben, dass ich sie nicht allein lasse. Niemals!

«Ich bin da, Mama. Alles wird gut», sage ich und erinnere mich an meine Kindheit, als die kleine, siebenjährige Rike vom Baumhaus fiel und sich ein Bein brach. Meine Mutter saß neben mir im Rettungswagen, streichelte meine tränennassen Wangen und versicherte mir immer wieder: «Alles wird gut, mein Schatz, glaub mir, alles wird wieder gut.»

In der Notaufnahme wird Wilma eingehend untersucht, während ich Formulare ausfülle, warte und mir Sorgen und Vorwürfe mache. Wenn sie stirbt, dann ist das allein meine Schuld, und ich weiß nicht, wie ich damit leben könnte. Die Schwester fragt mich nach einer Patientenverfügung, was mich völlig überfordert. Habe ich eine Patientenverfügung, um Entscheidungen für meine Mutter treffen zu können? Nein, natürlich nicht. Wer rechnet denn mit so was? Das war doch nie Thema zwischen uns. Kein Kind denkt darüber nach, dass die eigenen Eltern sterben könnten. Mein Vater starb infolge eines Schlaganfalls. Mama hatte ihn schon länger gepflegt und sich daher sowieso um alles gekümmert. Sie wollte auch gar nicht, dass ich mich da einmische oder ihr irgendwas abnehme. Mir war das einerseits lieb, andererseits hatte ich ein schlechtes Gewissen ihm gegenüber, aber auch, weil sie alles allein gemacht hat. Und jetzt liegt sie selbst hier, und ich muss mich kümmern. Allein. Keine Geschwister oder anderen nahen Angehörigen. Ich muss im Zweifelsfall Entscheidungen treffen, die ich nicht treffen kann, nicht treffen will oder nicht treffen darf, weil es ja keine Patientenverfügung gibt. Wozu auch? Bis gestern war meine Mutter für mich unsterblich. Schließlich war sie körperlich und geistig topfit – dachte ich zumindest. Ich habe komplett ausgeblendet, dass meine Mutter alt wird und ich erwachsen bin. Dass sich die Verantwortung füreinander umkehrt. Eine Patientenverfügung hätte schon längst Thema zwischen uns sein müssen. Jetzt sitze ich hier und weiß gar nicht, was Mama wollen würde, wenn etwas entschieden werden müsste. Im Zweifelsfall muss ich jetzt über ihr Leben entscheiden. Oder ihren Tod. Aber nein! Auf keinen Fall! Ich werde mich doch jetzt und hier nicht verunsichern lassen. Das bin ich ohnehin schon, dafür brauche ich keine Patientenverfügung.

Ich beschließe, positiv zu denken und nach vorn zu schauen, denn Mamas und mein Leben hat eine Zukunft, da bin ich absolut sicher. Und ich beschließe außerdem, das Thema Patientenverfügung auf den Tisch zu bringen, sobald wir hier wieder raus sind. Kommt ganz oben auf meine To-do-Liste.

Endlich darf ich zu ihr. Sie ist ansprechbar. Mir fällt ein riesiger Stein vom Herzen. Ein attraktiver Arzt ist bei ihr, und ich kann an ihrem Blick ablesen, dass sie ihn auch süß findet. Mama ist zwar noch recht schwach, lächelt aber, als sie mich sieht. Ruhig und routiniert erklärt der Arzt das weitere Vorgehen. Er will ihr einen Stent zur Erweiterung der Herzkranzarterie implantieren. Offenbar ein Routineeingriff über einen Leistenkatheder, um die verengte Herzkranzarterie dauerhaft frei zu halten und abzustützen. Und trotzdem hat Mama Angst, denn es geht um ihr Herz.

«Unter Vollnarkose?», fragt sie besorgt.

«Nein, der Eingriff findet unter örtlicher Betäubung statt und dauert nicht mal eine halbe Stunde. Und wenn alles gut läuft, können Sie morgen schon wieder nach Hause.»

«Und wenn nicht?» Ich kann ihre Angst hören.

«Jeder Eingriff am Herzen ist ein Risiko. Da muss man sich nichts vormachen. Komplikationen sind nie auszuschließen, aber statistisch gesehen selten.»

«Ausnahmen bestätigen die Regel», sage ich. «Das ist auch statistisch gesehen. Da muss man realistisch bleiben.»

«Absolut», sagt der Arzt. «Aber Ausnahmen sind nicht die Regel. Auch da muss man realistisch bleiben», lächelt er unbeirrt.

Meine Mutter schaut den Arzt an, lächelt und nickt schließlich. «Gut, dann bringen Sie mein Herz wieder in Ordnung, Doktor. Aber vorher muss ich kurz mit meiner Tochter reden.»

«Natürlich.» Der Arzt schenkt uns ein Lächeln und geht.

«Hör mal, Mama, das mit Franz tut mir so leid, ich wollte das nicht, aber er ...»

Sie schaut mich ernst an und drückt meine Hand ganz fest, sodass ich den Mund halte.

«Du hörst mir jetzt zu. Ich weiß nicht, ob das gutgeht hier. Aber wenn nicht, dann musst du etwas wissen.»

Jetzt erst fällt mir auf, wie laut das Piepen der Maschinen ist, an die sie angeschlossen ist.

«Mama, natürlich wird das gutgehen ...»

«Du musst Franz zurückholen. Bitte! Finde ihn!»

«Aber er war nicht ehrlich, Mama.»

«Unsinn!» Wilma atmet schwer, denn das Reden strengt sie an. «*Ich* habe *ihn* belogen. Und *dich*. Sollte es also Komplikationen geben, dann musst du wissen, dass ...», sie holt tief Luft, «Franz ist dein Vater.»

Schweigen. Nur die Geräte piepsen. Wilma hält weiterhin fest meine Hand und weint. Ich muss das erst mal wirken lassen, rufe es immer und immer wieder in meinem inneren Ohr ab. Ja, das hat sie wirklich gesagt. Er ist mein Vater. Ich bin sprachlos. Die Gedanken überschlagen sich.

Mamas Stimme ist brüchig und dünn. «Er ist die Liebe meines Lebens ... und ... du bist das Kind, das daraus entstanden ist, vergiss das nie, meine liebe Rike.»

Mehr kann sie nicht sagen, denn eine Schwester kommt, um

Mama für den Eingriff zu holen. Ihr Bett wird aus dem Zimmer gerollt, während wir unsere Blicke halten und unsere Hände langsam auseinander gleiten. Ich hätte sie gern noch so viel gefragt, ihr gern noch so viel gesagt, aber der Kloß in meinem Hals ist zu groß.

Dann bin ich allein im Zimmer und muss mich kurz setzen. Was hat sie gesagt? Franz ist mein Vater, die Liebe ihres Lebens, sie hat uns beide belogen? Ich versuche, das alles zu sortieren und gleichzeitig habe ich panische Angst, Mama jetzt zu verlieren. Aber ich kann nicht einfach hier rumsitzen. Ich muss etwas tun. Ich muss ihn finden. Ich muss Franz zurückholen.

Ich springe auf und renne zur Tür, zum Foyer, zum Ausgang – bis ich gestoppt werde, denn dort pralle ich mit Schmiddi zusammen, der nach mir und Mama sehen will. Und wieder einmal frage ich mich, ob das Zufall ist oder Schicksal.

«Wo ist er?», frage ich atemlos.

«Wer?»

«Franz! Weißt du, wohin er wollte?»

«Nein, aber er ist vor einer knappen Stunde mit seinem Koffer in ein Taxi gestiegen.»

«Bist du sicher?»

«Ich war zwar noch etwas benebelt, aber ich hab's aus dem Fenster gesehen und mich noch gewundert.»

«Dann ist er bestimmt zum Bahnhof gefahren», denke ich laut.

«Rike, was ist los?!»

«Er ist nicht der, für den er sich ausgibt.»

«Ich weiß», sagt Schmiddi, was mich total verwundert. «Ich bin auch sein Anwalt. Aber er hat seine Strafe abgesessen, Rike.»

Und dann fällt es mir ein – klar, weiß Micha über Franz Bescheid.

«Warum hast du mir nichts gesagt?», frage ich.

«Weil ich nicht das Recht dazu hatte.» Ja, das stimmt, sonst wäre er kein guter Anwalt.

«Ich hab' Mist gebaut, Micha. Bitte, bitte, hilf mir! Ich muss ihn zurückholen. Für Mama. Und Franz. Und mich. Bitte!»

Schmiddi stellt keine weiteren Fragen, er nimmt meine Hand und rennt mit mir zum Auto. Im Kombi seiner Eltern rast er wie ein Verrückter zum Bahnhof, missachtet dabei sämtliche Verkehrsregeln und parkt schließlich auf einem Behindertenparkplatz direkt vor dem Haupteingang. Mutig! Das hätte ich nie von ihm erwartet.

Wir stürmen in den Bahnhof zu den höher gelegenen Gleisen. Oben höre ich einen Zug einfahren. Dann sehe ich Franz, wie er schweren Schrittes die letzten Stufen zum Gleis hinaufgeht. Zwei Stufen auf einmal nehmend sprinte ich die Treppe hoch und hinterher. Unglücklicherweise kommt mir jetzt eine Pfadfindergruppe aus dem Zug entgegen, der ich ausweichen muss, sodass ich Franz aus den Augen verliere. Es sind gefühlte hundert Jugendliche, die mir den Weg nach oben schwermachen. Aber ich schaffe es. Oben angekommen, sehe ich Franz in den Zug steigen. Schmiddi ist irgendwo hinter mir.

«Franz!»

Aber er hört mich nicht und verschwindet im Inneren des Waggons. Im Slalom versuche ich, zu ihm zu gelangen, reihe mich hinter zwei Reisenden, die auch in den Zug wollen, ein und rufe, weil ich nicht weiß, ob er nach links oder rechts gegangen ist.

«Franz?! Wo bist du? Franz!» Ich halte den Verkehr auf, verrenke mich, um in den linken Waggon zu schauen.

«Gehen Sie doch weiter», pöbelt der Mann hinter mir.

«Nein, es geht um Leben und Tod», sage ich und schaue mich suchend nach Franz um, aber niemand reagiert auf mein Rufen. Also drängele ich mich zurück in den anderen Waggon rechts vom Einstieg. Das gleiche Spiel. Ich sehe Schmiddi auf der anderen Seite des Waggons mir gegenüber auch Ausschau nach Franz halten.

«Franz! Wo bist du?! Du musst aussteigen. Franz! Ich ... ich bin's, Rike, deine Tochter.»

Plötzlich ist es still. Alle Leute im Zug starren mich an. Früher wäre mir so was unendlich peinlich gewesen. Jetzt ist es mir unendlich wichtig, das hier zu klären.

«Mama hatte einen Herzinfarkt. Sie hat Angst, dich nie wiederzusehen. Du musst zurückkommen! Bitte!»

Jetzt erhebt sich in der Mitte ein Mann mit Hut. Franz! Zum Glück! Ich bin so erleichtert. Sofort bildet sich eine Gasse, um ihn wieder rauszulassen. Schmiddi folgt ihm in meine Richtung.

«Alles Gute.» Eine wildfremde Frau klopft ihm auf die Schulter. Ein großer Mann im Gang tritt zur Seite und nickt Franz zu. «Das wird schon wieder.»

Jetzt stehen Franz und ich uns gegenüber, schauen einander an und umarmen uns.

«Ich bin so froh, dass du noch da bist», sage ich und weine.

Ein paar Leute im Zug lassen es sich nicht nehmen zu applaudieren. Jetzt wird's dann doch peinlich, denke ich und schiebe Franz zum Ausstieg, wo der Schaffner extra für uns die Tür aufhält, damit der Zug nicht abfährt.

«Gute Besserung für Ihre Mutter, und Ihnen beiden alles Gute», sagt er, als wir aussteigen. Ich habe das Gefühl, ich bin in einem schlechten Hollywood-Streifen.

Fast genauso schnell wie auf dem Hinweg bringt uns Schmiddi zurück zur Klinik. Mama ist noch nicht zurück in ihrem Zimmer, obwohl die halbe Stunde längst überschritten ist. Wir machen uns ernsthaft Sorgen und wissen nicht, wie wir miteinander umgehen sollen. Nur gut, dass Schmiddi dabei ist, der in seiner Not tatsächlich zu reden beginnt und uns mit seinen Plänen berieselt, in die Bienenzucht einzusteigen. Ich frage mich, ob er das ernst meint oder nur ein unverfängliches Gesprächsthema gesucht hat. Bienenzucht ... Was soll das nun wieder? Aber Franz findet es interessant, denn er hat auch schon selbst darüber nachgedacht, sagt er. Klar, die zwei haben sich gefunden. Und ich habe sie gefunden. Zum

Glück wird Mama ins Zimmer zurückgebracht, bevor ein Fachgespräch daraus wird.

Der gutaussehende Arzt erklärt, dass alles normal verlaufen sei, allerdings hätte er meiner Mutter drei Stents legen müssen.

«Ich fühle mich gut», sagt Mama und lächelt den Arzt dankbar an. «Sie haben mein ramponiertes Herz gut zusammengeflickt. Danke!»

«Hoffentlich bleibt es auch so. Ich sehe morgen früh noch mal nach Ihnen, bevor Sie entlassen werden.»

Kaum ist der Arzt weg, liegen sich Mama und Franz in den Armen. Schmiddi und ich stehen im Zimmer wie zwei Zuschauer, die das Happy End nicht verpassen wollen. Franz weint, denn er schämt sich, Mama allein gelassen zu haben.

«Verzeih mir! Ich wollte das nicht!»

«Du darfst mich nie wieder verlassen! Versprich mir das, Franz!»

«Ich verspreche dir alles.» Und das klingt unendlich ehrlich und aufrichtig.

Meine Mutter löst sich aus der Umarmung und schaut ihn ernst an. «Karl war nicht Rikes Vater. Als du damals einfach so fortgegangen bist, ohne ein Wort, war ich schon schwanger. Von dir.»

Franz atmet tief durch und küsst Mamas Hände. Er weint erneut.

«Warum ... hast du's mir nicht gesagt? Ich wäre doch geblieben. Ich bin doch nur weg, weil ich dir nichts bieten konnte. Und Karl ... Der war auch verliebt in dich, und er konnte dir eine Zukunft bieten. Seine Familie hatte Geld. Hättest du nur ein Wort gesagt ...»

«Ich hatte ja gar keine Chance, es dir zu sagen, so schnell, wie du fort warst.» Jetzt klingt sie sogar schon wieder vorwurfsvoll.

«Mama, reg dich bitte nicht auf! Das wäre gar nicht gut in deinem Zustand.»

Aber sie beachtet mich gar nicht. «Kaum warst du weg», sagt

sie zu Franz, «hat Karl um meine Hand angehalten. Was hätte ich denn machen sollen?»

«Du hast alles richtig gemacht, mein Herz», versucht er, meine Mutter zu beruhigen. Dabei streicht er ihr liebevoll über die Wange.

«Im Gegensatz zu dir.» Mama weint jetzt auch.

«Dann wart ihr ja wohl beide nicht aufrichtig zueinander», mische ich mich nun ein.

«Aber das könnt ihr später klären», fügt Schmiddi hinzu. «Hier und jetzt ist sicher der falsche Augenblick dafür. Wilma muss sich ausruhen.» Wie immer ist er die Stimme der Vernunft, und das ist gut so.

Wir verabschieden uns von Mama, und ich schlage vor, zu Hause für uns alle zu kochen.

Während Schmiddi seine Eltern auf den neuesten Stand bringt, mache ich mich mit Franz auf die Suche nach Flo. Wir finden ihn knutschend mit Elli in der Dunkelkammer. Sie ist das Mädchen von der Minigolferöffnung und heißt eigentlich Elisabeth. Die beiden sind jetzt zusammen und ganz schön verknallt. Ich erzähle Flo, was passiert ist, und er ist total geschockt, aber auch erleichtert, dass seine Oma morgen schon nach Hause kommt.

«Franz und ich würden gerne etwas mit dir besprechen», sage ich, und Franz nickt zustimmend.

Flo ist auf einmal ganz unsicher. «Hab ich was ausgefressen?»

«Nein, nein, natürlich nicht. Es ist etwas Persönliches ...», zögere ich und werfe Elli einen eindeutigen Blick zu.

«Alles klar, ich geh' dann mal nach Hause und komme später wieder.» Sie gibt Flo einen Kuss und geht. Flo schaut uns total unsicher an.

Franz lächelt. «Es ist eine gute Nachricht.» Und dann erklären wir meinem Sohn, dass er Franz' Enkelsohn ist.

«Wollt ihr mich ver—»

«Na, na, Sportsfreund!» Franz zieht seine Augenbrauen hoch. «Nicht so vorlaut. Deine Mutter hat recht. Du bist mein Enkel, und ich bin ihr Vater. Und ich bin verdammt stolz und froh, euch kennengelernt zu haben. Was dagegen?»

Das geht Flo eindeutig zu schnell. Kann ich gut verstehen. Er starrt uns völlig verwirrt an und fragt: «Habt ihr getrunken? Gekifft? Sonst was genommen?»

Ich schaue Franz an. «Haben wir?»

«Nein!» Er schüttelt vehement den Kopf.

«Was sagst du dazu?», frage ich Flo.

Flo zögert und nickt. «Na ja, schon krass irgendwie. Aber ... cool.» Er schaut Franz an und nickt. «Ja, ich find dich irgendwie schon cool.»

Franz' Gesicht erhellt sich vor Freude. «Du darfst mich Opa nennen.»

Flo winkt ab. «Nee, lass mal, das wäre nicht so lässig.»

«Okay, dann lasst uns darauf anstoßen», schlage ich vor, aber Flo will erst mal zu Elli gehen. Ich kann's verstehen.

Franz und ich gehen in den Garten, wo die Rosen in voller Pracht stehen und einen Hauch von Parfüm in der Luft versprühen.

«Bevor die anderen kommen, habe ich noch ein paar Fragen», sage ich.

«Was willst du wissen? Ich möchte keine Geheimnisse mehr haben vor meiner Familie.»

«Wieso hast du Mama nichts vom Gefängnis erzählt?»

«Weil ... ich überhaupt nicht stolz darauf bin und Angst hatte, dass sie mich dann nicht mehr will. Ich wollte es ihr sagen, auf der Beerdigung. Aber bevor ich irgendwas sagen konnte, hat sie mich geohrfeigt, weil ich sie ... damals ohne ein Wort verlassen hatte. Das hat sie mir nicht verziehen.»

«Liebst du sie?»

«Ich habe nie aufgehört, sie zu lieben.»

Ich möchte noch so viel mehr über Franz wissen, aber ich kann auch verstehen, wenn er erschöpft ist. Das sind wir alle. Erschöpft und dankbar, dass dieser Tag so endet.

Ich lade Schmiddi und seine Eltern zum Essen zu uns ein, denn das ist das Mindeste, womit ich mich revanchieren kann.

Diesen besonderen Abend werde ich nie vergessen. Ich habe seit langem wieder das Gefühl, angekommen zu sein. Angekommen in einer besonderen Familie, in der sich alle umeinander sorgen und kümmern und aufeinander achtgeben. Mehrmals stoßen wir auf Mamas Wohl an, die uns an diesem Tisch zusammengebracht hat.

Wir führen gute Gespräche, an denen sich sogar Flo und seine neue Freundin rege beteiligen. Zum ersten Mal verbringe ich bewusst einen Abend mit Schmiddis Eltern, die erstaunlich herzlich und offen sind und eigentlich unglaublich nett. Mit einem Mal sehe ich sie in einem ganz anderen Licht – aus der Sicht einer Erwachsenen. Und ich beobachte Schmiddi, der mit ihnen scherzt, ihnen Wein nachschenkt und ein sehr freundschaftliches Verhältnis zu seinen Eltern hat. Das gefällt mir, und ich schäme mich fast dafür, dass ich ihn so oft damit aufgezogen habe, dass er noch zu Hause wohnt.

Schmiddi und ich sitzen uns an den Kopfenden gegenüber und schauen einander ab und zu länger an, und plötzlich finde ich ihn ziemlich sexy. Aber dann muss ich an *sie* denken.

«Wo ist eigentlich Uma?», rutscht es mir unglücklicherweise heraus.

«Uma? Wieso?» Schmiddi ist völlig überrumpelt.

«Wer ist Uma?», fragen seine Eltern zeitgleich und wenden ihre Köpfe wie beim Tennis abwechselnd zu Micha und mir.

«Seine ... Freundin», antworte ich unsicher und habe den Eindruck, seine Eltern wissen von nichts. «... dachte ich.»

«Welche Freundin?», fragen Klaus und Gisela wieder zweistimmig.

«Ach, Rike hat einen Scherz gemacht, *nicht wahr*, Rike?» Schmiddi versucht aus irgendeinem Grund, die Sache zu vertuschen.

«Ist das so, Rike?», fragt Gisela.

«Äh, ich weiß nicht, vielleicht?», stammele ich, und wundere mich, warum Schmiddi seinen Eltern nichts von Uma erzählt hat.

Sein Vater lässt nicht locker. «Was ist das für ein Theater, Michael? Wovon redet Rike denn? Und was ist das überhaupt für ein Name?»

«Uma ist ... ist ... Das ... ist kompliziert. Ich erkläre es euch später. Zu Hause, okay? Jetzt geht es doch auch nicht um mich, sondern um Wilma und Franz. Trinken wir auf das junge Glück!»

Wir erheben unsere Gläser und trinken auf das neue alte Paar, während Schmiddi mir einen vorwurfsvollen Blick zuwirft und ich mich selbst frage: *Was sollte das?*

## 25

## *Frischer Wind*

FRANZ UND ICH holen meine Mutter am nächsten Tag aus der Klinik heim. Der Arzt ist mit ihrem EKG zufrieden, und Mama ist glücklich, wieder zu Hause zu sein. So glücklich, dass sie sofort verkündet, was sie sich in der Klinik so überlegt hat.

«Ich möchte wieder heiraten!»

«Wen?», fragt Franz überrascht.

Ich unterdrücke ein Lachen.

«Na, dich natürlich!», sagte Mama. «Noch mal lasse ich dich nicht gehen. Es reicht, dass du mich zweimal verlassen hast! Also, was sagst du?»

Franz wendet sich ab und zeigt sich wenig begeistert. «Wozu?»

«Na, zu meinem Antrag?»

«Welchem Antrag?», fragt Franz doch tatsächlich.

Mama verdreht die Augen. Ich könnte mich kringeln vor Lachen.

Aber jetzt verblüfft mich meine Mutter, denn sie geht tatsächlich auf die Knie.

«Franz Eduard Conti, willst du mein Mann werden?»

Er hilft ihr auf die Beine und nimmt sie in die Arme. «Mach dich nicht lächerlich, Wilma! Auf gar keinen Fall!»

«Herrgott, was soll ich denn noch machen, um endlich mit dir zusammen sein zu können?»

«*Ja* sagen.» Jetzt geht Franz auf die Knie und macht meiner Mutter einen formvollendeten, lupenreinen Antrag – sogar mit Ring, den er aus seiner Jackentasche zaubert.

«Wilma Herrlich», erklärt er feierlich, «mein ganzes Leben habe ich nur dich geliebt und nie zu hoffen gewagt, doch noch glücklich mit dir zu werden. Deshalb will ich dich nun, da ich dich wiedergefunden habe, nie wieder loslassen. Willst du meine Frau werden?»

«Ja!», sagt Mama leise und schließt die Augen, um ihren Franz zu küssen. Dann steckt er ihr den Ring an.

«Wo hast du den denn plötzlich her?», fragt meine Mutter neugierig.

«Nicht *plötzlich*. Den habe ich von meinen ersten Ersparnissen gekauft, als ich siebzehn war, denn ich wusste, dass ich dich eines Tages heiraten würde – sonst keine.»

Na, ob das mal stimmt?, frage ich mich, aber es ist an Kitsch und Romantik kaum zu übertreffen, und ich bin total glücklich für meine Mutter. Und ein kleines bisschen neidisch. Wer hätte gedacht, dass meine Mutter so kurz nach dem Tod meines Vaters wieder glücklich wird und sogar heiratet. Ich bin jetzt schon auf die Augen und die Kommentare ihrer Poker-Mädels gespannt.

Flo kommt plötzlich in die Küche gerannt und begrüßt seine Oma überschwänglich, umarmt sie und hebt sie ein Stück in die Luft.

«Super, dass du wieder gesund bist, Oma! Echt jetzt!»

«Huch, Flo! Nicht so wild! Bin ja kein junges Küken mehr!»

Sofort lässt er sie wieder runter. «Sorry, Oma, es ist nur, weil ich so erleichtert bin. Nicht nur wegen dir, sondern auch, weil ich eine Überraschung habe.» Er sieht sich um. «Du kannst jetzt kommen!»

«Okay!», ruft Elli und betritt im gleichen Moment den Raum. Dabei strahlt sie übers ganze Gesicht und legt ein großes, flaches Paket auf den Tisch.

«Voilà. Die Mappe», sagt Flo stolz und legt Elli seinen Arm um die Schultern.

«Die Mappe für die Schule?», fragen Mama und ich gleichzeitig.

Flo nickt.

«Wie, schon verpackt und fertig für die Post? Aber du hast uns den vollständigen Inhalt ja gar nicht gezeigt», wende ich ein.

«Nö, muss ich ja auch nicht.»

Franz räuspert sich. «Aha, dann bist du dir deiner Sache anscheinend sehr sicher.»

«So sicher wie nie! Die Mappe ist der Hammer! Da gibt's nichts zu meckern.»

«Dann ab damit», sage ich begeistert und gebe Flo einen Kuss auf die Wange, was ihm vor Elli etwas peinlich ist. «Viel Glück. Ich drücke die Daumen!»

«Ich wünsche dir auch viel Glück damit», sagt meine Mutter und drückt ihrem Enkel ebenfalls einen Kuss auf die Wange. «Du Künstler! Das Talent hast du eindeutig von Franz!»

Franz lacht und klopft Flo auf die Schulter. «Gut gemacht!»

Dann gehen Flo und Elli Hand in Hand zur Post. Süß.

An diesem Nachmittag beginne ich, meine Sachen zu packen, um in den nächsten Tagen in die Stadt zurückzukehren. Mona hat mir ein kleines Apartment vermittelt, das ich vorübergehend und für wenig Geld mieten kann. Überraschenderweise will Flo erst mal nicht mitkommen. Er hat beschlossen, die Ferien noch bei seiner Oma – und bei Elli – in Meppelstedt zu verbringen, bis er an der neuen Schule angenommen wird. Daran gibt es für ihn überhaupt keinen Zweifel. Außerdem hat er auch keinen Plan B. Da sind wir ja dann schon zu zweit.

Während ich packe, gehen mir viele Dinge durch den Kopf. Alles kreist immer wieder darum, dass Franz mein Vater ist. Plötzlich erschließt sich mir so vieles, was ich zuvor nie verstanden habe. Das schwierige Verhältnis zu dem Mann, von dem ich immer dachte, er sei mein Vater, erscheint plötzlich in einem ganz anderen Licht. Hat er gewusst, dass ich nicht sein Kind war? Oder es zumindest geahnt oder gefühlt? War das der Grund, wieso er mich nicht leiden konnte oder ich ihm nichts recht machen konnte?

Überraschend steht Mama in der Tür und klopft an den Türrahmen.

«Darf ich?»

«Na klar, komm rein.»

Sie sieht mich an und weiß Bescheid. Meine Mutter konnte schon immer in meinem Gesicht lesen wie in einem offenen Buch.

«Mach dir nicht zu viele Gedanken, Rike.» Dann gibt sie mir einen großen, gepolsterten Umschlag. «Hier, der ist für dich. Ich hab' ihn beim Aufräumen von Karls Sachen gefunden.»

Irgendwie seltsam, wie sie das so sagt. Klingt, als sortiere sie die Sachen des einen Mannes aus, um für den nächsten Platz zu schaffen. Ich schaue mir den zugeklebten Umschlag genauer an. *Ulrike* steht darauf. Ich zögere, den Umschlag zu öffnen.

«Wenn du immer nur Franz geliebt hast, wieso hast du Papa dann geheiratet?»

«Weil ich schwanger war und allein und mittellos und weil die Zeiten andere waren. Ich hatte keine Wahl. Karl war ein guter Mann, der mich geliebt hat.»

«Man hat immer eine Wahl.»

Sie zuckt mit den Schultern. «Gut, ich hatte die Wahl zwischen Abtreibung und Familie ...»

«Dann hast du dich für mich entschieden und einen Mann, den du nicht liebtest?»

Wilma winkt ab. «Es war eine gute Ehe mit einem Mann, den ich respektiert und geachtet habe. Und irgendwie habe ich ihn auch geliebt.»

«Du hast ihn benutzt.»

«Machst du mir Vorwürfe? Es ging doch vor allem um dich!»

«Aber ich bin ein Kuckuckskind.»

«Kein schöner Ausdruck.»

«Und Papa wusste das wirklich nicht?»

Mama läuft im Raum umher und zögert die Antwort hinaus.

«Ehrlich gesagt ... Ich war mir da nie sicher. Zumindest hat er es nie thematisiert. Dein Vater, ich meine Karl, war ein Mann, der Konflikte nicht ansprach, sondern sie lieber unter den Teppich kehrte.»

«Verstehe», sage ich und schaue unschlüssig auf den Umschlag.

«Ja, dann ... bis später», druckst meine Mutter herum. «Du weißt, du kannst mich alles fragen.»

«Danke, Mama.»

Sie verlässt den Raum, und ich öffne langsam den Umschlag meines Vaters, der nicht mein Vater war. Zuerst entnehme ich einen einmal gefalteten Briefbogen – und zögere. Ob ich in wenigen Momenten erfahren werde, wie es ihm erging, ob er die Wahrheit kannte, was er dachte?

In Erwartung eines langen, detailliert erklärenden Briefes über sein gespaltenes Verhältnis zu mir, seinem vermeintlichen Kind, falte ich das Blatt auseinander. Es sind nur zwei Sätze. Zwei alles erklärende Sätze – eigentlich typisch für Papa.

*Mein Kind,*
*es tut mir leid.*
*Ich habe dich trotz allem geliebt.*
*Papa*

Zuerst denke ich, *ja klar, er hat alles gewusst*, aber je öfter ich diese Zeilen lese, desto uneindeutiger wird ihre Aussage. Sie könnten auch einfach nur eine Entschuldigung dafür sein, dass er nicht der Vater sein konnte, den ich mir gewünscht hätte. Oder der Vater, der er gerne gewesen wäre. Oder der Vater, den Mama sich für mich gewünscht hätte.

Am liebsten würde ich diese Fragen sofort mit ihm besprechen, durchdiskutieren, ihn zur Rede stellen. Ich will genau wissen, wofür er sich entschuldigt. War ihm also bewusst, dass er kein guter Vater war? Warum hat er es dann nicht geändert? Es lag doch in seiner Hand, mir und sich ein gutes Vater-Tochter-Gefühl zu geben.

Aber ganz gleich, warum ihm was leidtat – er hat mich trotzdem geliebt. So steht es in dem Brief. Er war ein liebender Vater, egal ob leiblich oder nicht. Er war ein Vater, und er hat mich geliebt, auch wenn er es mir nie in ausreichendem Maße gezeigt hat.

Ich greife erneut in den Umschlag, um den weiteren Inhalt zu inspizieren, und ziehe mehrere Bündel 500-Euro-Scheine heraus. Es muss ein satter fünfstelliger Betrag sein!

Ich fasse es nicht, muss mich setzen. Warum? Ohne jede weitere Erklärung? Einfach so? Aus schlechtem Gewissen oder Fürsorge? Als Entschädigung? Ich weiß nicht, ob ich mich freuen oder sauer sein soll. Aber je mehr ich darüber nachdenke, desto wütender werde ich auf meinen Vater, der mir einfach so viele Erklärungen schuldig bleibt und ohne ein Wort gestorben ist. Hätten wir doch nur früher mehr voneinander gewusst, uns mehr miteinander befasst, mehr miteinander geredet. Und plötzlich überkommt mich eine unendliche Traurigkeit, und ich muss weinen. Immer mehr und mehr kommt tief aus mir ein Schmerz, den ich bislang nicht kannte.

Schließlich tröstet mich ein Gedanke: Papa hat mich geliebt, nur das zählt. Und dann wird mir bewusst, dass ich das unglaubliche Glück einer zweiten Chance habe, denn ich habe meinen wahren Vater gefunden, so wie meine Mutter ihre wahre Liebe wiedergefunden hat. Und damit schließt sich für mich der Kreis.

## 26
## *Freundinnen*

«SOLL DAS 'N WITZ SEIN?!» Mona entgleiten fast die Gesichtszüge, als ich ihr von dem Brief erzähle. Weil das alles sehr viel Emotion auf einmal war und ich etwas Luft brauchte, habe ich sie angerufen und mich mit ihr bei Benno verabredet.

«Mit Essen und Geld scherzt man nicht, hat mein Vater immer gesagt.» Ich wende mich an Benno. «Machst du uns bitte zwei Aperol Spritz!»

«Soll das 'n Witz sein?», stellt Benno die gleiche Frage.

Es war einen Versuch wert, denke ich. Mona und ich schauen uns einvernehmlich an und nicken.

«Na, dann eben zwei Piña Colada.»

Benno nickt zufrieden und beginnt zu mixen, und wir wundern uns über das, was er da macht, denn er mixt vernünftige Drinks mit frischen Zutaten und teurem Alkohol.

Benno kann in unseren Gesichtern lesen und lacht. «Ich denke, ihr seid aus dem Alter raus für billig-klebrige Drinks aus Geschmacksverstärkern, Fruchtkonzentraten und Zusatzstoffen. Hm?»

Wir lassen ihn machen und staunen über das Ergebnis – fruchtig, cremig und trotzdem stark und erfrischend. Echte Trinkkultur, fernab von Großraumdiscos und Döschen.

Wir nehmen die Drinks und gehen damit rüber zum Billardtisch.

«Krass, das alles.» Mona nimmt das Dreieck vom Haken an der Wand und baut die Kugeln auf. «Und jetzt?»

«Jetzt kann ich mich mit meinem alten Herrn post mortem versöhnen und mit meinem wahren Vater von vorn anfangen.»

«Klingt doch gut, oder?», sagt Mona, während sie die Kugeln im Dreieck sortiert. Ich mag das Klackern, wenn die Kugeln aneinanderprallen, weil es zu den Geräuschen zählt, die ich in meiner Erinnerung ausschließlich mit diesem Laden hier verbinde.

«Weiß noch nicht so genau», sage ich und nehme die Queues aus dem Ständer. «Es war ja nicht alles schlecht zwischen Papa und mir.»

«Umso besser», sagt Mona und schaut dabei zu Benno rüber.

«Wie ist der Abend neulich eigentlich für euch zu Ende gegangen? Ging da was?», frage ich neugierig.

Mona gibt der schwarzen 8 in der Mitte der Kugeln Schwung, damit sie sich um die eigene Achse dreht, und nimmt das Dreieck weg. Wieder schaut sie zu Benno, hebt kurz die Augenbrauen und grinst. «Könnte man so sagen.»

«Du weißt aber schon, dass Benno beziehungsunfähig ist.»

«Umso besser! Bin sowieso gerade in der Selbstfindungsphase.» Sie legt sich die weiße Kugel vor, um anzustoßen.

«Aha, und das heißt?» Jetzt bin ich neugierig.

«Das heißt, dass ich auch keinen Bock mehr auf Beziehungen habe. Zwei versenkte Ehen, die mir absolut nichts gebracht haben – weder Kinder noch Vermögen. So doof muss man erst mal sein! Nee, ich brauche keine Beziehung mehr. So gesehen passen Benno und ich spitzenmäßig zusammen. Wir haben Spaß, der Sex ist gut, mehr will ich nicht.»

«Klingt so einfach.»

«Ach, Rike ... Sonst ist gerade nichts einfach bei mir, glaub mir. Ich habe gekündigt. Noel und ich sind jetzt auch beruflich getrennt.»

«Glückwunsch!», sage ich und stoße mit meiner Piña Colada mit ihr an.

«Glückwunsch zum sozialen Abstieg?» Sie nimmt einen Schluck. «Danke.»

«Jetzt übertreib nicht so!»

«Auf jeden Fall muss ich meine neuen Büroräume schon wieder kündigen – zu teuer, zu groß für mich alleine.»

Plötzlich habe ich das Gefühl, dass sich hier die Gelegenheit für etwas Neues, Großes bietet.

«Sieh es doch mal positiv. Du bist jetzt unabhängig und –»

«Hast du 'n Knall?» Mona schaut mich an, als hätte ich gerade alle Kugeln versenkt. «Ohne Noels Teilhaberschaft kann ich das Deutschlandgeschäft vergessen.»

«Dann steig *ich* bei dir mit ein. Wolltest du doch sowieso.»

Oje, ich rede, ohne nachzudenken. Das ist nicht gut. Gar nicht gut. Sonst bin ich doch immer die Bedenkenträgerin.

«Ja, als freie Beraterin. Aber doch nicht fest.»

«Wieso nicht? Jetzt, wo dein Mann raus ist, können wir unabhängig von ihm eine eigene Firma gründen. Als gleichberechtigte Partner sozusagen. Du kennst dich doch auf dem deutschen Immobilienmarkt sowieso besser aus als er. Oder?»

Was rede ich denn da? Ich kann doch nicht das eben erhaltene Geld sofort in den Sand setzen! Wie gewonnen, so zerronnen. Ich muss das zurücknehmen.

«Ach, vergiss es. War nur so eine Schnapsidee.» Tief ein- und ausatmen. «Apropos …» Ich gehe zur Theke, um nicht durch die halbe Kneipe zu rufen. «Machst du uns zwei Wodka?»

«Mach ich, Rike, mach ich», sagt Benno und grinst breit.

«Doppelt bitte, Benno-Bär, wir haben was zu feiern», säuselt Mona, die jetzt neben mir am Tresen steht und mich umarmt.

Ich schaue sie fragend an, worauf sie mir die Hand hinhält.

«Ich bin dabei. So machen wir's! Du und ich! Schlag ein!»

Verdammt, jetzt muss ich mich entscheiden. Das hab' ich davon, dass ich so viel Unsinn rede. Aber was soll's, denke ich. Vielleicht muss man einfach mal was riskieren und auf sein Bauchgefühl hören. Ich schlage ein, und das Schicksal nimmt seinen Lauf, der Alkohol fließt, und ich habe keine Ahnung, wohin das alles führt.

Blackout. Ich wache zum Glück in meinem eigenen Bett auf. Das ist schon mal gut. Und ich bin angezogen und allein. Auch gut. Dann kann mein Absturz nicht so schlimm gewesen sein. Aber es müssen viele Drinks gewesen sein, denn mein Schädel brummt, und mein Kopf ist subjektiv gesehen so groß wie ein Heißluftballon, nur längst nicht so leicht. Alles, woran ich mich erinnern kann, ist, dass Mona und ich eine Firma gründen wollten. Aber wie bin ich nach Hause gekommen? Unter mir grunzt und schmatzt etwas – seltsame Geräusche. Ich beuge mich ganz langsam über den Rand meiner Matratze, um meine wenigen, noch übriggebliebenen Gehirnzellen bloß nicht in Bewegung zu versetzen, und schaue hinab auf ... Flo. Flo? Wieso liegt der neben meinem Bett auf dem Fußboden? Ich finde keine Erklärung, kann mich aber auch keiner ausgiebigen Grübelei hingeben, weil ich gerade nicht die Kapazitäten dafür übrig habe. Und weil das Aufwachen schon sehr anstrengend war, schlafe ich wieder ein.

Zwei Stunden später wache ich wieder auf, und da geht es mir schon viel besser. Bevor ich langsam aufstehe und meiner Kaffeesucht nachgebe, schaue ich neben mein Bett – kein Flo. Muss eine Halluzination gewesen ein. Oder ein Traum.

Langsam schleiche ich die Treppe hinab zur Küche, wo Franz, Mama und Flo schon frühstücken.

«Guten Morgen, Schatz», begrüßt meine Mutter mich überschwänglich, und in meinem Kopf passieren schmerzhafte Dinge, weshalb ich vor ihr zurückschrecke.

«Guten Morgen», flüstert sie nun und reicht mir ein Glas Alka-Seltzer.

Vorsichtig setze ich mich und trinke. «Was ist passiert? Wie bin ich nach Hause gekommen?»

«Mit mir», lacht Franz und beißt in sein Brötchen.

Ich verstehe nichts, und entsprechend muss mein Gesichtsausdruck sein.

«Mama, kannst du dich echt nicht erinnern?», fragt Flo. «Du und Mona, ihr wart so krass drauf!»

«Der Reihe nach, bitte! Und leise.»

«Also, ich bin noch mit Ellis Clique im *basement* gewesen, nachdem wir auf so einem verlassenen Grundstück … Ach, is' ja auch egal. Auf jeden Fall hab' ich dich im *basement* getroffen, wie du da voll abfeierst mit deiner Freundin Moni.»

«Mona», korrigiere ich Flo und möchte mich darüber aufregen, dass er schon wieder illegal sprayen war, habe aber gerade nicht die Kraft dazu.

«Jedenfalls haben wir dann noch alle zusammen ein paar Drinks genommen, und irgendwann hat Benno den Laden dichtgemacht. War voll lustig mit dir. Du warst so gut drauf, Mom!»

Sehr lustig – haha.

«Ich hab' dann versucht, dich nach Hause zu bringen, aber du bist einfach umgefallen. Mitten auf der Straße. Voll peinlich, aber war ja zum Glück keiner mehr unterwegs um drei Uhr früh.»

Oh mein Gott, wo ist bitte das Erdloch, in das ich verschwinden darf? Wie kann ich mich so gehenlassen? Vor meinem Sohn? Super Mutter! Mir gebührt der Titel: Schlechteste Vorbild-Performance ever!

«Und dann?», frage ich kleinlaut und verstecke mich hinter meiner Kaffeetasse, darauf gefasst, die nächste Peinlichkeit zu erfahren.

«Dann hab' ich Franz angerufen, und der hat uns abgeholt.»

Und da ist sie auch schon, die nächste Peinlichkeit! Mein nagelneuer Vater muss seinem Enkel dabei helfen, seine sturzbesoffene

Tochter nach Hause zu karren. Grandioser Einstieg für einen perfekten Start in eine unschuldige Vater-Tochter-Beziehung.

«Äh ... Danke, Franz, ich hoffe, ich habe dir nicht zu viele Umstände gemacht.» Was für ein blöder Spruch! Immerhin ist der alte Mann um drei Uhr nachts wegen mir aus dem Bett geholt worden.

«Nicht der Rede wert», erklärt er. «Abgesehen davon, dass es spät war und du dich im Auto übergeben hast.» Und wieder beißt er herzhaft in sein Brötchen.

«Oh Gott, das tut mir so leid. Ich übernehme natürlich die Reinigung», flüstere ich kleinlaut.

Aber Franz winkt ab. «Ach was, war doch bloß ein Mietwagen. Das ist alles versichert. Habe ihn schon zurückgegeben.»

«Wieso denn ein Mietwagen?», fragt Flo, der genauso verwundert ist wie ich.

«Ach, weil ich gar nicht weiß, ob ich mir noch mal ein eigenes Auto anschaffen soll. Denn wenn so ein kleines Malheur wie letzte Nacht passiert, bin ich froh, dass es nicht mein Wagen ist.»

Mir ist schlecht. Ich glaube, ich will gar nicht alle Details der Nacht wissen. Aber eine Frage wäre da doch noch.

«Und warum hast du heute Morgen neben meinem Bett gelegen?», frage ich Flo.

«Weil du Angst hattest, allein zu schlafen. *Lass mich nicht alleine, Flo! Bitte, bitte, ich sterbe!*», äfft er mein Flehen nach. Ich kann das gar nicht glauben. Es ist entsetzlich!

«Du spinnst ja!»

Dann zeigt er mir das kleine Filmchen auf seinem Handy, und ich schweige.

«Lösch das, Florian!» Der scharfe Ton seiner Oma lässt keinen Widerspruch zu, und Flo löscht das Video vor unseren Augen.

Später telefoniere ich mit Mona und puzzle mir die Fragmente des Abends zusammen, um meiner Erinnerung auf die Sprünge zu helfen. Wir haben getrunken und angeblich auf einer Serviette unsere Firma aus der Wiege gehoben. Tatsächlich finde ich in meiner Handtasche eine Serviette mit unserem neuen Firmenlogo.

## Hippel & Herrlich

### House & Home

Sieht ganz gut aus. Mona ist *House* und ich bin *Home.* Sie kümmert sich um die Immobilie, ich mich um die Innenausstattung, vom privaten Wohnhaus über Büros bis hin zu öffentlichen Gebäuden, Kliniken, Schulen und so. Gar nicht uninteressant, finde ich. Und je länger ich mir das Logo anschaue und darüber nachdenke, desto besser finde ich die Idee. Das könnte vielleicht sogar klappen.

Mama, Franz und Flo finden die Idee auch super. Natürlich müssen Mona und ich erst noch mal die Branche abfragen und recherchieren, um den Markt einschätzen zu können. Aber ein Anfang ist gemacht, und darauf können wir jetzt aufbauen. Mona hat viele Kontakte und sehr gute Referenzen, und ich … nicht. Aber davon lasse ich mich jetzt nicht ins Bockshorn jagen. Mein letztes Projekt war die Minigolfanlage, außerdem habe ich auch in meinem eigenen Haus gute Arbeit geleistet, und es gibt zum Glück von beiden Objekten sehr gute Fotos.

«Ich würde dich gerne engagieren», sagt Mama überraschend, während ich mein Zimmer wieder in ein Bügelzimmer zurückverwandele und meine Sachen in Kartons und Koffer packe.

«Was meinst du?»

Sie hakt sich bei mir unter und führt mich aus meinem Zimmer zur Treppe. «Schau dich doch um: Dieses Haus ist alt, dunkel und muffig. Es braucht dringend eine Renovierung.»

«Dann bestell ein Bauunternehmen.»

«Nicht von außen! Von innen!»

«Dann bestell einen Entrümpler.»

«Jetzt stell dich nicht so dumm, Rike! Du weißt genau, was ich meine.»

«Sag's mir!»

«Ich möchte, dass du als Innenarchitektin und -ausstatterin unser Haus renovierst. Ein neuer Geist soll hier einziehen. Helle, frische Farben, luftige Räume! Du kannst das, weil du das Haus kennst und das nötige Know-how hast! Bitte, bring Licht in dieses Haus, Rike!»

Ich könnte heulen und schließe meine Mutter fest in die Arme. Das ist mit Abstand das Schönste, was sie seit langer Zeit zu mir gesagt hat. Ja, ich nehme den Auftrag an, und ich weiß, dass es eine große Herausforderung ist.

## 27
## *Micha*

ABER TROTZDEM muss ich erst mal gehen, um wiederkommen zu können. Am frühen Abend will ich mich deshalb auch von Schmiddi und seinen Eltern verabschieden. Es dauert seltsam lange, bis jemand die Tür öffnet, nachdem ich geklingelt habe. Wo sie doch normalerweise schon früher wissen, was ich vorhabe, als ich selbst.

Mit verheulten Augen und triefender Nase kommt Gisela an die Tür.

«Tach, Rike, komm rein», sagt sie kurz angebunden und lässt mich ins Haus.

Ich gehe in die Küche, weil bei Schmidts immer alles in der Küche abläuft, genauso wie bei uns. Schmiddis Vater trocknet sich auch gerade die Tränen, und Schmiddi sitzt wie ein bedröppelter Pudel am Tisch.

«Hallo, Rike», sagt Klaus und geht zum Kühlschrank.

«Was ist denn hier los?», wundere ich mich.

«Du glaubst es nicht ...» Gisela bricht schon wieder in Tränen aus. «Micha zieht aus!»

«Was?!» Ich glaub', ich höre verkehrt. «Echt jetzt, Micha?!» Schmiddi nickt, und ich bin sprachlos.

Klaus holt eine Flasche Rotkäppchensekt aus dem Kühlschrank und vier Gläser. «Du trinkst doch auch eins mit, Rike?»

Seine Frau rollt mit den Augen. «Ach, Klaus! Natürlich stößt sie mit uns auf die Neuigkeit an. Wir freuen uns doch so, Rike!»

Und tatsächlich sind es keine Tränen der Trauer, sondern reine Freudentränen, die Schmiddis Eltern vergießen, was mich fast noch mehr wundert als die Tatsache, dass Schmiddi das Nest verlässt.

«Wir wollten ihn ja nie drängen, aber wir sind so froh, dass Micha sich jetzt doch einen Ruck gibt und endlich auszieht», freut sich Gisela.

Und Klaus haut seinem Sohn mit Schmackes auf die Schulter, wie nur stolze Väter ihren Söhnen auf die Schulter hauen.

«Ist ja auch mit der Freundin besser, nicht mehr zu Hause zu wohnen. Spätestens wenn dann die Familiengründung ansteht, braucht der Micha seine eigenen vier Wände. Oder, Micha?»

Aha, daher weht also der Wind. Hätte ich mir ja auch denken können. Uma, die schöne zwanzigjährige Klientin. Klar, dass man die nicht mit in sein Kinderzimmer bringen will. Aber gleich Familiengründung finde ich etwas übereilt. Andererseits – Micha rennt die Zeit davon. Das ist vielleicht seine letzte Chance, eine Familie zu gründen. Ich sollte mich für ihn freuen!

Aber ... ganz ehrlich ... Ich will das nicht. Ich will nicht, dass sich zwischen Micha und mir alles ändert. Dass er nicht mehr da ist, wenn ich nach Hause komme. Niemand mehr, mit dem ich im Baumhaus sitzen und meine Sorgen teilen kann oder stundenlang irgendwelchen Unsinn rumspinnen kann. Das geht nur mit Micha, der dann einfach nicht mehr für mich da sein wird, wenn ich ihn brauche.

Jetzt merke ich erst, wie egoistisch ich bin. Denn es ist doch völlig egal, was ich will und brauche. Es geht um Michas Leben und Michas Glück, und ich wünsche mir aus tiefstem Herzen, dass er es findet und festhalten kann. Ja, ich freue mich wirklich für meinen besten Freund.

«Na, dann können wir ja doppelt anstoßen», erkläre ich, «denn ich wollte mich auch verabschieden. Ich gehe in die Stadt zurück.»

Gisela erhebt das Glas. «Ja, jetzt, wo die Wilma wieder jemanden hat, musst du dir auch keine Sorgen mehr um sie machen, Rike. Aber gut, dass du da warst. Hast ein bisschen frischen Wind ins Örtchen gebracht. Prost!»

Ich stoße zwar mit an, aber nippe nur am Sekt, denn ich habe vermutlich für die nächsten vier Wochen ausreichend Restalkohol im Blut.

«Wann gehst du?», fragt Schmiddi seltsam distanziert und gleichzeitig interessiert. Ich verstehe diesen Mann nicht. Aber ich mag ihn.

«Morgen oder übermorgen, und du?»

«Auch.»

«Wieso?»

«Och, nur ... weil doch heute das Schulfest ist.»

«Vergiss es, da geh' ich auf keinen Fall hin», sage ich und schüttele vehement den Kopf. Aber Micha grinst nur.

Zwei Stunden später sitze ich mit Schmiddi in seinem alten Mercedes, und wir fahren bei Dämmerung vor der Schule vor. Die Party ist schon in vollem Gang. Gemeinsam gehen wir durch das Eingangsportal ins Schulgebäude, das noch genauso riecht wie damals. Unverkennbar nach Schule eben: Linoleum, Holz, Sagrotan, Kohl, Toiletten, Cannabis und Angst. Das Gebäude hat sich kaum verändert. Wir gehen durch die Pausenhalle über den Schulhof zur Aula. Ein paar Leute stehen draußen und rauchen wie damals zwischen den Unterrichtsstunden. Die fanden sich schon früher besonders cool. Sogar Herr Kramer steht da und qualmt. In der Halle spielt Benno mit seiner Band den Gassenhauer *Summer of 69* von Brian Adams, und ein paar Pärchen tanzen sogar dazu. Mona brauche ich hier gar nicht zu suchen, die findet diese Feste peinlich. Ich ja eigentlich auch, und ohne Schmiddi wäre ich gar nicht hier.

Plötzlich springt mich jemand von hinten an – Anja, wer sonst.

«Du bist ja doch gekommen! Oh Rike, toll, dass du hier bist! Warte, ich hol uns zwei Sanfte Engel – erinnerst du dich noch?»

«Ja, glaub schon. War das nicht Sekt mit … Orangensaft?»

«Genau», nickt Anja begeistert. «Aber die wichtigste Zutat hast du vergessen.»

Schmiddi und ich schauen uns fragend an. Er weiß es zum Glück auch nicht, und es ist auch völlig egal. Ich will hier weg.

«Vanilleeis! Schon vergessen?», freut sich Anja. «Warte!»

Als sie weg ist, gebe ich Schmiddi einen Hieb in die Rippen. «Lass uns hier abhauen.»

«Ich dachte schon, du fragst nie!»

Wir schlendern unauffällig zum Ausgang, wo uns ausgerechnet Sven Odermann, Anjas großer Bruder und ehemaliger Schulsprecher, und seine Frau entgegenkommen, an deren Namen ich mich beim besten Willen nicht erinnern kann. Die beiden waren schon damals *das* Glamourpaar überhaupt. Niemanden hat es gewundert, dass sie dann sogar geheiratet haben. Sie hat ziemlich zugenommen, und Sven ist ganz schön grau geworden. Schmiddi und ich tappen voll in die Smalltalk-Falle.

«Hey, die Odermanns, wie schön!», lüge ich.

«Ähhh, Rike, stimmt's?», sagt sie, grinst und freut sich, dass sie sich an meinen Namen erinnert. Sie fordert mich heraus.

«Genau! Nicht schlecht … Iris?»

Enttäuscht schüttelt sie den Kopf. «Nicht ganz: Vera.»

«Sorry», sage ich. «Aber ich war noch nie gut im Namenmerken.»

«Ihr habt euch aber irgendwie verändert», findet Schmiddi.

«Ja», sagt Sven, «ich habe eine neue Lebensdevise, seit ich fünfzig bin: weniger Stress – mehr innere Ausgeglichenheit. Deshalb sehe ich wahrscheinlich so entspannt aus und bin es sogar.»

Sven Odermann war schon damals sehr selbstverliebt. Wir lassen das unkommentiert, um die Stimmung nicht zu versauen. Ich sehe, wie Vera die Augen verdreht. Ihr Mann scheint ihr auf die Nerven zu gehen.

«Wir sind übrigens geschieden», erklärt sie und deutet auf Sven und sich.

«Ach ...», sagt Schmiddi relativ unbeeindruckt.

«Und ich hab vor kurzem von einem jüngeren Mann noch mal ein Kind bekommen», strahlt mich Vera glücklich an. «Deshalb bin ich noch nicht wieder in Form», flüstert sie mir zu, um mich darauf aufmerksam zu machen, dass sie nicht fett geworden ist.

«Toll, freut mich für dich», sage ich, denn es freut mich wirklich, dass sie sich mit Mitte vierzig noch mal für ein Baby entschieden hat.

«Und du?», fragt Vera und schaut sich dabei im Saal um.

«Ich nicht», antworte ich und bemerke, dass Vera jemanden entdeckt hat, der offenbar interessanter ist.

«Na dann, bis später.» Damit lässt sie uns und Sven einfach stehen.

«Ach, da ist ja meine Schwester!» Ich folge Svens Blick und sehe Anja nun auch, die sich einen Weg durch die Menge bahnt und zielstrebig mit zwei Gläsern Sanfter Engel auf uns zukommt. Reflexartig greife ich Schmiddis Hand, und wir rennen wie zwei Teenager, die was ausgefressen haben und nun auf der Flucht vor Bestrafung sind, aus der Aula über den Schulhof zu seinem Auto und rasen davon. Es kommt mir vor wie eine Flucht aus der Vergangenheit zurück in die Gegenwart. Bloß weg! Schmiddi und ich, wir hängen beide nicht an den alten Leuten und den alten Geschichten. So toll war unsere Schulzeit wirklich nicht. Ich für meinen Teil war damals einfach nur froh, als es geschafft war, damit ich endlich hier wegkonnte.

Wir fahren ziellos durch Meppelstedt und stoppen irgendwo am anderen Ortsrand. Keine Ahnung, wo wir genau sind. Es ist zu dunkel, um etwas zu erkennen.

Schmiddi steigt aus und zieht Schuhe und Socken aus. Ich wundere mich.

«Was machst du denn?»

«Los, mach mit und komm!», flüstert er geheimnisvoll und verschwindet hinter einer Ecke. Ich steige aus, streife meine Schuhe ab und folge ihm neugierig. Wie beim Baumhaus steht Schmiddi vor einem Zaun und macht Räuberleiter. «Rüber da!»

Klingt wie ein Befehl – so kenne ich ihn gar nicht.

Ich zögere, stelle aber keine Fragen, weil ich diesem seltsamen Typen vollkommen vertraue. Auch so eine Sache – Schmiddi würde ich problemlos mein Leben und die Leben der mir wichtigsten Menschen anvertrauen. Ich klettere also über den Zaun – und jetzt weiß ich, wo wir sind: im Waldbad, dem Meppelstedter Freibad.

«Mensch, hier war ich schon Ewigkeiten nicht! Wusste gar nicht, dass es das noch gibt», staune ich, aber Schmiddi scheint gar nicht zuzuhören.

Er folgt mir über den Zaun und zieht sich bis auf die Unterhose aus. Er trägt enganliegende schwarze Shorts, die ihm wirklich gut stehen. Und ich? Ich habe jetzt nichts Besonderes drunter, weil ich nicht damit gerechnet habe, dass meine Unterwäsche heute noch von Männeraugen begutachtet werden würde. Deshalb trage ich eine Mix-&-Match-Kombination, also blau-weiß gestreifte Panty mit dunkelrot-verwaschenem 08/15-BH. Nicht sooo sexy. Zum Glück ist es hier ziemlich duster.

«Na komm! Oder willst du mit Klamotten ins Wasser? Kannst du haben!» Er packt mich und will mich ins Springerbecken schubsen, aber ich kann mich unter lautem Mädchen-Quietschen wehren. Da fällt mir auf, dass wir vielleicht lieber leise sein sollten.

«Schschsch!»

Wir stoppen in der Bewegung, stehen still, horchen, nichts. Und schon geht's weiter, bis ich mich befreien kann und Schmiddi abwehrend auf Abstand halte. «Okay, okay, ich komm ja», versichere ich.

«Dann los!» Schmiddi nimmt Anlauf und springt mit Karacho ins Wasser, dass es nur so spritzt. Ich ziehe mich bis auf BH und Unterhose aus und folge ihm mit einer Eins-a-Arschbombe und zugehaltener Nase. Übermütig kämpfen wir im Wasser, springen immer wieder vom Rand und ärgern uns gegenseitig. Dann fordert mich Schmiddi zu einem Wettkampf heraus, den er mit Sicherheit verlieren wird – den Arschbomben-Contest. Weil er so ein Hering ist, kommt er gegen meinen prallen Hintern nicht an. Schon in der Schule war ich die Beste in dieser Disziplin. Einmal im Jahr, wenn die Klasse vor den Ferien versammelt ins Waldbad ging, kam deshalb auch meine große Zeit. Dann nämlich haben sich die Mannschaften um mich gerissen, weil am Ende der Schwimmwettbewerbe immer der Arschbomben-Contest stand und die Teams da noch mal richtig punkten konnten.

Schmiddi und ich toben uns aus wie zwei Kinder. Das Wasser ist zwar eiskalt, aber es fühlt sich super an. Irgendwie reinigend nach allem, was so passiert ist. Ich genieße es.

Erschöpft sammeln wir schließlich unsere Kräfte, liegen auf dem Wasser und schauen in den dunklen Himmel. Ich denke an die letzten Wochen. Wahnsinn, wie schnell die Zeit vergeht. Es ist, als hätte sich mein Leben einmal komplett umgekrempelt. Irgendwie hat sich alles verändert. Und während ich so meinen Gedanken nachhänge, fällt mir plötzlich ein, dass das nicht okay ist, was wir hier machen.

«Micha, ist das nicht illegal hier?»

«Hausfriedensbruch, um genau zu sein.»

«Und das macht dir nichts aus?»

«Nö. Wir dürfen uns halt nicht erwischen lassen.»

«Gibt's hier keinen Sicherheitsdienst?», frage ich besorgt und schaue mich nach allen Seiten um.

«Keine Ahnung», sagt Schmiddi und döppt mich ohne Vorwarnung unter Wasser. Ich tauche unter ihm weg und komme hinter ihm wieder hoch, um auf seine Schultern zu klettern, was eine kleine Wasserschlacht auslöst. Dabei vergessen wir alles um uns herum und machen einen riesen Radau. Immer wieder ziehen und drücken wir uns gegenseitig unter Wasser. Es macht so einen Spaß, sich mal richtig auszupowern.

Um etwas zu verschnaufen, schwimmen wir zum Beckenrand, als plötzlich der Schein einer Taschenlampe am Nichtschwimmerbecken auf der anderen Seite der Liegewiese auftaucht.

«Scheiße», sagt Schmiddi, der sonst nie flucht.

Dann ist eine alte Männerstimme zu hören: «Ist da jemand?»

«Nachtwächter», flüstert Schmiddi und deutet an, leise aus dem Wasser zu klettern. Wir schaffen es beide unbemerkt aus dem Becken, halten uns im Schatten der Dunkelheit, raffen unsere Sachen zusammen und flüchten damit zum Gebüsch am Zaun. Plötzlich kommt der Nachtwächter, ein dicker Opa, direkt auf uns zu. Micha und ich schieben uns immer weiter ins Gebüsch, bis es uns komplett verschluckt. Schmiddi lehnt sich hinter mir an den Zaun und schließt seine Arme von hinten um mich. Das gefällt mir, und ich lege meine Hände um seine Unterarme. Wir halten beide die Luft an, als der Nachtwächter näher kommt und ins Gebüsch leuchtet. Aber zum Glück ist seine Taschenlampe nicht so stark.

«Miauuu», macht Schmiddi sehr originalgetreu, und ich muss mir die Hand vor den Mund halten, um nicht laut loszulachen. Aber es klappt. Der alte Mann brummt etwas Unverständliches und geht weiter auf seiner Runde. Wir rühren uns nicht. Selbst als der Wächter schon eindeutig weg ist, löst Schmiddi seine Umarmung nicht. Also drehe ich mich um, und wir stehen so dicht voreinander, dass ich jede Regung an seinem Körper spüre, und, ja, es regt sich einiges. Ich habe die totale Gänsehaut, weil Schmiddi von damals plötzlich Micha von heute ist und mich seine Berührung elektrisiert. Mein ganzer Körper ist hypersensibel. Wir stehen einfach nur da, so dicht, dass kein Blatt zwischen uns passt, und schauen uns an. Eine gefühlte Ewigkeit. Bis ich mich auf die Zehenspitzen stelle und ihn küsse. Und er küsst mich zurück, und seine warme Hand streichelt meinen Rücken. Und so stehen wir fast nackt mitten in der Nacht in einem Gebüsch und knutschen so leidenschaftlich, dass wir alles um uns herum vergessen, bis ... ja, bis ich überraschend niesen muss, weil es ja doch irgendwie kalt ist. Verdammt!

«Hallo?» Der Nachtwächter kommt zurück.

«Shit!», höre ich Micha wieder fluchen. Ich muss lachen. Wir ziehen uns in Windeseile an, Micha macht Räuberleiter und wirft mich regelrecht über den Zaun. In letzter Sekunde kann er sich ebenfalls retten, bevor der Nachtwächter ihn erwischt.

«Lasst euch nicht mehr hier blicken! Nächstes Mal hole ich die Hunde!», ruft uns der alte Mann wütend hinterher.

Wir rennen lachend zum Auto, hauen ab und fühlen uns ein kleines bisschen wie Bonnie und Clyde.

Während der Fahrt nach Hause reden wir kein Wort. Spannung liegt in der Luft, und ich bin froh, dass der Wagen offen ist, sonst würde er bersten. Von mir aus könnten wir immer so weiterfahren. Egal wohin, damit der Weg bloß nicht endet, denn es ist schön hier – mit Micha. Auf der Landstraße greift er nach meiner Hand und löst bei mir einen wohligen Schauer aus.

Leider hat auch diese Fahrt irgendwann ein Ende, und unsere Wege trennen sich zu Hause. Der Zauber dieser Nacht ist vorbei. Nur eins weiß ich jetzt ziemlich genau: Schmiddi ist nicht mehr einfach nur Schmiddi, sondern Schmiddi ist tatsächlich Micha. Nicht, weil er es sagt, sondern weil ich es gefühlt habe.

Völlig unbeholfen stehen wir schließlich an der Hecke, die die Grundstücke unserer Eltern voneinander trennt, und verhalten uns wie zwei Dreizehnjährige.

«Also dann ... danke fürs Heimbringen.»

«Gerne. War doch ... ganz lustig.»

«Ja ... der Nachtwächter ... war super.» Was rede ich denn da?!

«Also, dann ... schlaf gut, Rike.»

Wie, das war's? Kein Abschiedskuss? Keine Umarmung? Aber dann wird mir klar, dass alles andere undenkbar wäre!

«Ja, schlaf du auch gut, Micha», sage ich, denn ich kann ihn unmöglich mit auf mein Zimmer nehmen. Und mit zu ihm kann ich auch nicht. Das würde sich sehr, sehr seltsam anfühlen. Es wäre irgendwie falsch. Nein, mit Micha und mir, das geht einfach nicht, denke ich und komme mir vor wie bei *Verbotene Liebe*. Außerdem ist da ja auch noch Uma.

Ich schließe die Haustür hinter mir und bin in Gedanken noch ganz woanders. Nur gut, dass ich bald hier weg bin. Mit normalen Schritten gehe ich diesmal die Treppe hoch, ohne darauf zu achten, welche Stufe knarzt und welche nicht. Es hat sowieso keinen Sinn. Ich gehe ins Bett und bin glücklich und unglücklich zugleich, denn ich weiß, dass Micha und ich vermutlich nie wieder über diese Nacht im Freibad reden werden, die so einzigartig und so wunderschön war.

## 28
## *Neuanfang*

AM NÄCHSTEN MORGEN gehe ich noch mal zum Friedhof, um kurz mit Papa zu reden. Zwar gibt es einerseits so viele Fragen, die ich ihm gerne noch gestellt hätte, andererseits bin mit ihm versöhnt. Das Wichtigste weiß ich jetzt, und das ist gut.

Danach bespreche ich mit Mama und Franz die Termine für die Renovierung, damit sie ihre Hochzeit planen können. Auch die Villa bekommt somit eine zweite Chance, genau wie meine Mutter und Franz und ich und Flo und Mona und Micha und Benno und Torben und wer sonst noch sein Leben gerade ändert. Ja, vielleicht sogar Anja und Jochen. Fluppe und Lücke wahrscheinlich eher nicht. Das wäre revolutionär.

«Hast du auch nichts vergessen?», fragt Mama, während sie mir noch einen Kringel *Scholz' beste Fleischwurst* in die Tasche packt.

Ich überlege, schaue mich um, und tatsächlich hätte ich fast etwas vergessen. Auf der Terrasse an der warmen Wand stehen noch meine beiden Tomatenpflanzen, die Schmiddi mir anvertraut an. Ich hatte sie bislang nicht eingepflanzt, nur gegossen. Jetzt nehme ich sie mit – Galina und Black Cherry –, damit ich mich endlich um sie kümmern kann.

Von Flo habe ich mich schon verabschiedet, bevor er mit Elli zur Minigolfanlage gegangen ist, wo er Torben über den Sommer hilft.

Dann trete ich mit meinem Schalenkoffer (den anderen lasse ich erst mal hier), den Tomatenpflanzen und einem Kringel Fleischwurst den Heimweg an. Ich nehme die S-Bahn, denn da kann ich besser meinen Gedanken nachhängen und die letzten Wochen mit jedem Meter weiter hinter mir lassen. Jetzt beginnt ein neuer Abschnitt meines Lebens.

Das denke ich zumindest, aber leider komme ich nicht weit. Schon an der Haustür werde ich gestoppt. Micha steht überraschend vor mir und will gerade klingeln. Völlig verzweifelt mit einer riesigen To-do-Liste in der Hand.

«Du musst mir helfen, Rike, bitte!»

Ich muss grinsen. Egal, was es ist – klar, dass ich ihn nicht im Stich lasse. Zu oft hat Micha mir schon aus der Patsche geholfen – gerade in letzter Zeit. Endlich kann ich auch mal etwas für ihn tun.

Ich stelle Koffer und Pflanzen ab. «Wo brennt's?»

«Der Umzug. Das überfordert mich völlig. Ich bin doch noch nie in meinem Leben umgezogen. Und anscheinend muss man doch mehr dabei beachten, als ich dachte. Ich dreh durch!»

«Was ist mit deinen Eltern?»

«Die sind heute Morgen um fünf Uhr nach Mallorca geflogen.»

Unglaublich! Mama, Franz und ich staunen nicht schlecht. Schmidts machen Urlaub, während er auszieht. Hätte ich ihnen nie zugetraut! Find ich aber super! Und nicht nur, dass sie nach Malle fliegen, sondern dass sie Micha einfach so mit seinem Kram allein lassen. Ich habe fast den Eindruck, dass seine Eltern sich schneller abnabeln, als es Micha lieb ist. Denn ihn scheint das völlig aus der Bahn zu werfen. Aber, meine Güte, er ist Rechtsanwalt und bekommt keinen kleinen Umzug auf die Reihe?! Das klingt nicht gut.

«Also gut, hast du einen Umzugswagen organisiert?»

«Nein, wozu?»

«Deine Möbel?»

«Sind nicht viele.»

«Kriegst du sie und deine Koffer ins Auto?»
«Nein.»
«Siehste, du brauchst also zumindest einen kleinen Transporter.»
«Und wo krieg ich den her?»
Also gut, beginnen wir beim Urschleim. Ich rufe bei einer Autovermietung an und bestelle einen Transporter, den wir auch gleich abholen können.

Eine Stunde später steht der Kastenwagen in der Einfahrt und wird von Micha, Franz, Mama und mir beladen. Micha hat tatsächlich nicht viele Möbel, dafür mehrere große Koffer mit Klamotten, was mich wundert. In kürzester Zeit muss er massenhaft geshoppt haben. Zum Dankeschön bietet er mir an, mich in die Stadt mitzunehmen und an meinem kleinen Apartment abzusetzen, vorausgesetzt, ich helfe ihm vorher noch beim Ausladen seiner Sachen. Ich stimme zu, kein Ding, so läuft das unter Freunden.

Auf der Fahrt versuche ich, so entspannt wie möglich neben Micha im Auto zu sitzen, was mir etwas schwerfällt. Gedankenverloren starre ich aus dem Fenster und betrachte vorbeiziehende Straßen, Felder, Häuser.

Plötzlich muss ich an die vergangene Nacht zurückdenken, und mir wird ganz anders. So als ob ein Blitz in meine Magengegend und mein Herz gleichzeitig einschlägt. Micha ist schon speziell. Früher fand ich ihn voll daneben, dann waren wir Freunde, gestern haben wir wie zwei Verliebte rumgemacht, heute zieht er mit seiner Verlobten zusammen. Und morgen? Morgen bekommt er vermutlich Zwillinge und bittet mich, Patentante zu werden. Zuzutrauen wäre es ihm. Uma – seit Tagen hängt seine Beziehung wie ein Damoklesschwert über uns, aber weder er noch ich haben es gewagt, darüber zu reden.

«Zieht ihr jetzt zusammen? Deine Freundin und du?»
«Glaub' schon.»

«Wie, du glaubst?»

«Na ja, sie weiß noch nicht, dass ich uns was gekauft habe.»

Überrascht schaue ich ihn an. «Du hast was gekauft?»

«Klar, ich hab' doch so lange bei meinen Eltern gewohnt. Da konnte ich 'n bisschen was sparen.»

«Ja, macht Sinn.» Ich weiß auch nicht, warum mir seine Worte so seltsam auf den Magen schlagen. «Und, was ist es?», frage ich beiläufig nach einer kleinen Pause, obwohl ich vor Neugier platze.

Micha winkt ab. «Nichts Besonderes. Kleine Bude erst mal.»

«Erst mal? Und dann Familienplanung und so?»

«Genau, sie ist ja noch jung, da kann man dann immer noch umziehen, sich was Größeres suchen.»

«Ja, kann man.»

Micha starrt auf die Straße. «Und du und Torben?»

«Ich und Torben? Wieso? Was ist mit mir und Torben?» Was soll das denn jetzt?

«Na ja, ist das was Ernstes mit Euch?»

«Nein, wieso das denn?»

«Na, weil ihr euch doch durch diese Minigolfgeschichte offenbar nähergekommen seid. Und dann der Kuss auf Bahn 15.»

Jetzt fällt der Groschen bei mir. «Ach das meinst du! Wir hatten noch eine Rechnung zu begleichen.»

Micha schaut mich fragend an. «Was?»

«So ähnlich wie Regenwurmessen. Eine offene Spielschuld.»

Jetzt erhellt sich Michas Gesicht. «Mehr nicht?»

«Nein! Oder hast du etwa gedacht, dass Torben und ich was miteinander haben?» Wie süß!

Micha schaut wieder geradeaus, wirkt aber erleichtert. «Quatsch! Natürlich nicht.» Verstehe einer diesen Mann!

«Außerdem hast du ja Uma.»

«Genau.»

Okay, ich gebe es zu: Ich bin eifersüchtig auf Uma und ihr Alter und darauf, dass sie Micha hat. Es tut weh. Aber das mit Micha und mir wäre ja sowieso nichts geworden. Wir kennen uns einfach viel zu lange.

Am Ende ist alles gut so, wie's ist, denke ich. Ich fange was Neues an. Micha fängt was Neues an. Und alle anderen auch. Und wie ich so drüber nachdenke, was mir Micha bedeutet, wie wichtig er mir geworden ist und was in den vergangenen Wochen alles so passiert ist, habe ich gar nicht mitbekommen, dass er den Wagen geparkt hat.

«So, da sind wir, alles aussteigen.»

Ich starre durch die Windschutzscheibe und bin platt. Will er mich hochnehmen? Was sollen wir hier? Ich steige aus und wundere mich, während Micha schon die ersten Sachen aus dem Transporter holt und zur Eingangstür schleppt.

«Na los, schlag keine Wurzeln. Pack mit an!»

«Was soll das, Micha? Das ist mein altes Haus.»

Er schaut mich an, als bekäme ich plötzlich überall Pocken im Gesicht. «Nein, das ist *mein* Haus. Ich hab's gekauft.»

Ich schüttele den Kopf. «Micha, hier habe ich bis vor kurzem mit Flo gewohnt.»

«Aber dein Haus wird doch angeblich noch renoviert.»

Mist, jetzt muss ich Farbe bekennen. Warum sollte ich auch weiterhin diese alberne Story über die Renovierung meines Hauses erzählen, das schon lange nicht mehr mein Haus ist. Wahrscheinlich weiß es sowieso schon jeder.

«Also gut», beginne ich. «Es *war* mein Haus, bis Clemens' bescheuerter Insolvenzverwalter mich rausgeschmissen hat. So ein Vollhorst! Totaler Arsch!»

Schmiddi nickt. «Hm. Ulrich Groß ist wirklich nicht sonderlich sympathisch, muss ich zugeben.»

«Wie, du kennst ihn? Woher?»

«Kollege aus unserer Sozietät. Macht Insolvenzrecht», sagt Micha, als sei es das Normalste von der Welt, und versucht dabei, mit einem Karton unterm Arm die Tür aufzuschließen.

Verwundert schaue ich ihn an. «Was denn für eine Sozietät?» Ich verstehe absolut nichts.

Micha stellt den Karton ab und zieht eine Visitenkarte aus seiner Brusttasche:

Schmidt, Berger & Groß
Sozietät für Banken- und Insolvenzrecht

*Dr. Michael Schmidt*

«Aber ...» Ich lese die Karte mehrmals, schaue ihn an, bin sprachlos und muss mich erst mal auf die Eingangsstufe setzen. «Und ich dachte immer, du bist so ein kleiner Scheidungsanwalt auf'm Land.»

«Was?! Wie kommst du denn darauf? Unser Büro ist im Bankenviertel, etwa zehn Minuten von hier. Hättest mich ja mal fragen können.»

«Stimmt.»

Ich nicke und fühle mich total klein und doof. Mir schießt der Gedanke durch den Kopf, dass ich diesen Menschen vor mir überhaupt nicht kenne. Aber wenn ich genauer darüber nachdenke, liegt es einzig und allein an mir, dass ich mein Leben lang in ihm etwas gesehen habe, das er nicht ist. Weil ich mir einfach nicht vorstellen konnte, dass Micha mehr ist als nur Schmiddi. Aber wir sind wohl erwachsen geworden.

Klar ist: Ich muss mich bei ihm entschuldigen, weil ich eine echt blöde Kuh bin. Und mir wird bewusst, dass ich ihn sowieso nicht verdient hätte, selbst wenn es keine Uma gäbe. Und jetzt bin ich ihr sogar dankbar, dass sie diejenige ist, die eine Beziehung mit Micha führt, ganz ohne Vorurteile und Altlasten.

Micha reicht mir ein Taschentuch, und da fällt mir erst auf, dass ich fast weine.

«Wieso weißt du immer schon, was ich brauche, bevor ich es selbst weiß?»

«Weil ich dich kenne, Rike. Los, pack mit an!»

Ich muss lachen, wische mir die Tränen ab und springe auf. Es hat ja keinen Sinn. Micha ist Micha, egal wo er arbeitet oder was er verdient, welche Klamotten er trägt und was er für ein Auto fährt. Wir sind Freunde.

«Dann Glückwunsch zum Haus. Eine gute Wahl. War bestimmt 'n Schnäppchen.»

«Na ja, schon – irgendwie.»

«Egal. Also ... Ich kenn mich hier ganz gut aus und könnte dir eine Führung geben, wenn du willst. Natürlich gratis, als Schnäppchenbonus sozusagen.»

«Gerne!», sagt Micha und hält mir die Tür auf.

Ich nehme seine Hand und ziehe ihn hinter mir her ins Haus. In sein Haus. Zunächst aber bin ich irritiert, weil es zum Teil noch möbliert und dekoriert ist, mit Möbeln und Wohnaccessoires, die ich ausgesucht habe. Es riecht sogar noch nach meinem alten Leben.

«Teilmöbliert – perfekt für mich! Der Stil hat mir auf Anhieb gefallen», schwärmt Micha.

«Ja, gar nicht übel. Hoffentlich mag es deine Freundin.»

«Ach, da bin ich mir fast sicher. Sie hat deinen Geschmack.»

«Oh, wie praktisch. Komm, ich zeig dir den Garten. Da hab' ich mir besonders viel Mühe gegeben.»

Ich will Micha weiterziehen, aber er bewegt sich nicht, sondern hält meine Hand fest und schaut mich an.

«Meine Freundin mag Rosen.»

«Ich auch, du wirst sehen –»

«Ihr seid euch sehr ähnlich. Sie sieht auch so aus wie du. Und sie duftet wie du ...»

Jetzt zieht er mich ganz nah zu sich heran und schnuppert an meinem Hals. Ich kann seine Wärme spüren und sein dezentes Aftershave riechen, das nach Gewürzen, Zitrone und Sommer duftet. Seine Stimme wird leiser, ich spüre sein Herzklopfen. Er küsst meine Stirn, meine Schläfen, meine Wangen.

«Ich hab' Angst allein in so einem großen Haus.»

«Und Uma?»

«Sie hat gemerkt, dass ich es nicht ernst mit ihr meine, und hat sich in Luft aufgelöst.»

Ich bin verwirrt. Soll das heißen, dass ... «Du meinst, es gibt sie gar nicht?»

Micha schüttelt schuldbewusst den Kopf. «Ich habe sie erfunden.»

Der Typ macht mich wahnsinnig. Alles nur Komödie!

«Und mit wem meinst du's dann ernst?»

«Mit Rike, meiner besten Freundin. Die hat hier mal gewohnt.»

«Ach, du meinst die kleine, dicke Rike aus der Schule?»

«Nein, ich meine die große, wunderschöne Rike. Die mich kennt wie sonst niemand», flüstert mir Micha so sanft ins Ohr, dass mir ein Schauer über den Rücken läuft und ich weiche Knie kriege. Er küsst mich, und mein Herz klopft vor Aufregung. Mir wird ganz schwummerig. Keine Ahnung, wann ich so einen intensiven Kuss das letzte Mal erlebt habe. Vielleicht noch nie.

Ich hole Luft. «Nicht schlecht für 'n Anfänger», flüstere ich.

«Ich hatte ja auch eine gute Lehrerin», haucht er und wird nun fordernder. Der nächste Kuss wird immer leidenschaftlicher, dauert ewig. Wir ringen nach Luft. Langsam und behutsam beginnen wir, uns abzutasten und zu streicheln. Aber dann öffne ich kurz die Augen und – warum auch immer – werde unsicher. Irgendwas stimmt nicht. Es liegt nicht an ihm, aber vielleicht am Haus, an mir oder daran, dass plötzlich alles anders ist zwischen Micha und mir – ich weiß es nicht.

«Ich kann nicht», sage ich und schmiege dabei meine Wange an seine. Wir sind uns so unglaublich nah und vertraut, und doch habe ich Angst, alles kaputt zu machen.

Micha drückt mich sanft an sich. «Okay, dann lassen wir uns Zeit. Darauf kommt's auch nicht mehr an», sagt er leise. «Soll ich dich in dein Apartment bringen?»

«Nein», sage ich und umarme ihn ganz fest.

## 29

## *Und sonst?*

FLORIAN VERBRINGT DIE FERIEN bei meiner Mutter und Franz und wartet auf sein Verfahren. Meppelstedt ist sein Revier geworden. *dragon!* oder *dgn!* hat sich an jeder Ecke verewigt, in jeder Straße. Hier macht ihm niemand mehr eine Mauer streitig. Wenn er nicht gerade mit Elli abhängt oder irgendwem gegen Bezahlung das Garagentor ansprüht, hilft er Torben auf der Minigolfanlage, die jetzt *Elkes Minigolf* heißt und an manchen Tagen so gut besucht wird, dass Torben das alleine gar nicht schafft.

Von Papas Erbe gibt mir Mama ein Budget, mit dem ich Anstrich, Teppiche, Vorhänge, ein paar neue Möbel und Schnickschnack kaufe. Vorher wird entrümpelt, verkauft, umgeräumt und umgebaut: Einige Zimmer werden neu angeordnet. Am Ende ist alles heller und leichter, weil ich die Räume einfach von ihrer Fülle an Inhalt befreit habe. Nur ein Raum bleibt fast unverändert – die Küche. Sie bekommt lediglich einen neuen Anstrich und ein paar modernere und energieeffiziente Küchengeräte – fertig. Franz richten wir im Gartenhaus ein eigenes Atelier ein, wo er malen und kopieren kann, was er will, solange sein Name drunterste. Meine Mutter ist begeistert, denn das neue, alte Haus passt nun viel besser zu ihrem Neuanfang mit Franz. Sie planen ihre Hochzeit im September, also sehr kurzfristig. Schließlich haben sie keine Zeit zu verlieren und viel aufzuholen.

Ende Juli erhält Florian die Einladung zu einem Vorstellungsgespräch an der neuen Schule, wo er auch ganz offen über sein anhängiges Verfahren redet und sein Verhalten als Sprayer sehr selbstkritisch einschätzt. Mein Kleiner ist plötzlich so groß und breit, dass er nicht mehr durch die Tür passt. Er platzt fast vor Selbstbewusstsein. Zu Recht, denn er hat alle um den kleinen Finger gewickelt. Schon eine Woche später flattert tatsächlich die Zusage ins Haus. Ich bin froh, dass er weiß, was er kann. Nur so dick angeben muss er damit nicht unbedingt. Aber das liegt wohl an der Pubertät und den Hormonen und an Elli natürlich, die ihn bewundert.

Ich baue mir mit Mona eine eigene Firma auf, steuere Startkapital bei und kümmere mich um unseren Internetauftritt und das Marketing unseres House-&-Home-Konzeptes, während sie die Akquise übernimmt. Unsere Firmenidee findet regen Zuspruch, die Klientel wächst, wobei uns auch Michas Sozietät behilflich ist. Über Mundpropaganda werden wir weiterempfohlen – das ist die beste Werbung und ein schönes Kompliment.

Während Mona ihre britische Scheidung einreicht, sitze ich mein Trennungsjahr ab und führe mit Micha eine sehr glückliche und leidenschaftliche Beziehung in zwei Wohnungen. Wir wollen erst mal nicht zusammenziehen, damit wir uns alle richtig entfalten können – Flo, der Künstler; Micha, der Staranwalt; und ich, die kleine, dicke Rike, die endlich ihr eigenes Ding macht und sogar Galina und Black Cherry im Garten eingepflanzt hat – an einer warmen, windgeschützten Stelle, wo sie nun wunderbar leckere Früchte tragen. Und das alles fühlt sich richtig gut an. Vielleicht suchen wir uns demnächst ein neues Haus, das zu unserem neuen Leben passt. Vielleicht auch nicht. Mal sehen.

Die Blondine, mit der ich Micha auf Monas Party gesehen habe und mit der er sich ein paar Mal getroffen hat, ist übrigens tatsächlich eine Klientin und außerdem sehr nett. Sie und ihr Mann haben uns neulich zum Essen eingeladen. Sie heißt übrigens Sarah, nicht Uma.

Nach den Ferien macht Flo dann überraschend mit Elli Schluss, weil er sich ganz auf seine Künstlerkarriere konzentrieren will und auf die neue Schule, und da passt Meppelstedt nicht mehr ins Bild.

«Aber vergiss nie, wo du herkommst», rate ich ihm.

«Aus der Stadt», sagt er, «und da gehöre ich wieder hin.»

Stimmt! Meppelstedt ist meine Heimat, nicht Flos. Und Micha ist für mich ein Stück Meppelstedt, ein bisschen Heimat, aber vor allem Geborgenheit und Glück. Ich bin froh, dass alles so gekommen ist, sonst hätten Micha und ich uns nie neu kennengelernt. Papa würde sagen: *Alles hat seinen Grund.* Stimmt. Manchmal muss man Umwege gehen, um sein Glück zu finden. Oder einfach einen Abstecher in die Vergangenheit machen.

Ach ja: Mamas und Franz' Hochzeit wird als wildeste Party Meppelstedts in die Stadtchronik eingehen. Benno organisiert die Party und macht natürlich die Musik. Die Poker-Mädels sind Wilmas Brautjungfern, Frau Hippel backt die Hochzeitstorte, und Jochen dreht das Spanferkel.

## DANKSAGUNG

Mein ganz besonderer Dank gilt den besten Agenten der Welt Felix Rudloff, Georg Simader und Lisa Volpp von copywrite, die immer so viel Geduld mit mir haben, aber hoffentlich auch Spaß! Großer Dank natürlich an Ditta Friedrich, die zwar überraschend zu diesem Projekt gekommen ist, mit der ich aber sehr gerne zusammengearbeitet habe – Dreamteam! Katharina Rottenbacher danke ich für ihr waches Auge und hervorragendes Lektorat. Dank auch an Grusche Juncker, die mir diesen wunderbaren Weg geebnet hat! Ganz besonders dankbar bin ich für Christians unschätzbaren Ideen-Fundus, Emilias Korrekturen, Zoës Meinung und Lolas unumstößlichen Willen, mich an die frische Luft zu zwingen.

# REZEPTE

## TEENAGE-PIÑA COLADA AUS DEM BASEMENT
### – *SÜSS, GEHALTVOLL, KNALLT*

- 12 cl Ananassaft-Konzentrat
- 6 cl Bacardi
- 3 cl Batida de Coco
- 5 cl Kokossirup
- 4 Eiswürfel
- 2 cl Sahne

Alle Zutaten im Shaker mixen und in ein großes Glas geben.

## RIKES LIEBLINGS-PIÑA COLADA
### – *CREMIG, FRUCHTIG, FRISCH, LECKER*

- 8 cl brauner Rum
- 8 cl Cream of Coconut
- ½ Glas frische (!) Ananas, kleingeschnitten
- ½ Glas Crushed Ice

Die Zutaten in ein hohes Gefäß geben, mit dem Stabmixer schaumig mixen und in ein Cocktailglas abseihen.

## VIRGIN PIÑA COLADA
### – CREMIG, ALKOHOLFREI, KALORIENREICH

- 16 cl Ananassaft (Direktsaft)
- 4 cl Cream of Coconut
- 2 cl Sahne
- 1 Spritzer Limejuice
- ½ Glas Crushed Ice
- ½ TL Vanillezucker

Die Zutaten im Shaker mixen und in ein Longdrinkglas, das zur Hälfte mit Crushed Ice gefüllt ist, abseihen.